BASTEI
LÜBBE
TASCHENBUCH

Über den Autor:

Franz Hafermeyer heißt in Wirklichkeit gar nicht Franz Hafermeyer. Denn hauptberuflich jagt er selbst die bösen Jungs, und die sollen ja nicht erfahren, welche finsteren Abgründe der freundliche Kommissar ihnen gegenüber hat. Absolut wahr hingegen ist, dass er mit seiner Familie im bayrischen Schwaben wohnt. TOTE LÄCHELN NICHT ist sein Debütroman und der erste Fall für das Duo Elsa Dorn und Sven Schäfer.

Franz Hafermeyer

TOTE LÄCHELN NICHT

Schwaben-Krimi

BASTEI LÜBBE TASCHENBUCH

BASTEI LÜBBE TASCHENBUCH
Band 17 280

Dieser Titel ist auch als E-Book erschienen

MIX
Papier aus verantwortungsvollen Quellen
FSC® C014496
FSC www.fsc.org

Originalausgabe

Dieses Werk wurde vermittelt durch die Agentur
EDITIO DIALOG, Dr. Michael Wenzel.

Textredaktion: Stefanie Kruschandl, Hamburg
Titelillustration: © www.doelz-fotografie.de/Christian Dölz;
© Getty Images/Mark Tipple; © plainpicture/C. A. Vogel;
© iStockphoto Gordan1; © Markus Hiepold
Umschlaggestaltung: Mediabureau Di Stefano, Berlin
Satz: Urban SatzKonzept, Düsseldorf
Gesetzt aus der Garamond
Druck und Verarbeitung: GGP Media GmbH, Pößneck
Printed in Germany
ISBN 978-3-404-17280-1

5 4 3 2 1

KAPITEL 1

Die Tür des Besprechungszimmers flog auf, prallte gegen den Gummistopper an der Wand und federte zurück. Kriminaldirektor Jansenbrink hastete in den Raum, die Türklinke verfehlte seine rechte Hüfte um Haaresbreite. Dafür knallte der Edelstahlgriff gegen die Bauchdecke seines Mitarbeiters, der ein leises Fluchen nicht unterdrücken konnte.

Jansenbrink achtete nicht weiter darauf, der Chef der Augsburger Kripo hatte offenbar anderes im Sinn und schritt geradewegs auf die Pinnwand zu, die an der Stirnseite des Raums aufgebaut worden war.

Elsa Dorn betrachtete den Kriminaldirektor, der, die Hände in die Hüften gestützt, auf die mit Stecknadeln befestigten Fotos starrte. Sie hatte die letzte halbe Stunde damit verbracht, ebendiese Pinnwand zu studieren, miserablen Kaffee aus dem Automaten zu schlürfen und zu warten. Zu warten auf Instruktionen vom Chef.

Der heutige Tag hatte schon seltsam begonnen. Noch vor der ersten Tasse Kaffee hatte sie ihr Kommissariatsleiter im Büro aufgesucht, um ihr mitzuteilen, dass sie ab sofort zur Soko Gabriel gehörte. Sie solle sich daher umgehend im Besprechungsraum zu einem Termin mit Herrn Jansenbrink, dem Soko-Leiter, einfinden. Bisher war Elsa diesem Jansenbrink noch nicht vorgestellt worden. Sie hatte nur sein Bild im Intranet gesehen, als sie sich mit ihrer neuen Dienststelle vertraut gemacht hatte. Ebenso wenig hatte sie bisher von einer Soko gewusst, geschweige denn von einem Fall, der die Einberufung einer solchen rechtfertigte.

War das die normale Umgangsweise bei der Augsburger Polizei? Vielleicht hätte sie doch in München bleiben sollen, dachte Elsa und seufzte innerlich.

Andererseits war sie übers Wochenende mit einer Freundin nach Mailand gefahren und erst sehr spät am gestrigen Montag zurückgekommen. Und Zeitung las sie grundsätzlich erst im Büro, während der Pause, die ja noch bevorstand. Nach einem ersten Blick auf die Tatortbilder hatte sich zumindest die Frage nach dem Grund für die Einberufung einer Soko geklärt. Allerdings fehlten ihr bislang die Einzelheiten.

Elsa schluckte. Sie fühlte sich nicht besonders. Schuld daran waren nicht nur die grässlichen Pinnwandfotos, die jedem normalen Menschen auf den Magen geschlagen wären. Dazu kam auch noch diese Pizza. Auf der Rückfahrt von Italien waren sie und ihre Freundin in einen Mega-Stau geraten. Glücklicherweise konnten sie noch in eine Raststätte abfahren, um dort die Wartezeit mit einem ausgedehnten Essen zu überbrücken. Seitdem rumorte es in ihrem Magen. Und das wurde und wurde nicht besser. Ganz im Gegenteil.

Während sie auf das Eintreffen des Soko-Leiters wartete, hatte Elsa es mit etwas Frischluft versucht. Sie hatte das Fenster des Besprechungsraumes aufgerissen und den Kopf in die Dezemberkälte gestreckt, den Pferdeschwanz geöffnet und ihren Haaren freien Lauf gelassen. Eisige Luft wehte über ihr Gesicht und durchpflügte die braunen Strähnen, in die sich vereinzelt schon ein paar graue Haare mischten. Frische Luft sollte ja für die Darmflora von Vorteil sein. Zumindest hatte sie das kürzlich in der Zeitschrift aus dem Reformhaus gelesen, in dem sie ihre Naturkost einkaufte, wenn sie mal wieder ihren Diätwahnsinn bekam, der leider stets erfolglos ablief. Mit knapp über achtzig Kilo und einer Körpergröße von 1,65 m war sie von einer Modelfigur ungefähr so weit entfernt wie

Rainer Calmund vom Titel des Mister Germany. Aber na und? Sie aß eben gerne. Laut ihrer Mutter war das der Grund für Elsas ewiges Single-Dasein. Was nicht stimmte. Natürlich war ein Mann daran schuld, eine ganz besondere Spezies Mann sogar. Doch Diskussionen mit ihrer Mutter waren zwecklos, das wusste Elsa aus Erfahrung.

Und jetzt saß sie also hier. Bei dieser Besprechung eines Falls, von dem sie nicht die geringste Ahnung hatte. Elsa strich ihre taubengraue Tweedhose glatt, zupfte an ihrer Stella-MacCartney-Bluse und räusperte sich vernehmlich. Überrascht drehte Jansenbrink sich um.

Ein kurzes Stirnrunzeln, ein fragender Blick zu dem Mitarbeiter, der sich noch immer den Bauch rieb. Dann erhellte sich das Gesicht des Kriminaldirektors: »Die neue Kollegin von der Sitte?«

Sie nickte. »Elsa Dorn. Ja, ich sollte mich bei der Soko Gabriel melden. Als Unterstützung.«

»Natürlich! Ich weiß. Verzeihen Sie meine Zerstreutheit, aber diese Geschichte«, Jansenbrink deutete auf die Pinnwand, »bringt mich an meine Grenzen.« Er schien sich seiner Manieren zu erinnern und trat mit ausgestreckter Hand auf sie zu. Mit seinen fleischigen Fingern knetete er ihre Finger wie einen Kuchenteig, dann umfasste er ihre Hand und tätschelte sie. »Machen Sie sich auf etwas gefasst. So einen Fall gab es in Augsburg lange nicht mehr. Sie werden Tag und Nacht arbeiten. Freie Wochenenden sind nicht drin. Sollten Sie Urlaub beantragt haben, tja, der ist gestrichen. Alle Beamtinnen und Beamte der Soko Gabriel konzentrieren sich so lange auf diesen Fall, bis wir den oder die Täter gefasst haben.«

Jansenbrink schüttelte den Kopf. Ein blonder Haarkranz umzingelte die Glatze, auf der vereinzelte Schweißperlen glänzten. »Und das ein Jahr, bevor ich in Pension gehe. Tolles Timing!

Wie würde das denn aussehen, wenn ich meinen Ruhestand anträte und der schlimmste Verbrecher, den Augsburg je gesehen hat, befände sich immer noch auf freiem Fuß?« Er ließ Elsas Hand los und sah ihr in die Augen. »Das dürfen wir nicht zulassen! Verstehen Sie? Ich habe meine besten Ermittler zusammengetrommelt, gemeinsam werden wir das Kind schon schaukeln, nicht?« Er lachte, klang dabei aber nicht besonders optimistisch. »Und wenn Sie sich fragen, Frau Dorn, warum ausgerechnet Sie bei der Soko dabei sind. Ähm, nun ja.«

Elsa runzelte die Stirn.

Der Kripo-Chef wedelte abwehrend mit der Hand, als wolle er eine lästige Fliege davonjagen. »Nun ja, wir brauchen hier jede Unterstützung, verstehen Sie? Jede Unterstützung. Sie sind noch nicht lange bei uns?«

»Vor zwei Wochen habe ich meinen Dienst angetreten, Herr Jansenbrink.«

»Aha. Zwei Wochen sind Sie also schon bei uns. Tut mir leid, dass ich mich so wenig um Sie kümmern konnte. Aber die Kriminalinspektion Augsburg ist groß und hat viele Mitarbeiter. Dazu der Stress mit dem Ministerialdirigenten und dem Staatssekretär wegen der Aufklärungsquote.« Jansenbrink verdrehte die Augen. »Sie wissen sicher, wie das ist.«

Sie wusste es nicht, schwieg aber lieber.

»Jedenfalls, ähm, haben Sie sich in Augsburg bereits eingearbeitet?« Ohne eine Antwort abzuwarten, fuhr er fort: »Bestimmt, Sie sind ja ehrgeizig, nicht wahr? Jedenfalls sind Sie ganz frisch bei uns und bisher wohl kaum mit Arbeit zugeschüttet worden. Was ich damit sagen will: Sie haben jede Menge Zeit. Weil … Sie noch keine großartigen Fälle bearbeiten. Bei der Sitte werden Sie momentan nicht benötigt! Sagte mir Ihr Kommissariatsleiter.« Jansenbrink schaute zur Pinnwand und wieder zu Elsa. »Sie haben gewisse Erfahrung mit Ermittlungstätigkeit?«

»Natürlich, ich war in München lange Zeit bei der Sitte.«

»Ja? Wusste ich gar nicht. Ich glaube, ich muss mir die Personalunterlagen in Zukunft mal genauer anschauen.« Er kicherte. »Immerhin, das ist gut. Für die Aufgabe, die Ihnen zukommt, sind Sie damit fast überqualifiziert. Aber macht nichts. Jede Arbeit bei der Soko ist von immenser Wichtigkeit. Und wer weiß, vielleicht finden Sie ja die berühmte Nadel im Heuhaufen.«

Irgendwie wurde Elsa das Gefühl nicht los, hier die Rolle der Quotenfrau zugeschoben zu bekommen, obwohl bei der Kripo Augsburg gar nicht so wenig Kolleginnen arbeiteten. Vielleicht hatte Jansenbrink einfach zu wenige Frauen in die Soko berufen und wollte diesen Fehler wieder gutmachen, bevor die Gleichstellungsbeauftragte meckerte. Und was war da besser, als eine Kollegin zu nehmen, die frisch nach Augsburg versetzt worden war und noch keine Fälle in ihrer Mappe hatte? Kurz gesagt: eine Polizeibeamtin also, die in ihrem Kommissariat abkömmlich war!

Es gab immer noch genügend Kollegen, die dem uralten Vorurteil anhingen, Frauen bei der Polizei wären das größte Missverständnis der Geschichte. Und Jansenbrink schien ein Paradebeispiel dieser Sorte Mann zu sein. Ein wenig resigniert wartete Elsa auf die näheren Ausführungen des Kriminaldirektors, der wieder die Pinnwand fixierte. Als nichts kam, fragte sie schließlich: »Und wann findet die Besprechung statt?«

»Wie? Welche Besprechung?« Mit einem Stirnrunzeln drehte Jansenbrink sich wieder zu ihr um.

»Die große Einsatzbesprechung?«

»Ach die?« Er winkte ab. »War schon längst.«

»Ich dachte ...«

»Gestern habe ich die Soko ins Leben gerufen, ihr einen Namen gegeben und die Einteilung vorgenommen, wer was zu tun hat. Darüber hinaus galt es, geeignete Räume zu finden. Fragen Sie nicht, welches Gschiss die Computerfuzzis gemacht haben, weil wir ihren PC-Schulungsraum in Beschlag genommen haben. Ich habe mit den Kommissariatsleitern gesprochen, welche Beamte ich für die Soko abziehen kann und welche nicht abkömmlich sind, außerdem habe ich über das Personalbüro die grünen Jungs von den verschiedenen Polizeiinspektionen zur Unterstützung angefordert. Sie verstehen? Die grünen Jungs? Also die Jungs in Grün? Die Männer in Uniform?« Er schien sich über seinen Witz kaum einzukriegen. Dann winkte er ab. »Und so weiter und so weiter et cetera pepe.« Das letzte Wort klang aus Jansenbrinks Mund wie ein spanischer Vorname. »Aber was mich einmal interessieren würde, Frau Dorn. Als ich all das erledigt habe«, er zog die Augenbrauen hoch, »wo waren Sie da eigentlich?«

»Noch in Italien. Ein Wochenendausflug.« Elsa fragte sich, ob Jansenbrink all dieses organisatorische Zeugs wirklich selbst erledigt hatte oder er ihr damit nur zeigen wollte, wie groß ihr Versäumnis war.

»An einem Montag?« Jansenbrink legte den Kopf schief. »Zwei Wochen, nachdem Sie bei uns angefangen haben?«

»Ich stand in einem Stau, ein umgestürzter Lkw hat die Autobahn stundenlang blockiert. Deshalb bin ich erst am Montagabend wieder in Augsburg angekommen. Natürlich habe ich die Dienststelle verständigt«, verteidigte sich Elsa.

»Ah ja? Stau? Soso.« Sein strenger Blick haftete auf ihrem Gesicht wie Sekundenkleber.

So langsam fühlte Elsa sich wie ein Straftäter bei der Vernehmung. Die folgende Stille dauerte unangenehm lange. Sie presste missmutig die Lippen aufeinander und bohrte ihren

Daumennagel in den Zeigefinger. Der Schmerz lenkte sie von einer unangemessenen Erwiderung ab. Wenn sie jetzt das sagte, was ihr auf der Zunge lag, hatte sie es sich mit Jansenbrink endgültig verscherzt. Daher blieb sie stumm und wartete auf den nächsten Vorwurf.

Ein Handy klingelte. Elsa zuckte. Hatte sie vergessen, den Klingelton auszuschalten? Bei ihrer Einführung in die Soko? Wie peinlich!

In diesem Moment zog Jansenbrink sein Telefon aus der Tasche, murmelte eine Entschuldigung und trat drei Schritte beiseite. Als er das Gespräch beendet hatte, wischte er sich mit einem Taschentuch über die schweißnasse Stirn. »Himmel! Das war eben der Innenminister. Er will auf den neuesten Stand der Ermittlungen gebracht werden. Und zwar von mir.« Hilfe suchend blickte sich Jansenbrink um. »Herr Zott.« Er winkte den hochgewachsenen Mann zu sich, der die letzten Minuten damit zugebracht hatte, Aktenordner auf einem Tisch zu sortieren. »Sie weisen Kollegin Dorn in ihre Aufgaben ein und bringen sie auf den aktuellen Stand. Ich muss weg! Dringende Angelegenheit, kann nicht warten.« Er verzog die Lippen zu einem hyänenhaften Lächeln und erklärte: »Das ist Kriminalhauptkommissar Zott. Er ist Ihr Ansprechpartner und bestimmt froh, diese Drecks... also, diese anspruchsvolle und fordernde Arbeit nicht mehr alleine machen zu müssen. Wir sehen uns heute um Achtzehnhundert zur Nachbesprechung. Auf Wiedersehen, Frau Dorn.«

Elsa sah Jansenbrink nach, der den Raum verließ, ohne die Türe zu schließen. »Achtzehnhundert? Bin ich etwa bei den Marines gelandet?«, kommentierte sie halblaut den militärischen Ausdruck.

»Übrigens, ich bin der Ludwig.« Hauptkommissar Zott trat einen Schritt vor und schüttelte ihre Hand. »Glückwunsch zur

Aufnahme ins Bataillon der Verlorenen. Wahrscheinlich hast du dir als Einstand einen erfreulicheren Fall gewünscht. Obwohl«, er zwinkerte, »unsere Fälle sind allgemein nicht wirklich erfreulich, schließlich sind wir hier ja bei der Kripo. Du bist doch die Neue von der Sitte, stimmt's? Ich habe dich in der Kantine gesehen.«

»Freut mich, dich kennenzulernen.« Elsa sah in das sommersprossige Gesicht des Kollegen, der sie neugierig musterte. Sie war froh, von jemandem mit gleichem Status instruiert zu werden. Außerdem gefiel es ihr, dass Zott gleich zum Du überging, wie es bei der bayerischen Polizei üblich war. Sie musste zu dem Kriminalhauptkommissar aufblicken, Zott war sicher über 1,90 m groß und dünn wie eine Scheibe Brot. Seine Nickelbrille verlieh ihm ein intellektuelles Aussehen, das durch den nachtblauen Anzug und die weinrote Krawatte noch verstärkt wurde. Dazu passte auch der blonde Pferdeschwanz, der Zott über die Schulter auf den schmalen Rücken fiel.

»Was meinst du damit – Bataillon der Verlorenen?«

»Leute, die auf Jansenbrinks Deppenliste stehen. Du hast den Rekord aufgestellt und bist schon kurz nach Dienstantritt drauf. Ich habe dafür ein halbes Jahr gebraucht. Aber jetzt muss ich diese Arbeit wenigstens nicht mehr alleine machen.«

»Welche Arbeit?«

»Staubige Akten der letzten zehn Jahre wälzen, tagelang im Büro sitzen, ohne die Sonne zu sehen. Kein Außendienst. So eine Arbeit eben. Du und ich, wir sollen unsere Nase in alte Fälle stecken und alles an den leitenden Ermittler weitergeben, was irgendwie von Belang sein könnte. Wir sortieren quasi vor und erleichtern anderen ihre Arbeit. Ermittlung vor Ort ist das leider nicht. Eher ein Job für Frischlinge.«

»Ich bin kein Frischling«, protestierte Elsa.

»Aber auf der Deppenliste. Wie ich.«

Elsa musste die Lippen zusammenkneifen, damit ihr nicht eine gereizte Bemerkung entschlüpfte.

»Wieso hat es dich aus der Landeshauptstadt München nach Schwaben verschlagen?«

»Ich wollte mich verändern«, antwortete sie ausweichend und deutete auf die Pinnwand, um das Thema zu wechseln. »Wer sind die Opfer?«

Ludwig Zott ging auf ihr Ablenkungsmanöver ein. Er tippte mit dem Zeigefinger auf das Bild eines menschlichen Körpers, bei dem man im ersten Anblick nicht sagen konnte, ob es sich um einen Mann oder eine Frau handelte. Er war nur noch ein Klumpen blutigen Fleischs. Bis auf zwei weiße Socken war die Leiche unbekleidet und von oben bis unten mit Wunden übersät. Anscheinend hatte der Mörder verschiedene Schlag- und Hiebwaffen benutzt. Der Kopf sah aus wie eine aufgeplatzte Melone, statt des Fruchtfleisches quoll hier allerdings Hirnmasse hervor. Anstelle der Nase klaffte ein Loch, diese war mit – was auch immer – ins Innere des Gesichts getrieben worden. Beim Anblick der zugeschwollenen Augen musste Elsa unwillkürlich an Brad Pitt in »Fight Club« denken – auch wenn der restliche Körper nicht ganz so erfreulich anzusehen war. Dem Opfer waren die Zähne eingeschlagen worden, dadurch wirkten die Wangen eingefallen wie bei einem Greis. Und das war noch nicht mal das Schlimmste.

»Wir haben zwei Tote.« Zotts Worte drangen zu ihr wie aus weiter Ferne. »Ein Spaziergänger hat das erste Opfer im Siebentischwald gefunden. Am Samstagvormittag um halb neun. Der Tote war nur oberflächlich mit Erde und Laub bedeckt, dem Täter war es offensichtlich egal, dass sein Opfer bald gefunden wird.«

»Samstag, sagst du? Also der sechste Dezember«, murmelte

Elsa. »Sein Name ist ...« Gleichzeitig mit Zotts Antwort fiel ihr Blick auf den Namen unter dem Bild.

»Darko Kovac, 46 Jahre alt, Zuhälter und Betreiber eines Saunaclubs in Lechhausen sowie zweier Puffs im Oberhauser Industriegebiet.« Zott beäugte Elsa von der Seite. »Oberhausen ist ein Augsburger Stadtteil«, erklärte er. »Liegt im Norden der Stadt.«

Elsas Blick wanderte vom Namen des Opfers zum Datum, dann auf die Details der Fotos. Auch beim zweiten Hinsehen hatten sie nichts von ihrem Schrecken verloren, waren immer noch so ekelerregend. »Ich weiß«, erwiderte sie. »Ich bin hier aufgewachsen.«

»In Augsburg?«

»Kann man so sagen. Jedenfalls finde ich mich einigermaßen zurecht. Den Stadtteil Lechhausen kenne ich übrigens auch.«

»Okay. Beim Siebentischwald handelt es sich um den Ablegeort der Leiche«, kam Zott wieder auf den Fall zu sprechen. »Kennst du bestimmt auch.«

Natürlich kannte sie den nördlichen Teil des Augsburger Stadtwaldes. Als Kind hatte sie mit ihrer Schwester und ihren Eltern regelmäßig den Augsburger Zoo und den Botanischen Garten besucht. Im Anschluss waren sie immer in dem nahe gelegenen Siebentischwald spazieren gegangen, meist zum Hochablass, einem Stauwehr an der Ostseite des Siebentischwaldes. Sie erinnerte sich gerne an das Rauschen des Lechs, von dem Wasser über den Hochablass in die Augsburger Altstadt abgezweigt wird und in zahlreichen Kanälen durch die Innenstadt fließt. Es hatte auch was Gutes, wieder in der Heimat Dienst zu schieben, wo sie eine glückliche Kindheit verbracht hatte.

»Fundort und Tatort stimmen nicht überein«, riss Zott sie aus ihren Gedanken.

»Der Zeuge?«

»Wurde überprüft, war ohne Zweifel nur derjenige, der das Opfer gefunden hat. Er ist sauber.«

Elsa schluckte. »Das Opfer, Kovac, sieht grauenvoll aus. Ein Racheakt unter Zuhältern?«, fragte sie abwesend, den Blick immer noch auf eine bestimmte Stelle des Fotos gerichtet.

»Liegt nahe bei dem Anblick. Die ersten Befragungen laufen bereits, und unsere Informanten im Milieu werden abgeklappert. Razzien und Hausdurchsuchungen sind in Vorbereitung. Wir drehen jeden Stein im Rotlichtbezirk um. Das komplette Programm halt. Jansenbrink will, dass wir unser Hauptaugenmerk in diese Richtung lenken. Er und die Oberstaatsanwältin funken diesbezüglich auf einer Welle.«

»Andere Möglichkeiten?«

Zott zuckte mit den Schultern. »Natürlich denken wir gesamtheitlich und konzentrieren uns nicht nur auf Zuhälter. Die Kollegen nehmen die Verwandten, Bekannten, Freunde und Arbeitskollegen der Opfer unter die Lupe. Infolgedessen fallen jede Menge Alibiüberprüfungen, Persönlichkeitsprofile, Umfeldermittlungen, Durchleuchten der Vergangenheit an, du kennst das ja. Das braucht jede Menge Zeit und Manpower. Außerdem checken wir die einschlägig Vorbestraften durch, die in Augsburg und Umgebung wohnen. Wir ermitteln zwar von innen nach außen, aber unter der Prämisse, dass Jansenbrink ein Ziel vor Augen hat.«

»Die Zuhälter?«

Zott nickte, klopfte mit dem Zeigefinger auf eine weitere Reihe Bilder. »Aber schau her, den zweiten Toten gab es am Sonntag auf d' Nacht. Genauso hingemetzelt wie Kovac.«

»Wer ist der andere Tote? Leo Trautwein sagt mir gar nichts.« Elsa deutete auf das Foto der zweiten Leiche.

»Liest du keine Zeitung, hörst du kein Radio?«

»Natürlich. Wenn ich zu Hause bin. War ich aber nicht. Ich war in Mailand und bin gestern Abend spät zurückgekommen, wie ich eben unserem Chef erklärt habe. Und heute Morgen bin ich direkt in die Dienststelle gefahren.« Elsa hatte das Gefühl, sich laufend wegen ihres zwangsweise verlängerten Wochenendes rechtfertigen zu müssen. Sah ganz so aus, als hackten hier alle aufeinander rum.

Typisch Augsburger Verhalten, dachte sie düster. Wahrscheinlich hatte sie zu lange in München gelebt. Obwohl Augsburg nicht gerade als Kleinstadt durchging, immerhin lebten hier knapp 280 000 Menschen, fühlte sie sich wie in der Provinz.

»Also: Leo Trautwein ist Augsburger Stadtrat. War es zumindest bis dato. Jetzt ist er tot, mausetot. Offensichtlich durch den gleichen Täter ins Jenseits befördert wie Kovac.«

»Weil?« Sie blickte den Kollegen fragend an.

»Weil er multiple Wunden aufweist und ihm ebenfalls Gegenstände eingeführt wurden?«, ergänzte Zott. »Und beide bis auf die Socken nackt waren? Außerdem ...« Er unterbrach sich. »Dazu später. Zurück zu unserem ersten Mordopfer.« Zott klopfte auf eines der Bilder des toten Zuhälters. »Der Mann war ein geschätztes Mitglied der Augsburger Gesellschaft, Herr Darko Kovac. Vorstrafen: Dutzende! Gewalttätig? Ganz bestimmt. Sexualtäter? O ja! Missbrauchte gerne seine weiblichen Angestellten. Kurz gesagt, ich vermisse ihn nicht.« Er schlug einen Ordner auf. »Und trotzdem kriege ich immer wieder Gänsehaut, wenn ich in dem Obduktionsbericht lese, wie er ins Jenseits befördert wurde. Professor Dr. Haider hat die gerichtsmedizinische Leichenöffnung an der Rechtsmedizin in München durchgeführt. Er stellte ...«

»Nur die Fakten bitte«, unterbrach ihn Elsa, die keine Lust auf den seitenlangen Bericht einer Obduktion verspürte.

»Okay, ich fasse zusammen. Der Professor stellte eine tief greifende Halsschnittverletzung mit Durchtrennung aller Halsorgane fest.«

»Moment, ein bisschen ausführlicher darf es schon sein.«

Zott befeuchtete mit der Zunge seine Lippen, offensichtlich freute er sich darauf, endlich loszulegen: »Damit sind beide Halsschlagadern gemeint, beide Drosselvenen, die Speiseröhre, Luftröhre, der Kehlkopf und die Schilddrüsenlappen. Außerdem wurden dem Opfer drei Bruststichverletzungen zugefügt, mit Öffnung des Brustkorbs. Diese Verletzungen schädigten die Lunge und die Leber. Weiter fanden sich eine Schnittverletzung am rechten Daumen, eine Stichverletzung am linken Unterarm sowie ein Durchstich des rechten Oberarmes. Im Bereich des Kopfs stellte der Professor zahlreiche Hämatome und Weichteilverletzungen fest. Das deutet auf mehrfache stumpfe Gewalteinwirkung hin. Insgesamt schließt Dr. Haider aus den Verletzungen, dass ein ziemlich einseitiger Kampf stattgefunden hat.«

»Kampf?« Elsa schüttelte den Kopf. »Wohl eher ein lustiges Schlachtfest.«

»Die Todesursache ist laut Gerichtsmedizin eine Kombination aus Blutverlust und Atembehinderung. Der Professor vermutet außerdem, dass der oder die Täter Kovac gewaschen haben, bevor er im Wald verscharrt wurde. Keine DNA. In den Wunden fanden sich nur Substanzen aus dem Wald. Moos, Erde, Reste von Laub und Rinde.«

»Abwehrverletzungen?«

Zott schüttelte den Kopf.

»Aber die Wunden am Arm und an den Händen?«

»Sind nicht durch eine typische Abwehrreaktion entstanden. Es gibt Anzeichen, dass Kovac gefesselt war, als ihm diese Schnitte und Stiche zugefügt worden sind.«

»Folter?«

»Sieht fast danach aus.«

»Aber das ist noch nicht alles«, sagte Elsa.

»Korrekt. Dem Opfer«, Zott deutete übertrieben schwungvoll auf eine Nahaufnahme von Kovac, »steckte eine Flasche im Anus.«

»Jaja, die Flasche. Ich bin nicht blind, das ist mir gleich als Erstes ins Auge gefallen.« Diese Flasche hatte Elsa von Anfang an abgestoßen und zugleich fasziniert. »Wieso steckt der Mörder dem Opfer eine Flasche in den Hintern?«

»Vielleicht wollte uns der Mörder etwas mitteilen?«

»Was denn, dass Kovac ein Alkoholiker war? Oder auf Bier stand?«

»Genau genommen Weißbier, denn es war eine Weißbierflasche. Ein Weizen sozusagen!«

Elsa verdrehte die Augen. »Sonst irgendwelche Spuren?«

»Nein.«

»Wie nein? Es hat offensichtlich ein Kampf stattgefunden. Dabei muss es doch einen Austausch von Spurenmaterial gegeben haben. Faserspuren, DNA-Spuren oder dergleichen. Irgendetwas.« Sie schnaubte. »Es gibt immer etwas. Man muss es nur finden. Vorausgesetzt, man sucht lange genug.«

»Wie gesagt, es gab nichts, überhaupt nichts. Bis jetzt zumindest, die Auswertung der Spuren ist noch nicht abgeschlossen. Außerdem fehlt noch der Obduktionsbericht aus München für Leo Trautwein.«

»Wird Zeit, dass Augsburg endlich mal eine eigene Rechtsmedizin bekommt«, kommentierte sie. »Was ist mit Kovac? Muss ich den kennen?«

»Als Augsburger Polizistin? Ja! Da du aber erst seit Kurzem bei uns bist, vermutlich nicht«, erklärte Zott gönnerhaft. »Er ist, er *war* Augsburgs Zuhälterkönig. Eine ziemlich dicke

Nummer. Dazu kommt der tote Leo Trautwein. Deshalb macht Jansenbrink auch so viel Dampf bei den Ermittlungen. Weil er selbst gehörig Dampf bekommt, und zwar von allen Seiten. Vom Leiter der Staatsanwaltschaft, der zuständigen Oberstaatsanwältin, dem Polizeipräsidenten, dem Ministerialdirigenten, dem Staatssekretär und, seit eben, vom Innenminister. Fehlt nur noch der Ministerpräsident. Aber der meldet sich bestimmt noch. Schließlich geht es um einen toten Stadtrat.«

Elsa stieß zischend Luft aus und schob den Kopf vor, bis ihre Stirn fast die Nahaufnahme des toten Trautweins berührte. Die gleiche Matschbirne wie bei Kovac. Der Mörder hatte den Stadtrat richtig zu Brei geschlagen und ihn mit einem Messer verstümmelt. Und das war längst nicht die Krönung. »Ihm stecken zwei Karotten in den Augäpfeln«, sprach sie das Offensichtliche aus. »Mit dem stumpfen Ende unten, also drinnen, im Gesicht, meine ich. Was ist denn das da?« Sie klopfte mit dem Zeigefinger auf das Bild. »Sieht aus wie, wie ein ...«

»Kondom«, vollendete Zott den Satz. »Zwei, genauer gesagt. Über jeder Karotte eins. Zur Hälfte abgerollt. Es handelt sich um billige Markengummis aus dem Drogeriemarkt.«

»Himmel! Wer zur Hölle rammt einem Menschen zwei Möhren in die Augen und stülpt anschließend noch Kondome drüber? Das ist doch irre. Völlig krank ist das!« Trotz ihrer Jahre bei der Münchner Sitte brachte Elsa die Brutalität mancher Täter immer wieder auf die Palme. Es ließ sie einfach nicht kalt, wenn sie an das Leid der Opfer dachte. Da kam bei ihr keine Routine auf.

»Korrekt«, stimmte Zott lapidar zu.

»Soll das irgendeine Anspielung auf ›Stielaugen‹ sein?« Sie legte den Kopf schief und musterte Trautweins Klumpgesicht mit den zwei Karotten darin genauer. »Im weitesten Sinne kann man schon sagen, die Karotten wurden eingeführt«, Elsa malte Anführungsstriche in die Luft, »wie die Weißbierflasche in Kovac' Allerwertestem. Aber deswegen, und weil die beiden Opfer nackt waren, auf den gleichen Täter schließen? Ich weiß nicht.« Elsa zupfte sich an der Unterlippe.

Zott machte sie mit einer Bewegung seines Kinns auf ein Detail aufmerksam, das sowohl auf den Tatortfotos von Trautwein als auch bei Kovac zu sehen war, allerdings erst bei näherem Hinsehen.

»Was ist das?«

»Eine Fotokopie. Das Bild zeigt den Erzengel Gabriel, mit ausgebreiteten Flügeln in der Luft schwebend. Der Mörder hat das Bild beiden Opfern auf die Handinnenseite gelegt und die Finger zur Faust zusammengedrückt.«

»Ich gebe zu, das spricht natürlich für ein und denselben Täter. Und deshalb der Name?«

»Welcher Name?«

»Na, der Name der Soko. Gabriel! Sehr einfallsreich.«

»Hat Jansenbrink vorgeschlagen.«

»Sehr kreativ, der Herr Jansenbrink.«

»Jepp!« Zott nickte, sein Kopf schaukelte hin und her wie bei einem Wackeldackel.

»Gab es Anzeichen für einen Sexualmord?«

»Du meinst, außer den Kondomen auf den Möhrchen oder die Flasche im Arsch?«

»Ganz genau. Du weißt schon, Spermaspuren in bestimmten Körperöffnungen, Verletzungen diverser Art.«

»Nein, negativ. Zumindest auf den ersten Blick. Die Leichenschau durch den Münchner Gerichtsmediziner hat diesbezüglich nichts ergeben. An und in der Bierflasche hat Professor Haider ebenfalls nichts Verwertbares entdeckt. Bei Trautwein müssen wir den Obduktionsbericht abwarten für ein endgültiges Ergebnis. Vorerst gibt es jedenfalls keinen Hinweis auf Sperma oder Verletzungen, die auf bestimmte sexuelle Praktiken hinweisen. Andererseits, die Bierflasche, die gibt mir schon zu denken.«

»Das kann alles und nichts bedeuten«, lenkte Elsa ein. »Dieser Stadtrat ...«

»Trautwein.« Zott deutete mit dem Kopf auf die Fotos des Toten.

»Was für eine Verbindung gibt es zwischen den beiden?«

»Wer weiß das schon?«

»Bitte?« Elsa glaubte, sich verhört zu haben. So hinterwäldlerisch konnten die Kollegen in Augsburg doch unmöglich sein.

»Soll heißen, wir wissen das nicht. Zumindest deutet nach bisherigem Stand nichts darauf hin, dass sich Kovac und Trautwein kannten.«

»Aber spätestens die Presse wird Vermutungen in diese Richtung anstellen.«

»Das befürchtet Jansenbrink auch.«

»Deshalb sollten wir diese Möglichkeit ebenfalls in Betracht ziehen. Was die Gerichtsmedizin wohl zur Todesursache bei Trautwein sagt? Anhand der Tatortbilder lässt sich das schwer feststellen. Ich meine, Trautwein sieht aus wie ein Truthahn. Blutig gerupft und auf dem Weg in den Ofen. Sein Körper ist übersät von Wunden. Himmel, seinem Kleinhirn sagen zwei Möhren guten Tag.«

»Zumindest achtet unser Mörder auf Naturkost, das sind Biokarotten.«

Elsa grinste und schielte zu Zott. Doch der lächelte keineswegs. Er meinte es völlig ernst.

»Doch, doch.« Er schien ihre Ungläubigkeit zu bemerken.

»Schau dir die Form an, den krummen Wuchs. Ich esse selbst nur Bio. Diese Riesenkarotten aus dem Supermarkt kommen mir nicht auf den Tisch.«

Aha, wenn das mal kein Ansatzpunkt war, dachte Elsa. So langsam begriff sie, warum es Zott auf die Deppenliste geschafft hatte. Die hellste Kerze auf der Torte war er offensichtlich nicht. Himmel, wo war sie nur gelandet! Inzwischen sehnte sie sich immer mehr nach ihrer Münchner Dienststelle zurück. Gäbe es dort nur nicht diesen einen, ganz bestimmten Kollegen. Sie knabberte auf ihrer Unterlippe. »Lag Trautwein auch im Siebentischwald?«

»Nein, sondern im Norden des Präsidiumsbereiches. Bei Biberbach. Landkreis Augsburg. In einem Waldstück in der Nähe eines Reiterhofes. Ein Mädchen hat die Leiche auf dem ersten Ausritt mit ihrem Reitlehrer entdeckt. Lag direkt neben dem Reiterpfad. Die Kleine wäre fast aus dem Sattel gefallen vor Schreck.«

»Kann ich mir denken. Und der Reitlehrer?«

»Hat zuerst nichts mitbekommen, weil er die ganze Zeit seiner Schülerin auf den Arsch gestarrt hat. Er ist hinter dem Mädchen geritten.«

»Im Ernst?«

»Hat er so gesagt.«

»Tatsächlich?«

»Klar. Die Kleine ist ja auch eine Granate«, versicherte er ihr treuherzig.

»Okay, können wir jetzt wieder über den Fall sprechen?«, fragte Elsa mit einem leichten Knurren in der Stimme. Sie hasste nichts mehr als diese Macho-Sprüche. Doch Zott, der selbst ernannte Bio-Experte, schien das nicht zu merken.

»Oh, klar. Sicher.« Er errötete leicht. Offenbar war die Botschaft endlich angekommen.

»Gut.«

Elsas Blick blieb auf Trautweins Leichenfotos haften. Foto eins, eine Übersichtsaufnahme, zeigte den toten Stadtrat, bis auf die Socken völlig unbekleidet, wie er mit dem Gesicht nach oben auf dem Waldboden lag. Foto zwei war eine Nahaufnahme der Leiche in Seitenposition. Arme und Beine waren mit einem Strick auf dem Rücken zusammengebunden, zusätzlich die Handgelenke mit mehreren Kabelbindern fixiert und die Ellenbogen mit einem Elektrokabel verschnürt. Foto Nummer drei schien auf den ersten Blick den Querschnitt einer Lasagne zu zeigen, doch es handelte sich um die Detailaufnahme mehrerer Stichverletzungen am Oberbauch.

»Ein wahres Gemetzel«, murmelte Elsa. »Bei beiden Opfern. Das war jedes Mal ein ziemlich einseitiger Kampf, würde ich sagen.«

»Einseitiger geht es kaum. Ungefähr so, als würdest du gegen die Klitschko-Brüder boxen. Gegen beide. Gleichzeitig.«

»Du hast mich noch nie boxen sehen.« Elsa lächelte.

»Ehrlich jetzt?«

»Natürlich *nicht!* Was soll daran toll sein, sich in einem umzäunten Rechteck gegenseitig auf die Nase zu hauen?«

»Mir macht's Spaß, das Zuschauen meine ich, aber egal.« Zott deutete auf die Bilder. »Der Täter muss sehr kräftig gewesen sein, wenn er beide überwältigen konnte, ohne großartig Spuren zu hinterlassen.«

»Oder es waren mehrere«, warf Elsa ein.

»Oder es waren mehrere. Das ist richtig. Leo Trautwein ist zwar Stadtrat gewesen und Bürohengst, aber er hat früher geboxt. Hah, da wären wir wieder beim Thema Boxen. Amateurklasse bloß, aber immerhin. Und der Zuhälterkönig Kovac war in Augsburg für seine Brutalität berühmt. Wer hat die

Fähigkeiten, zwei solche Männer auszuschalten, und zwar ohne Gegenwehr?«

»Das ist eine wichtige Frage.« Elsa betrachtete die Tatortfotos. »Deren Beantwortung ein wichtiger Fortschritt in den Ermittlungen wäre.«

»Stimmt, aber wir haben anderes zu tun, schließlich gehören wir nicht zu den wichtigen Menschen innerhalb der Soko. Wir sind der Aktensichtung zugeteilt. Tiefsinnigere Gedanken sind von uns nicht gewünscht. Du kannst dich aber gerne für die operative Fallanalyse bewerben, wenn du Lust hast. Vielleicht liegt dir auch die Hinweisaufnahme, wenn du gerne telefonierst. Mir eigentlich egal. Aber«, Zott hob den Zeigefinger, »wir stehen auf der Deppenliste, schon vergessen? Jansenbrink und der leitende Ermittler Krenzin haben das Sagen, wir zwei sind lediglich Laufburschen. Die für das Aktensichten zuständig sind. Alles klar?«

Elsa brummte. »Krenzin ist der Chef des K1, richtig? Ich hatte bisher nicht die Ehre, seine Bekanntschaft zu machen.«

»Korrekt. Erich Krenzin. Erster Kriminalhauptkommissar und Leiter des Kommissariats 1, zuständig für Tötungsdelikte. Spitzname: Derrick von Augsburg. Krenzin hält die Fäden in der Hand, lässt aber Jansenbrink in dem Glauben, er wäre der Marionettenspieler. Der Jansenbrink braucht das für sein Ego. Krenzin hat keins.«

»Was?

»Ein Ego.«

»Eine imposante Charaktereigenschaft.«

»Stimmt. Vor allem hat er es trotz des fehlenden Egos weit gebracht bei der Polizei.«

Elsa nickte, sagte aber nichts. Stattdessen betrachtete sie die Fotos und kaute nachdenklich auf ihren Fingernägeln. »Weißt du, was seltsam ist?«

»Was?«

»Bei den Opfern liegt ein klarer Fall von Overkill vor, denn der Täter hat eindeutig mehr getan, als notwendig wäre, um den Tod herbeizuführen.«

»Da will ich dir nicht widersprechen.«

»Das passiert doch eigentlich nur bei einer Affekthandlung, zum Beispiel einer Tat, die aus einer Provokation heraus entsteht. Während Ehestreitigkeiten etwa, die aus dem Ruder laufen, oder einem Streit unter Saufkumpanen. Aber das hier, das sieht irgendwie nach einer geplanten Tat aus. Und zwar in beiden Fällen.«

»Jaja, kann schon sein, aber für diese Überlegungen gibt es doch die Fallanalysten, oder? Krenzin wird sicherlich einen Experten zurate ziehen, wenn er der Meinung ist, das würde ihm weiterhelfen. Wir sollten uns lieber langsam an unsere Arbeit machen. Die Aktenberge sichten sich nicht von alleine. Und je eher wir durch sind, desto besser. Die Aktenstelle ist keine Wellness-Oase, glaub mir. Solltest du eine Stauballergie haben, dann wünsche ich schon mal viel Spaß. Und jetzt komm.« Zott ging zur Tür.

»Können wir nicht hier oben ...?«

»Vergiss es!« Ihr Kollege winkte ab. »Wir sichten an Ort und Stelle. Ich schleppe doch nicht den ganzen Tag die Ordner von einem Büro ins andere. Außerdem ist das hier ein Besprechungszimmer, hier kommt alle fünf Minuten jemand rein.«

Elsa konnte sich nur schwer von der Pinnwand lösen. Irgendetwas irritierte sie an den Fotos des toten Stadtrats. Sie wusste nur nicht, was. Immer wieder besah sie sich Trautwein, dem ein äußerst brutaler Mörder zwei Biomöhren wie zwei Minipfähle in die Augen gebohrt hatte.

»Kommst du endlich?«, quengelte Zott.

»Sofort.« Ihr lief ein Schauer über den Rücken, als sie die

klaffende Halswunde Trautweins ein letztes Mal mit ihrem Blick streifte. Trautwein schien ihr zuzulächeln.

Aber das war unmöglich!

Elsa schloss die Augen.

Öffnete sie wieder.

Alles in Ordnung. Oder auch nicht. Jedenfalls lächelte Trautwein auf dem Foto nicht. Natürlich nicht.

Tote lächeln nicht!

KAPITEL 2

»Himmelherrschaftssakrament!« Sven Schäfer wischte sich mit dem Handrücken übers Gesicht. Dabei verschmierte er den roten Sabber nur noch mehr.

Schäfer blinzelte, sogar seine Augen waren verklebt. Ohne wirklich etwas sehen zu können, beugte er sich nach rechts. Beim dritten Versuch gelang es ihm schließlich, das Handschuhfach zu öffnen und zwischen allerlei Krimskrams ein dreckiges Stofftaschentuch rauszuziehen, mit dem er sich von der klebrigen Masse säuberte. Er ließ das Fahrerfenster nach unten surren, packte die Bratwurstsemmel und warf sie aus seinem Auto, einem knallgelben Ford Mustang. Der Hunger war verflogen. »Drecksketchup!«, schimpfte Schäfer und betrachtete sein rot glänzendes Gesicht im Rückspiegel. Er sah aus, als hätte ihm ein Zombie Wange und Kinn abgebissen.

Im Stillen verfluchte er seine Ketchupsucht, die ihn dazu genötigt hatte, ein Tütchen der roten Würzsoße aufzureißen, dessen Inhalt er anschließend mit seinem Brotzeitmesser auf der Bratwurst verteilen wollte. Wie üblich hatte die Metzgereiverkäuferin zu wenig in die Semmel geschmiert. Für solche Fälle lagerte Schäfer in der Seitenablage seines Mustangs einige Notrationen dieser kleinen Ketchuptüten, die er sich immer heimlich in die Tasche steckte, wenn er beim Schnitzelwirt zu Mittag aß. Beim Öffnen hatte er ein Massaker angerichtet. Diese spezielle Tüte hatte sich als äußerst widerspenstig erwiesen, sodass er brutale Gewalt anwenden musste, um die Lasche einzureißen. Das Ketchup war herausgeschossen und hatte nicht nur Lenkrad und Armaturen versaut, sondern auch sein frisch rasiertes Gesicht. Sogar auf seinem Schädel und dem weißen Anorak waren einzelne Ketchup-Spritzer gelandet. Er überlegte kurz, ob er nach Hause fahren und eine andere Jacke überziehen sollte, da kam seine Zielperson aus dem gegenüberliegenden Gebäude. Heinz Täuber, 48 Jahre alt, Versicherungsmakler und vermutlich untreuer Ehemann. Zumindest glaubte dies seine Frau, Gertrud Täuber, geborene Schmitz.

Frau Täuber hatte Schäfer vor zwei Tagen aufgesucht und ihn als Privatdetektiv engagiert, um die Seitensprünge ihres Ehemanns nachzuweisen. Diesen Auftrag wollte Schäfer rasch abschließen. Es war zwar langweilig, notgeile Ehemänner beim Fremdgehen zu überwachen, brachte dafür aber eine Menge Knete ein. Das Erfolgshonorar wollte er schnellstmöglich verdienen, momentan sah seine finanzielle Lage alles andere als rosig aus. Mit dem Auftauchen der Zielperson erübrigte sich die Frage nach anderer Kleidung, Schäfer entschied sich für die Fortsetzung der Überwachung. In seinem Auto sah ihn ja niemand.

Er wischte Lenkrad und Armaturen notdürftig sauber und wickelte das Brotzeitmesser in das durchtränkte Taschentuch. Hastig steckte er alles zusammen in die Tasche des Anoraks. Der musste sowieso in die Reinigung, da kam es auf ein paar weitere Flecken jetzt auch nicht mehr an.

Er wartete, bis Heinz Täuber in seinen Audi stieg und rückwärts auf die Maximilianstraße rangierte, die Augsburger Prachtstraße in der Innenstadt. Schäfer warf einen Blick auf den Herkulesbrunnen, der zu dieser Jahreszeit mit Holzplatten zum Schutz vor der Witterung abgedeckt war. »Jetzt geht's los, alter Knabe, wünsch mir Glück, ich kann's brauchen.« Schäfer startete seinen verbeulten Ford Mustang und folgte

Täuber. Der Mustang hoppelte über das Kopfsteinpflaster. Täuber bog nach rechts in die Kapuzinergasse, Schäfer hintendrein. Es ging bergab die enge Gasse entlang, dann links in die Konrad-Adenauer-Allee, nachdem sie eine Straßenbahn passieren ließen, die vorbeiknatterte. Am Theodor-Heuss-Platz leuchtete der rechte Blinker von Täubers Audi.

»Das ist aber nicht der direkte Weg von der Arbeit nach Hause, Mister Täuber«, murmelte Schäfer, als der schwarze A6 an der Ampel nach rechts abfuhr. Wäre Täubers Eigentumswohnung das Ziel gewesen, hätte er links fahren müssen, Richtung Rote-Torwall-Straße, vorbei an der Freilichtbühne und dem Roten Tor. In der Ferne sah Schäfer den Augsburger Hotelturm. Jetzt, um kurz nach 15.00 Uhr im Dezember, leuchteten zahlreiche Lichter in dem Gebäude, und der 158 m hohe Turm machte seinem Spitznamen alle Ehre. »Maiskolben« nannten ihn die Augsburger, und das zu Recht. Bei Dunkelheit sah er aus wie ein angegessener Maiskolben, die einzelnen Lichter erinnerten dabei an die Maiskörner.

Schäfer drosselte das Tempo, um nicht aufzufallen, und folgte in sicherem Abstand. Täuber lenkte seinen Wagen über die Eisenbahnbrücke auf die Rosenaustraße und fuhr im weiteren Verlauf auf die B 17, in Richtung Norden. Auf Höhe des Autobahnkreuzes bog er auf die Bundesautobahn nach Stuttgart.

»Na, wo wartet deine Süße denn auf dich?«, fragte Schäfer, während er ebenfalls auf die A 8 steuerte. Täuber gab Gas und wechselte auf die linke Spur. An der nächsten Ausfahrt fuhr er ab, in einen Kreisverkehr und anschließend wieder auf die Autobahn, nur diesmal in entgegengesetzter Richtung. »Was soll jetzt das?« Schäfer wunderte sich, blieb aber dran. Einen Kilometer weiter lenkte Täuber den Audi auf einen Rastplatz, stoppte jedoch weder an der Tankstelle noch am Restaurant.

Da ging Schäfer ein Licht auf. Der Mann wollte zum Autobahnmotel, dem geheimen Treffpunkt vieler liebestoller Paare.

Schäfer parkte in einiger Entfernung von Täuber, stellte den Motor ab und stieg aus. Er überlegte kurz, beugte sich dann ins Auto und öffnete das Handschuhfach. Dort lag seine Smith & Wesson – für den Notfall. Die Waffe brauchte er sicherlich nicht für eine stinknormale Überwachung, allerdings erschien es ihm zu riskant, sie an einem Autobahnrastplatz im Wagen zu lassen. Aus seiner Zeit bei der Polizei wusste er um die hohe Zahl an Autoaufbrüchen auf diesen Parkplätzen. »Scheiße«, fluchte Schäfer, als er vergeblich nach dem Gürtelholster tastete. Das lag blöderweise im Schlafzimmer auf dem Bett. »Dann muss es so gehen.« Er steckte den Revolver in den Hosenbund und wollte gerade zum Motel stiefeln, als Täubers Audi an ihm vorbeirollte. Gefrorener Schnee knirschte unter den Reifen.

»So schnell kann doch keiner fertig sein.« Schäfer sah dem Wagen nach, sein Blick sprang zwischen Täubers A6 und dem Motel hin und her. Als die Rücklichter des Audis in der Dunkelheit verschwanden, saß Schäfer bereits hinter dem Steuer und nahm die Verfolgung auf. Er achtete darauf, seine Zielperson nicht aus den Augen zu verlieren, schüttelte den Kopf, als Täuber am Autobahnkreuz Augsburg West abfuhr und diesmal ins Industriegebiet von Gersthofen steuerte, einer Kleinstadt vor den Toren Augsburgs. Schäfers Blick fiel auf einen Baumarkt und mehrere Supermärkte, dann bremste er abrupt, weil Täuber vor ihm langsamer wurde. Schäfer hielt am Straßenrand und beobachtete Täuber, der auf dem Parkplatz eines Discounters aus dem A6 stieg und sich verstohlen umsah.

»Aha, sind wir jetzt am richtigen Örtchen«, brummte Schäfer und schaute auf die hell erleuchteten Buchstaben über dem

Eingang des Hotels, das sich zwischen eine Firma für Bodenbeläge und einen leer stehenden Gebäudekomplex quetschte. Schäfer wartete fünf Minuten, er wollte Täuber die nötige Zeit geben, um mit seinem Techtelmechtel warm zu werden. Dann stieg er aus und schlenderte auf den Parkplatz des Hotels, auf dem fünf Autos parkten. Bis auf einen silbernen Opel hatten alle auswärtige Kennzeichen.

»Wieso parkst du eigentlich nicht auf dem hoteleigenen Parkplatz?«, murmelte Schäfer. Wahrscheinlich wollte er nicht neben seinen Kumpels parken. Wer weiß, wie viele von Täubers Versicherungsfreunden hier ihre Klientinnen und Sekretärinnen intensiv befragten. Die Welt war durch und durch verdorben.

Schäfer zuckte die Schultern und blickte auf seine Armbanduhr. Kurz vor vier. Es war ein trüber Tag im Dezember, die Dämmerung brach bereits herein. Ideale Bedingungen für einen außerehelichen Beischlaf. Schäfer lächelte, er kannte dieses Hotel von seinen zahlreichen Überwachungen untreuer Ehemänner. Auch er selbst hatte ein- oder zweimal hier eingecheckt, aber da war er schon so gut wie geschieden gewesen, moralisch also völlig im grünen Bereich. Schön, dann konnte es jetzt also losgehen. Schäfer kramte sein Smartphone aus einer der vielen Taschen der erdfarbenen Cargohose und stellte es auf lautlos, dann steckte er es griffbereit in die linke Außentasche seiner Jacke. Mit dem Gerät wollte er die benötigten Beweisfotos schießen. Er hatte nie viel für Fotografie übrig gehabt, sein Wissen über Brennweite und ähnliche Dinge war kaum der Rede wert. Statt sich mit irgendwelchen Kameras rumzuschlagen, vertraute er daher auf sein ultramodernes Smartphone, die Bilder erfüllten jedes Mal ihren Zweck. Außerdem kostete eine Spiegelreflexkamera ein Vermögen, das er nicht besaß. Das Smartphone war schon teuer genug, aber unabdingbar für seinen Job.

Schäfer näherte sich dem Eingang und beobachtete den Mann am Empfang. Wie hieß er gleich wieder? Ach ja, Harry. Pförtner Harry hatte eine Nikotinsucht. Sein Chef sah es aber gar nicht gerne, wenn Harry am Arbeitsplatz rauchte. Das hatte der Pförtner einmal erzählt, als Schäfer im Hotel auf eine Frau warten musste. Auch jetzt sah Harry schon wieder unruhig nach links und rechts. Gleich darauf zog er eine Zigarettenschachtel und ein Feuerzeug unter dem Tresen hervor und verließ seinen Platz. Zur Toilette, wie Schäfer wusste. Dort war die einzige Möglichkeit, unbemerkt eine Zigarette zu rauchen, nachdem Harrys Chef selbst das Rauchen vor dem Eingang verboten hatte. Angeblich aus Rücksicht auf die Gäste.

Schäfer schmunzelte, er hatte genau auf diese Gelegenheit gewartet. Schnell glitt er durch die Glastür und lief zur Treppe. Einen Blick ins Anmeldebuch ersparte er sich. Täuber war garantiert nicht so blöd, unter seinem richtigen Namen einzuchecken. Schäfer verließ sich lieber auf sein Gehör und die Geräusche, die ausgehungerte Männer beim Sex fabrizierten, schlich von Zimmer zu Zimmer, legte an jede Tür sein Ohr und horchte. Er hörte Radiogedudel, Stimmen aus dem Fernseher und Gäste, die telefonierten. Also Menschen, die aus harmlosen Gründen hier nächtigten oder deren Sexpartner noch nicht da waren. Nicht jeder Fremdgänger befriedigte seinen Trieb vor vier Uhr nachmittags, wie es anscheinend Heinz Täuber im Sinn hatte. Nach einem guten Dutzend Zimmer, hinter deren Türen keine Sauereien vonstattengingen, hatte sich Schäfer schließlich bis in den zweiten Stock hochgearbeitet. Gerade als er den Fuß auf den mit grauem Teppich ausgelegten Flur setzte, hörte er es.

Der Lustschrei eines Mannes!

Obwohl das in diesem Fall eher wie der Todesschrei eines Orks klang. Innerhalb von Sekundenbruchteilen hatte Schäfer den Ort des wilden Treibens lokalisiert und positionierte sich neben der Tür, die sich wohl kaum für einen Werbespot über Schallschutz eignete. Jedes Wort drang auf den Flur.

»Gib's mir, du wilder Hengst.«

»Du geiles Miststück willst es haben? Du kriegst es von mir auf die harte Tour.«

»Ja, genau so!«

Schäfer lauschte den sinnlichen Spielen für einen Moment und fühlte sich, als würde hinter der Tür ein miserabler amerikanischer Pornofilm noch miserabler synchronisiert.

Es klatschte, als würde eine Horde Insekten mit einer Fliegenklatsche totgeschlagen.

»Dein Arsch ist so geil!«

Ein weiteres Klatschen, dann noch eins.

Schäfer verdrehte die Augen. »Das ist wirklich ein ganz mieser Streifen«, murmelte er. Da war der Täuber Heinz aber mächtig am Arbeiten. Jetzt musste Schäfer nur noch irgendwie ein paar Fotos von dem lüsternen Pärchen ergattern, dann war der Drops gelutscht, der Feierabend gerettet und der Auftrag in trockenen Tüchern. Er versuchte es auf die einfache Art, hielt sein Smartphone im Anschlag und drückte die Klinke.

Mist, verschlossen!

Wäre auch zu schön gewesen. Während die beiden Turteltäubchen ganz in ihrer Wollust versunken waren, hätte er schnell zwei oder drei Schnappschüsse machen können. Und ohne dass die beiden etwas gemerkt hätten, wäre er längst auf dem Weg zu seinem Büro gewesen, hätte dort sein Feierabendradler gezwitschert und auf Täubers Schniedel angestoßen. Doch das Glück war ihm nicht hold. Also zückte Schäfer seinen selbst gebastelten Dietrich und führte ihn in das Schloss ein. Gott sei Dank gab es hier nicht diese neumodischen Magnetkarten. Dafür stieß er allerdings gleich auf das nächste Hindernis. Der Schlüssel steckte von innen, also kam er auch auf diese Weise nicht weiter.

Schäfer dachte kurz nach und kratzte sich dabei am Kopf, dann klopfte er an der Tür neben dem Pornostudio für Arme. »Zimmerservice«, rief er halblaut, klopfte ein zweites Mal und drückte die Klinke. Ebenfalls verschlossen. Aber diesmal hatte er keine Probleme mit seinem Dietrich, die Tür glitt leise auf. Er schaute sich rasch um, dann schlüpfte er ins Zimmer und schritt schnurstracks zur Balkontüre, öffnete diese und trat in den eisigen Dezember hinaus. Er lehnte sich über das Balkongeländer, während er kleine Atemwölkchen ausstieß, und versuchte, ins andere Zimmer zu spähen. Zu seinem Leidwesen sah er nur die Ecke mit dem Fernseher, aber dummerweise nicht das Bett. Schäfer versuchte die Entfernung von seinem Balkon bis zu dem des Nachbarzimmers einzuschätzen. Eventuell wäre er in der Lage, mit einem Sprung …? Es war allerdings Dezember, das Geländer des Balkons bestimmt vereist und glatt. Nur im Kino gelang solch ein waghalsiger Akt. Er war aber nicht Spiderman und musste sich etwas anderes einfallen lassen.

Verdammt! Er war so nahe dran, und die Zeit drängte, wenn er Täuber in Aktion antreffen wollte. Seine Zielperson war bestimmt schon auf der Zielgeraden – ein Foto in diesem Zustand wäre der perfekte Beweis. Natürlich könnte er abwarten, bis die beiden Turteltäubchen das Zimmer verließen, und sie dann eng umschlungen ablichten. Das würde Frau Täuber womöglich reichen, aber Schäfer wollte lieber Handfestes fotografieren. Dann bekam er vielleicht einen kleinen Honoraraufschlag für besonders gelungene Arbeit. Und außerdem reizte es ihn, Täuber sozusagen auf frischer Tat zu ertappen.

Schäfers Blick schweifte über das Gelände und blieb an einer Leiter hängen, die unter seinem Balkon im Schnee lag.

Wie sorglos von der Hotelführung. Er beschloss, mit ebendieser Leiter fensterln zu gehen, als ihm ein Schatten auffiel, der sich ganz langsam an der Außenmauer des Hotels bewegte. Schäfer kniff die Augen zusammen. Dieser Mensch da hatte Verbotenes im Sinn, davon war er überzeugt. Er ließ den Schatten nicht aus den Augen. Direkt unter dem Balkon verharrte der Unbekannte einen Moment, dann beugte er sich über die Leiter und hob sie mit einem kräftigen Ruck vom Boden. Eis klirrte, fiel in den Schnee und zeichnete dort ein Muster, während der Unbekannte sich die Leiter auf die Schulter legte.

»Was zum Teufel …?« Schäfer riss die Augen auf, weil der Mann – garantiert war das keine Frau – die Leiter an das Balkongeländer nebenan stützte. Schäfer trat einen Schritt zurück und beobachtete. Es klackte, als der Mann die Sprossen hochkletterte, das obere Ende der Leiter wackelte. Plötzlich zog Schäfer scharf die Luft ein. Jetzt erkannte er den Typen. Das war kein Unbekannter, ganz und gar nicht. Der Täuberich lag nicht wie angenommen im Inneren des warmen Hotelzimmers und vergnügte sich mit seiner Geliebten. Nein, Heinz Täuber kraxelte in diesem Augenblick auf einer verbogenen Aluleiter und spähte verstohlen in jenes erleuchtete Hotelzimmer, in dem Schäfer den Mann eben noch vermutet hatte.

Ein Spanner! Schäfer schüttelte den Kopf. Täuber war ein verdammter Spanner! Der ging nicht fremd, der holte sich einen runter, indem er anderen zusah. Dabei hatte es doch ganz so ausgesehen, als ob Täuber … Aber natürlich! Deswegen war der Mann zuerst ins Autobahnmotel gefahren. Um dort Voyeur zu spielen. Aber wahrscheinlich bumste da gerade niemand. Deshalb das Hotel hier. Täuber hatte seine Anlaufadressen, die er regelmäßig abklapperte. Anders konnte das gar nicht sein. Ob die Frau Gemahlin zufrieden war, wenn Schäfer ihr übermittelte, dass ihr Göttergatte keine Geliebte hatte, dafür aber gerne anderen zuguckte? Egal, sein Auftrag war erfüllt, sobald er eindeutige Beweise vorlegen konnte. Wurscht, was Täuber trieb! Während sich in Schäfers Kopf die Gedanken überschlugen, kletterte Täuber vollständig auf den Balkon und näherte sich dem Fenster.

Schäfer beschloss, seiner Zielperson auf demselben Weg zu folgen. Dadurch bekäme er einen besseren Einblick in die Situation, die Beweisfotos wären erste Sahne. »Okay, jetzt aber los.« Schäfer kehrte zurück ins Zimmer, auf den Gang und hastete ins Erdgeschoss. Der Pförtner weilte wieder an seinem Platz, gelangweilt zwar, allerdings würde er es garantiert bemerken, wenn jemand an ihm vorbeilief. Und dann würde Harry womöglich blöde Fragen stellen, deren Beantwortung äußerst unangenehm wäre. Deshalb öffnete Schäfer kurzerhand ein Fenster und sprang ins Freie.

Der Schnee unter seinen Stiefeln knirschte. Er tastete sich, wie wenige Minuten zuvor Heinz Täuber, an der Mauer des Hotels entlang bis zur Leiter, blickte kurz nach oben, dann setzte er Fuß für Fuß auf die Sprossen, bis er zwischen den Metallstäben des Balkongeländers hindurch Täuber und das hell erleuchtete Zimmer erkennen konnte. Täuber verharrte vor dem Fenster und sah auf den rosigen Arsch eines Mannes, der hinter einer Blondine kniete. Synchron zu den wuchtigen Stößen wackelte das Bett. Selbst hier draußen war noch das Klirren des Kaffeegedecks auf dem Nachttisch zu hören. Die Scheiben der Balkontüre fingen an zu beschlagen. Täuber hatte die Hände zu Fäusten geballt und wippte von einem Fuß auf den anderen. Wie gebannt starrte er auf die beiden, die nichts von ihrem Zuschauer ahnten. Der Spanner hatte seine volle Konzentration auf das Schauspiel vor ihm gerichtet.

Schäfer zückte sein Smartphone und hielt die Kameralinse

in Richtung Täuber, die Leiter wackelte. Das würde ein toller Schnappschuss werden, wenn sich der Typ umdrehte. Im Hintergrund das lüsterne Pärchen und dazu Täubers erschrockener Gesichtsausdruck.

Unbezahlbar!

»Pssst!«, machte Schäfer. »Hey Täubchen.«

Täuber drehte sich abrupt um.

Schäfer drückte auf den Auslöser, ein greller Blitz zuckte durch den Dezemberabend.

Geblendet hielt Täuber sich die Hände vor die Augen. »Was soll das?«, schrie er und taumelte rückwärts gegen die Glastür, die dummerweise nachgab. Täubers Augen weiteten sich, er stolperte mit den Füßen über die Schwelle, verlor das Gleichgewicht und donnerte mit dem Rücken auf den Hotelteppich. Staub und Milben wirbelten auf.

»Scheiße!«, fluchte Schäfer und wollte bereits die Leiter nach unten rutschen und die Flucht ergreifen, als sein Blick auf die Blondine fiel. Diese hatte die Fingernägel in den Rücken ihres Partners gekrallt, der vor Schmerz laut aufschrie.

»Frau Täuber?« Schäfer schwang die Beine über das Geländer und trat ins Zimmer.

Täuber schaukelte wie eine auf dem Rücken liegende Schildkröte.

»Herr Schäfer?«, blubberte Frau Täuber.

»Gertrud Täuber, ich fall vom Glauben ab!«

»Gertrud, wie konntest du nur?«, schluchzte Heinz Täuber vom Teppichboden. Tränen glitzerten in seinen Augenwinkeln.

Schäfer befürchtete, dass der Mann gleich anfangen würde zu flennen wie ein Kleinkind.

Gertruds Blicke flogen zwischen Schäfer und ihrem Mann hin und her. »Heinz? Du?« Dann verengten sich ihre Augen zu Schlitzen: »Herr Schäfer, haben Sie meinen Mann hierher gelockt?«

»Gertrud, ich dachte, dein Mann wäre auf Geschäftsreise«, sagte der Fremde in ihr.

»Franz, das dachte ich auch.«

Gertrud rollte sich unter ihrem Spielgefährten hervor. Mit einer Schnelligkeit, die ihr Schäfer niemals zugetraut hätte, stand sie auf, die Bettdecke wie eine Tunika um ihren Gazellenkörper geschlungen, und zeigte vorwurfsvoll mit dem Finger auf ihn. »Herr Schäfer!«

»Verdammt, Frau Täuber, ich habe Ihren Gatten nicht in dieses Hotel geführt. Ich bin ihm gefolgt. Auftragsgemäß gefolgt!« Er fuhr sich mit der Hand übers Gesicht. Diese ganze Angelegenheit wurde ihm so langsam zu viel. »Jesus, ich konnte doch nicht ahnen, dass Sie diejenige sind, die hier eine Affäre hat.«

Frau Täuber wollte etwas sagen, machte ihren Mund aber hastig wieder zu. Sie holte scharf Luft und betrachtete mit weit aufgerissenen Augen Schäfers ketchupdurchtränkte Jacke.

»Oh, das. Das ist nichts«, wiegelte er ab. »Nur Ketchup von der Bratwurschtsemmel.«

»Die isst man doch mit Senf. Das ist Blut! Haben Sie meinen Mann geschlagen? Sie haben ihn eben durchs Fenster gestoßen. Sie Grobian!«

»Nein, nein«, wehrte er ab. »Die Balkontüre war offen.«

Gertrud Täuber ignorierte ihn. »Das geht zu weit, Sie sollten Heinz nur beschatten. Himmel, war das denn zu viel verlangt? Einfach nur beschatten, sonst nichts.«

Heinz Täuber rappelte sich auf und deutete auf Schäfer. »Gertrud, du lässt mich beschatten?« Er wischte sich Tränen aus den Augen, aus Trauer wurde Wut. »Du lässt mich beschatten?«, wiederholte er, diesmal eine Spur schärfer. »BESCHATTEN! Ich glaub's ja nicht. Du denkst, ich ... Dabei bist du diejenige, die ... verdammte Schlampe!« Er trat einen Schritt auf sie zu, die Fäuste erhoben, die Knöchel knackten.

»Ich dachte, dein Mann wäre mit der Scheidung einverstanden«, mischte sich Franz ein.

»Scheidung?« Täubers Blick flackerte. »Was für eine Scheidung?«

Die Emotionen kochten über. Bei allen Beteiligten. Schäfer wurde klar, dass er in der Scheiße saß.

»Welche Scheidung wohl?«, spie Franz die Worte in einem Speichelsprühregen Täuber entgegen.

»Halt die Klappe!«, zischte Frau Täuber.

»Genau, halt dein Maul!«, bestätigte Heinz Täuber. »Du hast meine Frau gevögelt. Und zieh was über, das ist ja widerlich.«

»Hey, jetzt mal langsam«, murrte Franz und schlüpfte in blaue Boxershorts.

»Okay, ich geh dann mal«, warf Schäfer vorsichtig ein.

»Halt!«, kreischte Gertrud. »Sie sind doch an allem schuld.«

»Ich?«, fragte Schäfer fassungslos.

»Natürlich Sie! Wer sonst?«

»Wieso das jetzt?«

»Hätten Sie Ihren Job als Privatdetektiv gut gemacht, wären wir jetzt alle hier nicht in diesem Schlamassel.«

Die drei sahen Schäfer an.

Franz nickte eifrig.

Was sollte man dazu sagen? Schäfer wusste es einfach nicht. Mit dieser Entwicklung hatte er nicht gerechnet. Ebenso wenig wie mit Frau Täubers Tobsuchtsanfall. Sie riss die Tischlampe aus der Steckdose und schleuderte sie ihm an den Kopf. Dann sah sie sich mit wutverzerrtem Gesicht um, wischte mit der Hand die Kaffeetassen weg, die an der Wand zerschepperten, und griff den Unterteller.

Schäfer riss die Hand hoch. In der letzten Sekunde gelang es ihm noch, das Diskusgeschoss abzuwehren.

Heinz Täuber biss auf seine Unterlippe, dann gab er Gertrud eine schallende Ohrfeige, wirbelte herum und boxte Franz in den Bauch. Anschließend holte er aus und hämmerte seinem Gegenspieler die Faust auf die Nase, die krachend brach. Blutspritzer verteilten sich auf Franz' nacktem Oberkörper und besudelten die blauen Shorts.

Dankbar, dass Heinz Täuber Partei für ihn ergriff, übernahm Schäfer das Kommando, versetzte der überraschten Gertrud einen Klaps vor die Brust, sodass sie rücklings aufs Bett fiel, und umklammerte den Oberarm von Heinz, dann schleifte er ihn aus dem Zimmer. Nicht, dass die Täuber'sche Beziehungskrise hier noch mit Mord und Totschlag endete.

»So, genug für heute.«

»Hey, lassen Sie mich los!«, beschwerte sich Täuber.

»Wenn wir unten sind!« Schäfer stieß Täuber die Treppe runter, doch bevor dieser ins Fallen kam, hielt er ihn am Kragen fest.

Unten kam ihnen Harry entgegen, den sie anscheinend in seiner erneuten Pause gestört hatten, denn er hielt immer noch die glühende Zigarette in der Hand. »Was ist das für ein Radau?«

»Wir ziehen aus.« Schäfer deutete mit dem Daumen hinter sich. »Auf Zimmer achtzehn ist die Hölle los. Ein Ehepaar, das sich an die Gurgel geht. Harry, Sie sollten lieber nachsehen, bevor die alles kaputt hauen.«

Schäfer achtete nicht weiter auf den Pförtner, der sich an ihnen vorbeizwängte. Draußen führte er Täuber zu dessen A 6, gab ihm seine Visitenkarte und setzte ihn in das Fahrzeug.

»Fahren Sie heim, schlafen Sie eine Nacht drüber und dann … dann schmeißen Sie die Schlampe aus der Wohnung.« Schäfer warf die Autotür zu. Dieser Auftrag war mal wieder grandios abgelaufen. Und vor allem ganz anders, als er gedacht hatte. Er hatte zwar keinen Beweis für Täubers Untreue gefunden. Aber dafür Frau Täuber auf frischer Tat ertappt. Ob die gute Gertrud wohl seine 250 Euro plus Spesen für insgesamt fünf Tage Observation begleichen würde? Mehr als fraglich. Einklagen? Aussichtslos! Er hatte kein Geld für einen Anwalt.

Müde schlurfte Schäfer zu der Stelle, an der sein Mustang stand. Stehen sollte. Sein geliebtes Auto, alles, was ihm nach der Scheidung geblieben war, war weg!

Der knallgelbe Ford, leicht verbeult zwar, aber trotzdem ein toller Flitzer, der optisch einiges hermachte. Schäfer ballte die Hände zu Fäusten. Irgendein dreckiger Autodieb hatte seinen Ford geklaut. Mitten im Industriegebiet von Gersthofen, der Vorzeigegemeinde im Landkreis Augsburg mit der niedrigsten Kriminalitätsrate weit und breit. Ausgerechnet da stahl jemand sein Auto. Zapzerapp! Bestimmt so eine Diebesbande aus dem Osten, wie sie immer häufiger in Bayern ihr Unwesen trieben. Wieso der nagelneue A6 von Heinz Täuber nicht angerührt worden war, das wollte ihm allerdings beim besten Willen nicht in den Kopf. Schäfer ließ den Blick schweifen, vielleicht waren die Autodiebe noch in der Nähe, so viel Zeit war doch nicht vergangen, seit er ins Hotel gegangen war.

»Kruzifix!« Erst jetzt registrierte Schäfer das absolute Halteverbot mit dem Zusatzschild »Feuerwehrzufahrt freihalten« und drehte sich suchend im Kreis. In der Ferne sah er einen Abschleppwagen mit gelben Blinklichtern in einen Kreisverkehr einfahren, am Haken hing sein gelber Liebling.

Sollte er jetzt froh sein, dass sein Auto zwar nicht in den Händen irgendeiner Bande steckte, dafür aber in den Klauen der Bullen? Das wurde garantiert richtig teuer!

Und was sollte er jetzt tun? Bei der Polizei nachfragen? Ganz bestimmt nicht! Dafür gab es gute Gründe. Nein, ihm blieb nur eins übrig. Entschlossen stiefelte Schäfer los in Richtung Augsburg-Oberhausen. Von seinem jetzigen Standort aus waren es nur wenige Kilometer bis zur Haltestelle der Straßenbahn an der Stadtgrenze. Fuhr er halt mit der Straba zu seiner Wohnung in Göggingen.

Eine Stunde später, Umsteigen inklusive, saß Schäfer ganz hinten in der Straßenbahn und stierte aus dem Fenster in die erleuchtete Augsburger Dunkelheit. In der Scheibe spiegelte sich sein Gesicht. Er sah übel aus, die Lampe hatte ihm einen tiefen Kratzer über dem linken Auge eingebracht. Außerdem bluteten seine Handknöchel vom Keramikteller, dazu hatten sich die Ketchupflecken auf seiner Jacke mit dem echten Blut von seiner Hand vermischt, was ihm insgesamt einen leicht mitgenommenen Gesamteindruck verlieh.

Na ja. Zum Glück war er bald zu Hause. In ein paar Minuten würde die Straba fast direkt vor seiner Wohnung halten.

An der nächsten Haltestelle stieg eine Frau ein, die Schäfer auf Mitte dreißig schätzte. Sie hatte zwei Buben an der Hand, ungefähr zehn und zwölf Jahre alt. Die Kinder zerrten die Frau auf den Platz direkt gegenüber. Als die Frau ihn ansah, lächelte Schäfer gequält.

Sie lächelte nicht zurück, sondern musterte ihn mit zusammengekniffenem Mund von oben bis unten und rutschte auf ihrem Platz hin und her. Ihre beiden Söhne grinsten ihn frech an.

»Schau mal, Mama, wie der Mann aussieht«, ließ sich einer der beiden Rotzlöffel vernehmen.

»Nicht mit dem Finger auf andere Leute zeigen, Kevin«, ermahnte ihn seine Mutter.

»Das ist ein Penner!«, rief der andere kleine Rotzlöffel.

»Marvin! Das sagt man nicht.«

Schäfer sah demonstrativ aus dem Fenster, noch zwei Haltestellen, dann stieg er sowieso aus.

»Nein, das ist kein Penner«, erwiderte Kevin.

»Was ist er denn dann?«, wollte Marvin wissen.

»Bestimmt ein Verbrecher, so wie der aussieht.«

»Kevin, jetzt reicht es aber.« Mutters Stimme wurde einen Tick schärfer.

Ruhig bleiben. Schäfer musterte seine Fingernägel.

»Ein Verbrecher? Meinst du echt?«, fragte Marvin.

»Ja, ganz bestimmt!«

»Oh?« Marvin kleinlaut.

Schäfer merkte, wie Kevin gluckste. Vermutlich genoss es der kleine Mistkerl, seinem Bruder Angst einzujagen. Eine Station noch, dann hatte der Spaß ein Ende. Schäfer konnte warten.

»Ich sag dir mal was, Marvin«, flüsterte Kevin.

»Ja?«

»Der Mann ist voller Blut. Das ist ein Killer!«

»Waas?«, flüsterte Marvin ängstlich.

»Ja, wenn ich es dir sage. Ganz bestimmt sogar. Das ist ein Serienkiller.«

Marvin glotzte ihn mit großen Augen an.

Nur noch wenige Meter bis zu seiner Haltestelle. Schäfer verspürte einen Niesreiz und musste sich schnäuzen. Erst, als er es herauszog, wurde ihm bewusst, dass er nur noch das verdreckte Stofftaschentuch besaß. Im selben Moment machte die Straßenbahn einen Ruck, und ihm entglitt das Taschentuch mitsamt dem darin eingewickelten Brotzeitmesser. Scheppernd fiel das Messer auf den Metallboden. Fassungslos starrte Schäfer auf das ketchupverschmierte Tuch und das Messer, dessen Klinge rot glänzte. Sein Blick glitt langsam nach oben in die Gesichter von Kevin, Marvin und ihrer Mutter.

Kevins Augen weiteten sich, er flüsterte: »Killer!«

Marvin klammerte sich an Mamas Arm.

Schäfer hob beide Hände. »Moment, ich kann das erklären. Das sieht jetzt wirklich blöd aus. Aber ...«, er erhob sich halb und blieb mit der Jacke an der Armlehne seines Sitzes hängen. Ungeduldig zerrte er an dem widerspenstigen Kleidungsstück, dabei fiel ihm der Revolver aus dem Hosenbund und rasselte neben Messer und Taschentuch.

Für eine Sekunde herrschte Totenstille, dann fingen Kevin und Marvin zu schreien an. Kurz darauf stimmte die kreidebleiche Mutter mit ein. Alle zusammen deuteten sie auf ihn und schrien: »Mööörder!«

Irgendjemand zog die Notbremse.

Schäfer ließ sich auf den Sitz zurücksinken und vergrub das Gesicht in den Händen. Murphys Gesetz, dachte er.

KAPITEL 3

»Man sollte meinen, in unserer Computerwelt gäbe es keine staubigen Akten mehr.« Zott rieb sich die Nase und grunzte. Rings um ihn herum bogen sich die Regale voller Aktenordner mit zu Papier gebrachten Kriminalfällen. Im Lichtkegel der Tischlampe wirbelten Myriaden von Staubpartikeln.

»Daran wird sich nie etwas ändern!« Elsa schlug den nächsten Ordner auf. »Vernehmungen und Notizen haben kaum Beweiswert, wenn sie nicht auf jeder Seite unterschrieben sind. Und ausgedruckt ist so ein Dokument«, sie wedelte mit einem Stapel Papier, »unschlagbar. Was glaubst du, wie einfach es für Hacker wäre, im Computer Zeugenvernehmungen zu verfälschen?«

»Ist schon gut.« Zott seufzte theatralisch. »Hier ist nicht der Anfängerkurs für Kriminalistik. Ich meinte ja bloß, wie einfach alles wäre. Kein Aktenschleppen mehr. Kein Staub in der Nase. Keine rauen Hände vom Seitenumblättern.«

»Das nennt man recherchieren, wenn der Dreck in der Nase kratzt und die Augen brennen.«

»Man könnte glauben, dir macht das Spaß.«

»Ganz im Gegenteil, aber es gehört zur Polizeiarbeit. Mich regt nur auf, wenn ich als billige Arbeitskraft missbraucht werde. Da kriege ich echt die Motten.«

»Oho!«

»Versteh mich nicht falsch. Diese Arbeit ist wichtig und gehört erledigt. Meinetwegen auch von mir. Aber ich will ein Teil des Ermittlungsteams sein.«

»Das bist du doch. Du bist in der Soko.«

»Du weißt, was ich meine. Ich will in den inneren Zirkel, bei den Besprechungen des Soko-Chefs mit dem leitenden Ermittler dabei sein, meine Meinung äußern dürfen. Ernst genommen werden. Kapierst du?«

Zott schlürfte an seinem Kaffee und nickte. »Wer will das nicht«, brummte er.

Das Aroma des schwarzen Gebräus stieg Elsa in die Nase und milderte ihren Zorn. Zott verstand es, einen leckeren Kaffee zu kochen, kein Vergleich zu dem Automatensaft, der wie heißes Spülwasser schmeckte. Sie griff nach ihrer Tasse und trank einen kleinen Schluck. Ihr Magen knurrte.

Elsa erschrak beinahe, als sie auf ihre Uhr blickte. Viertel vor sechs. Später Nachmittag, eher schon früher Abend. Im Aktenraum – ohne Fenster und Tageslicht – hatte sie jedes Zeitgefühl verloren. Lediglich ihr Hunger zeigte die baldige Abendessenszeit an. Die Mittagspause in der Kantine hatte sie ausfallen lassen, sie wollte sich in den Doppelmord einarbeiten und Jansenbrink zeigen, wie wertvoll sie sein konnte. Das erniedrigende Verhalten des Kripo-Chefs hatte ihren Ehrgeiz angestachelt und im Gegenzug das Hungerempfinden unterdrückt. Dafür meldete es sich jetzt umso stärker zurück. Mittags hatte ihr Zott aus der Kantine lediglich zwei Wurstsemmeln mit Essiggürkchen mitgebracht, die sie in kürzester Zeit vernichtet hatte. Zur Kaffeepause hatte sie ihrem Kollegen dann ein paar Schokoladenkekse geklaut. Nein, eigentlich die komplette Schachtel, deren Inhalt sie gedankenverloren und in Rekordzeit in den Mund stopfte, während sie gefühlte eintausend Aktenordner durcharbeitete. Hin und wieder wandte sie sich an Zott, um ihm eine Frage zu den Morden zu stellen. Ansonsten las sie konzentriert Seite für Seite. Das meiste entpuppte sich als unwichtiges Zeug. Alte Ermittlungsakten, die

Kovac' kriminelles Leben anschaulich beschrieben. Teilweise schon mehrere Jahre alt, drehten sich die Aktenvermerke um Straftaten, die für Kovac' Beruf als Zuhälter sprachen: Drogendelikte, Beleidigungen, Bedrohungen, Körperverletzungen. Elsa stolperte während des Lesens über eine besonders niederträchtige Geschichte, die Kovac in ihren Augen als verabscheuungswürdiges Objekt darstellte. Eine Freiheitsberaubung zum Nachteil einer ungarischen Prostituierten. Diese hatte Kovac in Budapest in einer Disco kennengelernt und nach Augsburg eingeladen. Sein Ziel war von Anfang an klar. Er wollte das Mädchen auf den Strich schicken. Sie sah in ihm die große Liebe. Als die junge Ungarin sich weigerte, für ihn anzuschaffen, sperrte Kovac sie zwei Tage in den Keller seines Saunaclubs. Der Vorfall kam ans Licht, als eine Exfreundin von Kovac namens Uschi gegen ihn aussagte, diese Aussage kaum eine halbe Woche später jedoch zurückzog.

Elsa vermutete stark, dass der Grund für diesen plötzlichen Sinneswandel der mysteriöse Skiunfall war, bei dem sich Uschi den Arm, die Augenhöhle und das Nasenbein brach. Obwohl Uschi natürlich behauptete, dass diese Verletzungen von einer rasanten Abfahrt auf der Piste stammten. Doch Elsa arbeitete lange genug bei der Polizei, um die Wahrheit hinter den Zeilen zu lesen. Sie roch förmlich die Angst, die aus jedem Satz kroch, den Uschi bei ihrer Vernehmung von sich gegeben hatte. Aber da die festgehaltene Ungarin weder auffindbar war noch ihr Name sicher feststand, verliefen die Ermittlungen im Sande. Wie viele andere Verfahren, denen Elsa im Rahmen ihrer weiteren Lektüre begegnete. Entweder tauchten Zeugen ab oder hatten auffallende Erinnerungslücken. Oder es verschwand auf unerklärliche Weise ein wichtiges Beweismittel, ohne dessen Existenz eine Verurteilung scheiterte. Ein anderes Mal paukte ein cleverer Strafverteidiger den Zuhälter aus der Scheiße. Manches erschien Elsa äußerst dubios. Verschwinden von Beweisstücken und Zeugen.

Das kannte sie aus schlechten Krimis. Nicht immer jedoch kam Kovac glimpflich davon, das bezeugten seine zahlreichen Aufenthalte in verschiedenen Justizvollzugsanstalten Bayerns. Die Gefängnisse in Ingolstadt, Kaisheim und Stadelheim waren eine Zeit lang seine bevorzugte Wohnadresse.

Über Stadtrat Trautwein fand Elsa dagegen nichts Belastendes. Obwohl der Mann seit Jahren Kommunalpolitiker war, schien er ein Engelchen zu sein. War das möglich? Kaum zu glauben, aber es lag nichts gegen ihn vor. Nicht einmal eine klitzekleine Beleidigung, eine Pöbelei gegenüber Menschen anderer Gesinnung, wie sie es von vielen Möchtegernpolitikern aus der Provinz kannte, die längst von Ministerposten in der Staatskanzlei träumten. Keine Prügelei im Suff, keine Verkehrsdelikte, nichts. Seltsam. Trautwein war zwar ein kleines Licht in der Politik, aber immerhin saß er im Stadtrat. Eine Verbindung zu Kovac stach Elsa in den Akten bisher nicht ins Auge. Trautwein trat weder als Zeuge gegen Kovac auf, noch wurde der Stadtrat in irgendeinem Zusammenhang mit dem Zuhälter genannt.

Um ganz sicher zu gehen, hatte Elsa zudem beide Namen durch den Polizeicomputer gejagt, ohne eine Verbindung zu finden. Was nicht verwunderlich war. Denn sonst hätte Trautwein garantiert nicht so einfach Stadtrat werden können. Sie traute gewiss keinem Politiker und hatte bei ihrer Arbeit immer wieder Parallelen zwischen Politik und Verbrecherwelt entdeckt. Aber würden die Augsburger einen Mann zum Stadtrat wählen, der mit einem Zuhälter zu schaffen hatte? Sicher nicht. Zumindest nicht, wenn sie davon wussten. Wenn Trautwein allerdings doch eine dunkle Seite besaß, dann hatte er sich bestimmt größte Mühe gegeben, diese zu verbergen.

Aber irgendetwas mussten die Opfer gemeinsam haben. Und dieses Etwas hatte zu ihrem Tod geführt.

Elsa trommelte mit den Fingern auf der Tischplatte.

»Hast du was gefunden?«, wollte Zott wissen.

»Hmmm?«

»Ob du was entdeckt hast?«

»Nein, ich habe nur nachgedacht.«

»Gut, es ist übrigens schon zehn vor sechs. Die Nachbesprechung findet bald statt. Wir sollten für heute aufhören.«

»Ich mach noch ein paar Minuten. Geh du schon mal vor.«

Zott zögerte. »Also gut, aber komm nicht zu spät. Jansenbrink hasst Unpünktlichkeit.«

Und ich hasse Jansenbrink, dachte Elsa. »Jaja, ich komme gleich.«

Zott schob seinen Stuhl zurück, streckte beide Arme und rieb sich den Nacken, bevor er aufstand. »Ich hol mir noch ein Spezi, meine Kehle ist ganz trocken. Soll ich dir eins mitbringen?«

»Nein danke, keinen Durst.«

Zott sah sie noch einen Augenblick an, zuckte die Schultern und ging.

Elsa vertiefte sich in einen neuen Ordner, der verschiedene Akten über Kovac enthielt. Harmlose Berichte über Polizeieinsätze in seinen Clubs. Nie fand man etwas in seinen Etablissements, alles korrekt, kein Grund zur Beanstandung. Das war das eigentlich Auffallende an der Sache. Ein Bordell, in dem alles mit der Ordnung zuging, alles legal war? Sehr unwahrscheinlich.

Elsa blätterte und blätterte. Sie war sicher, dass die Kollegen auf der Suche nach einem Motiv sowohl das Privat- als auch das Geschäftsleben von Kovac und Trautwein bereits nach Berührungspunkten abgeklopft hatten. Bisher ohne Erfolg, sonst hätte

Zott davon gewusst. Allerdings war nicht viel Zeit verstrichen seit der Entdeckung der Leichen. Und es galt, jede Menge Fakten zu überprüfen, Spuren nachzugehen, Polizeiarbeit eben.

Gut möglich, dass noch das eine oder andere pikante Detail an die Öffentlichkeit drang oder von den peniblen Ermittlern entdeckt wurde. Bestenfalls, dachte Elsa, wäre sie diejenige, die die Spur entdeckte. Das brächte ihr sicherlich einen Pluspunkt. Sie sah auf die Uhr. Wenige Minuten bis zur Besprechung. Sie wollte soeben eine Büroklammer an die zuletzt gelesene Seite heften, um später die Stelle leichter wiederzufinden, da erregte ein gelber Klebezettel ihre Aufmerksamkeit, der seitlich aus dem Ordner ragte. Sie blätterte zu dem Post-it und musste schlucken. Zwei mit Filzstift hingekritzelte Wörter machten sie stutzig. Zwei Wörter nur, aber das reichte aus, um ihre Aufmerksamkeit zu erregen.

Fuck Trautwein.

Was sollte das? Elsa zog den Klebezettel von dem Blatt, darunter las sie: Aktenvermerk zu Unstimmigkeiten im Saunaclub Kovac.

Hoppla! Was hatte ein Klebezettel mit einer derben Beleidigung des Stadtrats in einer Kovac-Akte zu suchen? Sie blätterte weiter, aber da kam nichts mehr zu diesem Vermerk, sondern nur ein Ermittlungsbericht, der auf den ersten Blick nichts mit den geheimnisvollen Unstimmigkeiten in Kovac' Club zu tun hatte. Sie blätterte zurück und durchforstete den kompletten Ordner erneut. Hatte sie etwas übersehen?

Nein, nichts, kein Sachverhalt zu diesem Aktenvermerk. Nicht ein Satz! Nur diese eine Seite, dieses Deckblatt.

Als Datum war der zwölfte September 2010 vermerkt. Daneben der Name des Sachbearbeiters: KHK Schäfer. Als zuständiges Kommissariat war das K6 angegeben. Die Fahndung. Elsa rief sich die Organisationsstruktur der Augsburger Kripo ins Gedächtnis. Das K 6 war ein eigenständiges Kommissariat, dessen Beamte den Fachdienststellen zuarbeiteten. Das bedeutete Alibiüberprüfungen, Nachforschungen im Rotlicht- und Rauschgiftmilieu, Observationen. Dieser Schäfer hatte wohl Kovac unter die Lupe genommen. Und war dabei auf Trautwein gestoßen?

Elsa sah sich den folgenden Ermittlungsbericht näher an, las über eine Strafsache Darko Kovac gegen Karl Widermann. Kein großes Ding eigentlich, nichts Weltbewegendes. Ein Allerweltsfall. Normalerweise wurde da nicht die Kripo eingeschaltet, sondern die Polizeiinspektion, die für den Wohnort des Anzeigeerstatters zuständig war. Aber da es sich bei einem der Beteiligten um eine berüchtigte Rotlichtgröße handelte, ging die Sachbearbeitung an die Kripo Augsburg. Karl Widermann hatte die Heizungsanlage in Kovac' Saunaclub installiert und Strafantrag gestellt, weil Kovac in Widermanns Firma erschienen war und gedroht hatte, er würde ihn zusammenschlagen, sollte die Rechnung nicht erheblich niedriger ausfallen. Kovac hatte von Wucher gesprochen, Widermann von einer ortsüblichen Handwerkerrechnung.

Kurz darauf zog Widermann seinen Strafantrag zurück, angeblich hätte er sich mit Kovac geeinigt, es wäre alles halb so schlimm gewesen und überhaupt und sowieso. Die Staatsanwaltschaft Augsburg stellte das Verfahren gegen Kovac ein. Wieder einmal war der Zuhälterkönig davongekommen. Sollten das diese ominösen Unstimmigkeiten sein? Wohl kaum. Es fehlten offensichtlich einige Seiten in dem Bericht.

Elsa rollte mit dem Stuhl an den Nebentisch und schaltete dort den Computer ein. Sie wartete, bis die Eingabemaske blinkte, tippte ihr Kennwort ein, klinkte sich in die polizeiliche Datenverarbeitung und gab das Aktenzeichen des Falles Kovac gegen Widermann ein. Sie scrollte sich durch die erstellten Formblätter, fand allerdings keinen Eintrag eines KHK Schäfer.

Scharf sog sie die Luft durch die Lippen. Dafür gab es nur eine Erklärung – die Notiz war geschrieben und ausgedruckt worden, ohne sie zu speichern. Elsa ließ sich zurücksinken, der Bürostuhl knarzte unter ihrem Gewicht. Sie grübelte. Was stand in dem Aktenvermerk? Ging es um die Auseinandersetzung zwischen Kovac und Widermann? Was hatte es mit dem Post-it und der Beschimpfung Trautweins auf sich? Stammte der Zettel von Schäfer? Wenn ja, wieso? Gab es einen Grund, diesen Klebezettel in eine Ermittlungsakte über Kovac zu heften? Wo war der Rest des mysteriösen Aktenvermerks? War sie auf die gesuchte Verbindung zwischen Kovac und Stadtrat Trautwein gestoßen? Hatte Widermann etwas mit dem Tod von Kovac zu schaffen? Aus dem ihr vorliegenden Papierfetzen wurde sie nicht schlau.

Elsa beschloss, Jansenbrink danach zu fragen. Oder besser gleich Krenzin, den leitenden Ermittler in den Mordfällen. Ihre Aufgabe war es, Informationen zu beschaffen. Vielleicht war sie gerade auf ein interessantes Detail gestoßen. Sie beschloss, sofort mit Krenzin zu sprechen.

Wenige Minuten später flutete Elsa eine Welle schwatzender Kolleginnen und Kollegen vor dem Besprechungsraum entgegen. »Verflixt!« Sie klatschte die Hand gegen die Stirn. »Die Besprechung! Ich habe sie glatt verpasst.« In ihrem Eifer hatte sie alles um sich herum vergessen und verdrängt, sogar die Tagesabschlussbesprechung der Soko. Es war bereits kurz vor neunzehn Uhr.

Zott fing sie vor der Tür ab. »Verdammt, wo warst du? Jansenbrink ist stinksauer! Er hat extra fünf Minuten auf dich gewartet. Als du nicht gekommen bist, hat er vor versammelter Mannschaft über dich gelästert.«

»Jansenbrink ist Dienststellenleiter. Er hat nicht über mich zu lästern, schon gar nicht vor dem Rest des Teams. Was hat dieser Mistkerl gesagt?«

»Das willst du nicht hören.«

»Ludwig!«, drängte sie, aber der Kollege verdrückte sich rasch, als Jansenbrink den Kopf auf den Gang streckte.

»Frau Dorn, schön, dass Sie Zeit gefunden haben! Unsere kleine Sitzung ist zwar beendet, aber danke, dass Sie uns mit Ihrer Anwesenheit beehren. Ich weiß das sehr zu schätzen, ehrlich.« Seine Stimme triefte vor Sarkasmus.

»Dafür gibt es einen Grund, Herr Jansenbrink. Ich bin bei meinen Nachforschungen vielleicht auf etwas gestoßen.«

»Ach ja?« Jansenbrink gab sich nicht die geringste Mühe, sein Desinteresse zu verbergen. »Ihre ... Nachforschungen?«

Elsa stellte sich auf die Zehenspitzen, um über Jansenbrinks Schulter zu spähen. »Vielleicht interessiert sich Herr Krenzin dafür.«

Jansenbrink verdeckte Elsas Sicht auf den grauhaarigen Mann, der im Besprechungszimmer mit einem uniformierten Polizisten in ein Gespräch vertieft war. »Ich glaube kaum, dass der Erste Kriminalhauptkommissar für Ihre Nebensächlichkeiten Zeit hat, er muss sich um wichtigere Dinge kümmern. Teilen Sie doch mir«, Jansenbrink klopfte sich auf die Brust, »Ihre, äh, Neuigkeiten mit. Ich entlaste Herrn Krenzin gerne und erledige solche ... solche ... Kleinigkeiten.«

Elsa schloss für eine Zehntelsekunde die Augen. Am liebsten hätte sie dem arroganten Typen eine geknallt. Sie fühlte, wie sie rot wurde, und ärgerte sich darüber.

»Wollen Sie nicht endlich sagen, was los ist?« Jansenbrink wippte auf den Fersen.

»Ich bin auf den Aktenvermerk eines Kollegen Schäfer gestoßen.«

»Kriminalhauptkommissar Schäfer?«

»Richtig.«

Über Jansenbrinks Gesicht zogen Gewitterwolken, seine Augen versprühten Blitze, und er spuckte die Sätze hervor wie glühend heiße Lava. »Schäfer, dieser verdammte Schäfer! Lassen Sie mich mit diesem Kerl in Frieden. Nur gut, dass er aus dem Dienst entfernt wurde. Einfach untragbar, dieser Mann.«

»Er ist nicht mehr Polizist?«

»Natürlich nicht! Sven Schäfer war ein Choleriker der übelsten Sorte. Vermutlich ist er das heute noch. Als Polizist hat er sich völlig danebenbenommen. Und ich meine: richtig daneben! Hat total versagt. Einfühlungsvermögen und sensible Vernehmungsmethoden? Keine Spur. Von rechtsstaatlichen Mitteln hielt er nie etwas. Hat lieber die Leute eingeschüchtert und erschreckt. Mehr als einmal hatte ich, also wir, die Kripo halt, wir hatten schlechte Presse wegen Schäfer. Vor zwei Jahren hat er es dann selbst für seine Verhältnisse übertrieben. Hat drei Jugendliche übel zusammengetreten. Schäfer wollte sich rausreden, von wegen die hätten es verdient gehabt. Brutale Schläger und so weiter. Nein, der Schläger war Schäfer. Eindeutig! Er bekam ein Verfahren und wurde verurteilt. Zu mehr als zwölf Monaten auf Bewährung. Sie wissen, was das heißt.«

Natürlich wusste Elsa das. Der Freistaat Bayern entließ einen Polizeibeamten, wenn er wegen einer Straftat zu mehr als zwölf Monaten Freiheitsstrafe verurteilt wurde, auch bei einer Bewährungsstrafe. Sie nickte.

»Außerdem tickt er nicht ganz richtig im Oberstübchen.« Jansenbrink tippte mit dem Zeigefinger gegen seine Stirn. »Hatte dauernd irgendwelche Visionen.« Jansenbrink dehnte das letzte Wort besonders lange bei der Aussprache. »Nein, dieser Exkollege war ein Pfuscher und schlechtes Vorbild für unsere jungen Kollegen. Was haben Sie mit Schäfer zu schaffen?« Die Augen des Kriminaldirektors verengten sich, sein Zeigefinger stach nach Elsa, als wollte er sie aufspießen.

»Nichts, gar nichts. In einer Strafakte über Kovac steckte das Deckblatt eines Aktenvermerks, den er geschrieben hat.«

»Und«, zischte Jansenbrink, »was stand drin?«

»Das ist es ja gerade. Nur das Deckblatt war abgeheftet. Sonst nichts weiter. Kein Text. Es ging um irgendwelche Unstimmigkeiten im Zusammenhang mit Kovac' Saunaclub.«

»Ja und? Was ist daran außergewöhnlich? Eventuell hat Schäfer damals in diese Richtung ermittelt. Kovac war ein Zuhälter. Auch damals schon. Welcher Saunaclub ist schon sauber und hat keine Leichen im Keller? Also sinnbildlich gemeint.«

»Das habe ich schon so verstanden.«

»Um welche Akte handelt es sich?«

»Eine Bedrohungsgeschichte. Ein Streit zwischen Kovac und dem Inhaber einer Heizungsfirma, einem Herrn Widermann. Kovac soll ihn bedroht haben, weil er die Rechnung zu hoch fand.«

»Sagt mir nichts. Schon möglich, dass Kovac sich mit dem Heizungsfuzzi angelegt hat. Kovac war ein Dreckschwein, der jede Menge Leute verarscht hat.«

»Da ist noch was.«

Jansenbrink schnaufte. »Was denn?«

»Dieser Zettel.« Elsa schwenkte den gelben Post-it wie eine Friedensfahne. Jansenbrink schien dagegen keinen Waffenstillstand zu wollen. Er starrte auf den viereckigen Zettel. Seine Lippen bewegten sich, als er die zwei Wörter las. Er wiederholte laut: »Fuck Trautwein.« Und noch mal: »Fuck Trautwein?«, diesmal als Frage formuliert. Er musterte Elsa mit hochgezogenen Augenbrauen. »Was soll das sein?«

»Haftete auf dem Aktenvermerk. Vielleicht hat das Schäfer …?«

»Möglicherweise hat er das.« Jansenbrink machte eine abwertende Handbewegung. »Schäfer hat jede Menge Unsinn geschrieben, als er noch bei der Kripo Dienst schob. Vielleicht auch diesen Quatsch da.« Er deutete auf den Zettel in Elsas Hand. »Lassen Sie mich damit in Frieden.« Als er ihren Blick bemerkte, fügte er hinzu: »Und Krenzin auch.«

Er fasste Elsa an den Schultern und schob sie einige Meter den Flur entlang. »Tun Sie mir einen Gefallen, ja? Bevor Sie mit irgendwelchem Schnickschnack zu mir oder Krenzin kommen, fragen Sie erst Herrn Zott, was er darüber denkt. Auf diese Weise können wir irgendeinen Schmarrn schon vorher aussortieren. In einer Soko zu einem solch spektakulären Fall gibt es Hunderte, wenn nicht gar Tausende Hinweise zu bearbeiten. Wo kämen wir hin, wenn wir jeder Fata Morgana nachhecheln würden, die übereifrige Kollegen vor Augen haben!« Er tätschelte ihre Schulter. »Oder übereifrige Kolleginnen.« Mit diesen Worten drehte der Kripochef sich um und war im nächsten Moment im Besprechungszimmer verschwunden, dessen Tür er mit einem kräftigen Ruck schloss.

Elsa wusste nicht, wie ihr geschah. »Bin ich jetzt im falschen Film oder was? Soll ich vielleicht gleich zur Gleichstellungsbeauftragten rennen und mich über diesen Widerling beschweren?«, murmelte sie und zerknüllte den gelben Zettel. Sie brauchte jetzt dringend frische Luft, und zwar nicht zu knapp. Im Übrigen beschloss sie, Dienstschluss zu machen.

Da stand plötzlich Zott mit verlegenem Gesichtsausdruck vor ihr. Offenbar plagte ihn das schlechte Gewissen wegen seines schnellen Abgangs von vorhin. »Du, in der Besprechung, da wurde der Obduktionsbericht von Trautwein verteilt.«

»Aha«, brummte sie.

»Soll ich ihn dir vorlesen?«

»Von mir aus«, gab sie gelangweilt zurück. Sollte der Bio-Zott ruhig länger an der Sache nagen.

»Okay. Opfer Nummer Zwei, der tote Stadtrat. Professor Haider ist der Meinung, Trautwein habe sich nicht gewehrt, es fanden sich keinerlei Spuren an den Händen und unter den Fingernägeln. Auch sonst keine Hinweise auf Abwehrverletzungen. Wie bei Kovac. Die Kondome bringen uns ebenfalls nicht weiter. Solche Markenartikel kann man leider nicht zurückverfolgen. Da würde sogar eine Fahndung nach dem Herkunftsort der Karotten mehr Erfolg versprechen.«

Elsa schaute sich instinktiv nach Jansenbrink um. Gott behüte, dass der Kriminaldirektor Zotts letzte Worte gehört hatte. Bestimmt würde er sie sofort losschicken. Das fehlte noch, dass sie jetzt mit Bio-Zott sämtliche Läden nach diesen Möhren abklappern musste.

Ihr Kollege fuhr fort: »Den Todeszeitpunkt schätzt Haider auf ungefähr sechs bis zehn Stunden vor dem Auffinden der Leiche. Todesursache: hoher Blutverlust innerhalb sehr kurzer Zeit durch die Wunde am Hals. Dem Stadtrat wurde die Kehle aufgeschlitzt. Mit einem ziemlich scharfen Messer. Quasi vom linken bis zum rechten Ohr.« Er fuhr mit dem Daumen quer über seinen Hals.

»Steht das so da drinnen?«, hakte Elsa nach.

»Ich interpretiere großzügig.«

»Soso.«

»Haider schreibt, eine Betäubung mittels K.o.-Tropfen oder gar eine Vergiftung scheiden aus. Sowohl Kovac als auch der Stadtrat wurden einfach brutal niedergeschlagen. Mit einem Knüppel oder einem Baseballschläger oder dergleichen. Anschließend hat dieser Sadist seine Opfer richtig gefoltert. Übrigens, du ahnst es wahrscheinlich schon. An Trautwein selbst, den Kondomen und Karotten gab es ebenfalls keine Fremd-

DNA. Genauso wenig wie an diesen Engelsbildchen. Okay, das war so weit alles. Ich dachte, diese Infos würden dich interessieren.« Zott schaute auf die Uhr. »Ist schon spät. Ich gehe noch mal kurz ins Archiv, den Obduktionsbericht lege ich auf den Tisch. Für den Fall, dass du noch einmal reinblättern möchtest.«

Elsa verabschiedete sich gedankenverloren von Zott, sie grübelte über das soeben Gehörte nach. Der Gerichtsmediziner hatte keine verwertbaren Spuren finden können. Beide Leichen waren bis auf die Socken ausgezogen, vermutlich sogar gewaschen worden, um Spuren zu vernichten. Das Mordwerkzeug fehlte, eventuell ein Baseballschläger oder Ähnliches. Die weiteren Tatmittel wie die Karotten und die Bierflasche brachten die Soko ebenso wenig weiter. Bisher wusste niemand, wieso zwei so unterschiedliche Menschen wie ein Zuhälter und ein Stadtrat umgebracht worden waren. Auch in dieser Richtung gab es keinen Ansatzpunkt.

Elsa kniff die Augen zusammen. Beide Opfer waren nach dem Mord im Freien abgelegt worden, die Tatorte befanden sich also irgendwo anders. Und genau da würde sie jetzt ansetzen: Sie musste herausfinden, wo die Männer getötet worden waren. An den Tatorten würde es Spuren geben, die zu dem Mörder führten. Eventuell konnte ihr auch der ominöse Schäfer in dieser Frage weiterhelfen.

Elsa nickte, ihr Plan stand fest. Sie würde versuchen, Schäfer zu finden. Aber nicht heute, sie wollte Feierabend machen. Wer sollte sie hier im Augenblick benötigen? Kein Schwein! Morgen würde sie einen Schlachtplan ausarbeiten, was zu tun war.

Sie hatte schon fast ihr Büro erreicht, um schnell noch ihren Blazer zu holen, als zwei uniformierte Beamte kichernd an ihr vorbeischritten. Sie schnappte Bruchstücke des Gespräches auf und glaubte den Namen Schäfer herausgehört zu haben.

»Hey Leute, wartet mal«, rief sie den Kollegen nach. Die Polizisten drehten sich um und sahen Elsa fragend an.

»Habt ihr eben über einen Schäfer gesprochen?«

Synchrones Nicken.

»Ihr meint aber nicht einen Kollegen von uns?«

Die zwei sahen sich kurz an, der Ältere von ihnen, ein blonder Hüne erwiderte: »Na ja, ein Exkollege. War früher bei der Kripo. Ist in diesen Minuten unten auf der Wache.«

Was für ein Glück. Da konnte sie diesen dubiosen Schäfer gleich selbst zu der Notiz befragen. »Er ist auf einen Plausch bei seinen ehemaligen Kollegen vorbeigekommen?«, fragte sie.

»Dieser Idiot?« Der Hüne lachte. »Der ist hier Persona non grata«, sagte er und strahlte sichtlich über das Beherrschen dieser Formulierung. »Ich glaube kaum, dass einer von uns sich mit diesem Psycho abgibt. Außer, es muss sein. So wie jetzt.«

»Wieso? Ich verstehe nicht ganz.«

»Schäfer ist nicht freiwillig erschienen. Er wurde festgenommen, hat in der Straßenbahn randaliert. Vermutlich ist er wieder mal ausgetickt, so zerrupft, wie er aussieht. Hat eine Mutter mit ihren Kindern bedroht.« Der Hüne schüttelte den Kopf. »Unglaublich!« Sein Kollege nickte heftig. »Schade, wie manche Menschen abstürzen«, fuhr der Hüne fort. »Kennst du ihn?«

Nun war es an Elsa, den Kopf zu schütteln. »Nein, bisher nicht.« Aber gleich, dachte sie und verabschiedete sich rasch.

KAPITEL 4

Elsas heiß geliebte Isabel-Marant-Pumps klackerten auf dem grauen Linoleum, als sie an geschlossenen und offenen Bürotüren vorbeieilte. Sie erhaschte Blicke auf telefonierende und auf Computertastaturen einhackende Kollegen. Elsa war aus ihrer Zeit bei der Münchner Kripo verwinkelte Behördengänge gewohnt. Den L-förmigen Bau des Polizeipräsidiums im Zentrum Augsburgs empfand sie dagegen als verhältnismäßig übersichtlich. Das moderne Gebäude an der Gögginger Straße beherbergte neben der Kriminalpolizei eine Polizeiinspektion, die Einsatzzentrale und die Polizeiverwaltung. Elsa steuerte auf den Fahrstuhl zu, an dem ein Schild mit der Aufschrift »defekt« klebte, machte einen Schwenk nach rechts und öffnete die Tür zum Treppenhaus. Vom zweiten Stock ging es abwärts, sie nahm mehrere Stufen auf einmal, bis ins Foyer des Polizeipräsidiums. Hinter ihr leuchtete ein überdimensionaler Fingerabdruck an der Wand, den ein Künstler zur Einweihung des Gebäudes als Hingucker entworfen hatte.

Okay, dachte Elsa. Jetzt musste sie nur noch die Räume der Polizeiinspektion Augsburg-Süd finden. Mit ihrem Zugangschip gelangte Elsa zu den Vernehmungszimmern. Der Lärmpegel war typisch für eine Großrauminspektion. Obwohl es bereits nach sieben Uhr abends war, herrschte geschäftiges Treiben. Aus einem Radio dudelte Musik, Tastaturen klackerten, Handschellen klirrten. Gelächter mischte sich mit Stimmengewirr und den blechernen Durchsagen aus dem Polizeifunk. Telefone klingelten, Stühle kratzten über den Linoleumboden.

Elsa schaute in jedes Zimmer, warf ein kurzes »Hallo« oder »Servus« hinterher und eilte weiter. Vor einem Zimmer mit der Aufschrift »Dienstgruppe A« blieb sie stehen.

»Es war ein Versehen«, presste ein übel zugerichteter Typ hervor, der mit müdem Gesichtsausdruck auf einem unbequemen Holzstuhl saß. Über dem linken, halb zugeschwollenen Auge leuchtete eine frische Platzwunde. Geronnenes Blut klebte an der Wange. Hinter dem Mann mit Bruce-Willis-Frisur hing ein weißer Anorak achtlos an der Lehne und drohte herunterzurutschen. Überall auf dem weißen Stoff verteilten sich rote Spritzer. Elsa verschränkte die Arme und folgte dem Wortwechsel.

»Soso, ein Versehen. Sagt der Exkollege Sven Schäfer. Du willst wirklich behaupten, die Frau Holzmann übertreibt, wenn sie behauptet, du hättest sie mit einem Messer und einem Revolver bedroht?« Der Fragensteller, ein uniformierter Polizist, trug einen Pornoschnauzer und hatte sich hinter einem mit Aktenstößen belagerten Schreibtisch verschanzt. Aus sicherer Entfernung warf er Schäfer mitleidige Blicke zu.

Sven Schäfer? Elsa runzelte die Stirn. So heruntergekommen hätte sie sich den ehemaligen Kripobeamten nicht vorgestellt.

»Jepp!«, sagte dieser gerade.

»Du hattest aber ein blutverschmiertes Messer. Sagt zumindest die Geschädigte.« Der Pornoschnauzer tippte mit der Hand auf eine Art Einsatzmeldung.

»Nein, das war Ketchup, kein Blut. Das habe ich schon gesagt. Bist du taub? Wenn du deinen Arsch rüberbewegst, kannst du gerne an meiner Jacke schnüffeln. Oder ist dein Riechzinken genauso vernebelt wie deine Gehörgänge?«

»Lieber Sven, durch solche Unverschämtheiten bessert sich deine Lage nicht wirklich.«

»Ach komm schon, Theo. Du kennst mich von früher. Bin ich jemand, der eine Mutter und ihre Rotzlöffel mit einer Knarre und einem Brotzeitmesser bedroht?«

Theo kratzte sich am Kopf und musterte eindringlich die Zimmerdecke, dann starrte er aus dem Fenster in den Polizeihof. »Also, wenn du mich so fragst ...«

Schäfer schlug mit der Faust auf den Tisch. »Zefix! Ich bin doch kein Krimineller!«

»Hey, mal langsam. Die Frau ...«

»Was hat sie denn gesagt, hä? Dass mir ein paar Dinge aus der Tasche gefallen sind. Na und?«

»Ein paar Dinge? Eine Smith & Wesson und ein blutiges Messer nennst du ein paar Dinge? Die dir ausgerechnet dann aus der Hose fallen, wenn eine Mutti mit ihren Kleinen vor dir sitzt? Bist du bescheuert?«

»Ketchup! Es war Ketchup. Ich hatte mir zuvor ...«

»Eine Bratwurstsemmel schmieren wollen. Ich weiß. Ob Blut oder Ketchup, das lässt sich klären, wir haben ja die Kriminaltechnik. Aber die Bedrohung ...«

»Jetzt hör aber auf, Theo. Ich gebe zu, die Situation hat dumm ausgesehen. Aber ich hatte echt einen Scheißtag hinter mir. Eine Observation ist schiefgelaufen, meine Auftraggeberin ist eine Schlampe, und mein Auto wurde abgeschleppt. Außerdem hat sich rausgestellt, dass ich die komplette Kohle für diesen Auftrag abschreiben kann. Dann musste ich wegen dem abgeschleppten Auto mit der Straßenbahn fahren, und diese labile Mutti hat sich mit ihren Gören direkt vor mich hingesetzt. Mensch, die Straßenbahn war fast leer, wieso konnte die sich keinen anderen Platz für ihren dicken Hintern aussuchen?« Schäfer hob fragend beide Hände, bekam aber keine Antwort. »Gut, dann passierte dieses Missgeschick. Ich betone: MISSGESCHICK! Von Bedrohung kann wohl kaum die Rede sein. Ich habe weder eine Waffe *auf* noch ein Wort *an* die Dame gerichtet. Da fehlt es an sämtlichen Tatbestandsmerkmalen, schlag doch einfach im Strafgesetzbuch nach. Und danach in der Strafprozessordnung.« Schäfer grinste. »Die Sache rechtfertigt nicht einmal im Ansatz irgendwelche Vorermittlungen. Der Staatsanwalt haut dir die ganze Angelegenheit um die Ohren.«

Elsa trat in den Raum, nickte beiden Männern zu, murmelte ein »Darf ich mal?« und griff nach der Einsatzmeldung.

Theo sah sie verblüfft an.

»Jetzt aber«, protestierte Schäfer und sah von Theo zu Elsa und wieder zurück. »Was für eine Muschi bist du eigentlich?«

»*Das* ist eine Beleidigung«, entgegnete Elsa.

»Ich meinte nicht dich, sondern ihn.« Schäfer deutete auf Theo. »Das ist sein Fall, nicht deiner.« Er musterte Elsa, dann warf er ein »Du Pussy!« hinterher und entblößte eine Reihe strahlend weißer Zähne. »Das war eine Beleidigung.«

»Ähm«, Theo hob die Hand wie ein Schuljunge. »Darf ich fragen …?«

»Entschuldigung. Ich bin die Elsa von der Sitte.« Sie reichte Theo die Hand, ignorierte jedoch Schäfer. »Wollte nur kurz überfliegen, was Sache ist. Ich habe heimlich an der Tür gelauscht«, erklärte sie mit einem entschuldigenden Achselzucken, »und bin neugierig geworden. Obwohl ich erst seit Kurzem bei der Kripo bin, ist der Name Schäfer bis zu mir vorgedrungen. Natürlich mische ich mich nicht«, sie deutete auf Schäfer, »in die Sachbearbeitung ein. Ich möchte nur mal von Kollegin zu Kollege einen Blick in deinen Fall werfen.« Sie bedachte Theo mit ihrem unschuldigsten Augenaufschlag.

»Fall? Welcher Fall?«, protestierte Schäfer. »Das Ganze ist höchstens ein riesengroßer Reinfall, sonst nichts. Ein Haufen Scheiße ist das!« Er verschränkte die Arme vor der Brust.

Elsa musterte Schäfer eine Weile. Ihr fiel erst jetzt die kleine, etwa zwei Zentimeter lange Narbe an seinem Kinn auf. Die braunen Augen wirkten plötzlich hellwach, von Müdigkeit keine Spur mehr. Der Mann schien jede Menge Sport zu treiben. Unter seinem Pullover zeichneten sich kräftige Schultermuskeln und beeindruckende Bizepse ab. Mein lieber Scholli, dachte Elsa und sagte hastig: »Möglicherweise warst du früher ein Einzelgänger und hast deshalb diesen miesen Ruf. Ist mir ehrlich gesagt schnurzegal, das ist dein Leben, nicht meins. Ich jedenfalls pflege ein gutes Verhältnis zu den Kollegen der Schutzpolizei, weshalb ich nichts Negatives daran finde, mich über gewisse, sagen wir mal, Vorkommnisse zu informieren.«

Schäfer sah sie von oben bis unten an, dann wandte er sich an sein Gegenüber. »Theo, wenn ich mir diesen Kripovogel so anschaue«, er seufzte, »bin ich wirklich froh, aus diesem Laden geflogen zu sein.« An Elsa gewandt: »Wie war dein Name? Elsa?« Schäfer grinste.

»Was ist daran so komisch?«

»Kennst du die Kuh Elsa?«

»Bitte? Ich glaube, ich ...«

»Du kennst nicht die Kuh Elsa? Die von Dieter Hallervorden?«

Elsa verschränkte die Arme hinter dem Rücken und zog die Augenbrauen hoch. Es fiel ihr zwar schwer, das zuzugeben, aber Jansenbrink hatte leider recht. Dieser Schäfer war ein Idiot! Und zwar einer von der großen Sorte. »So, jetzt lassen wir diesen Schmarrn einmal. Übrigens, mit der Sache in der Straßenbahn liegst du falsch.«

»Wie bitte?« Schäfer sah zu Theo und kratzte sich am Ohrläppchen. »Hat die hier jetzt wirklich was zu melden?« Er schüttelte den Kopf. »Die Polizei in Bayern ist auf dem absteigenden Ast, wenn solche Mauerblümchen den echten Gendarmen sagen wollen, was sie zu tun haben. Das hier geht dich nichts an, Schätzchen. Lass die Erwachsenen die Sache unter sich regeln. Zieh Leine!«

Elsa ließ sich nicht beeindrucken. »Ich denke, der Kollege Theo«, sie wandte sich an den Uniformierten, »und wie weiter …?«

»Angerer. Theo Angerer.«

»Ich denke, der Kollege Angerer wird meiner Meinung sein, dass es sehr wohl Anhaltspunkte gibt, um gegen dich zu ermitteln.«

Schäfer bleckte die Zähne. »Und weswegen, wenn ich fragen darf? Frau Ichbinjasoklug?«

»Verdacht auf Körperverletzung. So wie es aussieht, begibt sich Frau Holzmann in ärztliche Behandlung. Wegen eines Schocks.« Sie wandte sich an Angerer. »So ein Schrecken kann leicht zu einem Herzinfarkt führen. Oder einem Schlaganfall. Das reicht locker«, sie wedelte mit der Hand, »für eine Ermittlung.«

Schäfers Grinsen erstarb auf seinen Lippen.

»Sie hat recht«, pflichtete Theo ihr bei. »Das würde reichen.«

Schäfer stampfte mit dem Fuß auf. »Blödsinn! Ihr wollt mir was anhängen. Seit wann ist denn von einem Schock die Rede? Was geht hier ab? Wieder dieser Mist wie vor zwei Jahren, als ihr mich beschissen habt?«

»Ich habe dich niemals gelinkt.«

»Du nicht, Theo, aber Arschlöcher wie diese Hirschkuh von der Kripo.« Er wandte sich an Elsa. »Damit kommst du nicht durch. Und spar dir dein selbstgefälliges Lächeln, sonst wische ich es dir aus dem Gesicht!«

»Danke, ganz meinerseits. Sehr freundlich.« Sie beugte sich

vor, bis ihr Schäfers Geruch in die Nase stieg, der überraschend angenehm war. Sie hatte ranzigen Schweiß vermischt mit kaltem Zigarettenrauch und Alkohol erwartet. Stattdessen nahm sie Sandelholz wahr. »Mann, wie mir solche Machomänner an meinem dicken Hintern vorbeigehen. Und ja, ich weiß, dass er fett ist. Außerdem«, sie tippte ihm mit dem Zeigefinger gegen die Brust, »ich höre erst dann auf zu lächeln, wenn ich dein Grinsen nicht mehr sehen muss.« Elsa richtete sich wieder auf. »Und übrigens: Durchkommen oder nicht, das steht auf einem anderen Blatt. Aber ich denke, wenn ich mit Frau Holzmann rede, so von Frau zu Frau, dann wird ihr bestimmt klar, wie sinnvoll ein Arztbesuch sein könnte. Notfalls gehe ich höchstpersönlich mit ihr zum Onkel Doktor und diktiere dem die Krankmeldung.«

»Das ist verdammt noch mal nicht deine Angelegenheit.« Schäfers rot unterlaufene Augen waren nun auf Theo gerichtet. »Sag du doch auch mal was dazu.«

»Naja, also fertig war sie schon mit den Nerven, die Frau Holzmann meine ich.«

»Sagt wer? Die dicke Kripotante hier?«

»Nein. Die Frau Holzmann hat das ausgesagt. Dass sie psychisch am Ende ist. Also, naja, so in die Richtung halt. In ihrer ersten Befragung zumindest. Zeit für eine richtige Zeugenvernehmung war blöderweise nicht.« Theos Ton wurde vorwurfsvoll. »Du hast da draußen in der Straßenbahn nicht gerade dazu beigetragen, den Vorfall schnell zu klären. Ich meine, schau dich doch mal im Spiegel an.« Er zeigte auf das Waschbecken hinter Schäfer. »Wer ist glaubwürdiger? Du oder eine unbescholtene Bürgerin?«

»Kollege Angerer«, mischte sich Elsa ein. »Ich weiß, es ist nicht mein Fall. Aber ich bin gerne hilfsbereit. Und vielleicht ist der Kollege ... upps«, sie hielt sich die Hand vor den Mund,

»ich meinte natürlich Exkollege Schäfer kooperationswilliger, wenn er mit mir alleine spricht. Ich kenne solche Typen, die spielen sich in Anwesenheit einer Frau gerne auf. Aber wenn du eine Zigarettenpause machst, und ich mit ihm eine Weile alleine, du weißt schon … ich meine nur wenn du willst. Vielleicht könntest du den Fall dann schneller abschließen. Ich weiß, wie viel ihr in der Schicht zu tun habt. Und ich bin neu hier und habe kaum Arbeit.«

Elsa beobachtete Theo Angerer, der auf seiner Unterlippe kaute und nachdachte. Der Mann war leicht zu durchschauen. Es war offensichtlich, dass er ungern gegen Schäfer ermittelte und diesen befragte. Schäfer war nun mal kein angenehmer Gesprächspartner, wie sie eben selbst erlebt hatte. Also war es keine Überraschung, dass Angerer schließlich zustimmte.

»In Ordnung. Ich glaube, das ist das Beste. Schließlich will ich den Scheiß vom Tisch haben.« Er stand auf, warf Schäfer einen letzten Blick zu und schloss die Tür hinter sich.

Elsa war mit dem ehemaligen Polizisten allein. »Ich kenne zwar nicht die Kuh Elsa, dafür aber ›Das Schweigen der Lämmer‹. Schon mal von Quidproquo gehört, Schäfer?«

KAPITEL 5

Schäfer fixierte die dicke Kripotussi. Wollte sie ihn jetzt verarschen oder mit irgendwelchen Pseudofachwörtern ihre Kompetenz beweisen? Eigentlich wollte er nur nach Hause, aus seinen verdreckten Klamotten schlüpfen, unter die Dusche springen und einen anständigen Happen zwischen die Beißerchen bekommen. Jetzt mischte sich diese Elsa in eine Sache ein, die sie überhaupt nichts anging.

»Quid was?«, quetschte er zwischen zusammengepressten Lippen hervor. »Soll das eine griechische Brotzeit sein?«

»Du warst einmal ein Cop.«

»Oho.« Schäfer verzog das Gesicht zu einer Grimasse. »Sind wir jetzt in Amerika? Cops!«

Elsa seufzte. »Ich biete dir einen Deal an. Du hilfst mir, und ich helfe dir.«

»Aha. Und wie soll das funktionieren?«

»Ich spreche mit der Frau aus der Straßenbahn.«

»Wie originell, das hast du vorhin bereits angedroht.«

»Stimmt. Aber das Gespräch kann auf verschiedene Art verlaufen. Vielleicht stellt sich alles als Missverständnis heraus.«

»Hallo? Erde an ... wie war dein Name?«

»Dorn.«

»Dorn, richtig. Erde an Dorn. Das war ein Missverständnis!«

»Sagst du!«

»Sage ich!« Schäfer nickte und bekräftigte seine Worte, indem er sich auf die Brust klopfte.

»Wenn die Frau aus der Straßenbahn das sagt, sage ich das auch. Und wenn ich das sage, geht der Fall nicht an die Staatsanwaltschaft, sondern wird zu den Akten gelegt. Dann kannst du wieder in deine kleine miese Welt der Möchtegern-Magnum-Provinzermittler zurückkehren und Ehemännern beim Fremdgehen nachschnüffeln.«

Schäfer lehnte sich zurück. Ihm gefiel der Tonfall und die Wortwahl der kleinen Kommissarin immer weniger. »Und was erwartest du von mir?«

»Hilfe bei einem Mordfall. Genauer gesagt, bei zwei Mordfällen.«

»Du weißt aber schon, dass ich seit einiger Zeit nicht mehr bei eurem Verein bin.«

Elsa Dorn überging diesen Einwand und klatschte den gelben Post-it auf den Tisch. »Sagt dir das was?«

Schäfer starrte auf den Klebezettel, der ihn mit seiner jüngsten Vergangenheit konfrontierte. Er schloss die Augen, öffnete sie wieder. »Kann schon sein«, entgegnete er.

»Das reicht mir aber nicht.« Sie tippte auf den Zettel. »Hast du das geschrieben?«

Schäfer dachte daran, einfach zu gehen. Andererseits war die Sache in der Straßenbahn ziemlich dumm gelaufen. Und jetzt setzte ihm Elsa Dorn das Messer an die Kehle.

»Hast du das geschrieben?«, wiederholte die Nervensäge.

»Möglich«, wand er sich wie ein Aal.

»Schon mal was von Handschriftenvergleich gehört?«

»Natürlich«, knurrte er. »Habe dieselbe Ausbildung wie du genossen.«

»Also?«

»Ja.«

»Was ja?«

»Mein Zettel.«

»Kannst du auch ganze Sätze?«

Schäfer stöhnte. »Ja, ich habe das geschrieben.«

»Wieso ›Fuck Trautwein‹?«

»Weil er ein Riesenarsch ist.«

»War«, verbesserte Elsa.

»War«, bestätigte er. »Hat ihn wohl übel erwischt, wenn man glauben darf, was die Presse schreibt.«

»Ziemlich übel.«

»Ich kann nicht behaupten, dass ich Mitleid verspüre.«

Elsa Dorn runzelte die Stirn, sagte aber nichts.

»Er hat nichts anderes verdient. Wieso sollte ich rumeiern und mich verstellen? Ich sage dir meine Meinung, Punkt, fertig, aus.«

»Geht das vielleicht etwas genauer?«

Schäfer sah zum Fenster, die Jalousie war bereits heruntergelassen. Im Nebenzimmer lachte eine Frau. Ziemlich obszön, wie er fand. Eine Polizistin? Wohl eher eine Nutte, die damit auf eine Frage bei einem Verhör reagierte.

»Ich warte«, drängte Elsa Dorn.

Schäfer musterte sie. Ihre streng zurückgebundenen Haare ließen sie wie eine Gouvernante aus den alten Filmklassikern wirken, die er früher mit seiner Mutter immer ansehen musste. Im Gegensatz zu diesen Gouvernanten schimmerten die Haare der vorlauten Elsa Dorn allerdings ganz leicht. Er hustete, hielt sich dabei die Hand vor den Mund, wollte Zeit gewinnen. Die grünen Augen der Hauptkommissarin wirkten wach und intelligent. Diese Frau war nicht blöd, würde sich nicht einfach anlügen lassen. Am besten sagte er gar nichts zu diesem Thema. Mal sehen, wie die forsche Kriminalbeamtin darauf reagierte.

»Langsam reißt mir der Geduldsfaden.«

Schäfer zuckte die Schultern. »Mag sein. Aber ich sehe keine Möglichkeit, wie ich dir helfen könnte. Du wirst kaum die leitende Ermittlerin in dem Fall sein. Weiß eigentlich der verantwortliche Kriminaler von deiner Aktion hier?«

»Nein, aber ich gehöre zur Soko und bin an den Ermittlungen zu Trautweins Tod beteiligt. Natürlich interessiert mich, ob ein Zusammenhang zwischen den beiden Opfern besteht.«

»Und was hält der ehrenwerte Kripo-Chef davon, mich zu den Ermittlungen hinzuzuziehen?«

»Jansenbrink? Also Jansenbrink ist nicht wirklich gut auf dich zu sprechen, um es mal vorsichtig auszudrücken.«

»Dachte ich mir. Er weiß nichts. Du handelst dir jede Menge Ärger ein, kann ich dir sagen. Schon dass du mit mir gesprochen hast, wird Jansenbrink an die Decke gehen lassen.«

»Ich habe nicht vor, ihn einzuweihen.«

Oho, da stand also eine kleine Revoluzzerin vor ihm.

»Du strebst offenbar keine lange Karriere bei der Augsburger Kripo an. Kann mir nur recht sein. Aber Krenzin solltest du nicht hintergehen.«

»Woher weißt du, dass Krenzin …?«

»Na hör mal. Zwei spektakuläre Morde sind passiert. Natürlich wird da von ganz oben ermittelt. Krenzin ist der Leiter des K1!«

»Ist er gut?«

»Man nennt ihn Derrick von Augsburg. Reicht das?« Schäfer lächelte.

»Ich meine, ist er anders als Jansenbrink?«

Schäfers Lächeln wurde breiter. »Du hast bereits Bekanntschaft mit der etwas seltsamen Art von Ihrer Gnaden gemacht?«

Die Polizistin kniff die Augen zusammen.

»Okay, ist schon gut. Krenzin ist das genaue Gegenteil von Jansenbrink. Alles klar?«

Elsa nickte. »Um auf den Fall zurückzukommen – ein Zusammenhang …«

»Ein Zusammenhang zwischen Trautwein und Kovac wäre sicherlich brisant.«

»Der Name des ersten Opfers, Kovac, wurde nach meinen Informationen nicht an die Presse gegeben.«

»Nicht nötig«, erläuterte Schäfer. »Ich war lange genug bei der Fahndung. Wenn Augsburgs Zuhälterkönig filetiert wird, dann spricht sich das schnell rum. Wenn du nach einem Zusammenhang suchst, dann steht wohl fest, dass es sich um ein und denselben Täter handelt? Kannst du mir Näheres dazu sagen?«

»Eigentlich stelle ich hier die Fragen.«

»Du warst diejenige, die von quid blabla geschwafelt hat.«

»Klar, aber die erste Information sollte von dir kommen.«

»Wenn ich aber nicht will?«

»Es geht um einen Doppelmord.«

»An zwei Typen, die niemand vermisst.«

»Du befürwortest ihren qualvollen Tod?«

»Lieber diese zwei als jemand anders.«

Die Hauptkommissarin blies die Backen auf, stieß die Luft laut aus und sah zur Decke. »Kein Wunder, dass sie dich rausgeschmissen haben, du hast bei uns nichts verloren.«

»Ach ja? Weil ich keine Träne für einen Zuhälter vergieße? Diese Drecksau vermodert besser unter der Erde, als auf derselben zu wandern. Weißt du, was Kovac auf dem Kerbholz hatte? Wie viele Opfer seinetwegen traumatisiert sind? Wenn sie überhaupt noch leben.«

»Und der Stadtrat?«

»War auch nicht viel besser.«

»Wieso?«

»Ermittelt ihr mal schön selbst! Mir waren damals die Hände gebunden. Wieso sollte ich dir jetzt helfen? Nee, nicht mit mir. Sonst verschwindet wieder ... Ach, lassen wir das.«

»Was heißt das, dir waren die Hände gebunden? Und was soll verschwinden?«

Schäfer legte den Zeigefinger an sein rechtes unteres Augenlid. »Siehst du, wie das U-Boot untergeht?«

»Sind wir jetzt im Kindergarten?«

Schäfer drehte sich in seinem Stuhl und blickte sich übertrieben auffällig im Zimmer um. »Damals kam ich mir manchmal so vor.«

»Du bist ziemlich verbittert.«

»Ach ja?«

»Ja.«

»Dafür gibt es einen guten Grund.«

»Welchen?«

»Geht dich nichts an.«

»Ich will einen brutalen Mörder finden.«

»Dann streng dich an.«

»Du bist unglaublich.«

»Ich bin unglaublich gut, ich weiß.«

»Ich verstehe dich nicht.«

»Musst du auch nicht. So«, er klatschte mit den Händen auf die Oberschenkel und erhob sich. »War nett, mit dir zu plaudern, aber ich denke, ich werde jetzt gehen. Wenn ihr mich unbedingt anzeigen wollt«, er hob beide Arme, »nur zu. Mir egal. Hauptsache, ich komme endlich aus diesem Affenhaus raus.«

»Was ist mit Trautwein?« Elsa Dorn wollte ihn anscheinend nicht gehen lassen, ohne eine Antwort auf ihre Frage zu bekommen.

»Was soll mit ihm sein?« Schäfer stöhnte und plumpste zurück in den Stuhl.

»Deine Notiz. Sie klebte auf einem Aktenvermerk ohne Inhalt.«

»Schon möglich, ist lange her.«

»Verdammt, Schäfer! Kannst du nicht oder willst du nicht?«

Er sah sie lange an. »Ich will nicht«, presste er schließlich hervor. Dann stand er auf, schnappte sich seine Jacke und ging.

Er ignorierte die höhnischen Blicke der ehemaligen Kollegen auf seinem Weg zur Hauptpforte. Draußen schlug er die Kapuze über seinen kahlen Schädel, die Jacke spannte um seinen bulligen Nacken. Schneeflocken fielen ihm ins Gesicht, er atmete tief durch. Ohne sich umzudrehen, stapfte er durch den Schnee zur nächsten Straßenbahnhaltestelle. Er hätte sich lieber in den Sack gebissen, als der Kripo Hinweise zu geben. Wer wusste schon, wie die mit diesen Informationen umgingen. Außerdem hatte er schon einmal im Fall Trautwein ermittelt. Und wohin hatte ihn das schlussendlich geführt? Er sah an sich hinab. Zu keinem guten Ende, wie er feststellte.

Als Schäfer an der roten Fußgängerampel direkt vor dem Polizeipräsidium wartete, rasten aus dem Hof zwei Streifenwagen mit Blaulicht und Martinshorn auf die Gögginger Straße. Ihnen folgten zwei zivile BMWs, auf deren Wagendächern die magnetischen Blaulichter in der Dezembernacht unruhig zuckten und Schatten an die graue Wand des Polizeigebäudes warfen. Die Funkwagen brausten an ihm vorbei. In einem der zivilen Fahrzeuge saß Jansenbrink, der mit seinem Handy telefonierte und dabei wild gestikulierte. Noch während Schäfer darüber nachdachte, was passiert sein könnte, steuerte ein uniformierter Mannschaftswagen aus dem Polizeihof, danach ein weißer VW-Transporter. Der Einsatzwagen der Spurensicherung.

Schäfer stand einen Moment unschlüssig da, dann winkte er nach einem Taxi.

KAPITEL 6

Elsa kochte innerlich. So weit war es also gekommen! Jetzt waren Jansenbrink und sie schon derselben Meinung. Zumindest, was Schäfer betraf. Dieser aufgeblasene Möchtegern-Magnum wollte ihr partout nicht erzählen, was er über Trautwein wusste. Und über Kovac. Schäfer verbarg irgendetwas. Nur was? Und wieso? Schließlich war seine Zeit bei der Kripo Augsburg längst vorbei. Warum rückte er nicht mit seinen Informationen heraus? Es ging hier immerhin um einen Doppelmord. Ob sie ihn zwingen sollte? Aber was würde Jansenbrink dazu sagen? Schließlich war er dagegen gewesen, Schäfer zu kontaktieren. Wenn sie jetzt bei dem Kripochef vorstellig wurde, was hatte sie zu bieten außer ihrer weiblichen Intuition?

Jansenbrink würde sie auslachen, womöglich aus der Soko werfen. Nein, sie würde das Thema Schäfer erst einmal ruhen lassen. Während Elsa grübelnd ihr Büro betrat, fiel ihr die hektische Betriebsamkeit im Polizeihof auf. Sie trat ans Fenster, wo sie ihre Kakteensammlung aufgereiht hatte, und sah mehrere Einsatzfahrzeuge mit Blaulicht. Ein lautes »Autsch!«, entfuhr ihr, als sie einen Kaktus mit der Hand streifte.

»Es gibt ein neues Opfer.«

Elsa zerrte an dem Stachel in ihrer Hand und warf einen gereizten Blick über die Schulter.

Zott lehnte an der Tür. »Magdalena Resch. Die Lebensgefährtin von Kovac.«

»Der Zuhälterkönig hatte eine Lebensgefährtin?« Endlich,

jetzt war der Stachel draußen. Elsa liebte ihre Mammillaria sehr. Aber leider war der Warzenkaktus auch ziemlich heimtückisch.

Zott nickte.

»Ich dachte immer, solche Typen haben Dutzende Freundinnen, mit denen sie vögeln, aber keine Lebensgefährtin.«

»Auch Zuhälter sollen Gefühle haben.«

»Wäre mir neu«, sagte Elsa und ertappte sich dabei, dass sie genauso zynisch klang wie bei Schäfer vorhin.

»Die Einsatzzentrale hat vor fünf Minuten die Soko verständigt«, unterbrach Zott ihren Gedankengang. »Es ist noch nicht viel bekannt. Die Putzfrau aus einem von Kovac' Clubs hat den Notruf gewählt. Sie muss ziemlich panisch geklungen haben.«

»Welcher Club?«

»Dieser Saunaclub. Der in Lechhausen.«

»Lass uns hinfahren«, forderte Elsa ihn auf.

»Bist du wahnsinnig? Jansenbrink flippt aus, wenn du am Tatort erscheinst.«

»Wieso? Ich gehöre zur Soko.«

»Jawollja, schon klar. Aber ich glaube kaum, dass ihm das gefällt. Sogar Krenzin wird zickig, wenn es um Tatorttourismus geht, das kann er absolut nicht ausstehen. Stell dir vor, die gesamte Soko trampelt dort rum? Da kriegen die Verantwortlichen einen Schreikrampf.«

»Komm schon, Ludwig. Ich will den Tatort nicht nur auf Bildern sehen. Was soll schon sein, wenn wir kurz dort aufkreuzen und dann fix wieder die Fliege machen? Wir sind doch längst auf der Deppenliste, schlimmer kann es nicht kommen.«

»Elsa, das solltest du nicht tun. Wir sollten das nicht tun.«

»Ich nehme es auf meine Kappe.«

Zott zögerte, wippte unruhig auf den Fersen. »Das ist keine

gute Idee. Du machst dich hier nicht gerade beliebt. Und was sollen die anderen Kollegen denken?«

»Verdammt, Ludwig, ich will zu diesem Tatort. Die Kollegen sind mir piepegal. Ich bin eine Frau, die denken sowieso nicht das Beste von mir.«

Zott blies die Wangen auf und ließ anschließend geräuschvoll die Luft entweichen.

»Und …? Machst du dir jetzt auch gewisse Gedanken über mich, Ludwig?«

Zott ließ resigniert die Schultern hängen. »Okay, aber jammere mir später nicht die Ohren voll. Ich habe dich gewarnt.« Er hob den Kopf zur Decke. »Weshalb mache ich das eigentlich? Ich kenne dich doch kaum.«

Elsa lächelte. »Das ist mein Charme. Mein unverwechselbarer Charme.« Sie klopfte Zott auf die Schultern, als wäre er ihr bester Kumpel, und schnappte sich ihre Jacke.

Elsa starrte mit offenem Mund auf die tote Frau, die nackt und blutüberströmt auf dem Bett lag. Das war kein einfacher Mord, das war ein Massaker!

Wieder ein Overkill!

Von ihrem Platz an der Tür aus beobachtete sie die Beamten der Spurensicherung, die sich gerade über die Leiche beugten. Der Gerichtsmediziner war bereits gegangen, seine Arbeit hier zu Ende. Er würde erst wieder bei der Obduktion aktiv werden. Elsa musste schlucken. Magdalena Resch war der Hals aufgeschlitzt worden; die Tote schien zu lächeln – wie Trautwein auf den Pinwand-Fotos. Auf einmal dämmerte es Elsa. Der brutale Schnitt erinnerte an einen grinsenden Mund. Natürlich, das hatte sie irritiert. Tote lächeln nicht!

Magdalena Resch war dunkelhaarig und hatte eine schlanke

Figur mit festen Brüsten. Die Tote lag vollkommen nackt auf dem Bett. Eine kleine Tätowierung – eine rote Rose – leuchtete direkt unter ihrem Bauchnabel, und eine weitere Tätowierung – diesmal eine rote Tulpe – befand sich auf der Wade. Die Arme waren seitlich ausgestreckt, die Augen geschlossen, die Beine übereinandergeschlagen.

Dass man die Tattoos so deutlich erkennen konnte, wunderte Elsa, denn die Leiche, das Laken und der Teppichboden waren über und über mit Blut bespritzt. Auch die ehemals weiße Wand über dem Kopfteil des Betts war übersät von zahlreichen Blutspritzern und sah aus wie ein makabres Gemälde. Die Vorgehensweise des Täters: brutal und äußerst zielstrebig! Auf den ersten Blick entdeckte Elsa keine Abwehrverletzungen, zumindest auf die Schnelle, denn Magdalena war ziemlich verunstaltet. Genaueres würden die Experten des K7 sagen können oder aber spätestens der Gerichtsmediziner, der die Obduktion durchführte. Aber Elsa glaubte, an den Armen keine Wunden festzustellen. Im Gegensatz zu Oberkörper und Bauch. Dort hatte der Mörder wie ein Wahnsinniger auf Magdalena eingestochen.

Elsa schluckte. Magdalena bot einen grauenvollen Anblick. Am schockierendsten war jedoch etwas anderes. Der Toten steckte ein Vibrator im Mund. Dieses Sexspielzeug war im Saunaclub eines stadtbekannten Zuhälters sicher nichts Außergewöhnliches. Im Mund einer übel zugerichteten weiblichen Leiche kam diesem Detail allerdings eine besonders makabre Bedeutung zu. Wer tat so etwas? Elsa hob die Hand vor den Mund. Sie war kurz davor, sich zu übergeben.

Die Beamten des Erkennungsdienstes steckten mittendrin in der Arbeit: Sie fotografierten die Leiche, sicherten Fingerspuren an Schränken, Türen und sonstigen Gegenständen, überprüften die Schließverhältnisse der Fenster und leerten die Abfalleimer zur späteren Untersuchung in durchsichtige Plastiktüten. Jedes noch so kleine Staubpartikelchen wurde gesichert, alle möglichen Flächen bezüglich DNA-Spuren mittels Klebeband abgerieben, sogar die nackte Leiche von Magdalena Resch, an der gerade ein Kriminaltechniker Klebestreifen nach einem bestimmten Muster anbrachte.

Ein Beamter reinigte mit einem Staubsauger den Teppichboden, entnahm den Staubbeutel, beschriftete ihn mit »Schlafzimmer«, dem Datum, Uhrzeit und seinem Namen. Als die Gestalt im weißen Ganzkörperanzug sich umdrehte und den Staubsaugerbeutel abstellte, erkannte Elsa, dass es sich um Carmen Holler handelte. Die hübsche Blondine war ihr in der Kantine des Präsidiums kurz vorgestellt worden.

Elsa nickte Carmen zu und schaute sich um. Von Krenzin und Jansenbrink nichts zu sehen. Die beiden hochrangigen Polizeibeamten waren bei ihrem Eintreffen vor dem Club in ein Gespräch mit dem Außendienstleiter vertieft gewesen. Elsa hatte die Gunst der Stunde genutzt und war in den Saunaclub spaziert, Zott hatte kalte Füße bekommen und war im Wagen geblieben.

»Hast du schon was?«, fragte Elsa ihre Kollegin von der Spurensicherung.

»Wo ist Krenzin?«, entgegnete diese.

»Kommt sicher gleich. Ich wollte nur vorfühlen.«

Carmen Holler runzelte die Stirn, antwortete aber trotzdem. »So viel kann ich sagen: Es sieht nach demselben Mörder aus wie bei Trautwein und Kovac. Gleiche brutale Vorgehensweise, gleiches Engelsbild.« Sie deutete mit der Hand hinter sich.

Elsa sah ein Blatt Papier aus der geballten Faust der Leiche hervorragen.

»Diese vielen Wunden.« Carmen schüttelte sich. »Ich schätze, wir haben es mit einem Serienmörder zu tun.«

»Aber warum diese Grausamkeit?«, murmelte Elsa. »Spuren?«

»Na ja. Wir haben keinen Hinweis, dass er sich mit Blut besudelt hat, obwohl hier drin«, Carmen machte mit der Hand eine vage Bewegung, »alles voll davon ist. Ich meine, der Typ, also der Täter, hat eine richtige Sauerei angerichtet, hat Magdalena Resch ausbluten lassen wie ein Schwein! Das muss gespritzt haben, als würdest du eine vorher geschüttelte Sektflasche öffnen. Aber wir haben keine blutigen Fingerabdrücke des Täters an der Türklinke oder der Wand, keine Blutstropfen oder Fußspuren, die auf den Gang führen. Auch sonst keine Wischspuren und keine Kontaktspuren. Nichts! Einfach nichts! Eigentlich müsste dieses Dreckschwein blutüberströmt sein, nach dem, was sich hier abgespielt hat.«

»Was noch?«

»Wir haben einen sauberen Schnitt: gradlinige und glattrandige Wundränder. Der Täter hat das Messer äußerst professionell geführt, es ist kein stumpfer Bestandteil, wie zum Beispiel der Messerschaft, mit der Haut in Kontakt gekommen. Das heißt: Es liegt keine Schürfung oder Quetschung vor. Zumindest oberflächlich betrachtet. Ich will hier keine voreiligen Schlüsse ziehen, sonst reißt mir der Rechtsmediziner den Kopf ab. Näheres dazu kann dir der Professor nach der Obduktion erläutern.«

Elsa zögerte kurz. »Wie lange ist sie tot?«

»Sie wurde in den letzten vier bis sechs Stunden umgebracht. Die Leichenflecken lassen sich noch wegdrücken, wenn man den Finger darauf legt.« Carmen Holler hob entschuldigend die Hände. »Aber, wie gesagt, ich bin keine Rechtsmedizinerin, das ist nur meine Erfahrung.«

Elsa machte eine ausholende Armbewegung.

Carmen Holler verstand anscheinend: »Das ist eins von vielen, nennen wir es mal Gästezimmern. Saunaclub ist eine höfliche Umschreibung für einen Puff, würde ich meinen. Hier ging es genauso zur Sache wie in Kovac' Bordellen. Nur, dass dem ganzen ein halb offizieller Anstrich gegeben wird. Mit Masseuren, Sauna und Schwimmbad.«

»Und heute war nichts los?«

»Nö. Seit Kovac nicht mehr unter den Lebenden weilt, ist der Laden geschlossen. Na ja, so lange ist das ja nicht her.«

»Hatte sie Sex? Sie ist nackt!«

»Interessieren Sie sich für das Sexleben unseres Opfers?«, mischte sich eine bekannte Stimme in das Gespräch ein.

»Mist!«, entfuhr es Elsa.

»Das kann man so sagen«, sagte Jansenbrink, der sie finster anblickte. »Was haben Sie hier zu suchen? Sollten Sie nicht Akten sichten?«

»Nun, ich ...«, stotterte Elsa.

»Tatorttourismus ist etwas, das wir bei der Kripo Augsburg gar nicht schätzen«, zischte Jansenbrink. »Zu viele neugierige Kollegen wollen wissen, was passiert ist. Um später bei der Brotzeit mitreden zu können.« Er fixierte Elsa mit seinem Blick. »Oder um ein Foto an die Presse zu verkaufen. Wie damals beim Sedlmayr-Mord in München.« Sein Gesicht verfinsterte sich. »Eine Schande war das. Und der Fall ist niemals aufgeklärt worden.« Drohend fuhr er fort: »Sie wissen ganz genau, welche Beamte hier zu sein haben.« Sein Finger schnitt durch die Luft wie ein Samuraischwert. »Sie gehören ganz sicher nicht dazu.«

»Aber ich bin doch auch bei der Kripo und ganz bestimmt kein Tourist. Ich ...«

»Nichts da«, schnitt ihr Jansenbrink das Wort ab. »Immer diese Rechtfertigungen. Es gibt kein Aber! In einer Sonderkommission haben die Beamten bestimmte Aufgaben, die ihnen zugeteilt werden. Das müssten Sie doch eigentlich wissen, Frau Dorn. Hier kann nicht jeder tun, was er will.« Er klopfte sich an die Brust. »Ich entscheide, was hier gemacht wird. Und von wem. Und natürlich der leitende Ermittler. Aber ganz bestimmt nicht eine einfache Sachbearbeiterin.« Jansenbrink hatte sich offensichtlich warmgeredet und war nicht mehr zu stoppen. »Was glauben Sie eigentlich, wer Sie sind? Inspektor Columbo? Seine Frau? Oder die weibliche Wiedergeburt von Sherlock Holmes?« Er grinste höhnisch. »Für was halten Sie sich? Liebe Frau Kollegin, nicht einmal der leitende Ermittler, Herr Krenzin, hat den Tatort begutachtet, er spricht noch mit der Putzfrau. Da stecken Sie Ihre Nase hier rein und schnüffeln rum. Das geht nicht!« Jansenbrink fuhr sich über die Glatze. »Das geht nicht«, wiederholte er. »Ihr Ehrgeiz in allen Ehren, aber Sie gehören nicht zum Tatortteam, Sie sollen uns zuarbeiten, haben Sie verstanden? Zuarbeiten! Ich möchte ungern eine negative Beurteilungsnotiz in Ihre Personalakte heften. Aber langsam weiß ich nicht mehr, was ich mit Ihnen machen soll, Frau Dorn. Wie es aussieht, treibt in Augsburg ein Serienmörder sein Unwesen. In meinem Augsburg! Können Sie sich das vorstellen?« Er wartete erst gar keine Antwort ab. »Nein, können Sie nicht. Woher auch? Der Innenminister tobt. Weil meine Leute es nicht schaffen, etwas Neues vorzuweisen. Den Täter aufzuspüren. Der Ministerpräsident sitzt dem Innenminister im Nacken, und der lässt es an mir aus. Bald sind Wahlen.«

Jansenbrink setzte sein Gejammer fort, doch Elsa hatte sich bereits innerlich ausgeklinkt und verfolgte ihre eigenen Gedanken. Wieso musste dieser Mann seinen Frust eigentlich ausgerechnet an ihr auslassen? Wahrscheinlich, weil niemand sonst da war. Und sowieso: Jansenbrinks taktische Spielchen interessierten sie einen Dreck. Wenn irgendein Politiker sich nur wegen der nächsten Wahl für einen Mord interessierte, kratzte sie das wenig. Es galt, einen Mörder zu finden. Und zwar, bevor er ein weiteres Mal zuschlug. Wahl hin oder her. Jansenbrink und seine Befindlichkeiten interessierten sie so wenig wie die Fernsehübertragung einer Bundestagsdebatte. Allerdings war der gegenwärtige Augenblick denkbar schlecht, um in dieser Hinsicht zu argumentieren. Der Kripo-Chef hatte sowieso eine Riesenwut auf sie. Statt ihn weiter zu erzürnen, sollte sie lieber zusehen, dass sie irgendwie ungeschoren davonkam. Vielleicht wäre es besser gewesen, in München zu bleiben. Andererseits hatte es dort ebenfalls Probleme mit ihrem Chef gegeben, wenn auch ganz anderer Art.

»Ich, also, Herr Jansenbrink, ich hatte eigentlich schon Dienstschluss«, versuchte Elsa sich zu rechtfertigen. »Und bin ich ganz zufällig, auf dem Heimweg hier vorbeigekommen. Also habe ich mir gedacht, na ja, wenn ich schon mal da bin ...«, sie zuckte mit den Schultern. Ihre Entschuldigung kam ihr selbst lahm vor.

Jansenbrink schien da ganz ihrer Meinung zu sein: »Ach, und Sie fahren immer mit einem Dienstwagen nach Hause? Mit dem ehrenwerten Kollegen Zott auf dem Beifahrersitz?«

Elsa fühlte sich ertappt.

»Ähm«, meldete sich Carmen Holler zu Wort und lenkte Jansenbrinks Zorn ab. »Ich hätte etwas, was ich Ihnen zeigen möchte, Herr Jansenbrink.«

»Was?« Jansenbrinks Blick flog zwischen Elsa und Carmen Holler hin und her. Dann wedelte er mit der Hand wie ein Mitglied der königlichen Familie und bedeutete Elsa zu verschwinden. »Ich will mal nicht so sein«, sagte er großzügig. »Gehen Sie nach Hause. Für heute will ich es gut sein lassen. Aber für die Zukunft ...«, er hob eine Augenbraue und ließ den Satz unvollendet. Im nächsten Moment verschwand er mit Carmen.

Elsa ging in den Vorraum des Clubs, öffnete ein Fenster und lehnte sich an die Wand. Gierig sog sie den kalten Lufthauch ein, der durch den Spalt hereinströmte. Die eisige Luft konnte den Leichengeruch nicht vertreiben, der sich in ihrer Nase festgesetzt hatte. Sie wusste, diesen Duft würde sie die nächsten Wochen nicht loswerden, selbst wenn sie sich jeden Tag die Haut vom Körper rubbeln und neue Kleidung anziehen würde.

Elsa schaute auf die Straße. Während der Verwesungsprozess bei Magdalena Resch schon eingesetzt hatte, drehte sich die Welt weiter, als wäre nichts gewesen. Ein Jogger lief vorbei, den MP3-Player im Ohr, eine Radfahrerin hielt auf der gegenüberliegenden Straßenseite und telefonierte mit dem Handy, ein alter Mann schob einen Gehwagen langsam vor sich her. Sie alle wussten nichts von dem, was sich hier abgespielt hatte, dass eine junge Frau einen qualvollen Tod gestorben war.

Das Geräusch knarrenden Holzes veranlasste Elsa, sich umzudrehen. Krenzin betrat den Saunaclub und schritt – tief in Gedanken versunken – über den Parkettboden. Die Hände hinter dem Rücken verschränkt, nahm er von ihr keine Notiz und verschwand hinter einer Tür.

Fünf Minuten später quetschte sich Elsa auf den Fahrersitz und trommelte auf das Lenkrad.

»Nicht gut gelaufen?«, fragte Zott.

»Bist wohl Hellseher«, brummte sie.

»Keine Kunst, wenn man dich ansieht. Du bist rot wie eine Tomate.«

»Ist mein hoher Blutdruck. Ich esse zu fettig.«

»Was du nicht sagst.«

Aus dem Radio dudelte Blasmusik. Elsa sah auf die Uhr, Neun vorbei. Logo, um diese Zeit spielte dieser Sender immer solchen Käse. Sie drehte am Radioknopf und war erst zufrieden, als sie *Engel fliegen einsam* hörte. Na, das ist doch mal ein passendes Lied, dachte sie. Zu Zott gewandt: »Der Erzengel war wieder da.«

»Was meinst du?«

»Das Bild von Gabriel, du weißt schon. Es steckte in der Faust der toten Magdalena.«

»Ein Serienmörder!«

»Du sagst es, Ludwig. Du sagst es. Wir haben einen verdammten Serienmörder. Und deshalb stellt sich uns jetzt eine ziemlich dringende Frage.«

»Die da wäre?«

»Wer ist das nächste Opfer?«

KAPITEL 7

Feierabend!

Elsa schloss die Haustür und lehnte sich mit dem Rücken gegen das Türblatt. Für heute reichte es ihr. Besonders erfolgreich war der Tag nicht verlaufen. In der Soko kam sie sich wie das fünfte Rad am Wagen vor. Genauer gesagt *war* sie es. Sogar eher das Ersatzrad.

Ihr Plan, mithilfe von Schäfer an Informationen zu gelangen, die den Fall voranbrachten und zugleich ihr Ansehen in der Soko steigerten, war aber so was von in die Binsen gegangen. Sie musste dringend mit jemandem reden, nur mit wem? Lissy, ihre beste Freundin aus München, vergnügte sich gerade im Karibikurlaub. Und dann gab es da noch Sonja, ihre zweitbeste Freundin. Aber die hatte selbst genügend Probleme, weil ihr Freund fremdging. Und über untreue Männer wollte Elsa sich heute ganz bestimmt nicht den Kopf zerbrechen. Mit ihrer Schwester Carola hatte sie früher alles besprechen können. Doch seit Carola als Reiseführerin in Barcelona arbeitete und mit ihrem Pablo glücklich zusammenlebte, war der schwesterliche Kontakt auf das gelegentliche Schreiben von Karten und kurzen Geburtstagsgrüßen am Telefon zusammengeschrumpft.

»Schatz, heute warst du aber lange in der Arbeit«, flötete jemand und ließ Elsas Stimmung ganz tief in den Keller sinken. Sie schlug mit dem Hinterkopf zweimal hart gegen die massive Tür. Selbstgeißelung sollte ja in gewissen Fällen hilfreich sein.

An ihre Mutter hatte sie den ganzen Tag nicht gedacht. Erst beim Klang dieser süßlichen Worte drängte sich Martha Dorn wieder in ihr Leben.

Verdammt, dachte Elsa. Der Abend hätte so schön werden können. Eine Tiefkühlpizza in den Ofen werfen, eine Flasche Rotwein aufziehen und allein vor dem Fernseher den Abend ausklingen lassen, ohne einen Gedanken an die ungerechte Welt. Wenn sie noch in München wohnen würde, wäre das auch genau so abgelaufen. Zumindest in den letzten Wochen, als dieser untreue Mistkerl sie mit seiner Anwesenheit verschont hatte. Elsa stieß den Kopf ein weiteres Mal gegen die Tür. Darüber wollte sie jetzt nicht auch noch nachgrübeln müssen. Schließlich hatte sich das Thema mit ihrer Versetzung nach Augsburg erledigt. Stattdessen hatte sie jetzt ihre Mutter am Hals.

Wobei sie sich dieses Problem selbst zuzuschreiben hatte, dachte Elsa grimmig. Sie hätte ja nicht zu ihrer Mutter ziehen müssen. Doch die Zeit hatte gedrängt, nachdem ihr Versetzungsantrag so schnell genehmigt worden war. Also hatte sie beschlossen, sich die aufwendige Suche nach einer Mietwohnung zu ersparen, und war zurück in ihr Elternhaus gezogen. Hier gab es genügend Platz. Außerdem benötigte ihre Mutter Hilfe.

Elsas Vater war vor einem Jahr an einem Schlaganfall gestorben. Seitdem lebte Martha Dorn allein und beschwerte sich, dass ihr alles zu viel wurde. Das Haus, der Garten und überhaupt. Auch deswegen hatte sich Elsa entschieden, erst mal wieder ihr altes Kinderzimmer im Elternhaus zu beziehen. Eine Entscheidung, die sie bereits nach wenigen Wochen bereut hatte. Mit ihrer Wahl hatte sie sich zurück in ihre eigene Vergangenheit katapultiert. Wie in einer Zeitmaschine. Nur dass sie nicht gegen irgendwelche lichtscheuen Morlocks kämpfte, sondern gegen die eigene Mutter. Eine schier aussichtslose Sache.

»Elsa, Liebes. Ich hab dir eine Brotzeit zubereitet. Aber zuerst gibt es Leberknödelsuppe.«

»Ja, Mama, ich komm gleich.« Elsa seufzte, hängte ihren Blazer an die Garderobe, schlüpfte aus den Pumps und zog sich Hausschuhe über. Dann ging sie in die Küche.

Ihre Mutter hantierte am Herd und klapperte mit dem Geschirr. Die Lesebrille an der langen Kette schaukelte wild, als Martha Dorn sich jetzt umdrehte. »Mei, du schaust aber fertig aus. Blass bist du. War wohl recht anstrengend, dein Tag?«

Die blauen Augen ihrer Mutter ruhten aufmerksam auf Elsa, die diesen Blick nur zu gut kannte. »Komm, setz dich her. Etwas Warmes wird dir guttun. Ich hab dir immer schon vorgebetet, die Polizeiarbeit ist nichts für eine zarte Frauenseele.« Martha schüttelte den Kopf. »Kind, aber ehrlich! Den ganzen Tag diese Kriminellen. Wo man so viel liest in der Zeitung und im Fernsehen sieht.« Sie stellte ein Holzbrett mit Wurst, Käse und Tomaten auf den Tisch und schlug Elsa auf die Finger, als diese nach einer Scheibe Bierschinken griff.

»Erst gibt es Suppe«, verkündete ihre Mutter streng, während sie den Topf auf den Küchentisch hievte, einen Teller vor Elsa stellte und diesen vollschöpfte. »Iss, Kind!«, forderte sie ihre Tochter auf. »Damit du was wirst«, schob sie nach.

Elsa seufzte und fühlte sich auf einmal, als wäre sie gerade mal zehn Jahre alt. Jetzt fehlte nur noch ein »Wie war es in der Schule?«.

»Sag, wie war es bei der Arbeit?«

Elsa verschluckte sich und klopfte sich auf die Brust, um den Hustenreiz zu unterbinden, bevor sie antwortete. »Mama, bitte! Reden wir jetzt nicht von der Arbeit.« Sie startete einen zweiten Anlauf mit der Leberknödelsuppe. Die Brühe war so heiß, dass sie sich die Zunge verbrannte und einen Schluck Mineralwasser trinken musste, um ihre Zungenbläschen abzukühlen.

»Aber dein Papa hat immer reden wollen, wenn er vom Geschäft heimkommen ist vom Schaffen. Das hat ihn beruhigt.«

»Ja Mama, aber Papa hat beim Gaswerk gearbeitet, nicht bei der Polizei. Ich habe Dienstgeheimnisse, die ich beachten muss. Das verstehst du sicher, Mama.« Elsa nahm einen weiteren Löffel Suppe, blies zweimal darüber und schob ihn zwischen die Lippen.

»Papperlapapp, Geheimnisse!« Martha Dorn winkte ab. »Vor seiner Mutter hat man keine Geheimnisse nicht. Bist an diesen Mordfällen beteiligt?«

»Nein, Mama, ich bin keine Mörderin.«

»Ach, du weißt schon, wie ich's meine. Ob du ermitteln tust, will ich wissen.«

»Ja Mama, ich ermittle. Aber nicht, wie du denkst.«

»Im Radio haben sie was vom Engelmörder gebracht. Weißt du da was dazu?«

»Engelmörder?« Elsas Neugier war geweckt, obwohl sie vor einer Sekunde das Thema gerne abgeschlossen hätte.

»Ja, grad eben. Dieser Stadtrat und dieser andere Mann, die wurden ganz brutal umgebracht, haben die vom Radio gesagt. So was Schlimmes hätte es in Augsburg noch nie gegeben. Und heute Abend hätte dieses Scheusal wieder zugeschlagen.« Martha Dorn schöpfte Elsa Suppe nach.

»Was genau haben die im Radio gesagt?«, hakte Elsa nach.

»Na ja, dass ihr nichts wisst über den Mörder. Stimmt das?«

»Wir ermitteln halt. Das ist nicht so einfach.«

»Aha«, meinte Martha Dorn lapidar. »Aber ihr habt's doch eine Ausbildung dafür g'macht.«

»Ja, aber Spuren brauchen wir schon, Mama.«

»Ihr werdet schon wissen, was ihr tut.«

»Isst du gar nichts?«, wollte Elsa wissen.

»Erst musst du satt werden.« Ihre Mutter beugte sich vor und raunte: »Außerdem hat der Radiosprecher was Religiöses vermutet. Wegen dieser Engelsbilder, weißt schon, gell. Sag mal, stimmt das mit diesen Bildern?«

»Verdammt, woher wissen die das schon wieder?«, schimpfte Elsa.

»Also stimmt es.«

»Klar stimmt's! Aber das dürften die nicht wissen, das ist doch Täterwissen. Das darf nicht an die Öffentlichkeit gelangen, niemals! Mensch, diese beschissenen Zeitungsfritzen!«

»Es kam aber im Radio.«

»Ist doch egal, Mama. Ob Radio oder Zeitung, das sind alles dieselben Mistkerle. Denken nur an ihre Quote und überhaupt nicht daran, wie schwer sie es uns machen mit der Aufklärung. Jetzt weiß jeder Depp, was der Mörder am Tatort hinterlassen hat.«

»Meinst du, die Morde hängen mit dem neuen Papst zusammen?«

»Was?« Elsa sah ihre Mutter überrascht an und ließ den Löffel in den Teller fallen. Es klirrte und Suppenspritzer besudelten das Tischtuch.

»Findest du es nicht seltsam?«

»Was soll ich seltsam finden, Mama?«

»Dass der alte Papst kein Papst mehr ist und es jetzt einen neuen Papst gibt. Und in Augsburg werden an Mordschauplätzen Engelsbilder gefunden. Wenn das mal nicht seltsam ist.«

»Mama, ich denke, der Papst hat ein Alibi. Der war ganz sicher nicht in Augsburg zur Tatzeit.«

»Er muss es ja nicht selbst gemacht haben. Aber ...«

»Mama! Jetzt hör aber auf. Du redest, als ob du bald ins Pflegeheim gehörst.«

Martha Dorn hob erschrocken die Hand zum Mund. »Kind ...!«

»Mama!«

»Ich wollte nur mit dir über deinen Fall reden.«

»Es ist erstens nicht mein Fall. Zumindest nicht alleine. Zweitens will ich nicht darüber reden. Vor allem nicht über deine Hirngespinste mit dem Papst. Wenn du schon helfen willst, dann bitte mit gescheiten Tipps und nicht mit irgendwelchem Unfug aus deiner Bastelgruppe.«

»Ich denke einfach ganzheitlich«, rechtfertigte sich Martha Dorn und überging den Hinweis auf ihre gelegentlichen Treffen mit Freundinnen, bei denen über Gott und die Welt gelästert wurde, während die alten Damen allerlei Zeug bastelten. Ihre Kunstwerke verkauften sie dann auf einem Flohmarkt und von den eingenommenen Beträgen veranstalteten sie ihre Ausflüge. Die dann meistens zu irgendwelchen Wallfahrtsorten führten. »Diese Engelsbilder deuten doch bestimmt auf was hin. Meinst du nicht?«, bohrte Martha weiter nach.

Elsa schluckte den nächsten Löffel Suppe runter und brummte: »Wahrscheinlich auf den Papst.«

»Nimm mich doch ernst. Ich habe Lebenserfahrung, jede Menge davon. Genau genommen fünfundsechzig Jahre. Ich möchte nur helfen.«

»Mama, überlass das den Profis.«

»Vielleicht sollten diese armen Menschen für ihre Sünden bezahlen. Einer war doch Zuhälter.«

»Ja, Mama.«

»Darüber solltet ihr nachdenken.«

»Ja, Mama.«

»Das solltet ihr wirklich.«

»Ja, Mama.«

»Sag doch nicht immer ›Ja, Mama‹.«

»Ja, Mama.«

»Ich glaube, du veräppelst mich.«

»Nein, Mama.«

Martha Dorn stand beleidigt auf. »Na gut, wenn ihr keine Hilfe braucht, kann ich auch fernsehen. Heute kommt im Dritten die Wiederholung vom Tatort. Mit den Münchner Kommissaren.«

Elsa schob den Teller Suppe beiseite und zog den Brotzeitteller heran. »Ich schau auch mit, esse aber noch ein bisschen.«

»Gut. Du solltest auch mitgucken. Diese beiden Kommissare, die sind wirklich gut. Da kannst du dir eine Scheibe von abschneiden. Die sind nicht so voreingenommen wie du.«

»Ist recht, Mama. Schalt schon mal ein.«

Eine halbe Stunde später setzte sich Elsa auf die Couch neben dem Fernsehsessel, in dem ihre Mutter saß und gebannt auf den Bildschirm starrte. Dabei knetete Martha Dorn ihre Hände und bewegte die Lippen, als spräche sie die Dialoge der Fernsehkommissare nach.

Elsa verfolgte den Krimi eine Zeit lang, schüttelte aber immer wieder den Kopf über so viel logische Fehler und Unsauberkeiten. Irgendwann wurde es ihr zu bunt und sie polterte los: »Das ist ein rechter Schmarrn. Echte Kripobeamte ermitteln niemals auf diese Weise. Wer denkt sich immer nur diesen Mist aus?«

»Pssst, jetzt kommt gleich eine wichtige Stelle.«

»Woher weißt du das denn?«

»Ist doch eine Wiederholung, hast nicht zugehört vorhin?«

»Und wieso schaust den Müll ein zweites Mal an?«

»Weil das kein Müll ist, sondern anspruchsvolle Krimiunterhaltung.«

»Aha! Jetzt weiß ich Bescheid.« Elsa nahm sich die Fernsehzeitung und blätterte darin.

»Nicht so laut!«, schimpfte ihre Mutter.

»Tschuldigung.« Elsa seufzte innerlich. Im zweiten Programm lief ein Pilcher. Das war zwar kitschig. Aber lieber Kitsch als dieses unrealistische Krimigedöhns. Immer wieder schwirrte ihr Blick zu der Handlung auf dem Fernsehschirm, während sie die Fernsehzeitung las. »Ha!«, schrie sie auf einmal aus. »Blödsinn!«

»Was?« Ihre Mutter konnte sich nicht entscheiden, ob sie zu Elsa oder auf den Flachbildschirm blicken sollte.

»Kripoleute gehen niemals alleine in die Wohnung eines Verdächtigen. Dieser Drehbuchautor ist doch ein Idiot! Hauptsache, irgendetwas hinschreiben. Sind die alle bescheuert vom Fernsehen? Fragt halt bei den Profis nach, dann wisst ihr, wie das funktioniert mit dem Ermitteln. Großer Gott.«

»Elsa, jetzt verdirb mir nicht den Abend.«

»Ist doch wahr«, schimpfte Elsa weiter. »Da schau, schon wieder! Jetzt lädt er die Waffe durch. Als wenn wir alle die ganze Zeit mit ungeladener Knarre rumlaufen würden. Und die Leute glauben den Käse auch noch, das ist voll die Volksverblödung.« Sie vertiefte sich wieder in ihre Lektüre und verkniff sich jeden weiteren Kommentar. Sonst würde der Abend in einer Endlosdebatte über Polizeiarbeit enden. Und darauf verspürte sie wenig Lust. Während sie dem Ende des Krimis entgegenfieberte, um endlich auf ein anderes Programm zu schalten, rumorte es in ihrem Magen. Konnte es sein, dass ihre Pizza von der Autobahnraststätte immer noch Ärger bereitete?

»Hast du schon wieder Hunger?«, fragte ihre Mutter, als die Darmgeräusche beängstigend laut wurden.

»Nein, ich glaube, ich habe mir den Magen verdorben.«

»Willst du sagen, meine Leberknödelsuppe war schlecht?«

»Nein, Mama. Das habe ich nicht behauptet.«

»Doch, du meckerst andauernd rum. Immer hast du was zu mäkeln.«

»Nein, ich glaube, das Essen in Italien war zu viel. Oder schlecht.«

»Vielleicht war es verdorben. Die Italiener sind doch alles Schlawiner. Wer weiß, was die dir aufgetischt haben. Wo doch grad überall Pferdefleisch im Essen gefunden wird. Aber vielleicht hast du dir auch was bei der Arbeit geholt. Würde mich bei diesem Gesindel nicht wundern, mit dem du da jeden Tag zu tun hast. Diese Asozialen haben doch alle Hepatitis und was weiß ich noch an Krankheiten. Ich habe dir immer gesagt: Mädel, habe ich gesagt, der Polizeiberuf ist nichts für dich. Genau das waren meine Worte. Mehr als einmal. Aber hören wolltest halt nicht auf deine Mutter.« Martha rieb die Handflächen aneinander, während sie ihrer Tochter einen bedeutungsvollen Blick zuwarf. »Wäschst du dir immer die Hände, wenn du jemanden anfasst? Das ist fei wichtig, die ganzen Keime und Bakterien sind nicht zu unterschätzen, die dabei übertragen werden. Außerdem geht grad was rum.«

»Ja, Mama.«

»Im Ernst, da geht so ein übler Darmvirus rum. Das hat die Waltraud auch gesagt. Und deren Tochter ist Arzthelferin beim Internisten.«

Elsa verdrehte die Augen. Nach der Logik ihrer Mutter ging immer etwas rum. Seit vielen Jahren verfolgte Martha Dorn ihre Tochter mit dieser These. Hatte Elsa Halsschmerzen, dann ging grad die Grippe rum. Hatte sie Bauchweh, ging ein Darmvirus rum. Musste sie husten, ging grad eine Erkältung rum. Immer ging was rum, egal zu welcher Jahreszeit. Kein Wunder, dass die Arztpraxen überquollen von alten Leuten, dachte Elsa.

Bei ihrer Mutter handelte es sich sicher nicht um einen Einzelfall.

Dann kam ihr ein anderer Gedanke. Die heftige Reaktion ihrer Mutter weckte in ihr Zweifel, sie ging in die Küche und fixierte die Packung, aus der Martha die Leberknödel entnommen hatte. Tatsächlich! Ungläubig betrachtete Elsa das Mindesthaltbarkeitsdatum: 1. September. Ihr Blick wanderte zum Abreißkalender an der Wand.

9. Dezember.

»Mama!«, rief sie. »Mama, die Leberknödel sind abgelaufen.«

»Na und, das Essen hält immer länger, als auf der Packung steht. Mach dir keine Sorgen, die Leberknödel waren pfundig. Komm her, jetzt bringen sie eine Gesundheitssendung. Das solltest du dir unbedingt anschauen.«

Sie konnte jetzt mit ihrer Mutter diskutieren. Oder es bleiben lassen. Das Ergebnis war vermutlich dasselbe.

»Nein, Mama. Ich bin müde und gehe ins Bett. Morgen ist ein anstrengender Tag.« Und mit diesen Worten machte sich Elsa auf in ihr Kinderzimmer.

KAPITEL 8

Die Currywurst duftete lecker, er konnte es kaum erwarten, bis der Verkäufer sie ihm über die Theke reichte.

»Bitte schön, mit extraviel Ketchup.«

»So ist es recht.« Schäfer zahlte und nahm im Gegenzug die Pappschale mit Wurst und Pommes entgegen. Heißhungrig vertilgte er die fettige Mahlzeit, bestellte sich eine zweite Portion und dazu eine Flasche Radler zum Runterspülen. Nachdem der Hunger gestillt und der letzte Schluck getrunken war, warf er die leere Pappe in den Abfalleimer und stieß ein Rülpsen aus, das so ähnlich klang wie der Brunftschrei eines Hirsches. Die Männer, die die Imbissbude umlagerten, grölten, und einige zollten ihm auch verbal Respekt, als Schäfer zu seinem Ford stiefelte. Andernorts hätten ihn die Leute bestimmt wegen seiner schlechten Manieren verachtet, doch hier an diesem Ort, in einem Stadtviertel, das gerne als die Bronx von Augsburg bezeichnet wurde, erwarteten die Menschen beinahe ein solches Verhalten.

Schäfer sperrte seinen knallgelben Mustang auf, den er vor einer halben Stunde beim Abschleppdienst ausgelöst hatte. Eine Stange Geld hatte ihn das gekostet. Kohle, die er im Grunde nicht besaß oder gerne für andere Dinge im Leben ausgegeben hätte. Aber Pustekuchen! Das Geld war jetzt weg. Eigentlich war sein Plan gewesen, den Wagen erst am nächsten Morgen abzuholen. Doch der dritte Anschlag des brutalen Täters, den die Augsburger Presse inzwischen als »den Engelmörder« bezeichnete, hatte seine Absicht zunichtegemacht.

Nachdem Schäfer mit dem Taxi den davonrasenden Polizeistreifen zu Kovac' Saunaclub gefolgt war, hatte er schnell rausgefunden, was dort vorgefallen war. Nicht jeder Streifenbulle behandelte ihn, als gehöre er zum Ku-Klux-Klan. Und schon gar nicht Polizeihauptmeister Horst Lechner – der stand nämlich tief in seiner Schuld.

Vor drei Jahren hatte Schäfer dem Kollegen aus einer ziemlich delikaten Situation geholfen. Bei der Durchsuchung eines Großbordells hatte er in einem der Zimmer Lechner entdeckt, der sich gerade voller Inbrunst einer heißblütigen Rothaarigen widmete, die mit Plüschhandfesseln ans Bettgestell gefesselt war. Eigentlich eine normale Situation in einem Bordell, selbst wenn ein Polizeibeamter dabei mitmischte. Blöd war nur, dass sich Lechners Ehefrau im Zimmer nebenan befand und als zuständige Hauptkommissarin von der Sitte gerade die Personalien eines Freiers notierte. Schäfer hatte sofort gewusst, was zu tun war. Als Kollege und Mann blieb ihm keine andere Wahl, als sich auf die Seite Lechners zu schlagen. Daher verhalf er dem Polizeihauptmeister zur Flucht über den Balkon, ohne dass es von einem der anwesenden Beamten, geschweige denn von Maria Lechner, bemerkt worden wäre. Die einzige Zeugin lag fixiert und mit gespreizten Beinen im Bett und war froh, als Schäfer sie von ihren Fesseln erlöste. Über den nackten Mann, der sich bei seiner Flucht notdürftig die Kleider über den Körper warf und vom Balkongeländer ins weiche Gras stürzte, verlor sie kein weiteres Wort.

Lechner schuldete ihm also einen Gefallen. Und diese Schuld gedachte Schäfer nun einzulösen. Nachdem er den Taxifahrer bezahlt hatte, war er zügig zu dem ehemaligen Kollegen hinübergegangen, der vor Kovac' Saunaclub an der Haube eines Funkwagens stand und rauchte. Lechner gab ihm bereitwillig Auskunft darüber, wie Magdalena Resch ums Leben gekommen war. Schäfer hörte genau zu und stellte jede Menge Fragen, die Lechner dann ebenso bereitwillig beantwortete.

Mit diesem Wissen war Schäfer schließlich per Taxi zurück in seine Wohnung gefahren und hatte sich umgezogen, was dringend nötig war. Winterjacke und Cargohose hatte er achtlos ins Badezimmer geworfen und sich stattdessen eine schwarze Jeans und eine dunkelbraune Lederjacke geschnappt, die ihre besten Tage längst hinter sich hatte. Anschließend – nach einer erneuten Taxi-Tour – war es ihm gerade noch gelungen, im Büro des Abschleppunternehmers aufzutauchen, bevor dieser abschloss. Schäfer hatte geflucht, als er den astronomisch hohen Preis für die Polizeiabschleppung berappte. Aber es half nichts. Wenn er sein Auto wiederhaben wollte, musste er blechen.

Wieder im Besitz eines eigenen fahrbaren Untersatzes fuhr Schäfer schließlich zu seiner Lieblingsimbissbude in der Donauwörther Straße. Ohne Mampf kein Kampf war seine Devise. Nach der Stärkung plante er den Rest der Nacht. Heute wollte er seine Kontakte aus der zurückliegenden Zeit bei der Fahndung spielen lassen. Er lehnte es zwar ab, Elsa Dorn zu helfen. Aber das bedeutete noch lange nicht, dass er sich aus dem Fall komplett heraushalten würde. Schon gar nicht, wenn dieser verdammte Jansenbrink seine Finger im Spiel hatte. Denn wer konnte schon wissen, was dem ehrgeizigen Kripo-Chef alles einfiel, wenn sie den Täter nicht zu fassen kriegten. Vielleicht erinnerte er sich an Schäfers Abneigung gegenüber dem Stadtrat und bastelte daraus ein Motiv.

Schäfer wusste nur zu gut, wie schnell man in die Mühlen der Justiz geraten konnte. Und da wieder rauszukommen war äußerst schwierig, wenn nicht gar unmöglich. Vor allem, wenn ein übermotivierter Kriminaler unbedingt einen Erfolg vorweisen musste und ihm die Politik im Nacken saß. Bayern war immerhin das sicherste Bundesland und sollte das auch bleiben.

Zumindest bis zur nächsten Wahl. Doch bis zu einem Ermittlungsverfahren wollte er es gar nicht erst kommen lassen. Bevor er ins Visier der Soko geriet, beabsichtigte er, den Fall selbst zu lösen. Recherchieren konnte er schließlich ziemlich gut. Das hatte er fast sein ganzes Leben lang gemacht – zuerst bei der Polizei und jetzt als Privatdetektiv.

Er beschloss, seine Informationsquelle im Rotlichtmilieu anzuzapfen. Es wurde Zeit, der Unterwelt einen Besuch abzustatten. Wenn jemand wusste, was in der Szene abging, dann war das Angie. Schäfer sah zu dem Halteverbotsschild, in dem sein Wagen parkte, und streckte dem Schild seinen ausgestreckten Mittelfinger entgegen. »Fuck you!« Diesmal hatte er den Ford keine Sekunde aus den Augen gelassen, er wollte nicht noch einmal zu Fuß gehen müssen.

Schäfer fädelte den Wagen in den nächtlichen Verkehr ein und zog das schwarze Handfunkgerät unter dem Fahrersitz hervor. Ein Andenken an die Zeit bei der Polizei, das sich hin und wieder als sehr nützlich erwies. Er fuhr mit dem Finger an seiner Halskette entlang, bis zu dem kleinen Schlüssel, der daran baumelte. Sein alter Handschellenschlüssel, ebenfalls eine Erinnerung an seinen früheren Beruf. Wie das Funkgerät hatte er auch den Schlüssel als verloren gemeldet, als er seine gesamten Polizeiutensilien abgeben musste. Man wusste schließlich nicht, wozu solch ein Handwerkszeug einmal gut sein konnte. Schäfer stellte das Funkgerät auf den Kanal der Augsburger Stadtinspektionen ein, legte es auf den Beifahrersitz und hörte mit, während er durch die nächtliche Stadt gondelte. Die Zentrale gab laufend Einsätze an die Funkstreifen durch, die von den Besatzungen entgegengenommen wurden. Schäfer lauschte den einzelnen Statusberichten und ertappte sich dabei, wie ihn Wehmut ergriff. Er hatte viel erlebt in diesem Beruf, viel Böses zwar, aber ab und zu auch nette Anekdoten.

Gerade eben forderte eine Streife einen Rettungswagen für eine Kneipenschlägerei in der Maximilianstraße an. Eine andere Streifenbesatzung funkte dringend nach Unterstützung bei einem Familienstreit im Ulrichsviertel in der Altstadt: Der betrunkene Ehemann rastete aus, demolierte die Wohnungseinrichtung und ging auf die Polizeibeamten los. Schäfer schüttelte den Kopf, als kaum zehn Sekunden später die Einsatzzentrale einen Streifenwagen zum Königsplatz zu einem Betrunkenen schickte, der dort in der eigenen Kotze lag. Dann kam ein Einsatz rein wegen einer Ruhestörung mit überlauter Stereoanlage. Schäfer grinste. An Ruhe war heute in Bayerns drittgrößter Stadt offenbar nicht zu denken. Er lenkte den Ford Mustang auf die Autobahn Richtung München, während das Funkgerät einen Einsatz nach dem anderen ausspuckte. Nun ging es für die Polizisten zu pöbelnden Jugendlichen am Bahnhof. Der Außendienstleiter verkündete die Details für eine Fahndung nach zwei flüchtigen Automatenaufbrechern. Danach fragten die Unfallfluchtfahnder über Funk, ob eine Streife Erkenntnisse zu einem flüchtigen BMW-Fahrer hätte, der gerade eine 80-jährige Oma vor ihrem Altersheim im Süden Augsburgs angefahren hatte. Was die Frau um diese Zeit noch auf der Straße zu schaffen hatte, war eine andere Frage.

Schäfer lauschte den Funksprüchen, die nicht abrissen. Eine ganz normale Nacht und jede Menge Arbeit für die Polizei. Doch immerhin war das interessanter als dieses Gesülze im Radio.

Kurz darauf verließ Schäfer an der Ausfahrt Augsburg-Ost die Autobahn und folgte dem Wegweiser zur Stadtmitte. Auf der Mühlhauser Straße bog er an der nächsten Ampel links ab, rechts von ihm reckte sich das Gebäude der *Augsburger Allgemeinen Zeitung* in die Höhe. Oben auf dem Dach leuchtete eine große Displaytafel, die abwechselnd die Uhrzeit und die aktuelle Temperatur anzeigte. Minus vier Grad las er, bevor die Anzeige auf die Uhrzeit von zweiundzwanzig Uhr achtzehn umschaltete. Schäfer senkte den Blick und blickte sich suchend in den Nebenstraßen um. Allerdings wurde er nicht fündig. Kein Wunder. Bei dieser Saukälte verirrten sich nicht viele der leichten Mädchen hierher. Oder war Angie inzwischen vielleicht anderswo tätig? In einem Club oder einer Einzelwohnung? Immerhin hatte das Ordnungsamt angekündigt, den Straßenstrich komplett zu verbieten.

Schäfer wendete umständlich sein Fahrzeug in der Hofeinfahrt eines Elektrobetriebes und fuhr die gleiche Strecke zurück, die er gekommen war. Kurz vor der Einfahrt zur Autobahn parkten normalerweise ein oder zwei der zu Liebeshöhlen umgebauten Wohnmobile. Heute fand Schäfer den Platz verlassen vor. Er dachte kurz nach, legte dabei den Kopf schief. Manchmal hielten sich die Bordsteinschwalben am Prinzregentenplatz auf, nicht weit entfernt vom Landratsamt. Das hatte die Stadt zwar untersagt, aber Angie war ein Typ, der Anordnungen am Allerwertesten vorbeigingen. Vielleicht hatte sie verbotenerweise eine ihrer alten Stellen aufgesucht. Er fuhr in die Innenstadt, rollte im Schritttempo den Prinzregentenplatz ab, leider erfolglos. Hinter ihm hupte jemand, ein aufgemotzter Sportwagen brauste an ihm vorbei. Schäfer zeigte den Mittelfinger, doch die Rücklichter des Wagens verschwanden bereits um die nächste Straßenecke.

Eine letzte Örtlichkeit fiel ihm ein, wo seine Informantin eventuell ihre Dienste anbieten könnte.

Er bremste, mittlerweile war er auf dem Kennedy-Platz vor dem Stadttheater angelangt. Fußgänger strömten über die Straße, die rote Ampel schien kaum jemand zu interessieren. Typisch, dachte Schäfer und zuckte im nächsten Moment überrascht zusammen. Die Beifahrertür wurde aufgerissen und ein junges Mädchen ließ sich neben ihm auf den Beifahrersitz plumpsen.

»Hannah, was machst du denn hier?«

Sie grinste ihn an und zeigte mit dem Daumen zum hell erleuchteten Stadttheater. »Sinfoniekonzert«, erklärte sie kauend und knallte die Tür zu.

»Du?«

»Okay, nicht ganz mein Geschmack, ging aber von der Schule aus.«

»Machst du an der Fachoberschule nicht irgendwas mit Malen?«

»Die Fachrichtung heißt Gestaltung, aber du darfst gerne Malen dazu sagen. Obwohl ich da noch jede Menge anderer Fächer habe. Unsere Klassenlehrerin meinte, wir sollten unsere kreative Ader auf vielfältige Art und Weise schulen. Deshalb haben wir heute dieses Konzert besucht. Zumindest die halbe Klasse.«

»Aha«, meinte Schäfer lapidar. Er persönlich konnte sich etwas Schöneres an einem Dienstagabend vorstellen.

»Wollte gerade nach Hause, da habe ich deinen gelben Schlitten bemerkt. Ist ganz schön peinlich, diese Kiste. Und überhaupt: Was machst du denn hier, Paps? Und wie siehst du nur aus? Hast du dich geprügelt?« Sie streckte die Hand nach der Schramme an seiner Stirn aus.

»Nichts weiter«, brummte er und schüttelte den Kopf. Aus dem Augenwinkel musterte er seine siebzehnjährige Tochter. »Ist das Mode, in zerrissenen Jeans mitten im Winter rumzulaufen? Haben die im Theater keine Kleiderordnung? Dein T-Shirt hängt raus, du holst dir bestimmt eine Nierenbeckenentzündung. Und dazu diese dünne Jacke. Sag mal, frierst du gar nicht?«

Ihre Ohrringe, zwei Pinguine, klimperten leise, als Hannah

den Kopf schüttelte. »Nö, so schnell wird mir nicht kalt. Sag mal, hast du gerade Zeit für mich, Paps? Wenn ich dich schon zufällig treffe. So oft sehe ich dich leider nicht«, sagte sie mit einem vorwurfsvollen Unterton.

»Ich habe viel zu tun.«

»Das sieht man.« Sie lachte.

»Doch, auch wenn es nicht so aussieht. Ich stelle Nachforschungen an.« Ihr Lachen freute ihn einerseits, andererseits stimmte ihn das traurig. Er traf Hannah wirklich sehr selten. »Wie wolltest du eigentlich nach Hause kommen?«

»Mit der Straßenbahn, wie denn sonst?«

»Um diese Zeit?«

»Logo.«

»Okay. Ich bringe dich nach Hause, ist ja keine Weltreise bis ins Hochfeld. Da kannst du sagen, was dir auf dem Herzen liegt.« Er fuhr wieder los. »Und nenn mich nicht Paps, sonst fühle ich mich alt.«

»Du bist alt.«

»Ich bin zweiundvierzig.«

»Sag ich doch, alt.« Sie zwinkerte ihm zu. Ihre braunen Mandelaugen funkelten voller Spott.

Diese Augen passten wunderbar zu ihren kastanienbraunen Haaren. Wieso um alles in der Welt verstümmelte die Jugend von heute sich, dachte er und betrachtete die beiden Piercings an Augenbraue und Unterlippe.

»Ich möchte bei dir wohnen.«

»Bitte was?« Er warf Hannah einen Blick zu, während er die Straßenbahnhaltestelle am Königsplatz hinter sich ließ.

»Mama und ihr neuer Freund wollen zusammenziehen. Das geht gar nicht, deshalb muss ich weg. Also zu dir.«

»Moment mal, da habe ich ein Wörtchen mitzureden. Außerdem, deiner Mutter ist das bestimmt nicht recht.«

»Lass das meine Sorge sein, Paps.«

»Lass du den Paps weg.« Er schnaufte. »Jemand muss auf dich aufpassen, ich bin viel zu selten daheim.«

»Seltener als früher, als du noch einen Job hattest?« Sie legte den Kopf schief. »Paps!«

Schäfer kniff den Mund zusammen. Als Privatermittler bewegte er sich in zwielichtigen Kreisen, hatte unregelmäßige Arbeitszeiten. Seine Tochter brauchte Struktur, und die konnte er ihr nicht geben. Verdammt, natürlich hätte er sie gerne bei sich, aber wie sollte er seine Arbeit und Hannah unter einen Hut bringen? »Ich habe einen Job.«

»Ich meine, einen richtigen Job, bei der Kripo.«

»Hannah, das …«

»Dann hast du wenigstens jemanden, der sich um die Katzen kümmert.«

»Crockett und Tubbs lieben die Ruhe.«

»Ich bin eine ganz Ruhige.«

»Mein Trommelfell ist jetzt noch geschädigt von der lauten Musik aus deinem iPod oder deiner Anlage oder was auch immer.«

Hannah bedachte ihn mit ihrem unschuldigsten Lächeln. »Für die Katzen reiße ich mich zusammen.«

»Die kriegen einen Schock, wenn sie dich sehen.«

»Die Kater verehren mich.«

»Weil du sie mit verbotenen Leckerli bestichst.«

Sie zuckte mit den Schultern. »Ich kann für dich aufräumen.«

Schäfer seufzte. »Jetzt wird es immer abstruser.«

»Wie wär's mit Kochen?«

»Das hört sich schon besser an.«

»Wann kann ich einziehen?«

»Stopp!« Er lachte. »Nicht so schnell. Du weißt, deine Mutter hat das Sorgerecht. Mein Lebenswandel, nun ja. Das ist leider alles nicht ganz einfach. Vielleicht können wir einen Deal machen. Du übernachtest fürs Erste ab und zu an den Wochenenden bei mir. Wir müssen das nur irgendwie deiner Mutter beibringen. Aber wer weiß, vielleicht gefällt es dir bei deinem alten Herrn gar nicht.« Er kniff ihr ins Ohr. »Weil der alte Mann zu langweilig ist für seine lebhafte Tochter.«

»Du bist alles, Paps. Nur eins nicht. Langweilig!«

Eine WG mit seiner ziemlich rebellischen Tochter wäre eine echte Herausforderung. Aber vor Herausforderungen hatte Schäfer noch nie gekniffen. Gedanken an Hannahs Kindheit drängten sich in sein Bewusstsein, als er am Roten Tor rechts in die Haunstetter Straße einbog. Gleich in der Nähe, in der Spitalgasse, befand sich die berühmte Augsburger Puppenkiste. Hannah hatte die gemeinsamen Theaterbesuche geliebt. Jim Knopf und Urmel aus dem Eis waren ihre absoluten Favoriten gewesen. Ja, dachte Schäfer. Damals hatten sie oft zusammen gelacht. Schade, dass Kinder so schnell erwachsen wurden. Nach dem protestantischen Friedhof bog er rechts ab, fuhr noch ein kleines Stück und hielt am Fahrbahnrand. Er beugte sich zu Hannah und öffnete die Tür. »Und jetzt raus und ab ins Körbchen. Ich muss arbeiten. Wir telefonieren und sehen, wie wir das mit uns zwei gebacken kriegen. Bis bald, Kleine. Und gute Nacht.«

Nachdem Hannah aus dem Wagen gestiegen war, versuchte er sich wieder auf seinen Job und auf Angie zu konzentrieren. Allerdings fiel ihm das nicht ganz leicht beim Blick auf den leeren Beifahrersitz, auf dem Sekunden zuvor noch seine Tochter gesessen hatte.

Hannah und er. Gemeinsam in einer Wohnung. Ob das gut gehen konnte?

Zehn Minuten später tuckerte Schäfer im zweiten Gang die

Stuttgarter Straße in Augsburg-Oberhausen entlang. Zwischen den am Straßenrand geparkten Fahrzeugen entdeckte er ein Wohnmobil, das so heruntergekommen schien, dass es für den Straßenverkehr kaum noch geeignet war. Allerdings ging es hier ja auch um eine andere Art von Verkehr. Vorne auf der Ablage leuchtete eine rote Lampe, damit die notgeilen Männer sofort wussten, an welcher Autotür sie klopfen mussten. Schäfer neigte den Kopf, um bessere Sicht zu haben, und blickte über das Lenkrad hinweg durch die Windschutzscheibe. Eine Blondine rekelte sich auf dem Fahrersitz des Wohnmobils.

Bingo!

Er parkte den Ford am Straßenrand, stieg aus und schlenderte zu der mobilen Liebeshöhle. Auf dem Weg dorthin stieg ihm der Geruch von Urin in die Nase. Ein Blick auf die Hausmauer neben der Straße erklärte, woher der penetrante Gestank kam. Schäfer verzog angewidert das Gesicht. Genau der richtige Ort, um über einen Liebesdienst zu verhandeln. Ihm wäre spätestens jetzt die Lust darauf ordentlich vergangen. Aber es sollte Männer geben, denen das egal war.

Er trat ans Wohnmobil, die Insassin kurbelte das Fenster herunter und zeigte ihr schönstes Lächeln. Das bestand zwar aus einer Reihe gelber Zähne, die von jahrzehntelangem Tabakkonsum zeugten, aber es kam von Herzen, das wusste Schäfer.

»Servus, Angie, wie läuft das Geschäft?«

»Hallo Schäfer«, flötete sie und schnalzte mit ihrem Kaugummi. »Könnte besser sein. Heute sind nur Analritter unterwegs, die alle mein Hinterstübchen besuchen wollen.« Sie lachte, dabei verschluckte sie fast den Kaugummi und fing an zu husten. Der Husten verschlimmerte sich, Angie röchelte und holte Atem, schlug sich auf die Brust und keuchte. Schäfer befürchtete schon, Erste Hilfe leisten zu müssen, da besserte sich der Anfall.

»Scheiß Raucherhusten!«, schimpfte Angie. »Wo war ich stehen geblieben?«

»Bei deiner Kundschaft«, half Schäfer weiter.

»Ah ja, die verdammten Analritter. Weiß auch nicht, was denen daran liegt. Kommt wohl von den kleinen Schwänzen.« Sie lachte obszön. Angie war wirklich ein Original. Ob sie als Kind auch die Augsburger Puppenkiste besucht hatte? Vielleicht sogar zusammen mit ihrem Vater?

Schäfer stimmte in das Lachen ein, aber mehr aus Rücksicht, denn innerlich lachte er nicht.

»Aber nee, mein Lieber. Ich sage immer, mein Arsch bleibt schön jungfräulich. Vorne kommen sie jederzeit rein, da bin ich schmerzunempfindlich. Aber hinten ist und bleibt tabu. Ich bin einiges gewohnt, Schäfer, aber das finde ich pervers. Danach sieht so ein Schwanz aus wie eine Schokobanane, findest du nicht?«

»Unbedingt«, stimmte Schäfer zu, wollte sich das Aussehen eines männlichen Geschlechtsmerkmals nach dieser Art von Sexpraktik jedoch nicht wirklich vorstellen. Angie war schätzungsweise fünfundvierzig Jahre alt, und man merkte ihr die vielen Jahre im Geschäft deutlich an. Trotz der dick aufgetragenen Schminke zeichneten sich die zahlreichen Falten im Gesicht ab, ihre Augen wirkten leblos und traurig. Die Lippen waren zu Fahrradschläuchen aufgespritzt. Sie trug einen extrem engen schwarzen Minirock und ein knallgelbes Oberteil, aus dem ihre Brüste hervorquollen. »Wir haben uns eine Ewigkeit nicht mehr gesehen, mein lieber Schäfer. Wenn du zu mir kommst, willst du doch bestimmt was wissen?«

»Stimmt schon, aber nicht als Polizist.«

»Oho! Willst wohl eine Nummer schieben? Kostet dich nur die Hälfte, mein Schatz.«

»Nein, nein«, wehrte er eine Spur zu heftig ab. Als er Angies beleidigten Gesichtsausdruck sah, schob er nach: »Das ist nichts gegen dich, aber das hier«, er machte eine ausladende Armbewegung, »ist nichts für mich.«

»Wenn du lieber auf ein Zimmer möchtest, also das ist gar kein Problem. Für solche Fälle gibt es ja Hotels.«

»Lass gut sein, Angie. Ich habe echt einen miesen Tag hinter mir und will eigentlich nur ins Bett. Allein. Aber ich muss dringend ein paar Erkundigungen einziehen.«

»Du weißt aber schon, dass es für mich keine Werbung ist, mit einem ... also mit einem wie dir zu sprechen. Einem Vertreter des Gesetzes. Oder, wie ich immer sage: einem Friedenswächter.«

»Ich bin kein Bulle mehr. Aber Friedenswächter gefällt mir ganz gut. So könnte ich mich sogar heute noch nennen.«

Angie verschlug es für einige Sekunden die Sprache, dann fragte sie: »Echt jetzt? Willst mich nicht verarschen?«

»Nein, wieso sollte ich?«

»Hast gekündigt?«

»Andersrum wird ein Schuh draus.«

»Die haben dich rausgeschmissen? Gibt's das? Heilige Scheiße! Wieso das denn?«

»Das ist eine lange Geschichte. Vielleicht erzähle ich dir das irgendwann, aber nicht heute.«

»Gut, wann immer du willst. Ich bin überhaupt nicht neugierig, aber interessieren tät es mich schon.«

»Angie, du hast doch sicher schon von den beiden Morden gehört?«, wich er aus. Die Einzelheiten über sein Ende bei der Kripo Augsburg wollte er Angie ganz gewiss nicht auf die Nase binden. Und sowieso wurde es jetzt Zeit für ein paar echte Ermittlungen.

»Logo! Das hat sich wie ein Lauffeuer verbreitet. Der Kovac ist über den Jordan gegangen. Aber es sind doch drei Morde, du hast von zwei gesprochen.« Sie ließ eine weitere Kaugummiblase platzen.

»Ja, stimmt. Die Leiche von dieser Nacht habe ich vergessen. Magdalena Resch, die Freundin von Kovac.«

»War eine echte Zicke, was man so hört, und stand in Sachen Gewalt dem Kovac kaum nach. Mannomann, das war vielleicht ein Pärchen. Dagegen wirken Bonnie und Clyde wie Hänsel und Gretel. Kann nicht gerade sagen, dass mir Kovac oder seine Alte leidtun.«

»Hast du mal für ihn gearbeitet?«

»Nee, Schäfer, ich bin selbstständig. So ganz ohne Zuhälter. Schau mich an, ich gehöre nicht zur Champions League, das ist mir klar. Da reißt sich keiner dieser Arschgesichter um mich. Kann mir recht sein, dann bleibt mir wenigstens was von meiner Kohle. Im Endeffekt verdiene ich mehr als die hübschen Dinger, die über die Hälfte an ihre Aufpasser abgeben müssen. Wenn sie Glück haben, wohlgemerkt. Da gibt es ganz arme Mädels, denen nehmen diese Wichser fast alles ab. Dabei ist das wirklich hart verdiente Knete, wenn man bedenkt, mit was du da alles ins Bett steigen musst. Ist ja nicht so, dass diese Typen aussehen wie Mats Hummels. Ich mag zwar ein hässlicher Hafen sein, aber blöd bin ich nicht. Lieber arbeite ich solo.« Sie zwinkerte ihm zu. »Außerdem spare ich mir die Mietkosten für ein Zimmer. Meine Schwester hier«, sie klopfte mit den Fingerknöcheln auf die Autotüre, »reicht völlig aus.«

»Gut zu wissen«, sagte Schäfer, der das eigentlich überhaupt nicht wissen wollte. »Du bist doch eine wandelnde Datenbank. Geht bei euch irgendein Gerücht um? Gibt es Gebietsstreitigkeiten unter den Zuhältern? Oder weißt du sonst etwas, was mir weiterhelfen könnte?«

»Wieso willst du das überhaupt wissen, wenn du gar kein Bulle mehr bist?«

»Ich führe meine eigenen Ermittlungen durch.«

»Aha, genauer geht's nicht?«

»Das ginge schon. Wenn ich es selbst genau wüsste«, sinnierte Schäfer, »aber das ist nicht der Fall.«

»Kapier ich nicht.« Angie kaute auf dem Kaugummi und sah ihn fragend an. »Du ermittelst und weißt nicht, wieso?«

»Exakt!«

»Ist das nicht bescheuert?«

Als Schäfer nicht antwortete, zuckte sie mit den Schultern. »Mir kann es egal sein.«

»Weißt du irgendetwas?«, drängte er.

Angie überlegte lange. »Nee, mein Lieber. Nur das Übliche.«

»Und was ist das Übliche?«

»Na ja, die Nutten gehen sich gegenseitig an den Kragen. Auf dem Straßenstrich, meine ich. Wegen der guten Plätze. Mir ist das ziemlich wurscht, hab ja mein Wohnmobil. Aber Kovac hatte sowieso keine Mädels auf der Straße laufen. Nee, der nicht, der hatte nur Clubs. Und was da so abgeht, das weiß ich auch nicht. In Lechhausen hat es vor ein paar Wochen mal eine Geschichte mit ein paar ungarischen Typen gegeben. Die haben Mädchen aus Ungarn entführt und hier auf den Strich geschickt. Stand doch in der Zeitung, weißt du das nicht? Deine Kollegen haben gute Arbeit geleistet. Ich lobe euer Pack ja selten, aber mit den Ungarn haben sie kurzen Prozess gemacht. Eins, zwei, Polizei, sag ich bloß. Und weg waren die Ungarn. Alle im Knast. Mehr kann ich dir leider auch nicht sagen.«

»Tu mir einen Gefallen und ...«

»Ist doch logo«, unterbrach sie ihn, »dass ich dir helfen werde. Ich hör mich um, und wenn ich was erfahre, melde ich mich bei dir. Versprochen. Du bist doch mein Schatz.«

»Danke.« Schäfer gab ihr einen Kuss auf die Wange und verabschiedete sich. Er war ein paar Meter gegangen, da hielt er an, wandte sich um und fragte: »Sag mal, Angie, warum arbeitest du immer noch als ... du weißt schon?«

»Ich bin schon ewig hier. Und hier werde ich auch sterben«, sagte sie mit einem Achselzucken.

»Pass auf dich auf«, rief Schäfer und schloss die Autotür hinter sich. Unwillkürlich musste er wieder an Hannah denken. Seine Tochter war mit ihren siebzehn Jahren in einem schwierigen Alter. Nicht auszudenken, wenn sie in die falsche Clique geriet. Vielleicht hatte sie bereits die falschen Freunde, den falschen Freund. Schäfer holte tief Luft. Er musste sich mehr um Hannah kümmern, dafür sorgen, dass sie auf dem rechten Weg blieb.

Die nächsten drei Stunden verbrachte er damit, die restlichen Kontakte aus seiner Polizeizeit aufzufrischen. Hier in Augsburg hatte er jede Menge davon, vor allem in der Innenstadt, aber nicht nur da. Außerdem ging er in die Bars und Clubs in der Maxstraße, sprach mit den Türstehern, Bedienungen, Thekenkräften und den Besitzern dieser Läden. Er redete mit den Obdachlosen in den Männerheimen, den Drogensüchtigen am Königsplatz und den Taxifahrern. Zwei Stunden später fühlte er sich fast wie Kommissar Breitfuß, nachdem er gefühlte einhundert Kilometer zurückgelegt hatte. Als er an einem der Lechkanäle anlangte, die sich durch die Augsburger Altstadt verzweigten, hielt er kurz inne. Das Rauschen des Wassers hatte etwas Beruhigendes. Er stand auf einer kleinen Brücke und sah hinab, ins gurgelnde Nass. An einigen Stellen schäumte es.

Er seufzte. Erfolge konnte er zwar leider nicht aufweisen, aber er hatte sich ins Gespräch gebracht. Und das war wichtig. Effektive Polizeiarbeit – oder in seinem Fall Detektivarbeit – war nicht immer angenehm und vom Büro aus zu erledigen. Nein, man musste auf die Straße und Klinken putzen, sich manchmal sogar die Hände schmutzig machen, auf welche Art auch immer. Eventuell würde jemand Wind von einem Deal, einem krummen Geschäft oder sonst was Verdächtigem bekommen und es weitererzählen. Und mit ein bisschen Glück erinnerte sich dann einer seiner Kontakte an ihn und meldete sich.

In der Ferne erklang Glockengeläut. Vielleicht von der St.-Anna-Kirche oder den Ulrichskirchen. Oder von allen zusammen. Schäfer schob den Ärmel seiner Lederjacke zurück und blickte auf die Armbanduhr. Schon fast drei. Himmel! Morgen war auch noch ein Tag. Da würde er sich Kovac und dessen Freundin vornehmen, sprich ihre Freunde und Nachbarn aushorchen. Jetzt wollte er schleunigst ins Bett.

Müde schleppte er sich zu seinem Wagen, den er auf dem Ernst-Reuter-Platz geparkt hatte. Auf dem Weg dorthin fielen ihm zwei Jugendliche auf der gegenüberliegenden Straßenseite auf, die eine leere Bierdose vor sich her kickten und jede Menge Lärm produzierten. »Idioten!«, sagte er, schüttelte den Kopf und wollte gerade in eine kleine Gasse abbiegen, als er aus den Augenwinkeln etwas wahrnahm. Auf dem Gehweg humpelte eine zerlumpte Gestalt mit einem Gehstock. Als der Obdachlose die beiden Schreihälse entdeckte, machte er kehrt und stakste umständlich in die andere Richtung davon. Sein Stock klapperte auf dem Asphalt. Die beiden Nachwuchsganoven klopften sich gegenseitig auf die Schulter und deuteten auf den Mann. Dann lachten sie und trabten los.

Schäfer blieb stehen. Er befürchtete nichts Gutes und sollte leider recht behalten. Die Jugendlichen holten den Obdachlosen ein, drückten ihn gegen die Wand und warfen seine Krücke auf die Straße. Einer der beiden, der Typ mit der Hose, die ihm beinahe auf den Knien hing, riss dem hilflosen Mann den Ärmel der sowieso schon zerlumpten Winterjacke ab. Dann schmiss er das Kleidungsstück zu Boden und trampelte darauf herum. Der andere Held, einen Kopf größer als sein mutiger Kumpel, ohrfeigte den Obdachlosen. Einmal, zweimal. Dann dreimal. Beide Jugendliche grölten und lachten.

Bestimmt hatten sie eine schlimme Kindheit hinter sich. Und bestimmt kamen sie vor Gericht jedes Mal deswegen glimpflich davon, wenn sie sich wieder einmal für eine ihrer Taten verantworten mussten. Schließlich sollten sie doch eine Chance kriegen, diese armen Jungs, um in der Gesellschaft wieder Fuß zu fassen.

Verfluchte Scheißjustiz! Einen alten Mann zu verprügeln, dafür reichte es. Aber vor dem Richter spielten sie dann die naiven Buben, und prompt gelang es ihren Verteidigern, irgendein Pipifax-Urteil herauszuholen. Wegen mangelnder Reife. Ja, verfluchte Scheißjustiz. Und doppelt verfluchte Verteidigerbrut! Es war doch immer die gleiche Kacke!

Der Kleine holte einen Flachmann aus seiner Tasche und soff. Trinken konnte man so was nicht nennen. Der Alkohol troff ihm von Wange und Kinn. Mit dem Jackenärmel wischte er die Flüssigkeit weg, dann reichte er den Flachmann an seinen großen Freund weiter.

Schäfers Müdigkeit war unterdessen einer gehörigen Portion Adrenalin gewichen. Er wechselte die Straßenseite, hob die Achseln und ließ die Schultern kreisen. Dann ballte er die Hände zu Fäusten, entspannte sie wieder, seine Knöchel knackten. Ein bisschen Aufwärmen schadete nicht, immerhin war er über vierzig. Trotz der späten Uhrzeit kamen ihm mehrere Passanten entgegen, die mit gesenkten Köpfen die Straßenseite wechselten. Feige Schweine, dachte er und rammte einen Mann in den Dreißigern grob mit der Schulter.

»Hey, pass doch auf, du Penner!«, zischte dieser und zog seine blonde Freundin mit sich, die blöd kicherte.

»Schleich dich, du Arsch«, raunte Schäfer und ging weiter. Seine Konzentration war auf Pat und Patachon gerichtet, die großen Spaß daran fanden, den Obdachlosen weiter zu traktieren. Schäfer näherte sich ihnen von hinten und konnte erste Gesprächsfetzen wahrnehmen.

»Bitte, lasst mich …«, flehte der Obdachlose.

»Du verreckter Krüppel«, schrie ihn der Große an und verpasste ihm eine weitere Ohrfeige.

»Bitte …«, wehrte der alte Mann ab.

»Das könnte dir so passen«, pöbelte der Kleinere. »Jetzt fangen wir doch erst an. Sollen wir etwa aufhören, wenn es lustig wird? Im Leben nicht. Na, wie gefällt dir das?« Ein Tritt ans Schienbein.

Der Große holte aus, diesmal war seine Hand zur Faust geballt. Sein Gesicht war zu einer hässlichen Fratze verzogen, aus seiner gesamten Körperhaltung sprach die pure Aggression. Doch bevor er loslegen konnte, griff Schäfer mit stahlhartem Griff zu und umklammerte das Handgelenk des Burschen.

»Zum Teufel, was soll das?«, rief dieser und drehte sich um. Blitzschnell schlug er mit der anderen Faust zu und traf Schäfer mitten auf die Nase.

Schäfer glaubte, ein Krachen zu hören, es pochte in seinen Ohren, er schmeckte Blut. Dann sah er rot!

KAPITEL 9

»Das hast du großartig hingekriegt!«

»Hmmpf.«

»Wirklich großartig, ganz toll!«

»Hmmm.«

»Danke außerdem für das Hineinziehen meiner Person.« Zott klopfte mit den Fingerknöcheln auf die Tischplatte. »Kannst du auch was anderes sagen als ›hmmpf‹ oder ›hmmm‹?«

»Herrgott, Ludwig, sei halt nicht so nachtragend! Ich habe mich doch gestern Abend bei dir entschuldigt. Zweimal übrigens.«

»Also, ich zitiere: ›Ludwig, das ist echt blöd gelaufen!‹ Das war Entschuldigung Nummer eins. ›Das kriegen wir schon wieder gebacken!‹ war Entschuldigung Nummer zwei.« Zott nahm seine Nickelbrille ab, polierte sie an seinem Hemd, hauchte die Gläser an und polierte erneut, setzte die Brille wieder auf. »Mal ehrlich, soll das eine Entschuldigung sein?«

»Ja.«

»Wow, was für eine Antwort!« Zott nahm seinen Pferdeschwanz in die Hand und streichelte ihn gedankenverloren. »Zum Dank für deinen Einsatz gestern hat uns Jansenbrink vorhin die Tür vor der Nase zugeschlagen. Find ich wirklich toll, dass die Soko-Leute bei der Einsatzbesprechung in diesen Minuten auf den neuesten Stand gebracht werden, während wir hier staubige Akten lesen. Gratuliere, Elsa! Du hast es geschafft, dass bald unsere Putzfrauen mehr über die Mordfälle wissen als wir zwei.«

»Na ja, Jansenbrink hat leicht übertrieben, findest du nicht? Uns einfach wegzuscheuchen, wie kleine Trottel.« Elsa verzog angesäuert das Gesicht und musterte ihre angeknabberten Fingernägel. Sie entdeckte einen Fussel auf ihrem Oberschenkel und schnippte ihn weg. Heute hatte sie sich für eine schwarze Stella-McCartney-Hose entschieden. Dazu trug sie Boots mit Leopardenmuster – passend zu ihrer bissigen Stimmung.

»In seinen Augen sind wir bestimmt Riesentrottel«, entgegnete Zott. »Außerdem hat die Presse seinen Puls hochgejagt. Nach den Schlagzeilen heute ist Jansenbrink ein Fall für die Frühpension, sag ich dir. Das kann ihm nicht gefallen. Jeder Reporter oder Redakteur in Augsburg schwafelt vom Engelmörder. Die *Augsburger Allgemeine* deutet rätselhafte Verstrickungen zwischen den Opfern an, ohne allerdings näher darauf einzugehen. Das Lokalradio hingegen faselt von einem religiösen Hintergrund. Und das *Tagblatt* ist auf diesen Zug aufgesprungen, nur konkreter. Angeblich sind Kovac und Resch Mitglied einer Satanssekte gewesen und haben Sado-Maso-Spiele in den Clubs praktiziert.«

»Und unser Killer hat als Erzengel Gabriel verkleidet aus Rache gemordet? Wegen der Lasterhaftigkeit der Opfer?«

»Schau mich nicht so an. Ich setze diese Gerüchte nicht in die Welt.«

»Presse eben, die reimen sich immer das zusammen, was ihnen in den Kram passt. Aber zumindest haben diese Medienfritzen gewisse Theorien. Ich weiß nicht, ob ich das von Jansenbrink behaupten kann. Die Sache mit den Satansbrüdern hat was, das muss ich schon sagen.«

»Der Polizeipräsident ist wegen der Indiskretion mächtig sauer, was man so läuten hört. Dieses Detail des Engelbildes hätte niemals an die Presse gelangen dürfen. Jansenbrink wird sich eine Menge unangenehmer Fragen anhören dürfen. Und da trampelst du an seinem Tatort rum. Würde mich eigentlich nicht wundern, wenn Jansenbrink dir Kontakte zur Presse andichtet, um dich als Sündenbock zu präsentieren. Apropos Presse, da fällt mir ein, ich kenne dich gar nicht lange genug. Grade mal einen Tag. Vielleicht hast ja wirklich du den Journalisten ...?«

Elsa warf ihm einen eisigen Blick zu.

»Okay«, murmelte Zott ziemlich kleinlaut. »War nicht so gemeint.«

»Schon gut. Lass uns mal überlegen.« Elsa verschränkte die Arme im Nacken und starrte zur Decke. »Wir haben drei Leichen, auf äußerst brutale Weise getötet, beinahe hingerichtet. Opfer Nummer eins ist ein stadtbekannter Zuhälter namens Darko Kovac. Die Zahl seiner Feinde dürfte astronomisch hoch sein. Er wurde zu Brei geschlagen, mit einem Messer bearbeitet, und anschließend hat man ihm eine Weißbierflasche in den Anus geschoben.«

»Und dabei den Sphinkter durchstoßen«, ergänzte Zott.

»Den was?«

»Sphinkter«, wiederholte Zott. »Das ist der Schließmuskel«, erklärte er neunmalklug. »Laut Wikipedia handelt es sich um einen ringförmigen ...«

»Das will ich gar nicht hören«, unterbrach ihn Elsa. »Es reicht völlig aus zu wissen, dass ihm eine Flasche aus dem Hintern schaute. Darunter kann sich jeder Depp etwas vorstellen. Ziemlich bildhaft sogar.«

»Wenn du meinst«, schmollte Zott.

Der Grund für Zotts Beförderung auf die Deppenliste leuchtete Elsa immer mehr ein. Was Jansenbrink und die anderen Kollegen dann von ihr hielten, daran wollte sie erst gar nicht denken. »Opfer Nummer zwei ist Stadtrat Leo Trautwein«, fuhr sie fort. »Ihm steckten zwei mit Kondomen garnierte Karotten in den Augen. Trautwein wurde genauso körperlich misshandelt und gefoltert wie Darko Kovac. Bei beiden Leichen fanden die Erkennungsdienstler ein Foto in der geballten Faust. Es zeigt die Abbildung des Erzengels Gabriel.«

»Genau wie bei Opfer Nummer drei«, bestätigte Zott.

»Korrekt. Magdalena Resch, die Lebensgefährtin von Kovac. Der Täter hat ihr ebenfalls mit dem Messer zugesetzt, das Engelsbild in die Faust gedrückt und ihr obendrein einen Dildo in den Mund gestopft.«

»Pervers, findest du nicht?«

»Und wie!« Elsa kniff den Mund zusammen. »Irgendetwas will uns der Täter damit sagen. Nur was?«

»Vielleicht ist es einfach ein Irrer. Ich meine, es laufen doch genügend Spinner da draußen rum. Ist doch nur eine Frage der Zeit, bis einer mal austickt.«

»Mag sein, aber mir sieht das eher zielgerichtet als nach einer Affekt-Tat aus. Da steckt mehr dahinter.«

»Ein Ritualmord?«

Elsa sah ihn überrascht an. »Gar kein dummer Gedanke. Wieso nicht?«

»Aber wie passt der Stadtrat da rein?«

»Tja, das frage ich mich auch. Jedenfalls haben wir jede Menge Theorien, aber keinerlei Hinweise. Dazu kommt die Sache mit dem Übertöten. Bei jeder Tat dasselbe Bild. Der Mörder hat seine Opfer nicht nur einmal getötet, sondern mehrfach!« Elsa strich sich eine Haarsträhne hinters Ohr. »Weißt du, ob von der Soko schon jemand was rausgekriegt hat wegen eines Zusammenhangs zwischen Trautwein und Kovac?«

»Negativ, da findest du eher eine Verbindung zwischen dem Vatikan und der Mafia.«

»Ist auch nicht gerade abwegig.«

»Stimmt, aber nachweisen lässt es sich nicht.«

»Wenn wir mal davon ausgehen, dass die beiden sich kannten, also Kovac und Trautwein. Und wenn ich die Art ihres Todes richtig einschätze und annehme, der Mörder hatte eine Riesenwut auf sie. Dann …« Elsa ließ den Rest des Satzes bedeutungsvoll in der Luft schweben und nahm ein Lineal vom Schreibtisch.

»Dann?«, hakte Zott nach.

»Dann haben die zwei eine Riesensauerei zusammen verbrochen.« Sie klopfte mit dem Lineal auf ihre Handfläche.

»Was es zu beweisen gilt.«

»Dafür sind wir Polizisten.«

»Hast du eine Idee?«

»Ich weiß, wer eine haben könnte.«

»Wer?«

Elsa wollte Zott nicht ihre Absicht auf die Nase binden, Sven Schäfer einen Besuch abzustatten. Irgendwie musste sie den ehemaligen Kollegen dazu bewegen, ihr zu helfen. Sie spürte, dass Schäfer mehr wusste, als er zugab. Dieses Wissen gedachte sie aus ihm herauszuholen wie Erdöl aus einer Pumpenstation. »Sag ich dir, wenn ich Erfolg habe«, antwortete sie deshalb ausweichend.

»Auch recht«, gab sich Zott zufrieden. »Aber was mir nicht in den Kopf will: Wieso musste die Geliebte von Kovac dran glauben?«

Elsa schürzte die Lippen. »Tja, das weiß der Himmel. Vielleicht war sie Mitwisserin, unliebsame Zeugin oder sonst was.«

»Das werden die von der Soko schon irgendwie ermitteln«, meinte Zott lapidar.

»Hallo? Wir *sind* die Soko.« Sie deutete mit dem Lineal auf Zott.

»Ein kleiner und sehr unbedeutender Teil davon. Abschnitt Aktensichtung!« Er schob die Unterlippe trotzig vor. »Sagte ich, glaube ich, schon einmal. Wir sichten Akten. Krenzin wird die richtigen Schlüsse ziehen.«

»Verdammt!« Elsa ließ das Lineal auf den Tisch sausen, es klatschte laut, die Ordner zitterten. »Was ist dagegen einzuwenden, wenn ich meinen Teil dazu beitrage, diesen Schweinehund zu fassen?«

Zott hob entschuldigend die Hand. »Du bist eine erwachsene Frau und gestandene Hauptkommissarin. Ich werde einen Teufel tun, dich von irgendetwas abzuhalten. Wie ich dich inzwischen kenne, hat das sowieso keinen Sinn. Aber eines ist klar.«

»Was?«, fauchte sie.

»Mit dir habe ich keine Chance, von der Deppenliste zu kommen. Das steht fest.«

»Na ja, sieh es mal so, mein lieber Ludwig. Du bist nicht mehr alleine auf der Liste, ich leiste dir Gesellschaft.«

Zott nickte. »Und wahrscheinlich noch ziemlich lange. Ob mir das gefällt, weiß ich nicht. Ich habe dich ...«

»Ja, ja. Du hast mich gewarnt«, erklärte Elsa. »Ich weiß. Aber ohne Risiko kein Erfolg. Und ohne Erfolg keine Chance, jemals von der vermaledeiten Deppenliste gestrichen zu werden. Verstehst du?«

»Nein, ich verstehe gar nichts. Aber das ist auch wurscht. Vielleicht können wir uns jetzt einfach mal an die Arbeit machen. Jede Menge Akten warten auf uns.« Er deutete wahllos auf die Regale.

»Mag sein, allerdings denke ich, die Antwort liegt woanders.«

»Ja, auf dem Platz.« Zott kicherte.

»Was?«

»Eine alte Fußballerweisheit.«

»Ich hasse Fußball!«

»Ich liebe Fußball!«

»Schön für dich, bringt uns aber leider nicht weiter.«

»Was willst du denn noch? Schon wieder mit dem Kopf durch die Wand? Hast du dir gestern nicht genug Beulen geholt?«

»Nicht die Spur, ich habe einen Betonschädel.«

»Und was willst du machen?«

»Kennst du die Holler vom Erkennungsdienst?«

»Die Carmen? Ja, das ist eine ganz Hübsche.«

Elsa verdrehte die Augen, typisch Männer. Dachten immer mit ihrem Schniedel. Obwohl Zott auf den ersten Blick gar nicht wie ein Frauenheld wirkte. Ob das an seiner Bio-Obsession lag? Vielleicht waren ihm vor lauter Agar-Agar die Hormone abhandengekommen. Obwohl das vermutlich Quatsch war. Aber egal. Über sie würde er solche Dinge bestimmt nicht sagen, das war ihr klar. Andererseits wusste sie nicht, ob ihr das was ausmachen sollte oder nicht. Es hatte viele Vorteile, keine Sexbombe zu sein, manchmal leider auch Nachteile. Immerhin starrte ihr niemand dauernd in den Ausschnitt.

»Mag sein, dass die Carmen ein heißer Hase ist«, erwiderte sie schließlich, »aber wichtiger sind mir Informationen über den letzten Tatort. Und damit meine ich nicht die Fernsehserie, sondern den Ort, an dem Magdalena Resch zu Tode kam. Gestern bin ich leider unterbrochen worden.«

»Ich weiß, von Jansenbrink.«

»Genau, ich glaube, ich mache mal einen kurzen Ausflug zum Erkennungsdienst. Informationen beschaffen. Schadet nicht, wenn auch die Unbedarften ein bisschen Hintergrundwissen bekommen.«

»Wenn du meinst.«

»Ich meine.«

»Ich halte hier die Stellung, einer muss ja die Arbeit machen.«

»Nur zu.«

Auf dem Weg zu Carmen Hollers Büro machte Elsa einen Abstecher in die Kantine im obersten Stock des Präsidiums. Heute war sie ohne Frühstück zur Arbeit gefahren, weil sie auf eine morgendliche Fallbesprechung mit ihrer Mutter gut und gerne verzichten konnte. Also hatte sie zugesehen, dass sie möglichst fix aus dem Haus kam.

Sie deckte sich mit zwei warmen Pizzabrötchen ein, aß diese im Stehen und sah aus dem Fenster über das winterliche Augsburg. Dicke Flocken stoben durch die Dunkelheit, klatschten an die Scheibe. Elsa erkannte schemenhaft den Kongressturm, dessen Lichter im Schneetrubel flackerten.

Zwei Polizeiobermeister betraten die Kantine, nickten ihr zu und setzten sich mit ihren Kaffeetassen an einen Tisch. Die jungen uniformierten Beamten steckten die Köpfe zusammen und warfen ihr Blicke zu. Elsa kaute seelenruhig weiter und schaute unterdessen unauffällig an sich herab. Vielleicht hatte sie gekleckert oder sich in aller Eile die Bluse falsch zugeknöpft? Man wusste ja nie. Nein, alles in Ordnung. Nach ihrer Musterung schielte sie wieder zu den Kollegen, die wohl das Interesse an ihr verloren hatten. Vielleicht hatte sich ihr Zusammentreffen mit dem Kripo-Chef bis in die untersten Reihen rumgesprochen? Sie schluckte den letzten Bissen runter und musste aufstoßen. Die Brötchen hatten fade geschmeckt, aber immerhin sattgemacht. Also konnte sie jetzt mit dem Fahrstuhl wieder nach unten brausen.

Nach kurzem Anklopfen betrat sie Carmens Büro. Eigentlich handelte es sich eher um ein Labor. Der Raum befand sich im Keller des Präsidiums und war vollgestopft mit allerlei technischen Gerätschaften, deren Funktionen Elsa ein Rätsel waren. Das Ganze wäre locker als wissenschaftliche Versuchsstätte durchgegangen. Zugleich fungierte es als der Raum, in dem die erkennungsdienstliche Behandlung von Festgenommenen – die Abnahme der Fingerabdrücke, DNA-Entnahme und die Erstellung von Lichtbildern – durchgeführt wurde. Deshalb lagen auch die Haftzellen nicht weit entfernt.

In einem kleinen abgetrennten Kabuff sah sie Carmen vor ihrem Computer brüten. Diese hob die Hand zur Begrüßung und rief durch die halb offene Tür: »Nimm dir einen Kaffee. Ich bin gleich fertig.«

Eine blaue Kaffeemaschine zischte auf einem kleinen Holztisch, der Duft frisch gebrühten Kaffees stieg Elsa in die Nase. Sie nahm aus einem Regal an der Wand eine Tasse, goss sich das schwarze Gebräu ein, tat zwei Stückchen Süßstoff und eine ordentliche Portion Milch hinzu und rührte mit einem Löffel langsam um, während sie einen Stuhl unter dem Tisch hervorzog und sich setzte. Bevor sie die Tasse an den Mund führte, blickte Elsa sich in dem fensterlosen und von Neonröhren grell erleuchteten Raum um. Sie hasste diese Lampen, die eine unangenehme Krankenhausatmosphäre verströmten und die Menschen in lebende Tote verwandelten: blass und leblos – oder zumindest krank.

Vor einer weißen Leinwand mitten im Zimmer stand ein Holzstuhl und davor ein Stativ mit einer hochwertigen Digitalkamera. Hier wurden die Fotos der Kriminellen geschossen und anschließend in den polizeilichen Fahndungscomputer eingestellt. Auf einem langen Tisch an der Wand gegenüber reihten sich etliche Utensilien aneinander, die früher für die Abnahme der Fingerabdrücke notwendig gewesen waren:

Stempelkissen, Einschwärz- und Abrollplatten, Papiervordrucke und verschiedene andere Gegenstände, deren Funktion Elsa nicht kannte. Daneben ein Waschbecken, damit sich die Delinquenten die Druckerschwärze von den Händen waschen konnten. Jetzt muteten diese Dinge beinahe antiquiert an, die Beamten benutzen sie nur noch sehr selten, denn die moderne Technik war längst in die Labore der Kriminaltechniker eingezogen. Heutzutage mussten die Beschuldigten die Hände und Finger auf einen Scanner legen, mit dem sekundenschnell und exakt die Bilder in den polizeilichen Datenbestand übertragen wurden. Während die Delinquenten früher durch ihre Körperhaltung und verwischte Druckerschwärze die erkennungsdienstliche Prozedur bedeutend in die Länge ziehen und die Nerven der Polizeibeamten zum Zerreißen anspannen konnten, hatten sie heute keine Chance. Die ED-Behandlung dauerte mit der Lifescan-Technik keine fünf Minuten mehr.

Hinter einem Raumteiler ruhten ein breiter Schreibtisch mit einem Hochleistungscomputer, drei Flachbildmonitoren, Scannern verschiedener Größe, Farbkopierer und Drucker. Dort wurden die Bilder und Fingerabdrücke in den Computer eingelesen, wo sie Minuten später mit denen ungeklärter Straftaten abgeglichen werden konnten.

Eine Schiebewand trennte den Raum normalerweise in zwei Hälften. Die eine Seite diente der erkennungsdienstlichen Behandlung und die andere zum Auswerten und Analysieren der Spuren. Die Wand war im Augenblick aufgezogen, sodass Elsa einen großen Labortisch mit zwei Mikroskopen erkennen konnte. Mehrere Fachbücher lagen aufgeschlagen auf dem Tisch sowie verschiedene Gegenstände – teils in Plastiktüten, teils offen daliegend –, die durch die Kriminaltechniker auf Spuren untersucht wurden. An einer Garderobe hingen Arbeitskittel; Schränke und kleine Tische, die als Ablagen dienten, verteilten sich im ganzen Labor. Auf ihnen lagen Scheren, Pinzetten, Klebefolien, durchsichtige Glasflaschen mit pulverförmigem Inhalt, UV-Lampen und allerlei Dinge, die den Kriminaltechnikern bei ihrer täglichen Arbeit hilfreich sein sollten. Heute herrschte kaum Betrieb im Labor, da weder eine ED-Behandlung stattfand noch andere Kriminaltechniker anwesend waren.

Elsa trank gerade den letzten Schluck Kaffee, als Carmen Holler aus ihrem Kabuff trat, das Zopfgummi in ihrem Nacken löste und die langen Haare ausschüttelte. Dann richtete sie den Blick ihrer dunklen Augen nachdenklich auf die Kollegin.

Plötzlich war Elsa ein wenig unbehaglich zumute. Carmen Holler hatte ihre Auseinandersetzung mit Jansenbrink gestern live mitbekommen und bestimmt ihre Schlüsse daraus gezogen. Ob diese positiv oder negativ waren, konnte Elsa an Carmens Gesicht nicht ablesen. Die Beamtin der Spurensicherung hätte eine perfekte Pokerspielerin abgegeben mit ihrer unergründlichen Miene. Dann entspannten sich ihre Züge, sie lächelte. »So, jetzt bin ich fertig.« Sie griff sich ebenfalls eine Tasse aus dem Regal und schenkte Kaffee ein, dann nahm sie gegenüber von Elsa Platz. »Ich habe alles in einem Bericht zusammengefasst, damit Krenzin und«, sie stieß hörbar Luft aus, »selbstverständlich auch Jansenbrink in Ruhe alles nachlesen können.« Sie sah Elsa fragend an. »Aber eigentlich hätte ich den Bericht persönlich hochgebracht.«

»Ich dachte mir, ähm, also, ich wollte mir gerne ... selbst ein Bild machen.« Elsa machte eine wegwerfende Handbewegung. »Jansenbrink interessiert es bestimmt nicht, ob ich vorher ein paar Details erfahre. Er ist doch so furchtbar beschäftigt. Ein Mann in seiner Position.« Sie bemühte sich um ein möglichst treuherziges Lächeln.

So ganz schien das allerdings nicht zu wirken, denn Carmen

sah sie an, als ob sie ein Staubsaugervertreter auf Verkaufstour wäre. »Verstehe. Okay!«

Sie verstand eindeutig nicht, das erkannte Elsa an dem ratlosem Gesichtsausdruck der Kollegin. Einen Moment lang herrschte angespanntes Schweigen im Raum. Dann schien Carmen zu einem Entschluss zu kommen. »Du und der Rest der Soko fragt euch sicherlich: Gibt es handfeste Spuren? Fingerabdrücke? DNA? Irgendwas?«, fragte sie.

Elsa nickte und sah sie erwartungsvoll an.

»Nun, da muss ich euch enttäuschen. Der Täter – der Einfachheit halber spreche ich in der männlichen Form –, also der Täter ist an allen Tatorten respektive Leichenfundorten außergewöhnlich penibel vorgegangen. Mit penibel meine ich, er hat höchsten Wert darauf gelegt, keine Spuren zu hinterlassen.«

»Machen das nicht alle Gauner? Oder sollten es zumindest?«

»Sie versuchen es, das stimmt schon«, erklärte Carmen Holler. »Manchen von ihnen jedenfalls. Aber es schafft niemand, überhaupt keine Spuren zu hinterlassen. Bis jetzt zumindest. Dieser Täter ist allerdings ein ganz ausgebuffter Kerl!« Carmen runzelte die Stirn. »Zum Beispiel die Bekleidung der Leichen ...«

»Welche Bekleidung denn?«, fragte Elsa verblüfft. »Die hatten doch nur Socken an. Und diese Resch, die war komplett nackt.«

»Stimmt schon, bei den Männern gab es nur die Socken für eine Untersuchung. Aber die Klamotten der Frau haben wir im Badezimmer gefunden. Auf dem Boden.«

»Der Täter hat sie gezwungen, sich auszuziehen?«

»Vermutlich.«

»Und hat die Kleider zurückgelassen?«

»Ja, weil er wusste, dass er keine Spuren darauf hinterlassen hatte. Wir haben alles beim Landeskriminalamt in München untersuchen lassen. Ich habe vorhin mit dem zuständigen Techniker gesprochen. Bisher leider negativ, kein Spurenträger. Die Kleidung weist absolut nichts auf, was auf unseren Mörder schließen könnte. Weder die Socken noch die Sachen von Frau Resch.«

»Nichts?«

»Nada, niente! Außer ... aber dazu später. Du fragst dich vielleicht, wie es sein kann, dass weder wir noch das Landeskriminalamt etwas finden konnten.« Holler schwieg und genoss sichtlich die aufgebaute Spannung.

»Und? Sag schon! Wir sind hier nicht bei Günther Jauch.«

Carmen lachte, dann wurde sie wieder ernst und fuhr fort: »Wir haben an allen drei Orten, also den beiden Auffindeorten der männlichen Leichen und dem Tatort bei Magdalena Resch, eine ganz bestimmte Substanz gefunden. Übrigens genau dieselbe, die das Landeskriminalamt entdeckt hat. An jeder einzelnen Socke und jedem einzelnen Kleidungsstück von Magdalena Resch. Allerdings ist das kein Spurenträger, den wir gefunden haben, sondern etwas anderes.«

»Jaaah? Was für eine Substanz denn? Du meinst, es ist in allen drei Fällen ein und dieselbe?«

»Korrekt! Das hilft euch aber kaum weiter, denn wie gesagt, diese Substanz ist kein Spurenträger, sondern hatte nur eine einzige Aufgabe: Spurenvernichtung!«

»Spurenvernichtung?« Elsa runzelte die Stirn.

»Genau! Das ist seltsam, denn es deutet auf einen absoluten Profi hin. Der Täter hat DNA-Terminate benutzt. Sagt dir das was?«

»Muss ich das kennen?«

»Nicht unbedingt. Ich schätze, die wenigsten Wald- und Wiesenkriminellen haben einen Schimmer, was das ist. Wenn du jedoch ein Vollprofi bist, also so ein richtig eiskalter Kerl, lautet die Antwort ›Ja‹.«

»Sehr schön, aber da ich das nicht bin, weiß ich auch nichts von einem DNA-Dings – wie hieß das noch einmal?«

»DNA-Terminate.«

»Klingt wie ein Hollywood-Film mit dem guten alten Arnold aus der Steiermark. Was ist das, dieses DNA-Dingsbums?«

»Das ist eine Flüssigkeit. Die trägst du unverdünnt auf die Stellen auf, die du berührt hast, lässt sie kurz einwirken und wischst danach mit einem Tuch drüber. Alternativ gibst du sie in eine Sprühflasche und bestäubst einfach großflächig, ohne abzuwischen. Man findet danach nichts mehr. Keinerlei Hinweise auf deine Anwesenheit. Als wärst du Miss Unsichtbar. Damit ist der Tatort rein wie das Hochsicherheitslabor für Virenforschung in Marburg.«

Elsa schluckte. Das bedeutete nichts Gutes. Denn selbst, wenn es ihr gelang, die Orte zu finden, an denen Kovac und Trautwein tatsächlich ermordet worden waren, würde sie vermutlich keine auswertbaren Spuren finden. Aber warum hatte sich der Mörder die Mühe gemacht, die männlichen Opfer an einen anderen Ort zu transportieren? Bei der Freundin des Zuhälters hatte er sich das gespart. Sie zog eine Augenbraue hoch. »Und das ist einfach so erhältlich?« Sie schnippte mit den Fingern.

»Wenn du entsprechende Kontakte hast, dann ja. Wir prüfen, ob sich zurückverfolgen lässt, woher das Teufelszeug stammt. Aber ehrlich gesagt habe ich da keine große Hoffnung.«

»Schade, ich hätte mir gewünscht, ihr hättet mehr gefunden. Ich meine, einwandfreies Material.«

»Den Täter auf dem Tablett serviert? Jaja, ihr Ermittler habt es gerne einfach, wie?« Die Kriminaltechnikerin lachte.

Elsa stimmte ein. Carmen gefiel ihr. Obwohl bildhübsch, keine Schnepfe.

»Trotzdem habt ihr eine Spur, der ihr nachgehen könnt.«

»Ach, und die wäre?«

»Ihr müsst einen Profi suchen, nicht irgendeinen Kleinkriminellen. Einen Vollprofi. Das war kein Anfänger.«

»Du meinst doch nicht, was ich denke?«

»Ich weiß nicht, was du denkst. Aber ich denke, er hat es schon einmal getan.«

Elsas Nackenhärchen stellten sich auf. »Schon einmal gemordet?«

Carmen Holler schüttelte den Kopf. »Nicht nur einmal. Ich bin fest davon überzeugt, er hat vor den drei Augsburger Opfern mehrmals getötet. Ihr sucht eine Bestie.«

»Umso erfreulicher wäre es gewesen, wenn du mehr zu bieten gehabt hättest. Nimm's nicht persönlich.«

»Tja. Normalerweise werden die meisten Mordfälle durch DNA, Fingerspuren oder dergleichen aufgeklärt, da hast du recht. Dieser Mörder will es euch aber nicht so einfach machen. Diesmal scheint es mir, dass ihr euch nicht auf die Spurensicherung verlassen könnt. Gute alte Polizeiarbeit ist jetzt gefragt.« Carmen tippte sich an die Schläfe. »Eure Hirne müssen auf Trab kommen.«

»Ja, das ist wahr. Zuerst braucht es mal ein Motiv.«

»Euer Job!« Die Kriminaltechnikerin räumte ihre Kaffeetasse beiseite und erhob sich. »Ich muss mal wieder.«

»Ich auch. Also dann, servus, Carmen.«

»Servus, Elsa.«

Elsa beschloss, möglichst bald Sven Schäfer aufzusuchen. Mittlerweile bereute sie, nicht noch mehr Druck auf den Privatermittler ausgeübt zu haben. Der Exbulle war überhaupt nicht kooperativ gewesen und hatte sich verhalten wie jemand, der jahrelang auf der falschen Seite des Gesetzes gestanden und deshalb einen Riesenhass auf die Polizei hatte. Trotzdem musste es ihr irgendwie gelingen, Sven Schäfer die Infos aus der Nase zu ziehen, die sie benötigte. Wenn sie den Privatermittler nicht ohne sein Wissen – das er definitiv besaß – hätte ziehen lassen, wer weiß. Möglicherweise wäre sie der Lösung der mysteriösen Mordfälle jetzt schon ein ganzes Stück näher. Tja. Dumm gelaufen. Da blieb ihr nur eines übrig: Sie musste diese Nachlässigkeit umgehend korrigieren.

KAPITEL 10

Als Elsa das Labor von Carmen Holler verließ, wäre sie beinahe mit mehreren uniformierten Beamten zusammengestoßen, die sich im Gang aufreihten wie Perlen an einer Schnur. Zwischen den kräftigen Polizisten standen zwei traurige Gestalten mit hängenden Köpfen und blutverkrusteten Lippen.

»Wen habt ihr denn da mitgebracht?« Elsa konnte ihre Neugier nicht zügeln.

»Das sind Benno und Lars«, informierte sie einer der Polizisten. »Haben wir vorhin aufgegriffen. Klebten doch tatsächlich mit ihren Zungen an einer Straßenlaterne. Kannst du dir das vorstellen?«

»Misslungene Mutprobe?«

»Keinesfalls.« Er lachte. »Tja, da soll noch einer sagen, die Welt ist nicht gerecht.« Er klopfte einem der jungen Männer auf die Schulter. »Normalerweise stänkern, pöbeln und schlägern Benno und Lars ganz gern Leute an, denen sie überlegen sind. Und das beinahe jeden Tag. Nennt man heutzutage jugendliche Intensivtäter. Grausiger Ausdruck, aber gut, diese Bezeichnung ist von ganz oben gewünscht. Diese zwei Burschen glauben, sie wären von der gaaanz gaaaaanz harten Sorte.«

»Sind wohl an den Falschen geraten«, vermutete Elsa.

»Ganz genau, wir wissen nur nicht, wer dieser Falsche war. Aber wir haben eine vage Beschreibung. Die beiden Krieger hier haben mitten in der Nacht einen Obdachlosen verprügelt. Zumindest hat uns das die Dame gesagt, deren Schlafzimmer direkt über der ominösen Straßenlaterne liegt, die unsere Freunde hier zu küssen versuchten.«

»Sie hat angerufen? Diese Frau meine ich.«

»Wo denkst du hin? Nein, das war ein Taxifahrer, der zufällig vorbeigefahren ist und Mitleid hatte. Die Buben klebten bestimmt eine Stunde fest. Haben sie zumindest später gesagt. Na ja, richtig sprechen konnten sie nicht. Was man halt so rausbekommt, wenn Teile der Zunge an einer Laterne haften. Sind wohl jede Menge Leute an ihnen vorbeigelaufen und haben sich lustig über sie gemacht. Jedenfalls, die Dame hat lediglich das Fenster aufgemacht und den Sanitätern zugeschaut, wie sie mit warmem Wasser die Schlabberlappen von der Laterne gelöst haben. Und uns dabei genüsslich erzählt, wie die Gebrüder Pattex einige Zeit vorher aufmarschiert sind. Das Gegröle hat sie geweckt und veranlasst, aus dem Fenster zu sehen.«

»Und sie hat nicht 110 gewählt?«

»Wieso sollte sie? Wo sie doch ein erstklassiges Schauspiel geboten bekam. Das waren übrigens ihre Worte, nicht meine.«

»Unglaublich!«

»Wundert dich das? Heutzutage hilft doch keiner mehr.«

»Aber einer doch?«

»In diesem Fall ja, war wohl eine Ausnahme. Sah laut der hilfsbereiten Zeugin aus wie ein Skinhead.«

»Skinhead? Würde mich wundern.«

»Stimmt, eine hilfsbereite Glatze ist so häufig wie ein Lotto-Sechser. Hatte einen kahl rasierten Schädel, aber was sagt das schon? Ist Mode im Moment, jeder Zweite trägt diese Frisur. Der Typ hat sich eingeschaltet, aber erst fürchterlich eins auf die Nase gekriegt. Dann hat er kurzerhand Benno und Lars mit ihren Zungen an die nächste Straßenlaterne genagelt. Bildlich gesprochen.«

»Wie hat er das denn geschafft?«

»Die Einzelheiten willst du nicht wissen, glaub mir, ist zu eklig.«

»Also sucht ihr einen Kahlkopf mit blutiger Nase?«

»Wie man's nimmt.« Er beugte sich zu ihr und flüsterte: »Großartig suchen werden wir den nicht. Ich meine, Benno und Lars haben ihre gerechte Strafe bekommen, oder?« Er wartete nicht auf Elsas Antwort, die sie auch nicht gegeben hätte. »Jetzt lassen wir die zwei erkennungsdienstlich behandeln, für den Fall, dass wir den Obdachlosen ausfindig machen. Den suchen wir natürlich. Dann zeigen wir sie wegen gefährlicher Körperverletzung an. Aber wahrscheinlich finden wir ihn nicht, will sicher nichts mit der Polizei zu tun haben. Dann passiert Benno und Lars nicht viel. Die Aussage der Frau vom Fenster bringt nichts, wenn wir kein Opfer haben. Und wo kein Opfer, da …«

»… kein Kläger«, führte Elsa fort.

»Und kein Richter«, vollendete der Uniformierte.

Auf dem Weg zurück in ihr Büro lief Elsa dem Leitenden Kriminaldirektor über den Weg. Leider war es zu spät, die Flucht anzutreten, Jansenbrink hatte sie bereits erspäht und winkte ihr zu.

Das Lächeln, mit dem er sie bedachte, ließ bei Elsa augenblicklich sämtliche Alarmglocken schrillen.

Hier stimmte etwas nicht. Aber ganz und gar nicht.

»Einen wunderschönen guten Morgen, Frau Kollegin Dorn. Wie geht es Ihnen an solch einem kalten Dezembertag? Ich hoffe, Sie haben sich keine Grippe eingefangen, es soll gerade was rumgehen.«

»Das meint meine Mutter auch«, entgegnete Elsa und überlegte fieberhaft, ob Jansenbrink und ihre Mutter sich kannten.

»Wie meinen Sie?«

Sie schüttelte den Kopf. »Nicht so wichtig. Mir geht es gut, danke der Nachfrage.«

»Das freut mich aber, denn ich habe eine Aufgabe für Sie und den Kollegen Zott.« Jansenbrink fuhr sich mit der Zunge über die Unterlippe. »Leider sind zwei Beamte der Fahndung über Nacht krank geworden. Grippaler Infekt. Das ist natürlich blöd, weil die Aufgaben der Soko bereits verteilt sind und ich niemanden aus einem anderen Kommissariat abrufen kann. Die Kollegen von der Schutzpolizei haben ebenfalls keine Ressourcen. Überall herrscht Personalmangel. Deshalb benötige ich Sie und Zott, das heißt Ihre Erfahrung in Ermittlungsfragen.«

»Meinen Sie das im Ernst?«, platzte Elsa heraus.

Jansenbrink hob eine Augenbraue. »Wieso sollte ich scherzen? Mordfälle erlauben keine Späße. Das hat mir der Polizeipräsident heute klargemacht.«

»Aber zur Besprechung wollten Sie uns nicht dabeihaben.«

Jansenbrink winkte ab. »Das war eine erzieherische Maßnahme, um, ähm, um Ihren Übereifer zu bremsen. Das heißt aber nicht, dass ich Ihre Fähigkeiten nicht schätze.«

Erzieherische Maßnahme? Hatte sie der Alte noch alle? Sie war schließlich keine verzogene Dreizehnjährige, sondern eine sechsunddreißig Jahre alte Kriminalhauptkommissarin. Elsa holte tief Luft. »Ich weiß nicht, ob ich Ihnen folgen kann respektive folgen will«, sagte sie in einem ihrer Meinung nach diplomatischen Tonfall.

Für einen Moment zogen Gewitterwolken über Jansenbrinks Gesicht, die im nächsten Blick einem strahlend blauen Himmel wichen. »Ach was.« Er lachte.

Doch sein Lachen hatte etwas Hinterhältiges, Dämonenhaftes, wie Elsa fand.

»Sie müssen einige Überprüfungen vornehmen«, fuhr der Leitende Kriminaldirektor betont heiter fort. »Eigentlich sollte das K6 dies machen. Aber wie gesagt, Personalmangel und Krankheit haben das verhindert. Es geht um Magdalena Resch.«

»Ah ja?«

»Sie wissen, die ...«

»Die Lebensgefährtin von Kovac, ja klar. Ich war schließlich gestern am Tatort.«

Jansenbrinks Lächeln wurde breiter, er hätte locker Werbung für Zahnpasta machen können. »Fahren Sie mal zur Wohnanschrift dieser Dame. Oberhausen, Dinglerstraße. Die Hausnummer entnehmen Sie den Akten. Und dann geht es los. Umfeld abchecken, Nachbarn befragen. Sie wissen schon, Infos beschaffen, Polizeiarbeit der alten Schule eben.«

»Okaaaay«, antwortete Elsa und dehnte das Wort wie Kaugummi.

Jansenbrink klatschte in die Hände. »Hervorragend! Solch motivierte Mitarbeiter liebe ich. Gehen Sie mal an die Arbeit und lassen sich schön Zeit. Ich bin sehr gespannt auf Ihre Ergebnisse.« Dann machte er auf dem Absatz kehrt und rauschte davon.

Elsa blickte ihm eine Weile nach. Ganz klar war ihr nicht, was sie von diesem Auftritt halten sollte. Jansenbrink war nicht zu trauen, das verstand sich von selbst. Ob er sie mit diesem Auftrag jetzt richtig reinreiten wollte?

Kurz darauf drückte Elsa den Klingelknopf an der ersten Wohnungstür, doch es öffnete niemand. An der zweiten Tür erging es ihr ebenso. Ihre Befürchtung hatte sich als richtig erwiesen. Jansenbrink hatte ihr eine Retourkutsche verpasst. Nachdem sie Zott über den Auftrag des Leitenden Krminaldirektors in Kenntnis gesetzt hatte, hatte dieser im Polizeicomputer nachgeforscht und ihr zerknirscht mitgeteilt, dass Magdalena Resch zwar wirklich in der Dinglerstraße gewohnt hatte. Dies lag jedoch beinahe fünf Jahre zurück. Was sie da ermitteln sollten, war eher schleierhaft. Elsa hatte sofort vermutet, dass Jansenbrink sie mit einer Arbeitsbeschaffungsmaßnahme aufs Abstellgleis schieben wollte.

Ach was!

Von wegen schieben wollte.

Mit diesem Schachzug hatte er sie eindeutig geschoben. Und weder sie noch Zott konnten etwas dagegen unternehmen, denn es war ein dienstlicher Auftrag mit klarem Bezug zum Mordfall Resch. Ziemlich unwirsch hatte sich Elsa deshalb den Schlüssel für einen der zivilen BMWs schnappen wollen – nur um festzustellen, dass alle Wagen der Kripo vergeben waren. Sie und Zott mussten daher die Schrottkarre der Verkehrspolizei nehmen, einen zwanzig Jahre alten Passat mit durchgesessenen Sitzen, den kein Kollege mehr fahren wollte.

Nun stand sie dank Jansenbrink und Passat mit Rückenschmerzen vor der dritten Wohnung im Erdgeschoss, während Zott im zweiten Stock sein Glück versuchte. Elsa hatte bereits dreimal geklingelt und wollte gerade in den zweiten Stock gehen, als sie Schritte hörte, die sich langsam näherten. Sie bemerkte, wie jemand durch den Türspion nach draußen sah und sie sehr lange musterte. Unruhig trat Elsa von einem Fuß auf den anderen. Gerade als sie etwas durch die geschlossene Türe sagen wollte, wurde diese einen Spalt geöffnet, genau so weit, wie es die Sicherheitskette zuließ. Sie zwang sich zu einem Lächeln, als die Mieterin sie unfreundlich anstarrte, eine Frau jenseits der siebzig.

»Guten Tag, Dorn, Kripo Augsburg«, stellte sie sich vor und wedelte mit dem grünen Dienstausweis vor der Nase der alten Frau. Diese griff durch den Türspalt nach dem Ausweis und zog ihn nach drinnen. Elsa war so perplex, dass sie dies zuließ. »Ich habe ein paar Fragen an Sie wegen einer früheren Nachbarin. Magdalena Resch.«

Sie bekam keine Antwort. Die alte Frau musterte eindringlich den Ausweis, drehte ihn ein paarmal herum, hielt ihn ganz dicht vor die Augen und gab ihn schließlich zurück, ihre dürre Hand passte locker durch den schmalen Spalt. Ohne ein weiteres Wort schloss sie die Türe, entriegelte die Kette und öffnete wieder, diesmal ganz. Sie drehte sich um und ging den langen Korridor entlang. Über die Schulter rief sie zurück: »Kommen Sie. Machen Sie aber die Tür schön zu. Nicht dass mir jemand reinhuscht. Laufen genügend dunkle Gestalten da draußen rum.«

Elsa trat ein und machte die Wohnungstüre folgsam hinter sich zu. Die Sicherheitskette legte sie allerdings nicht vor. Sie folgte der Frau, die am Ende des Flurs links in einem Raum verschwand. Als Elsa das Zimmer betrat, sah sie die Dame auf einem verschlissenen braunen Sofa kauern. Sie hatte ein dunkelrotes Kleid an, das Elsa auf den ersten Blick als Nachthemd eingestuft hatte. Erst auf den zweiten Blick wurde ihr klar, dass das ein uraltes Kleid war, das bestimmt seine zwanzig bis dreißig Jahre auf dem Buckel hatte. Etwas geistesabwesend sah die Frau aus dem Fenster. Ihr Haar war schlohweiß und zu einem gewaltigen Turm hochgesteckt. Ihre Frisur sah aus, als hätte sie ein Schaf auf dem Kopf sitzen. Das runzlige Gesicht ähnelte einem Apfel im Spätherbst, die Lippen waren dünn wie Streichhölzer. Sie wandte sich Elsa zu und sah sie aus dunklen, unheimlichen Augen an. Vor ihr stand ein kleiner Glastisch, voller Staub. Überhaupt war hier alles staubig: Die Fenster ließen das Sonnenlicht nur gefiltert durch, die Bilder an den Wänden und das Fenstersims waren zentimeterdick mit einer grauen Schicht bedeckt. Es roch nach Moder, kaltem Schweiß und jahrelangem Muff. Da war der Leichengeruch von Magdalena Resch am Vorabend die reinste Frischluft gewesen.

Mit einer Geste lud die alte Frau sie ein, sich in einem Sessel ihr gegenüber niederzulassen. Der Sessel war genauso verschlissen wie das Sofa.

Gemütlich wie in einer Grabkammer, dachte Elsa und nahm vorsichtig Platz. Als sie es sich bequem gemacht hatte, was bei der harten Rückenlehne nicht gerade einfach war, verschränkte sie die Hände und wollte gerade mit ihren Fragen anfangen, als die Alte los legte.

»Sie sind wegen ihnen da, nicht wahr?«

»Wie bitte?«, fragte Elsa verwirrt. »Wen meinen Sie, Frau, ähm?« Mist, sie hatte vergessen, auf das Klingelschild zu schauen, und wusste den Namen der Frau nicht.

»Rothammer, Dieglinde Rothammer.«

»Sieglinde Rothammer?«, fragte sie stirnrunzelnd nach.

»Nein. Dieglinde!«

»Ah, ja. Also, Frau Rothammer. Ich bin wegen Frau Resch da. Magdalena Resch.«

Frau Rothammer sah sie an und sagte nichts.

»Frau Resch!«, wiederholte Elsa. »Die Dame hat mal hier gewohnt. Das ist zwar schon einige Zeit her, aber wir, also wir müssen jeder Spur nachgehen. Verstehen Sie, Frau, ähm, Rothammer? Jeder Spur und auch dem Ansatz einer Spur. Noch haben wir ja keine Spur gefunden. Kennen Sie Frau Resch? Also ich meine, kannten Sie Frau Resch? Sie ist nämlich tot!«

Frau Rothammer starrte sie weiter schweigend an.

»Sie wurde umgebracht!«, fuhr Elsa fort. »Gestern. Ziemlich heftig das Ganze. Es war nicht schön. Gar nicht schön.« Sie wollte die Nerven der alten Frau nicht mit blutigen Details überstrapazieren.

Langsam nickte Frau Rothammer. »Ja. Ja«, hauchte sie, »ich habe jemanden gesehen. Er gehörte zu ihnen.«

Elsa beugte sich interessiert nach vorne. »Ja? Wen haben Sie gesehen?«

»Eine dunkle Gestalt mit weißem Haar, wie ein Engel. Aber es war kein Engel. Nein! Es war einer von ihnen! Er gehörte zu ihnen.«

»Zu wem?«, hakte Elsa ungeduldig nach. Das Wort »Engel« ließ sie aufhorchen. Konnte es sein, dass sie hier einen wichtigen Hinweis fand? In dem Haus, in dem Magdalena Resch vor fast einem halben Jahrzehnt gewohnt hatte? Eigentlich unglaublich. »Zu wem gehörte er?«, fragte sie nach.

»Zu den dunklen Gestalten«, herrschte sie Frau Rothammer an. »Die sind überall, wissen Sie das nicht? Sie sind überall und saugen uns aus.« Die alte Frau zuckte zusammen und sah aus dem Fenster. »Sie beobachten mich schon sehr lange. Sie wollen auch mich holen.« Ihre Augen wurden wieder glasig, und sie verstummte. Plötzlich hob sie ruckartig den Kopf. »Wer sind Sie?«, blaffte sie Elsa an.

»Das habe ich Ihnen bereits gesagt. Dorn, von der Kripo Augsburg.«

»Ach ja? Und was wollen Sie von mir?«

»Offengestanden hat sich das soeben erledigt. Danke für die Auskunft, Frau Rothammer. Ich gehe dann mal wieder, gehe lieber wieder«, stammelte Elsa und erhob sich schnell. »Ich weiß, wo die Türe ist. Auf Wiedersehen.« Hastig eilte sie zur Wohnungstüre.

»Machen Sie schön zu«, rief Frau Rothammer ihr nach, »bevor die dunklen Gestalten zu mir in die Wohnung kommen.« Ihr abgehacktes Lachen hallte in Elsas Ohren, längst, nachdem sie die Wohnungstüre geschlossen hatte und bereits im nächsten Stockwerk war.

»Verrückte Alte«, murmelte sie. »Vielen Dank auch, Herr Jansenbrink, für diese sinnlose Aufgabe.« Dunkle Gestalten? Welch ein Schmarrn! Ihre kostbare Lebenszeit wurde wirklich völlig sinnlos verschwendet. Was sollte sie hier schon in Erfahrung bringen? Magdalena Resch wohnte seit fünf Jahren nicht mehr in dem Gebäude. Wahrscheinlich kannte sie niemand mehr in diesem Haus. Wäre auch ein Wunder gewesen. Außerdem, die Hausbewohner würden ihr wohl kaum helfen. In diesem Stadtteil waren die Menschen der Polizei gegenüber nicht gerade freundlich eingestellt, hatte ihr Zott erklärt. Beinahe wie in Hasenbergl in München. Sie kannte diese Problemviertel, das alte Lied. Elsa klingelte an der nächsten Wohnung. Auf dem Klingelschild las sie »H. Schmölling«.

Beinahe unmittelbar wurde geöffnet, als wenn man sie bereits erwartet hätte. Eine etwas dickliche Frau Ende vierzig, mit einem lila Bademantel bekleidet, öffnete. Sie hatte Lockenwickler in ihren nassen blonden Haaren und sah Elsa neugierig an. »Wissen Sie, wer es war?« Ohne auf eine Antwort zu warten, trat sie aus der Wohnung ins Treppenhaus und flüsterte beschwörend: »Wahrscheinlich einer ihrer Liebhaber. Die gaben sich hier früher die Türklinke in die Hand. Würde mich nicht wundern, wenn sie Geld dafür genommen hat. Was heißt wundern? Das war so. Sie war eine richtige … na ja, ich sage es lieber nicht. Über die Toten soll man bekanntlich nichts Schlechtes sagen. Auf jeden Fall …«, sie wedelte wild mit den Armen, ein Lockenwickler fiel aus ihrem Haar auf den Boden.

Elsa bückte sich rasch, hob ihn auf und gab ihn ihr zurück.

»Danke«, sagte sie. »Wo war ich stehen geblieben?«

Elsa öffnete den Mund, um etwas zu sagen, die redefreudige Frau hatte aber den Faden längst wiedergefunden.

»Ja genau. Sie wollen mich über Frau Resch ausfragen.«

»Sie kannten sie?« Elsa war überrascht.

»Natürlich, ich habe ein gutes Gedächtnis. Was sind schon fünf Jahre?«

»Woher wissen Sie überhaupt …?«

Die Lockenwickelträgerin klopfte gegen die Wand. »Die Mauern hier sind nicht wirklich schalldicht. Sie haben mit Frau Rothammer gesprochen. Ihr Wohnzimmer liegt direkt unter meinem. Ich habe jedes Wort verstanden.«

»Durch den Fußboden hindurch?«, fragte Elsa zweifelnd. Wahrscheinlich hatte Frau Schmölling sich aus ihrer Wohnung nach unten geschlichen und an Frau Rothammers Haustür gelauscht.

»Wenn ich es sage«, beharrte die Frau und klopfte wie zur Bestätigung ein zweites Mal gegen die Wand. »Richtig hohl!« Das Wort »hohl« erinnerte Frau Schmölling anscheinend an Frau Rothammer, denn sie fuhr fort: »Übrigens, die Frau hat einen an der Waffel.«

»Ah ja.«

»Ehrlich.« Frau Schmölling deutete mit der Hand einen Scheibenwischer an. »Eindeutig wirr in der Birne. Aber wir schweifen ab.«

»Ach, tatsächlich?«

»Ja, was wollten Sie von mir wissen?«

»Was können Sie mir über sie sagen?«

»Über wen?«

»Frau Resch, wen denn sonst?«

»Richtig, Frau Resch. Also, Männer sind da oben ein- und ausgegangen, sage ich Ihnen. Männer. Jede Menge Männer. Diese Resch, sie bewohnte die Wohnung direkt unter dem Dach. Eigentlich ist das nicht viel mehr als eine Kammer, fast ein Speicher. Aber dafür hat es schon noch ausgereicht. Zum Fick ... na ja, Sie wissen, was ich meine.«

»Zum Beischlaf«, half ihr Elsa aus der Patsche.

»Richtig«, rief Frau Schmölling erleichtert. »Sie sagen es. Beischlaf! Der wurde da oben täglich, ach was sage ich, stündlich ausgeübt. Das war so eine Wohnung, Sie wissen schon, was ich meine. Sie sind Polizistin.«

»Was weiß ich?«

»Na, so eine Wohnung eben.« Frau Schmölling zwinkerte komplizenhaft. »Wo Männer hingehen. Und zahlen. Für Liebesdienste. Für Beischlaf eben!« Sie zwinkerte wieder, als würde sie ein Staatsgeheimnis verraten.

»Sie meinen eine Wohnung, in der eine Prostituierte ihre Freier empfängt?«

Frau Schmölling riss die Augen auf. »Sie wussten das?«

»Nein, aber ich kenne solche Wohnungen aus beruflichen Gründen. Wie Sie richtig erwähnt haben, bin ich Polizistin. Und Ihrer Beschreibung nach zu urteilen ...«

Frau Schmölling nickte heftig. »Verstehe.«

»Und jetzt?«

»Wie? Was jetzt?«

»Die Wohnung von Frau Resch?«

»Was?«

»Was ist mit der Wohnung danach passiert? Ist da vielleicht jemand anders eingezogen?«

»Nein, das ist doch eine üble Absteige. Die Wohnung steht seitdem leer, wer will da schon einziehen?«

»Kein Geschnacksel mehr?«

»Wie meinen?«

»Keine Frauen mehr, die Männer empfangen? Zum Beischlaf?« Jetzt zwinkerte Elsa.

»Nicht dass ich wüsste«, verkündete Frau Schmölling. »Kann natürlich sein, dass irgendwelche liebestollen Teenager sich mal heimlich dort oben vergnügt haben. Dafür ist es schon ein geeigneter Platz.«

»Und wieso ist Frau Resch ausgezogen?«

»Wegen ihres neuen Freundes, vermute ich. Der ist damals auch zu ihr gekommen. Erst zum üblichen Zweck. Aber irgendwann war es dann nur noch er, der sie besucht hat. Ein ziemlich unfreundlicher Typ, muss ich schon sagen. Schließlich ist die Resch dann ausgezogen, ich glaube, zu ihm.«

»Kennen Sie seinen Namen?«

»Nein, aber sein Bild war in der Zeitung. Erst gestern. Der Tote aus dem Siebentischwald. Ist er nicht auch ermordet worden? Ein Zuhälter, nicht wahr?« Sie schlug sich die Hände vor den Mund. »Wie schrecklich! Was ist nur aus Augsburg geworden?«

Elsa nickte. »Ja, schlimm ist es bestellt um unsere schöne Stadt.« Sie verabschiedete sich, da von Frau Schmölling keine weiteren Auskünfte zu erwarten waren.

Unten vor dem Haus traf sie Zott, dem sie in knappen Sätzen ihre spärlichen Ergebnisse mitteilte. Zott hatte das dritte Stockwerk abgeklappert, das direkt unter dem Dachgeschoss lag. Er war weniger erfolgreich, hatte gar keine Hinweise. Elsa konnte das kaum glauben.

»Die Magdalena hat es da oben im Akkord getrieben, und die Leute direkt unter ihr wollen nichts gehört haben? Frau Schmölling …«

»Hat ein gutes Gehör«, unterbrach sie Zott. »Im Gegensatz zu Herrn Wilhelm, der ist nämlich schwerhörig. Und halb blind dazu. Deshalb habe ich so lange gebraucht. Musste mir die halbe Lunge rausschreien, bis der alte Knacker kapierte, was ich von ihm will. Und die beiden Wohnungen neben ihm stehen leer. Wundert dich das bei dieser Bruchbude?«

»War wohl ein Griff ins Klo.«

»Wie zu erwarten. Sonst hätte uns Jansenbrink nie hierher beordert.«

»Schon klar«, stimmte Elsa ihrem Kollegen zu. »Sollen wir den Hausverwalter bemühen, uns den Schlüssel für die Dachgeschosswohnung zu geben?«

»Wozu? Steht doch seit Jahren leer.«

»Wahrscheinlich hast du recht«, pflichtete Elsa ihm bei.

»Bestimmt habe ich das. Lass gut sein, Elsa. Jansenbrink hat dir gezeigt, dass er der Chef ist und dich mächtig verarscht. Ich meine, uns. Uns hat er mächtig verarscht, denn ich bin auch hier.« Er seufzte. »Dann fahren wir mal ins Präsidium zurück, wir haben glatt das Mittagessen verpasst.« Zott rieb sich über den Bauch.

»So mager, wie du bist, wundert es mich, dass du die Mittagspause überhaupt vermisst.«

»Ich habe einen guten Stoffwechsel. Ich kann essen, was ich will, und werde nie fett. Das kommt bestimmt von meiner gesunden Ernährung. Bio ist einfach gut.«

»Beneidenswert! Ich kann mich quasi von Luft ernähren, und trotzdem springt mir die Waage jeden Tag aufs Neue ins Gesicht.«

»Wenn du willst, kann ich dir gerne ein paar Tipps geben. Ich meine hinsichtlich Bionahrung. Ich kenne mich da ein wenig aus. Vielleicht hilft es, ähm, also, deiner Figur, meine ich. Nicht dass ich dich beleidigen will, aber …«

»Ist schon gut«, unterbrach sie sein Gestotter. »Bleib du bei deinem Biozeug, ich gehe weiterhin zu meinem Angelo.«

»Wie du meinst«, gab Zott kleinlaut zurück. »Obwohl es auch Bionudeln gibt.«

»Nix da Bionudeln. Meine Spaghetti gibt es ohne Bio, direkt vom Italiener, klar?« Elsa kam eine Idee. »Du, fahr doch alleine zurück. Du kannst mich unterwegs am Kobelweg rauslassen, ich mache einen kleinen Spaziergang. Ist gut für die Figur.« Sie hatte nicht vor, Kalorien zu verbrennen. Um den Spaziergang kam sie jedoch nicht herum, wenn sie ihr Vorhaben durchführen wollte. Allerdings nur bis zur nächsten Bushaltestelle oder einem Taxistand. Und ein anständiges Essen würde sie sich unterwegs auf jeden Fall gönnen. Gute Italiener gab es in Augsburg massenhaft.

Bionudeln? Sie schüttelte den Kopf. Fasten? Nicht mit ihr! Okay, hin und wieder machte sie eine Ausnahme und versuchte sich an so etwas wie einer Schokoladendiät. Darüber hatte sie in einer Illustrierten gelesen. Nichtsdestotrotz, sie brauchte eine Ausrede, um Zott loszuwerden. Da war die Diätmasche so gut wie jede andere Erklärung. Sie würde einen Teufel tun und Jansenbrink einfach davonkommen lassen. Sie in diese Absteige schicken und sinnlose Befragungen durchführen zu lassen. Geht's noch? Das würde der Kerl noch bitter bereuen.

Sie wusste, wo Kovac gewohnt hatte. Also würde sie auf eigene Faust dort ein paar Erkundigungen anstellen. Jansenbrink hin oder her. Der Kripochef musste erst geboren werden, der eine Elsa Dorn zum Narren hielt. Jawohl! Jetzt schlug sie zurück. Heimlich zwar, aber immerhin.

Sie musste äußerst vorsichtig vorgehen, das war ihr klar. Nicht einmal Zott würde sie einweihen. Sie wandelte auf einem schmalen Grat, denn Dienstanweisungen zu missachten, war kein Pappenstiel. Und allein loszuziehen und zu ermitteln, war ebenfalls nicht die normale Vorgehensweise eines Kripobeamten. Sie erinnerte sich an die gestrige Tatort-Folge und ihren Wutausbruch über den Münchner Kommissar, der hatte doch glatt allein … Aber das war sicher nicht mit ihr zu vergleichen. Es gab immer Ausnahmen. So wie jetzt und hier.

Nein, heute war nicht die Zeit für Dienstvorschriften. Noch einmal wollte sie nicht sinnlose Befragungen durchführen und wie ein Depp dastehen.

KAPITEL 11

Schäfer saß im Wagen und betrachtete die Villa. Zuhälter musste ein verdammt lukrativer Job sein. Er selbst dagegen verdiente einfach zu wenig – egal ob als Polizist oder als Privatdetektiv. Nachdenklich schob er die Unterlippe vor. Ob er zusammen mit Angie eine neue Existenz aufbauen sollte? Bestimmt kannte sie das eine oder andere Mädel, das jung und ehrgeizig war. Außerdem hatte er selbst auch einige Kontakte in die Szene. Zur Not könnte man ein paar knackige Polizistinnen fragen, ob sie ihren dürftig bezahlten Job eintauschen mochten. Da gab es einige Granaten, die optisch das Zeug dafür hatten. Er legte den Kopf schief und bewunderte die Säulen rund um das prachtvolle Gebäude.

»Was für ein Palazzo Prozzo!«, murmelte er. Nein, das war nicht seine Welt. Lieber arm und anständig als reich und eine Drecksau! Naive Mädchen auf den Strich schicken passte dann doch nicht zu ihm.

Die Villa befand sich in einer noblen Wohngegend im Westen Augsburgs mit Blick auf schneebedeckte Felder. Ein moderner Kubus, wie es im Augenblick so unheimlich beliebt war. Im Sommer musste es hier ziemlich idyllisch sein, dachte Schäfer, wenn Weizen, Mais und Gerste wuchsen und sich das Gefühl vom Wohnen auf dem Lande ausbreitete.

Eine gewaltige Dachterrasse zog seinen Blick auf sich. Er stieß die Tür des Fords auf, zwängte sich aus dem Fahrersitz und zögerte einige Sekunden. Schließlich ging er hinüber und öffnete das kleine Gartentürchen, es quietschte. Ein pompöser

Wintergarten war an die Südseite der Villa angebaut und glitzerte im Sonnenlicht. Die Grünanlage davor: absolut penibel gepflegt. Das erkannte Schäfer trotz des Winters und des vielen Schnees. Kunstvoll geschnittene Buchsbäume säumten einen winzigen Weg, der hinters Haus führte. Ein Beet mit Rosen war neben dem Wintergarten angelegt, und Solarlichter verteilten sich in regelmäßigen Abständen über das Grundstück. Unter einem winterkahlen Baum stand eine Granitbank. Im Sommer sicher ein schattiges Plätzchen.

Schäfer musterte die Gebäude in der Nachbarschaft. Ob deren Bewohner geahnt hatten, wer hinter diesen Mauern lebte? Versteckt hatte sich Kovac nicht, das musste Schäfer zugeben. Wo die Nachbarn sich hinter meterhohen Mauern oder Thuja-Hecken verschanzten, lag das Anwesen des Puffbesitzers offen da. Ohne sich abzuschirmen, hatte er seinen Reichtum offen zur Schau gestellt. Es gab eine logische Begründung dafür. Die anderen Immobilienbesitzer hatten Angst um ihr Eigentum, Furcht vor Einbrechern oder Vandalen. Darko Kovac hingegen war selbst ein Schwerverbrecher. Er fürchtete sich gewiss nicht vor Einbrechern. Für solche Fälle besaß er Schusswaffen. Oder Totschläger. Oder eine Machete. Oder was ein Zuhälter sonst so sein Eigen nannte, um sich zu schützen. Schäfer befühlte vorsichtig seine gebrochene Nase und zuckte zusammen, als er an eine besonders schmerzempfindliche Stelle geriet. Verfickte Drecksbande! Jetzt lief er mit einer Nase herum, die auf die Größe eines Heißluftballons angeschwollen war.

Er schritt langsam auf den Hauseingang zu. Ein Polizeisiegel klebte über dem Schlüsselloch. Die Kriponesen waren also schon da gewesen und hatten bestimmt alles auf den Kopf gestellt. Er sah sich kurz um, ob er beobachtet wurde, dann umrundete er das Anwesen und schaute durch die Fenster. Als er zurück am Eingang anlangte, prüfte er die Umgebung. Er kannte die Arbeit der Augsburger Kripo, diese besaß einen ausgezeichneten Ruf. Zu Recht, Krenzin war ein feiner Ermittler mit viel Gespür fürs Detail. Natürlich gab es Ausnahmen. Jansenbrink war ein Idiot, ein paar andere sowieso. Aber es gab hervorragende Leute in den Fachkommissariaten. Und die Spurensicherung im Erkennungsdienst hatte ihre Arbeit immer ohne Fehl und Tadel ausgeführt.

Schäfer überlegte, wo er ansetzen konnte. Hatten die Kripobeamten vielleicht doch etwas übersehen? Oder zumindest bisher nicht in ihre Betrachtungen mit einbezogen? Die Exkollegen hatten hier hundertprozentig jeden Stein umgedreht. Möglich war es dennoch, dass ihnen eine Winzigkeit entgangen war. Sein Blick schweifte über die schneebedeckten Dächer der Gegend und blieb an einem Haus hängen, das in etwa zweihundert Meter Luftlinie entfernt in Hanglage gebaut war. Es gehörte nicht zur direkten Nachbarschaft von Kovac. Aber durch den Hang hatte es eine erhöhte und exponierte Stellung, und vom großen Wohnzimmerfenster aus hatte man garantiert eine wunderbare Sicht auf Kovac' Dachterrasse. Ob Kovac bedacht hatte, dass er beobachtet werden konnte? War ihm das egal gewesen? Solche Typen meinten oft, sie könnten sich alles erlauben.

Schäfer kannte Kovac und Konsorten. Er würde seinen Arsch darauf verwetten, dass der Zuhälterkönig auf dieser Dachterrasse im Sommer versaute Spielchen trieb. Getrieben hatte, verbesserte er sich. Wer weiß, vielleicht sogar Pornofilme gedreht. Welcher Nachbar konnte vor solchem Treiben schon die Augen verschließen?

Und wer dabei zusah, hatte vielleicht auch andere Beobachtungen gemacht, die hilfreich sein könnten. Nur würde die betreffende Person das nicht so einfach zugeben. Denn dann musste sie auch eingestehen, ein hundsgemeiner Spanner zu sein. Schäfers Blick wechselte zwischen beiden Anwesen. Das war keine unmittelbare Nachbarschaft, weshalb die Leute dort oben mit ein bisschen Glück von der Kripo noch nicht befragt worden waren. Vielleicht könnte das sein Vorteil sein, wenn er hier Informationen noch vor der Polizei beschaffte. Schäfer stapfte durch den Schnee und verließ das Grundstück des toten Zuhälters. Er verhielt sich unauffällig auffällig, schritt vor Kovac' Villa auf und ab, zog sein Smartphone aus der Tasche und telefonierte zum Schein. Bestimmt hatte sein Auftauchen bereits Aufmerksamkeit erregt. In dieser noblen Gegend fiel ein knallgelber Amischlitten auf, erst recht ein kahlköpfiger Mann mit breiten Schultern, der dem Eintreiber einer osteuropäischen Inkassotruppe ähnelte. Durch sein sorgloses Auftreten und Telefonieren versuchte er, Harmlosigkeit zu demonstrieren. Ob es ihm gelang, blieb abzuwarten. Bestenfalls hielten ihn die neugierigen Nachbarn für einen Reporter.

Schließlich steckte er sein Handy zurück in die Tasche und überquerte mit großen Schritten die Straße. Er marschierte zielstrebig vorwärts, bis er vor dem Haus am Hang anlangte. Kein Zaun, keine Hecke trennte das Grundstück ab, Schäfer ging auf die Haustür zu und studierte das Namensschild. A. Steiner las er und drückte auf den Klingelknopf.

»Jaah?«, klang es umgehend aus dem Mikrofon neben dem Klingelschild.

»Das ging ja flott«, murmelte Schäfer. »Grüß Gott. Schäfer, Kripo Augsburg«, gab er sich zu erkennen, was ja irgendwie auch stimmte. Zumindest früher einmal hatte es gestimmt, deshalb verschwanden eventuelle Skrupel sofort tief in seinem Inneren, wo sie gut aufgehoben waren. Er handelte immerhin im Namen von Recht und Ordnung. »Ich habe ein paar Fragen zu Herrn Kovac.«

»Ahhh«, dann Stille.

Sekundenlang tat sich überhaupt nichts. Eine Taube gurrte irgendwo, dann klatschte es hinter Schäfer auf den Boden. Er drehte sich um und sah einen schmierigen weißen Fleck, der einen seiner Fußabdrücke im Schnee zierte. Tauben im Winter? Flogen die nicht in den Süden? »Knapp verfehlt«, rief er dem unbekannten Scheißer zu. Gerade wollte er erneut klingeln, als der Türöffner summte. Er stieß die Haustüre auf und stand in einer Halle. Flur konnte man das beim besten Willen nicht mehr nennen. Staunend drehte er sich im Kreis und kam sich verloren vor. Von außen hatte das Haus gar nicht so pompös auf ihn gewirkt. »Mann, so wohnen die reichen Ärsche also. Verreck! Da könnte man glatt neidisch werden.«

Es roch nach Putzmittel. Die Stufen der breiten Marmortreppe glänzten wie frisch gewienert. Schäfer trat an das Treppengeländer und wischte mit dem Daumen drüber. Nicht das geringste Staubpartikel. Keine Spinnweben in den Ecken. Alles picobello sauber. Respekt, die hatten eine Turboputzfrau. Irgendwo ging eine Tür auf, wenige Sekunden später erschien oben an der Treppe ein weißhaariger Mann.

Falsch, er war blond. Aber so was von blond, dass die Haare fast schon als weiß durchgingen. Schäfer schoss eine Liedzeile von Reinhard Fendrich durch den Kopf: »Blond, blond wie ein Ballen Stroh«. Bekleidet war der Mann mit einer schwarzen Stoffhose, einem weißen Hemd und schwarzen Schuhen.

»Herr Steiner?« Schäfer stieg seinem Interviewpartner ein paar Stufen entgegen.

»Warten Sie!«, rief dieser und eilte nach unten. »Ja, ich bin Herr Steiner.«

Schäfer reichte dem Mann die Hand, was Steiner übersah. Stattdessen starrte der Blondling ihm auf die Nase, bevor er dann die Eingangshalle durchquerte und über die Schulter hinweg verkündete: »Folgen Sie mir doch bitte ins Lesezimmer.«

Dort angekommen, versicherte sich Herr Steiner: »Sie sind also von der Kripo?«

»Ja, das bin ich«, log Schäfer. Jetzt war es eindeutig eine Lüge. »Kommissariat 1, zuständig für Todesermittlungen.« Das klang schön förmlich.

»Darf ich Ihren Ausweis sehen?«, fragte der Mann mit einem Lächeln, das jedoch nicht seine Augen erreichte.

Auf die Frage nach dem Ausweis war Schäfer glücklicherweise vorbereitet. Vor drei Jahren hatte er seinen Dienstausweis nicht mehr finden können und den Verlust bei der Dienststelle gemeldet. Daraufhin war ihm ein neuer Ausweis ausgestellt worden. Und natürlich: Prompt tauchte der alte Lappen ein halbes Jahr später unter dem Autositz wieder auf. Er hatte den Fund nicht gemeldet. Schließlich wusste man ja nie, wozu so ein Ersatzausausweis noch gut sein konnte. Eine etwas zweifelhafte, aber ziemlich schlaue Entscheidung, wie sich jetzt zeigte. Schäfer zückte den grünen Dienstausweis mit dem Wappen der Bayerischen Polizei. Sein Gegenüber ließ sich Zeit beim Betrachten und verglich das Bild mit Schäfers Gesicht. Schließlich nickte er zufrieden. »Sie scheinen es tatsächlich zu sein, obwohl Ihre Nase auf dem Foto zugegebenermaßen irgendwie anders aussieht.«

Arsch!, dachte Schäfer. Laut sagte er: »Schlägerei! Gestern im Dienst passiert. Sie sollten mal die anderen sehen.« Er lachte über den abgedroschenen Witz, der eigentlich keiner war, denn der kleine Nasenbrecher und sein Komplize sahen tatsächlich schlimmer aus. Schließlich hatte er selbst dafür gesorgt.

Steiner reichte Schäfer den Ausweis, der steckte ihn in die Hosentasche und fragte: »Darf ich mich setzen?« Im Sitzen war es leichter, an Informationen zu gelangen. So Schäfers Erfahrung aus Ermittlerzeiten.

»Natürlich, Herr Hauptkommissar. Das habe ich doch auf Ihrem Ausweis richtig gelesen? Sie sind Kriminalhauptkommissar?« Er winkte ihn zu einem Sessel.

»Richtig, Herr Steiner.« Schäfer bemerkte an den Wänden ein paar Bilder, von denen er annahm, dass jedes einzelne davon sein letztes Jahresgehalt als Hauptkommissar um ein Vielfaches überstieg. Von den Einkünften als Privatermittler gar nicht zu reden. Gegenüber an der Wand prunkte eine teure Kommode aus Kirschholz. Darauf lagen verstreut ein paar Bücher, deren Titel Schäfer nicht entziffern konnte. Den edlen Parkettboden zierte ein noch viel edlerer Perserteppich. Obwohl, vielleicht war es doch kein echter Perser, dachte Schäfer. Denn als er jetzt mit seinen Straßenschuhen darüber trampelte, ließ Steiner kein Wort des Missfallens hören. Bei einem Zehntausendeuro-Teppich wäre der Typ garantiert nicht so gelassen geblieben. War wohl doch eine Imitation. Am Ende des Raums befand sich ein großes Glasfenster. Dahinter musste die Villa von Kovac liegen, auch wenn sie von hier aus nicht zu sehen war. Aber von oben auf dem Balkon dürfte ein astreiner Blick auf die Dachterrasse möglich sein. Ein Fahrzeug des Winterdienstes fuhr vor dem Haus vorbei. Es begann zu schneien, Schneeflocken fielen gegen das Panoramafenster und schmolzen an der Scheibe.

Schäfer sank in den Sessel und sah Steiner neugierig an. Manchmal lohnte es, nicht als Erster zu sprechen. So ein kurzes Schweigen brachte die Menschen oft dazu, von selbst mit dem Gespräch zu beginnen und im ersten Satz bereits interessante Dinge zu offenbaren.

»Kann ich Ihnen etwas zu trinken anbieten?«

So viel zum spannenden ersten Satz. Na ja, er hatte nicht behauptet, dass es immer so war.

»Ich weiß, Polizisten im Dienst dürfen nichts Alkoholisches trinken. Vielleicht ein Glas Wasser oder Saft?« Steiner lächelte, doch seine Augen waren kalt und grau wie schmutziger Schnee.

»Für ein Glas Orangensaft würde ich morden«, erwiderte der Hauptkommissar, der gar keiner war und am liebsten ein Weizen geordert hätte.

»Ach ja?« Steiner hob eine Augenbraue, seine Mundwinkel zuckten. »Etwas ungewöhnlich für einen Kripobeamten. Finden Sie nicht?« Er stand auf und ging in die angrenzende Küche. Einen Augenblick später kam er zurück und gab Schäfer ein Glas mit gekühltem Orangensaft.

Schäfer trank einen Schluck und stellte das Glas auf den Mahagoni-Couchtisch ab. Er wandte sich an Steiner, der ihm gegenüber auf dem Sofa Platz genommen hatte. »Sie wissen um das Ableben von Herrn Kovac?«

Steiner hob die Hände. »Das war nicht zu vermeiden, nach dem Wirbel, den die Presse veranstaltet.« Er machte eine ausholende Handbewegung. »Normalerweise ist es ziemlich ruhig in dieser Gegend. Normalerweise. Aber die letzten Tage war doch übermäßig viel Polizei hier. Für meinen Geschmack und diese reizende Siedlung eindeutig zu viel Polizei.« Er lächelte. »Natürlich nicht hier bei mir, sondern in der Villa des Herrn Kovac.« Er räusperte sich. »Sie müssen verzeihen, aber ich habe von meinem Schlafzimmerfenster einen idealen Blick über das Gelände und daher … Also nicht, dass Sie glauben, ich spioniere.«

»Gott, niemals würde ich auf einen solchen Gedanken kommen.« Schäfer hob abwehrend beide Hände und schüttelte den Kopf. Natürlich glotzte Steiner auf die Dachterrasse. Er war ein Mann. Männer machten so was einfach. »Aber sprechen Sie doch bitte weiter.«

»Nichts weiter.«

»Wie?«

»Ich habe nichts weiter zu berichten«, erklärte Steiner. »Diesen Herrn Kovac kenne ich nicht. Das habe ich doch Ihren Kollegen bereits gesagt.«

»Es war schon jemand bei Ihnen?«

»Natürlich. Aber nicht nur bei mir. Sondern bei jedem hier in der Siedlung, denke ich.« Er sah Schäfer in die Augen. »Ist das nicht normal bei einem derartigen Mordfall? Dass Sie und Ihre Kollegen alle Leute aus der Nachbarschaft befragen?«

»Ja schon, aber so direkte Nachbarn waren Sie doch nicht, oder? Der Kovac und Sie, meine ich jetzt.«

»Nein, wir kannten uns auch kaum. Sind uns höchstens auf der Straße ab und zu begegnet. Herr Kovac war ein sehr netter Mensch.«

»Ach, wirklich?«, wunderte sich Schäfer.

»Doch, doch, das war er. Hat stets freundlich gegrüßt. Und diese netten Begleitungen, die er immer dabeigehabt hat. Bezaubernd! Schrecklich, so ein Tod nicht natürlichen Ursprungs.«

»Nicht natürlichen Ursprungs«, echote Schäfer. »Das kann man laut sagen. Kaltblütig abgestochen trifft es eher. Davor hat man ihm das Hirn rausgeschlagen. Kein sehr angenehmer Tod und ganz sicher nicht natürlichen Ursprungs.«

»Nein, sicher nicht«, sagte Steiner. »Ich wüsste nicht, wie ich Ihnen helfen kann.«

»Na ja, Sie haben da einen hübschen Balkon.« Schäfer deutete mit dem Kopf Richtung Decke. »Vielleicht haben Sie Beobachtungen gemacht, die mir, also uns, die der Kripo weiterhelfen. Von dieser Hanglage aus überblicken Sie gewissermaßen die gesamte Siedlung. Da bekommt man doch mit, was um einen herum geschieht. Außerdem war Kovac kein Mann mit einem Allerweltsberuf. Möglicherweise brachte er die Arbeit mit nach Hause, wenn Sie verstehen, was ich meine.« Er zwinkerte verschwörerisch, vielleicht half das, um eine befriedigende Antwort herauszukitzeln.

Doch Steiner klang abweisend. »O ja, ich verstehe sehr gut. Aber tut mir leid, wenn ich passen muss. Ich gehöre nicht zu den Menschen, die den ganzen Tag am Fenster hängen. Andere mögen damit gerne ihre Freizeit verbringen und Spaß daran haben. Ich weiß von Kovac nicht das Geringste.«

Schäfer war die Endgültigkeit in Steiners Ton nicht entgangen. Bei dem Wort »Spaß« glaubte er aber einen winzigen Augenblick lang, ein Flackern in den Augen seines Gegenübers wahrzunehmen. Ein Funken Aggressivität, als wenn Steiner kurz davor wäre, die Kontrolle zu verlieren. Doch die Kontrolle über was? So schnell das Flackern aufgetaucht war, so rasch verschwand es auch wieder, und das Gesicht des Mannes verwandelte sich zurück in eine Maske der Freundlichkeit.

»Was wissen Sie über Frau Resch?«, fragte Schäfer. »Das war die Lebensgefährtin von Herrn Kovac. Sie wurde letzte Nacht ...«

»Sie wurde letzte Nacht ermordet!«, unterbrach ihn Steiner. »Ich habe es in den Nachrichten gehört. Auch dass sie seine Lebensgefährtin war. Ich selbst wusste das nicht. Bei der Anzahl an Frauen, die sich bei Kovac die Klinke in die Hand gaben, wäre es auch nicht leicht gewesen, auf eine ganz bestimmte Dame zu achten.«

»Ich dachte, Sie werfen keinen Blick aus dem Fenster?«

Steiner hob eine Augenbraue. »Mache ich auch nicht. Wie ich vorhin bereits erwähnte, habe ich Herrn Kovac ab und zu auf der Straße getroffen. In Begleitung weiblicher Personen. In wechselnder Begleitung, wie ich hinzufügen darf. Ob die eine oder andere Dame öfters hier war, entzieht sich meiner Kenntnis.«

»Aha, verstehe.« Schäfer erhob sich. »Herr Steiner, danke für Ihre Zeit. Hier ist meine Visitenkarte. Das ist meine private Karte, leider sind meine dienstlichen zur Neige gegangen. Auf dieser Handynummer bin ich jederzeit zu erreichen, falls Ihnen noch etwas einfällt. Rufen Sie mich dann einfach an. Selbst das kleinste Detail, von dem Sie glauben, es wäre nicht wichtig, könnte für uns von unschätzbarem Wert sein. Also zögern Sie nicht, mich zu kontaktieren.«

Steiner begleitete ihn zur Tür und verabschiedete sich kühl.

Schäfer ging drei Schritte, dann drehte er sich in bester Columbo-Manier um: »Sorry, noch was, Herr Steiner.«

»Ja?«, fragte dieser in ungerührtem Ton.

»Sie haben einen, wie soll ich es nennen, einen Dialekt in der Stimme oder einen Akzent, den ich nicht zuordnen kann. Sie sind wohl kein gebürtiger Augsburger?«

»Nein, bin ich nicht. Entschuldigen Sie, ich erwarte einen dringenden Anruf.« Steiner schloss die Tür.

Während Schäfer nachdenklich zu seinem Wagen schritt, hatte er das Gefühl, beobachtet zu werden. Er blieb stehen, zog sein Smartphone und tippte wahllos auf der Tastatur herum. Dabei drehte er sich beiläufig um und schielte zum Haus zurück.

Richtig, ein Vorhang flatterte. Seltsam, dieser Herr Steiner. Diese abrupte Verabschiedung. Seine kühle, beinahe eisige Art. Wie sollte man das einordnen? Außerdem hatte Steiner extrem langsam gesprochen und jedes seiner Worte genau abgewogen. Der Mann sprach Hochdeutsch, seine Aussprache hatte aber trotzdem eine bestimmte Färbung, eine Betonung bestimmter Wörter, die Schäfer nicht einordnen konnte. Er klang zu korrekt, beinahe überkorrekt. Ganz sicher außerbayerischen Ursprungs! Aber das spielte jetzt sowieso keine Rolle.

Tatsache war: Er wurde nicht schlau aus diesem Mann mit den auffallend hellen Haaren, der vorgab, Magdalena Resch nicht zu kennen. Was gelogen war, denn Schäfer war Steiners zuckendes rechtes Augenlid sofort aufgefallen, als er den Namen der ermordeten Frau erwähnt hatte. Eine Millisekunde zwar nur, aber für jeden geübten Ermittler ein klares Zeichen. Jede Wette, dass Steiner sehr wohl über Kovac' Treiben im Bilde gewesen war. Ja, diesen Kerl musste man im Auge behalten, er war nicht ganz koscher!

Als der Ford in Sichtweite kam, beschleunigte Schäfer seine Schritte. Ein Taxi näherte sich von der anderen Straßenseite und bremste vor Kovac' Villa. Jemand sprang hinten aus dem Taxi. Ihn traf fast der Schlag.

»Heiliger Christophorus«, keifte Elsa Dorn, die kernige Hauptkommissarin der Augsburger Kripo. »Sven Schäfer, was willst du denn hier?« Sie umrundete das Taxi und eilte über die Straße auf ihn zu.

Schäfer wollte zu seinem Wagen sprinten, um sich in Sicherheit zu bringen, doch er hatte nicht mit der Schnelligkeit der fülligen Polizeibeamtin gerechnet. Die Dorn stellte sich ihm in den Weg, noch bevor er den Mustang erreicht hatte.

»Halt, mein Lieber! So schnell schießen die Preußen nicht. Schön hiergeblieben«, warnte sie ihn.

Schäfer wich auf den Gehsteig zurück und lehnte sich an den schmiedeeisernen Gartenzaun. »Was habe ich heute verbrochen? Willst du mich wegen Falschparkens einsperren? Das wird immer schöner mit den Polizeisitten in diesem Land.« Er schüttelte den Kopf. »Ganz schön verroht seid ihr geworden.«

Elsa Dorn baute sich drohend vor ihm auf. Jedenfalls versuchte sie es. Immerhin war er eineinhalb Köpfe größer als sie, bemerkte Schäfer zufrieden. Das schien der Polizistin gar nicht zu gefallen. Sie stemmte die Hände in die Hüften und funkelte ihn an. »Was gibt es da zu grinsen?«

»Nichts, ich bin einfach ein fröhlicher Mensch, den es beglückt, jeden Tag neue nette Mitmenschen zu treffen.«

»Soll das heißen, ich bin nicht nett? Dein Unterton gefällt mir nicht. Meine Nettigkeit muss hart verdient werden.« Sie zeigte mit dem Zeigefinger auf ihn. »War bei dir bisher nicht der Fall.«

»Meine Mutter hat mir beigebracht, nicht mit dem Finger auf andere Menschen zu zeigen«, parierte Schäfer. »Aber dann gibst du also zu, nicht nett zu sein«, ging er auf Elsa Dorns letzten Satz ein.

»Du …«

»Hey, hallo? Könnten die Herrschaften erst bezahlen und dann streiten? Ich muss weiter, zum nächsten Fahrgast«, beschwerte sich der Taxifahrer.

Elsa Dorn drehte sich mit einem überraschten Gesichtsausdruck um. Anscheinend hatte sie über ihren Zorn auf Schäfer den Fahrer ganz vergessen. »Was? Ja, klar. Sofort.« Sie wandte sich an Schäfer. »Du rührst dich nicht vom Fleck, verstanden?«

Er salutierte. »Zu Befehl, mein General!«

»Idiot!«, murmelte die Hauptkommissarin, lief mit wehendem Mantel zum Taxi und beglich ihre Schulden.

Schäfer beobachtete, wie sie ihren Geldbeutel in einer schwarzen Handtasche verstaute, die verdammt teuer aussah. Die Boots im Leopardenlook passten seiner Meinung nach perfekt zur ihrer bissigen Art. Am liebsten wäre er in seinen Ford gesprungen und davongebraust. Aber er beschloss zu bleiben. Möglicherweise erzählte ihm diese Elsa Dorn etwas, das ihn weiterbrachte. Abwarten und Tee trinken.

Sie kehrte zu ihm zurück.

»Nette Schuhe«, sagte er. »Ich liebe Raubkatzen.«

»Ach ja? Auch, wenn sie die Krallen ausfahren?«

»Besonders dann.«

»Und?«

»Was und?«

»Deine Nase, was ist mit der passiert?«

»Bin ausgerutscht.«

»Soso?«

»Du weißt doch, wie ungeschickt ich bin. Ständig fallen mir Sachen aus der Tasche. Messer und Knarren. Manchmal stoße ich mich auch. Erst gestern Abend bin ich ...«

»Gegen einen Laternenmasten geknallt?«, fragte Elsa höhnisch.

»Was grinst du so blöd?«

»Vielleicht bin ich auch ein fröhlicher Mensch. Genau wie du«, antwortete sie.

Die Kripotussi ging ihm gehörig auf den Sack. Sie nervte ohne Ende. Was sollte denn das mit dem Laternenmast? Damit erwischte sie ihn auf dem falschen Fuß. War er unvorsichtig gewesen? Hatte er Spuren hinterlassen? Er hätte sich vorhin doch verpissen sollen, als er noch die Möglichkeit dazu hatte.

»Solche Laternenmasten können sehr gefährlich sein, die sollte man meiden. Vor allem im Winter, wenn es eisig kalt ist. Entweder man knallt dagegen und bricht sich die Nase, oder ...«, sie wedelte mit der Hand in der Luft.

»Oder was?«, fragte er.

»Man klebt an ihnen fest.«

Schäfer schluckte. Woher zum Teufel wusste sie das? Eh wurscht. Der Gedanke an Flucht drängte sich in sein Bewusstsein. Er sah auf ihre Boots. Eine Herde Gazellen, gefolgt von einer Leopardin, tauchte vor seinem inneren Auge auf. Er kniff die Augen zusammen, öffnete sie wieder. Wartete auf den Angriff von Elsa Dorn. Doch zu seiner Überraschung wechselte die kleine Kommissarin das Thema.

»Was hast du hier zu schaffen?«

»Was, wie?«, fragte er verwirrt. Er blies die Backen auf, um Zeit zu schinden. »Nette Wohngegend. Ich dachte, ich sehe mir mal die Häuser an. Vielleicht kaufe ich eins und genieße meinen Ruhestand.« Puuh! Er hatte sich wieder unter Kontrolle.

»Haha, habe schon mehr gelacht.«

»Du solltest halt nicht zum Lachen in den Keller gehen.«

»Und du solltest dich nicht an Orten rumtreiben, an denen du nicht das Geringste verloren hast.«

»Welchen Ort meinst du denn?«

»Den Standort der Laterne? Komm schon, stell dich nicht dumm! Ich meine hier«, sie deutete mit dem Kopf zu Kovac' Villa. »Hier solltest du nicht sein. Also, da halt.«

»Sagt wer?«

»Sage ich.«

»Ich wüsste nicht, warum es verboten sein sollte, mich hier umzusehen.«

»Verboten wohl nicht. Aber du verhältst dich sehr verdächtig. Das ist dir schon klar?«

»Kommt's ihr nicht voran mit euren Ermittlungen, hmm? Muss ich jetzt auch noch für den Serienkiller herhalten, oder was? Sauber!«

»Wenn ich Jansenbrink von deinem Rumschnüffeln hier erzähle, vielleicht schon.«

»Schon klar, der Jansenbrink. Der ist überhaupt schuld an meiner Entlassung. Wenn er nicht gewesen wäre, dann ...«

»Dann?«

»Dann nichts. Du bist doch sowieso einer von seinen Leuten. Euch trau ich nicht über den Weg.« Er biss sich auf die Unterlippe. Beinahe wäre ihm eine unbedachte Äußerung rausgerutscht.

»Jansenbrink weiß nicht einmal von meiner Anwesenheit hier. Ich ... na ja, ist auch nicht so wichtig.«

»Ermittelst du etwa auf eigene Faust?«

»Geht dich nichts an.«

Oho. Die liebe Frau Dorn ging aber schnell in die Defensive. Hatte sie etwa auch ein kleines Geheimnis? So wie er mit dieser Laternengeschichte. Vielleicht konnte er das ja zu seinen Gunsten nutzen? »Na ja, du hast mir doch eben gedroht. Genauso könnte ich zu Jansenbrink marschieren und ihm davon erzählen, wie du heimlich hier, so völlig ohne sein Einverständnis, du weißt schon. Ich meine, das wird ihm sicher nicht gefallen.« Er grinste spöttisch.

»Untersteh dich, Schäfer!«, warnte ihn die Kommissarin. »Leg dich nicht mit mir an.«

»Sonst ...?«, fragte Schäfer provozierend. »Sonst was? Verhaut mir Mami dann den Hintern?«

»Wir arbeiten auf derselben Seite«, beschwichtigte die Dorn.

Sie versucht es jetzt mit einer anderen Masche, dachte Schäfer belustigt. Auf die Kumpeltour. »Du arbeitest für Jansenbrink. Also stehen wir auf verschiedenen Seiten.«

»Verdammt, Schäfer! Jansenbrink ist ein Rindvieh, das gebe ich zu.«

»Korrekt.«

»Gut, dann sind wir wenigstens in diesem Punkt einer Meinung. Aber er ist ein Polizist, noch dazu Chef der Kripo Augsburg. Und er leitet die Sonderkommission. Er will den Mistkerl genauso fassen wie wir.«

»Mag sein«, stimmte er ihr zu. »Trotzdem ist er ein Schweinehund, dem ich keine fünf Euro anvertrauen würde.«

»Wieso sagst du das?«

Schäfer schwieg, ihm war doch zu viel rausgerutscht. Er biss sich erneut auf die Lippe, diesmal so fest, dass sie blutete, er schmeckte Kupfer.

»Was verschweigst du?«, bohrte sie weiter.

»Aus mir bringst du nichts raus! Informiere dich genauer über Jansenbrink. Kennst du *Akte X* mit Mulder und Scully?«

»Was soll das denn jetzt?«

»Kennst du die Serie?«, wiederholte er.

»Natürlich, aber was hat das zu bedeuten? Du willst mir doch jetzt nicht vorgaukeln, ein Alien wäre der Killer?«

»Quatsch!«

»Na ja, Jansenbrink meinte, du hast Visionen oder was in dieser Art. Weiß ich's? Kann schließlich nicht in dich hineinschauen.«

»Sieht dem Arsch ähnlich. Aber egal, zurück zu *Akte X*. Mulder hat immer gesagt: ›Traue niemand!‹ Das gilt auch für dich und Jansenbrink.«

»Faselst du jetzt von einer Verschwörungstheorie?«

»Ich fasel gar nichts mehr. Traue einfach niemandem, okay?«

Elsa Dorn reckte das Kinn vor und funkelte ihn an. »Weißt du etwas über den Mörder? Irgendetwas, das ich wissen müsste?«

»Nein!«

»Du willst nur ablenken.«

»Von was sollte ich ablenken wollen?«

»Dass du aus irgendeinem Grund hier vor Kovac' Villa rumlungerst. Du führst doch was im Schilde?«

»Quidproquo.«

»Was?«

»Hast du neulich zu mir gesagt, schon vergessen?«

»Jaah.« Gedehnte Antwort. Die kleine Kommissarin sah ihn an. Zurückhaltend. Abwartend.

»Da hast du aus einem Film zitiert.«

»Ja, jetzt erinnere ich mich«, brummte sie. »Du wolltest mir einen Tipp geben, wenn ich dir bei dieser Geschichte in der Straßenbahn behilflich bin. Aber soviel ich weiß, habe ich von dir gar nichts erfahren. Rein gar nichts! Und es ist höchste Zeit, dass sich das ändert, wenn du nicht ernsthaft in Schwierigkeiten geraten willst.«

»Ach so, einen Tipp. So nennst du das also? Ich wollte dir keineswegs einen Tipp geben. Du wolltest mich erpressen.« Himmel, dachte Schäfer. Was sollte er bloß machen. Jetzt klebte ihm diese Dorn an der Backe. Beziehungsweise steckte sie ihm wie ein Rosendorn im Arsch. Er musste über sein tolles Wortspiel grinsen.

»Mann, dein dämliches Grinsen nervt!«, fauchte Elsa.

»Ach ja? Gut zu wissen, dann hör ich gar nicht mehr auf zu grinsen. Vielleicht verschwindest du dann endlich aus meinem Leben, und zwar für immer.« Schäfer wusste, dass das nicht sehr wahrscheinlich war. Und Elsa Dorn bestätigte prompt seinen düsteren Verdacht.

»Da kannst du lange drauf warten.« Sie kniff die Lider zusammen. Dann begannen ihre Augen zu leuchten.

Schäfer schwante Böses.

»Weißt du was?«

»Kann ich Gedanken lesen?«

»Du behinderst polizeiliche Ermittlungen.«

»Was du nicht sagst.«

»Doch.« Sie rieb über ihre Nase wie Wickie, wenn er einen seiner ganz besonders tollen Einfälle hatte.

Und schon kam es. »Ich hab's!«, rief sie triumphierend.

»Ich nehme dich in Gewahrsam wegen Störung einer Amtshandlung.« Sie blickte ihn an. Er konnte ihre Zufriedenheit spüren. »Was sagst du dazu, hmm? Immer noch frech und arrogant?«

Schäfer musterte sie.

Versuchte, in ihrem Gesicht zu lesen.

Das gelang ihm sonst in den meisten Fällen. Doch leider schien sein Bullshit-Detector ausgerechnet bei Elsa Dorn zu versagen. Entweder konnte sie sich hervorragend verstellen, oder sie schiss Eiswürfel und war wirklich so cool, wie sie gerade wirkte. Kein Schweißtropfen auf der Stirn, kein verräterisches Zucken der Augenlider oder Mundwinkel, kein verstohlener Blick zu Boden. Nichts, was ihm verriet, ob sie lediglich bluffte.

Natürlich konnte sie ihn in Gewahrsam nehmen lassen. Auch, wenn man ihn bald laufen lassen musste. Das wusste er bestens. Aber er wäre mindestens für ein paar Stunden weg vom Fenster, vielleicht sogar einen Tag. Keine gute Lösung.

Schäfer beschloss, in die Offensive zu gehen. »Das möchte ich sehen, wie du das anstellen willst. Du bist zwar ziemlich kräftig gebaut«, sagte er mit einem süffisanten Lächeln, um sie aus der Reserve zu locken. »Aber mich überwältigen? Alleine? Als Frau? Ich glaube kaum.«

Der Versuch schlug leider fehl. Die Dorn zückte ihr Handy. »Eine Funkstreife ist ganz schnell herbeigerufen. Und dass du mir mit Widerstand drohst, macht sich später in deiner Ermittlungsakte überhaupt nicht gut. Glaub mir. Du bist zwar wie ein Fels gebaut, aber einschüchtern lasse ich mich nicht. Damit das klar ist!« Ihre Augen funkelten.

Dieses Miststück ließ sich nicht beeindrucken. Schäfer wusste nicht, ob ihm das gefiel. Irgendwie schon. Wenn es hier nicht ausgerechnet um ihn gegangen wäre. Da das aber leider

der Fall war, erregte Elsa Dorns Standhaftigkeit seinen Groll. Also warf er ihr einen Happen hin. Jetzt war Psychologie gefragt. »Steck dein blödes Handy weg. Ich war da oben.« Er machte eine vage Handbewegung.

»Wo oben?«, fragte Elsa Dorn und vergrub das Handy in ihrer Winterjacke. »Auf der Zugspitze, oder was?«

»Da, auf dem Hang. Das Haus bietet einen wunderbaren Blick auf die Dachterrasse von Kovac. Ich dachte, ich frag mal nach, ob der Besitzer die eine oder andere Auskunft ... Also du weißt schon.«

»An einen Privatdetektiv?«

»Nicht direkt.« Schäfer wand sich. Wie sollte er das erklären? »Ich meine, ich war bei der Kripo. Oder nicht? Indirekt hat er mit der Polizei geredet.« Von der Sache mit dem Dienstausweis berichtete er lieber nicht.

»Du hast dich als Polizeibeamter ausgegeben?«

»Übertrieben ausgedrückt, ja.«

»Übertrieben? Sag mal, spinnst du? Hast du noch alle Latten am Zaun? Und das sagst du ausgerechnet mir? Das ist Amtsanmaßung!« Sie schüttelte den Kopf und fuhr sich durchs Haar. »Du weißt schon, dass ich gegen dich ermitteln muss? Herrschaft, was bist du für ein saublöder Heini!«

»Na ja, sagen wir mal so: Du *könntest* gegen mich ermitteln, musst aber nicht.«

»Hallo? Schon mal vom Legalitätsprinzip gehört? Ich bin verpflichtet, jeder Straftat nachzugehen, die mir bekannt wird.«

»Stimmt genau, *wenn* sie dir bekannt wird. Momentan wissen nur wir beide davon.«

»Und dieser Nachbar.« Elsa Dorn deutete sichtlich erregt über Schäfers Schulter.

»Der weiß aber nicht, dass du davon weißt.«

»Jetzt weiß ich es aber.«

Er zuckte die Achseln. »Mach, was du willst. Dann erfährst du von mir allerdings nichts.«

»Willst du mir einen Deal anbieten?«

»Na ja, Deal. Ich biete dir eine Information an, nennen wir es doch mal so. Und im Gegenzug vergisst du meine Anwesenheit hier. Die tut sowieso nichts zur Sache und würde Jansenbrink bloß ablenken und auf falsche Gedanken bringen. Am Ende beschuldigt er mich, weil er keinen anderen findet. Du weißt so gut wie ich, dass ich nicht zu euren Tatverdächtigen gehöre.«

»Ach, weiß ich das?«

»Hör mir mal zu, Frau Dorn.«

»Ich bin ganz Ohr, Herr Schäfer.«

»Ich mag dich nicht.«

»Oh, danke. Das beruht auf Gegenseitigkeit.«

»Deine Art gefällt mir nicht, ich finde dich überhaupt nicht sympathisch, du bist eine typische Emanze. So eine Oberzicke. Wahrscheinlich schreibst du Leserbriefe in dieser Zeitung, ›Anna‹ oder wie dieser Frauenschund heißt.«

»Emma«, verbesserte sie ihn. »Die Zeitschrift heißt ›Emma‹, von Alice …«

»Schweizer«, sagte er. »Ja, ich weiß. Wie das Land. Sei doch nicht so neunmalklug. Aber das passt zu dir.«

»Nein, sie heißt Schwarzer. Alice Schwarzer. Du verwechselst sie mit Albert Schweitzer. Aber der wird mit tz geschrieben. Nicht wie die Schweiz.«

»Sackelzement, das ist mir doch scheißegal, wie die heißen oder wie die geschrieben werden! Aber du hast es schon wieder getan.«

»Was?«

»Neunmalklug dazwischengeplappert. Das hast du getan.«

»Entschuldigung. *Du* hast doch die Namen verwechselt.«

»Okay, und jetzt sagst du mir gleich, welche Zeitung dieser Albert Schweitzer – mit tezett – herausgegeben hat.«

Elsa Dorn seufzte schwer, was Schäfer als Kapitulation auslegte. Na also, man musste nur standhaft bleiben, dann gaben diese Weiber schon nach.

Psychologische Kriegsführung nannte man das.

Sein Puls begann sich zu beruhigen. Vielleicht war es gar keine schlechte Idee, mit der psychologischen Schiene weiterzumachen und einen vorübergehenden Waffenstillstand zu schließen, dachte Schäfer. Quasi als Zeichen seiner Gutmütigkeit. Er fuhr fort: »Dennoch denke ich, du bist keine schlechte Ermittlerin.« Ein bisschen Honig ums Maul geschmiert, das schadete bei den Frauen ebenfalls nicht. »Und du weißt daher, wo du zu suchen hast. Ganz bestimmt nicht bei mir. Habe ich recht?«

»Danke für dein Kompliment. Ich glaube in der Tat nicht, dass du irgendetwas mit der Sache zu tun hast. Dafür bist du zu einfältig und ein zu großer Tollpatsch. Siehe deine Aktion in der Straßenbahn und dein amateurhaftes Auftreten hier. Direkt mit deinem Wagen vor Kovac' Haus parken. Tststs! Wie dumm ist das denn! Nein, dir fehlt einiges zum perfekten Serienkiller, mit einem solchen haben wir es hier nämlich zu tun.«

»Gut.« Schäfer beschloss, nichts weiter zu erwidern. Ganz unrecht hatte sie ja nicht mit der Straßenbahn. Und besonders klug fand er es im Nachhinein selbst nicht, mit seinem auffälligen Gefährt in dieser Siedlung zu parken. Noch dazu vor dem Haus eines Mordopfers.

»Außerdem mag ich dich ebenso wenig«, ratterte Elsa Dorn weiter. »Du bist arrogant, eingebildet und hältst dich für was Besseres. Solche Schnösel sind mir zuwider und bringen mich immer an den Rand der Verzweiflung.«

»Alles klar«, entgegnete Schäfer. »Dann sind die Fronten endlich geklärt.«

»Du sagst es. Genug gequatscht. Was wusste der Nachbar?«

»Nicht viel, wenn man ihm glauben mag.«

»Und, glaubst du ihm?«

»Nein, eindeutig nicht. Irgendwas ist faul mit ihm gewesen. Er hat sich, wie soll ich sagen, irgendwie komisch benommen.«

»Sein Name?«

»Steiner.«

»Vorname?«

»A Punkt.«

»Bitte?«

»A und dann ein Punkt. So steht's auf dem Klingelschild. Ich habe nicht nach seinem Vornamen gefragt und seinen Personalausweis habe ich mir nicht zeigen lassen, okay?«

»Ja, schon gut. Und dieses komische Benehmen«, sie verzog das Gesicht, »kannst du das näher klassifizieren? So wirklich weiter bringt mich das nämlich nicht.«

»Er hat gelogen, als ich ihn nach Magdalena Resch befragt habe. Da hat er mit dem Auge gezuckt. Außerdem spricht er einen drolligen Dialekt. Nicht einzuschätzen, woher der Typ kommt. Aus Augsburg jedenfalls nicht.«

»Aha, beeindruckend! Dieser Steiner zuckt mit dem Auge und redet drollig. Deshalb macht er sich verdächtig? Grundgütiger, und du warst Polizist! Kaum zu glauben!« Elsa Dorn verdrehte die Augen.

»Himmelarschundzwirn! Schon mal was von Intuition gehört? Gab es früher bei der Polizei. Soll manchmal geholfen haben, einen Kriminalfall aufzuklären. Habt's ihr das jetzt nicht mehr? Verlasst's ihr euch bloß noch auf euren DNA-Scheiß?«

»Tja, das zählt halt vor Gericht. Mit Gefühlen kommen wir da nicht sehr weit.«

»Red nur weiter so blöd daher. Wenn du meinen Tipp dermaßen ins Lächerliche ziehen willst, dann bitte.«

»Wie jetzt? Der Schmarrn war dein sogenannter Tipp? Du glaubst doch nicht ernsthaft ...«

Schäfer achtete nicht weiter auf die Belehrungen der Kommissarin. Hinter ihrem Rücken brauste gerade ein schwarzer Kleinwagen die Querstraße vorbei. Entweder ein Opel Corsa oder ein Toyota Corolla. Der Fahrer hätte gewiss nicht seine Aufmerksamkeit erregt, wenn da nicht dieses helle Haar gewesen wäre. »Er ist gerade weggefahren, der Steiner.«

Elsa Dorn drehte sich um, doch der Kleinwagen war bereits außer Sicht. »Wo? Ich kann nichts sehen.«

»Weil er schon durch ist. Mit einem Corsa oder Corolla.«

»Der Mann aus dem Bergpalast da oben? Der fährt Corsa?«

»Oder Corolla.« Schäfer nickte. »Vielleicht ein Zweitwagen.«

Elsa Dorn zückte ihr Handy.

»Willst jetzt doch noch die Kollegen rufen, damit sie mich abführen?«

»Keineswegs«, antwortete die Kommissarin. »Ich hole ein paar Erkundigungen ein über diesen Steiner. Es gibt diese Redensart von dem blinden Huhn, kennst du sicher. Ich will mir später nicht nachsagen lassen, ich hätte nicht auf deine Intuition gehört und deshalb den Fall verbockt. Also rufe ich jetzt da an.«

Sie wählte die Nummer der Einsatzzentrale des Polizeipräsidiums, gab sich gegenüber dem Beamten am Telefon als Kollegin zu erkennen, nannte das polizeiliche Kennwort für Computerabfragen und erklärte ihm ihr Anliegen. »Kannst du mir bitte einen Gefallen tun? Check mal den Namen Steiner, sein Vorname geht mit einem A los.« Sie erwähnte noch die genaue Adresse und fügte hinzu: »Ein Geburtsdatum habe ich leider nicht. Das musst du dir aus der Einwohnerdatenbank holen.« Sie wartete etwa eine Minute, dann nickte sie. »Vielen Dank, Kollege, für die prompte Erledigung. Einen ruhigen Dienst noch. Servus dann.« Sie wandte sich Schäfer zu. »Albert Steiner, so sein kompletter Name. Siebzig Jahre alt, steinreicher Rentner, lebt alleine dort oben in seinem Schloss. Ist seit zehn Jahren Witwer. Es liegt nichts gegen ihn vor. Seine Weste ist so rein, wie deine niemals sein wird.«

Schäfer starrte sie an und schluckte. »Houston, ich glaube, wir haben ein Problem!« Er deutete auf Steiners Villa. »Wenn deine Informationen stimmen …«

»Die stimmen.«

»Ich weiß. Also, wenn sie stimmen, deine Infos, und der Steiner, der in diesem Anwesen residiert, tatsächlich jenseits der siebzig ist …«, Schäfer kratzte sich am Kopf. Nach einer kurzen Pause fuhr er fort: »Mit wem, zum Teufel, habe ich dann vorhin gesprochen? Älter als Mitte dreißig war der auf keinen Fall.«

KAPITEL 12

Elsa beobachtete Schäfer, der mit dem Dietrich im Schloss herumstocherte.

»Nein«, erwiderte der Detektiv auf ihre letzte Bemerkung. »Das heißt nicht, dass Steiner mit den Mordfällen etwas zu tun haben muss. Jedenfalls nicht der Steiner, der laut EWO-Datenbank siebzig Jahre alt ist. Mein Steiner, also der, mit dem ich vor einer halben Stunde geredet habe, war ganz sicher kein alter Knacker, sondern noch ziemlich gut in Schuss. Und das macht die Sache umso verdächtiger.« Obwohl er wie ein Besessener mit dem Dietrich herumrührte, wollte die Tür nicht aufgehen. Schäfer wischte sich den Schweiß von der Stirn, ächzte und stöhnte, dann fuhr er fort: »Und sein Sohn kann es nicht gewesen sein, da der alte Mann laut deiner Recherchen alleine lebt und kinderlos ist.«

»Mag sein, aber das ist noch lange kein Beweis.«

»Zumindest kein hundertprozentiger Beweis, das stimmt. Aber den werde ich hoffentlich in diesem verdammten Scheißhaus finden, wenn ich endlich die VERFICKTE SCHEISSTÜR AUFBEKOMME!«

Elsa blickte erschrocken über die Schulter und legte ihm die Hand auf die Schulter. »Pssst, leise! Wenn uns jemand hört? Was wir machen ist Einbruch, und das ist verdammt illegal. Ich habe keinen Durchsuchungsbeschluss.«

»Den würdest du auch nicht kriegen. Aufgrund meines Bauchgefühls? Das wäre für Jansenbrink ein weiterer Grund, um dir in den Arsch zu treten. Und mir erst.« Er lachte.

»Was helfen uns die Beweise – falls wir sie denn überhaupt finden –, wenn wir ungesetzlich hier eingedrungen sind? Du warst selbst Polizist, du weißt das.«

»Wenn wir finden, was meinen Verdacht bestätigt, dann müssen wir uns halt etwas einfallen lassen, damit die Durchsuchung rechtmäßig wird«, antwortete Schäfer.

Elsa stampfte nervös mit dem Fuß auf. »O je, ich glaube einfach nicht, was ich hier mache. Ich stehe Schmiere bei einem Einbruch. Noch dazu ist der Einbrecher ein ehemaliger Polizist, der wegen«, sie malte mit den Fingern Anführungszeichen in die Luft, »Polizeibrutalität entlassen wurde. Verdammt, das kostet mich die Karriere.«

»Ach, das hat Jansenbrink dir als Grund für meinen Rausschmiss genannt?«

»War es etwa nicht so?«

Schäfer wischte sich mit dem Handrücken den Schweiß von der Stirn und blickte kurz auf: »Zumindest stand so was in der Art im Abschlussbericht der Disziplinarkommission. Der eigentliche Grund war selbstverständlich ein anderer.«

»Selbstverständlich!«, murmelte sie. »Und der wäre?«

»Jedenfalls keine übermäßige Gewalt.«

»Natürlich nicht, du hast lediglich drei Jugendliche krankenhausreif geschlagen.«

»Es waren keine Jugendliche, sondern ausgewachsene Kerle. Scheißkerle im Übrigen!«

»Ach, und das rechtfertigt dann alles?«

»Für mich schon.«

»Und die übermäßige Gewalt? Die fandest du in Ordnung?«

»Die war genau angemessen für dieses Pack. Kein bisschen übermäßig. Was danach daraus gemacht wurde, das war dann die Riesensauerei.«

»Das sagen alle Schläger.«

»Elsa?«

»Hmm?«

»Leck mich!«

Elsa musterte den Expolizisten. »Du zimmerst dir eine richtige Verschwörungstheorie zurecht. Wahrscheinlich glaubst du auch, die Amerikaner wären nie auf dem Mond gelandet, sondern hätten alles im Studio gefilmt. Wieso nennst du mir nicht einfach die wahren Gründe für deine Entlassung, anstatt nebulöse Andeutungen zu machen?«

»Du willst doch Jansenbrink beweisen, was für eine tolle Ermittlerin du bist«, wich Schäfer ihrer Frage aus.

Elsa war die Ironie in seiner Stimme nicht entgangen und sie konterte: »Weißt du, mir ist es völlig egal, weswegen sie dich gefeuert haben. Da gibt es garantiert jede Menge plausible Gründe. Ich dagegen will meinen Job behalten, also beeil dich mal.«

Sie drehte sich nervös um, glücklicherweise beobachtete sie niemand.

»Ach was«, beruhigte sie Schäfer. »Wegen so einer Kleinigkeit wie einem Einbruch schmeißt dich keiner raus. Ich habe das früher ständig gemacht.«

»Klar, sie *haben* dich aber rausgeschmissen, wenn ich dich an diese *Kleinigkeit* erinnern darf.«

»Nicht deswegen!« Schäfer stocherte weiter in der Tür. »Das habe ich doch schon gesagt. Weder wegen zu viel Gewalt noch«, er ließ den Rest des Satzes eine gefühlte Ewigkeit in der Luft hängen, bevor er ihn beendete, »noch wegen solcher Dinge hier.« Er schüttelte den Kopf. »Wenn du Erfolg haben willst, musst du was dafür riskieren. Sonst wird Jansenbrink dich für immer und ewig im Aktenraum schmoren lassen. Er ist sehr nachtragend, glaube mir. Ich weiß das. Außerdem sind wir hier schneller weg, als du denkst. Niemand wird von unserem kleinen Geheimnis erfahren, wenn alles gut läuft.«

»Dein Wort in Gottes Gehörgang.«

»Scheiße, ich kriege diese blöde Dreckstür wirklich nicht auf!«

Elsa schob den Privatermittler zur Seite. »Lass mich mal ran. Das kann man ja nicht mehr mit ansehen. Ich dachte, du hast das früher öfters gemacht?«

Schäfer schaute sie mit zweifelndem Gesichtsausdruck an. »Du meinst, du kannst das besser als ich? Ausgerechnet du! Wo Einbruch für dich doch sooo was Schlimmes und Ungesetzliches ist.«

Wortlos schnappte sich Elsa den Dietrich und beugte sich über das Schloss.

Klick! Die Tür sprang auf.

Schäfer pfiff leise durch die Zähne. »Schau mal einer an. Verborgene Talente, was?«

Sie trat einen Schritt zurück und forderte Schäfer mit einer übertriebenen Handbewegung zum Eintreten auf. »Ich war bei der Freiwilligen Feuerwehr fürs Türöffnen zuständig.«

»Du warst bei der Feuerwehr?«

»Ja, ich war damals die erste Frau, die sie genommen haben, und richtig stolz darauf. Die anderen Mädels im Dorf haben mich ausgelacht. Na ja, von da an hatte ich meinen Ruf weg und galt bei den zickigen Weibern in meiner Klasse immer als die Löschtussi. Aber was soll's! Hatte auch Vorteile. Siehe die Tür.«

Schäfer nickte anerkennend. Elsa merkte überrascht, dass sie das irgendwie freute. Der Privatermittler war alles andere als ein Mann, mit dem sie gerne ausgehen würde. Sowohl vom Optischen her – sie stand nicht auf Muskelberge – als auch wegen seiner arroganten und primitiven Art. Aber er wusste, wo es langging. Als Profi sollte es ihr daher möglich sein, kurzfristig mit ihm zusammenzuarbeiten. Sprich: die nächsten zehn oder fünfzehn Minuten, nicht länger. Danach hatte sie entweder Informationen, die für den Fall wichtig waren, oder sie würde Schäfer sein Wissen anderweitig entlocken müssen. Notfalls auf die nicht ganz so sanfte Tour.

Sie drehte sich zu Schäfer um und runzelte die Stirn. Er hatte gerade das Haus betreten wollen, verharrte jetzt aber breit grinsend mitten auf der Türschwelle und schnüffelte.

Entnervt sah sie ihn an. »Was ist denn jetzt schon wieder?«

»Hier riecht es nach Rauch«, erwiderte er und schnupperte erneut. »Findest du nicht auch? Es ist unsere Pflicht, Gefahren für die öffentliche Sicherheit und Ordnung abzuwehren. Zumindest war das zu meiner Zeit so, und die liegt ja noch nicht so lange zurück. Wenn sich das Gesetz nicht wesentlich geändert hat, betreten wir also das Gebäude hier zur Abwehr einer gegenwärtigen Gefahr. Und damit in absolut rechtmäßigem Zustand. Wir müssen da sogar rein.«

»Wie Rauch? Ich rieche keinen …«, sie stockte. Der Groschen war gefallen: »Rauch! Ja, genau! Jetzt wo du es sagst, ich rieche es auch. Wir sollten lieber nachschauen. Und zwar möglichst schnell. Nicht dass jemand einen Topf auf dem Herd vergessen hat.«

»Oder dass die Sauna im Keller noch läuft und überhitzt.«

»Oder dass ein Kabel im Dachgeschoss verschmort ist.«

»Wir müssen das ganze Haus überprüfen.« Schäfer nickte, zwinkerte ihr zu und trat rasch ein. Elsa folgte ihm, schloss leise die Türe, nachdem sie einen letzten Blick nach draußen geworfen hatte. Wohl war ihr nicht bei der Sache, obwohl sie zugeben musste, dass Schäfer einen begründeten Verdacht besaß. Immerhin hatte ihn ein fremder Mann in diesem Haus empfangen, der offenbar irgendwie nicht ins Bild passte.

Der Privatdetektiv zog ein Paar Gummihandschuhe aus der Tasche und reichte sie ihr, bevor er sich selbst ein Paar überzog.

»Ich hoffe, du machst das in deinem Arbeitsalltag nicht öfter«, bemerkte Elsa mit einem misstrauischen Blick auf die Latexhandschuhe. Schäfers vorlauter Spruch, zu seiner Polizeizeit illegal Türen geöffnet zu haben, verbannte sie ins Reich der bewussten oder unbewussten Übertreibungen. Das hatte er nur erzählt, um Eindruck zu schinden, sonst wäre er an der Tür nicht dermaßen kläglich gescheitert.

»Gehört zur Grundausstattung meiner Berufssparte«, antwortete er. »Hat nichts zu bedeuten und rechtfertigt keinerlei Vorurteile deinerseits.«

»Entschuldigung. Mir war nicht klar, dass du so zart besaitet bist. Sonst tust du ja eher so, als wärst du ein knallharter Hund.« Sie seufzte. »Aber schön. Leb ruhig deine empfindsame, weibliche Seite aus. Ich kann dich morgen gerne bei der Augsburger Damenfußballmannschaft anmelden. Dort kannst du dann dein Röckchen tragen.«

»Schlagfertig bist du, das muss ich dir lassen. War das jetzt die Retourkutsche dafür, dass ich dich als Pussy bezeichnet habe?« Er zuckte die Schultern und erwartete offenbar keine Antwort. »Okay, ist dein gutes Recht, beleidigt zu sein. Aber du hast dich im Präsidium wie eine Pussy aufgeführt, und deshalb werde ich mich auch nicht dafür entschuldigen. Ein Sven Schäfer entschuldigt sich nicht, klar? Wenn jemand zart besaitet ist, dann du.«

Er schüttelte den Kopf und murmelte kaum verständlich: »Zart besaitet? Geht's noch!« Dann lauter: »Ich habe einen Stahlträger unten hängen, du hast eine Muschi. Die Rollen sind klar verteilt.«

»Mag sein. Aber wenn ich eine Muschi bin, bist du eine

Miezi. Jedenfalls verhältst du dich wie eine«, konterte Elsa, die sich keinesfalls geschlagen geben wollte.

»Miezi und Muschi! Das könnte glatt der Titel für einen Lesbenporno sein.«

»Du schaust Lesbenpornos?«

»Okay, okay. Lassen wir das. Mit dir gibt es offenbar kein vernünftiges Neben- und Miteinander. Du musst immer das letzte Wort haben. Wenn du zu meiner Zeit bei der Kripo gewesen wärst«, er klatschte sich auf die Brust wie ein Gorilla vor der Paarung, »hätten wir uns jeden Tag gezofft, bis die Fetzen geflogen wären. Nur gut, dass wir bloß dieses Haus zusammen durchsuchen müssen. Dann ist Ende Gelände! Anschließend geht jeder seiner Wege. Alles klar?« Schäfer stiefelte zur Kellertreppe. »Fang du schon mal in der Küche an«, flötete er über die Schulter.

»Affe«, murmelte Elsa und wollte ihm bereits folgen. Befehle ließ sie sich von dem Blödmann nicht erteilen, wäre ja noch schöner. Immerhin war *sie* die Polizistin und er der jämmerliche Privatermittler. Dann überdachte sie ihren Entschluss jedoch und blieb stehen. Es konnte nichts schaden, Schäfer einige Zeit nicht in der Nähe zu haben. Ihre Nerven würden es ihr danken.

Also wandte sie sich tatsächlich der Küche zu. Ein paar Minuten ohne Schäfer würden ihr zudem guttun, um nachzudenken. Mit diesem Typen hielt sie es keine fünf Sekunden in einem Raum aus. Sie sah sich in der Küche um. Es roch ein bisschen muffig. Gut, es war tiefster Winter, da hatte man es nicht so mit dem Lüften. Aber dieser Geruch war schon irgendwie komisch. Sie öffnete die Schubladen: ein sauber sortierter Besteckkasten, Kochlöffel und Backzubehör. Alles ordentlich aufgeräumt. In einem Hängeschrank stapelten sich in einer kleinen Schachtel Gewürze, penibel nebeneinander aufgereiht, in einem anderen Schrank standen Dosen mit Kaffee, Kakaopulver und Cappuccino Instant Mix. In der Spüle fand sich kein Geschirr, ebenso wenig in der Spülmaschine. Es wirkte alles aufgeräumt und steril, als ob hier niemand kochen würde. Oder die Köchin danach sofort den Putzlappen schwang und alles ordentlich durchwienerte. Vielleicht stimmte das ja. Steiner war ein Mann mit Kohle. Und da er nach Auskunft der Kollegen offenbar allein lebte und keine Frau mehr hatte, war der Gedanke womöglich gar nicht so abwegig. Elsa öffnete den Kühlschrank. Leer und ausgeschaltet. Das wiederum wunderte sie, dafür fand sie keine vernünftige Erklärung. Sie runzelte die Stirn. Seltsam!

»Elsa, komm in den Keller! Das hier solltest du dir ansehen. Jetzt!«, hörte sie plötzlich Schäfer brüllen, dessen Stimme nach Panik klang.

Eilig hastete sie die gewundene Kellertreppe nach unten. »Hier bin ich«, rief er, »hinten im Vorratsraum.«

Elsa lief den gefliesten Kellerboden entlang zu jenem Raum, aus dem Schäfers Stimme kam. Sie sah ihn vor einer Gefriertruhe stehen. Nein, er stand nicht, er wankte wie eine Fichte im Sturm und zeigte auf die offene Truhe, aus der weißer Nebel aufstieg. Vorsichtig trat Elsa näher, schob Schäfer beiseite und blickte hinein. Was sie dort sah, ließ sie den Atem anhalten. »Jessasmariaundjosef!«

»Die haben damit nichts zu tun«, sagte Schäfer und lehnte sich an die Wand. »Dafür ist jemand anders verantwortlich.«

Elsas Magen zog sich zusammen, trotzdem konnte sie den Blick nicht abwenden. Vor ihr lag eine Leiche, allerdings nicht mehr in einem Stück. Da es der Gefriertruhe an Größe mangelte, hatte der Täter das Opfer einfach in der Mitte auseinandergesägt und die beiden Hälften fein säuberlich übereinandergestapelt. Die Arme und die Unterschenkel waren ebenfalls abgetrennt und lagen obenauf, sorgfältig ineinandergelegt. Es fehlten beide Hände und Füße. Die hatten wohl nicht mehr reingepasst. In der Mitte zwischen Armen und Unterschenkeln ruhte der …

Kopf.

Elsa schluckte.

Ein Männerkopf, der eines alten Mannes. Die Augen geschlossen. »Verdammt!« Mehr kam nicht aus ihrem staubtrockenen Mund. Eine feine Eisschicht bedeckte Augenbrauen und Wimpern des Toten. Für Elsa sah es aus wie Raureif. Sie musste unwillkürlich an einen Eskimo denken, der von einer Wanderung in den Iglo zurückkehrte und dessen Gesicht von Eis und Schnee gezeichnet war. Auf Elsa wirkte der Kopf nicht tot, eher als schliefe die Person. Was ohne Rumpf natürlich unmöglich war. Trotzdem, fast glaubte sie, im nächsten Augenblick würden sich die Augen öffnen und sie anstarren. Sie schüttelte sich.

»Meine Intuition war richtig«, erklärte Schäfer. »Obwohl ich nicht gleich mit einer Leiche gerechnet habe. Dass etwas nicht koscher ist, das schon. Aber eine Leiche, noch dazu in diesem Zustand? Nein, so weit dachte ich beim besten Willen nicht.«

»Ich sag nie, nie wieder, du bist ein blindes Huhn«, stammelte Elsa.

Schäfer nickte stumm.

Die Kommissarin sah ihn an. »Das ist der echte Steiner, oder?«

»Und der Mann, der mich empfangen hat, war sein Mörder!«

»Vermutlich«, bestätigte Elsa.

»Himmelarschundzwirn!«, fluchte Schäfer. »Ich saß einem Killer gegenüber.«

»Ist schon gut, er hat dir ja nichts getan«, versuchte Elsa ihn zu beruhigen. Dann erkannte sie ihren Irrtum. Schäfer hatte keine Angst, er war scheißwütend.

»Verdammt«, fluchte er. »Kapierst du's denn nicht? Das war der Serienkiller. Die Bestie von Augsburg, der Engelmörder. Und ich«, er klatschte in die Hände, »ich saß ihm gegenüber. Vollkommen ahnungslos. Dabei hätte ich ihm seine Scheißnase ins Gehirn treiben können, das Genick brechen, die Augen ausstechen, ihn kastrieren, oder was weiß ich.« Er fuhr sich über den kahl rasierten Schädel. »Scheiße! Ich hätte ihn sogar festnehmen können.« Schäfers Blick streifte eine weitere Gefriertruhe, die versteckt im hinteren Eck des Kellerraums stand.

Elsa folgte seinem Blick. »O nein. Wenn du das Gleiche denkst wie ich, dann sollten wir da lieber nicht reinschauen.«

»Wir müssen aber«, flüsterte Schäfer und stakste zu dem Ungetüm in der Ecke. Er legte sachte die Hand auf den Deckel und sah unschlüssig zu Elsa.

Sie kam langsam näher, das Gesicht fast genauso blass wie das des gefrorenen Steiners. Sie warf einen Blick zurück auf die offen stehende Gefriertruhe und legte ebenfalls die Hand auf das geschlossene Gegenstück, hörte das stetige Brummen der Kältemaschine und fühlte es gleichzeitig, als ihre Hand und der Arm vibrierten. Schließlich gab sie sich einen Ruck und nickte Schäfer zu. In stiller Übereinkunft rissen sie gemeinsam den Deckel nach oben und sahen ... in durchsichtige Folie verpacktes Fleisch. Schweinefleisch, Rindfleisch und Kalbsfleisch. Da drin lagerten eindeutig tierische Produkte, die Beschriftung auf den Etiketten bestätigte das.

Schäfer lachte laut auf und schlug mit der flachen Hand gegen die Stirn. »Mannomann. Und ich dachte, wir finden da irgendein neues Horrorszenario.«

Elsa wischte sich mit der Hand über das Gesicht. Ein Gefühl der Erleichterung durchströmte sie. »Mir ging es nicht anders«, stimmte sie Schäfer ausnahmsweise zu. »Aber eine Leiche reicht völlig. Meinst du nicht?«

»Ja«, stöhnte der Privatdetektiv, »das kannst du laut sagen.« Er griff in die wabernde Kälte, wuchtete ein gefrorenes Stück Schweinefleisch heraus und hob es in die Luft. Lässig warf er es wieder zurück und griff sich ein anderes Stück und schwenkte es vor Elsa wie eine Trophäe. »Nach dem ersten Schreck beginne ich wieder cool zu werden. Weißt du, das ist wichtig in unserem Beruf. Als Privatdetektiv wie auch als Polizeibeamtin. Professionelles Verhalten zeigt sich einfach darin, wie man mit solch einer Situation umgeht«, dozierte er. »Mit einer zerstückelten Leiche in einer Gefriertruhe beispielsweise. Ein Normalbürger würde jetzt wie am Spieß schreien und Panik kriegen. Womöglich Spuren vernichten. Wie ein Idiot alles angrapschen. Ich selbstverständlich nicht«, erklärte er selbstgefällig. »Jetzt gewinnt der analytische Verstand die Oberhand und beginnt die Gesamtsituation zu erfassen.« Er tippte sich mit der freien Hand gegen die Schläfe, während er mit der linken die Fleischkeule zum Gestikulieren missbrauchte.

Elsa nervte Schäfers plötzlicher Redefluss. Selbst als Kripobeamtin fand man nicht jeden Tag eine zerstückelte Leiche in einem Gefrierschrank. Ihr krabbelte eine gefühlte Ameisenarmee über den Nacken.

Schäfer dagegen sprudelten die Worte nur so aus dem Mund.

Na ja, dachte Elsa. Jeder geht mit solch einer Situation eben anders um.

Der Privatdetektiv klopfte mit dem gefrorenen Fleisch gegen die Innenseite der rechten Hand. »Du hast hoffentlich eingesehen, dass meine Intuition richtig war. Ich habe gefühlt, dass hier was nicht stimmte. Und habe recht behalten. Jetzt müssen wir uns die Frage stellen, wer war der ominöse blonde Herr Steiner? Welchen ...?«

»Ach du Scheiße!«, platzte es aus Elsa heraus.

Schäfer ignorierte ihren erschrockenen Gesichtsausdruck. »Ganz genau! Das ist wirklich eine Scheißsituation. Daher«, er hob die Hand, »müssen wir uns fragen: Welchen Dialekt hat der vermeintliche Herr Steiner gesprochen? Das könnte uns auf seine Spur führen. Das Auto? Ein Kleinwagen, also da musst du unbedingt ran«, belehrte er sie.

Elsa zeigte mit dem Zeigefinger auf das Stück Fleisch in Schäfers Pranke. Sie öffnete den Mund halb, brachte aber keinen Ton über die Lippen.

Langsam, sehr langsam schien Schäfer zu verstehen. Seine Augen weiteten sich vor Schreck, seine Nasenflügel bebten. Das, was Elsa Sekunden vor ihm erkannt hatte, bahnte sich offenbar endlich einen Weg in sein Gehirn. Zuvor muss das verpackte Stück Fleisch durch den Gefrierdampf für ihn nicht zu sehen gewesen sein. Aber jetzt: An der Außenseite der Folie, in der laut Etikett Rindfleisch steckte, klebte eine männliche Hand. Daumen und Mittelfinger waren durch die Kälte fest mit der Folie verfroren. Das Handgelenk sah aus, als wäre es mit einer groben Säge vom Arm abgetrennt worden, Sehnen und Muskeln waren deutlich zu erkennen.

»Scheiße, Scheiße, Scheiße!«, schrie Schäfer und warf das verpackte Fleisch mitsamt der daran klebenden Hand in die Gefriertruhe zurück. Anschließend rieb er sich sorgfältig beide Hände an seiner Hose ab. Er schüttelte sich. »Beim Teufel!«, flüsterte er, zog die Smith & Wesson aus dem Gürtelholster und sah sich übertrieben auffällig um. »Ich will nicht überrascht werden«, erklärte er, als Elsa auf die wuchtige Brumme in seiner Hand sah. »Falls der Irre mit einer Axt oder Kettensäge auftaucht, will ich vorbereitet sein. Sollte dieser Psycho mir unter die Augen kommen, puste ich ihm sein Hirn aus dem Schädel. Mit mir richtet er kein Kettensägenmassaker an.« Schäfer fletschte die Zähne wie ein hungriger Bär.

Elsa nickte, einer Antwort kaum mächtig. Sie hoffte, der Privatermittler hörte nicht, wie ihre Zähne klapperten. Sie löste den Sicherungsknopf des Gürtelholsters und legte die Hand auf den Griff der Waffe, ohne sie jedoch zu ziehen. Aber das Gefühl, die Finger um die Heckler & Koch P 7 zu legen, war beruhigend. Sie wandte sich von Schäfer ab und blickte in die Truhe, seufzte auf, als sie die abgetrennte und gefrorene Hand sah. Die Finger hatten sich von der Folie gelöst und reckten sich ihr jetzt entgegen wie die knorrigen Äste eines abgestorbenen Baumes.

Elsa überwand ihren Abscheu, räumte die anderen eingeschweißten Fleischbrocken beiseite und legte eine zweite Hand sowie zwei Füße frei. Die fehlenden Leichenteile aus Truhe Nummer eins. An der zweiten Hand klebte ein steif gefrorenes Stück Papier. Ein Bild des Erzengels Gabriel?

Schäfer beugte sich interessiert vor. »Mit einer gewissen Distanz betrachtet sieht diese gottverdammte Dreckscheiße gar nicht mehr so schlimm aus. Jetzt ist Steiner wenigstens komplett.« Sein Tonfall zeigte keine Spur von Aufregung oder Nervosität. Elsa beneidete den Privatdetektiv. Sie würde es ihm gegenüber zwar niemals zugeben, aber in seiner Gegenwart fühlte sie sich einigermaßen sicher. Er mochte ein Idiot sein, arrogant dazu, überheblich und seine Aufgaben als Staatsdiener sehr gelassen wahrgenommen haben. Aber sie spürte die Kaltblütigkeit, die von Schäfer ausging. Eine Kaltblütigkeit, die der des Killers wahrscheinlich in nichts nachstand. Nur dass Schäfer auf der richtigen Seite stand. Hoffte Elsa zumindest.

KAPITEL 13

»Ist das dein neuer Kollege, dieser Zott?« Martha Dorn steckte sich einen Apfelschnitz in den Mund.

Elsa sah von ihrem Kreuzworträtsel auf und blickte zum Fernseher. Dort flimmerten gerade die Nachrichten des Augsburger Regionalsenders über den Schirm. Ihre Mutter liebte diesen Kanal, Elsa ignorierte ihn meistens. Sie wusste zuerst nicht, wen ihre Mutter meinte, da sie ihre Aufmerksamkeit auf eine Frau richtete, die mit gerötetem Gesicht und zerzaustem Haar in ein Gespräch mit zwei älteren Männern vertieft zu sein schien. »Herrgott, wie zerrupft sehe ich denn aus? Verdammtes Fernsehpack!«, schimpfte Elsa.

»Wieso?«, meinte ihre Mutter. »Du siehst doch nett aus.«

»Nett?« Sie deutete auf den Bildschirm, wo die Kamera auf Steiners Haus zoomte und anschließend zurück auf Elsa schwenkte. »Du findest das nett? Ich sehe aus wie eine bescheuerte Vogelscheuche! Das ist ganz bestimmt nicht *nett!*«

»Wie du meinst, trotzdem finde ich dich, ähm, reizend?«

»Mama!« Elsa verdrehte die Augen.

»Du hast meine Frage noch nicht beantwortet. Dein neuer Kollege ...«

»Zott? Der ist da nicht drauf. Links von mir, das ist der Kripo-Chef, ein gewisser Jansenbrink. Rechts, das ist der Krenzin, der leitet die Ermittlungen.«

»Nein, nein, ich meinte den attraktiven Mann im Hintergrund, der an dem Streifenwagen lehnt. Der mit der Glatze, der aussieht wie Bruce Willis.«

Bruce Willis alias Schäfer? Attraktiv? Ihre Mutter hatte einen komischen Geschmack. »Das da? Das ist Sven Schäfer, ein Privatdetektiv. War früher mal Polizist. Bei der Kripo, um genau zu sein.« Elsa war erleichtert, als das Bild von ihr endlich verschwand, um einer blonden Nachrichtensprecherin zu weichen, die die neuesten Informationen zu den brutalen Morden in Augsburg der Fernsehwelt mitteilte. Als die Werbung eingeblendet wurde, wusste Elsa, dass die Presse diesmal keine Details weitergegeben hatte. Kein Wort davon, dass Steiner in seine Einzelteile zerlegt worden war. Auch nicht, wer die Leiche gefunden hatte oder dass sich der Zettel tatsächlich als ein Bild des Erzengels Gabriel erwiesen hatte.

»Geht da was mit ihm?«, wollte Martha Dorn wissen.

»Bitte wie? Wie redest du denn?«

»Na, der Schäfer und du?« Martha Dorn lächelte verschmitzt. »Es wird Zeit für dich, ein Mann an deiner Seite schadet dir nicht.«

»Mama, hör auf!« Elsa straffte den Rücken und warf das Kreuzworträtsel achtlos auf die Couch. »Was soll das? Willst du mich verkuppeln?« Sie zeigte auf den Bildschirm, auf dem längst nicht mehr Schäfer zu sehen war, sondern eine attraktive Blondine in einem Dirndl, die den Werbespot für eine Weißbiersorte garnierte. »Ausgerechnet mit einem Neandertaler.«

»Na ja, du bist ziemlich wählerisch für dein Alter, findest du nicht?«

»Mutter!«

»Ach, bin ich jetzt nicht mehr die Mama?«

»Die bist du erst, wenn du mich mit so einem Schmarrn in Ruhe lässt. Außerdem, was heißt hier ›in deinem Alter?‹. Ich bin noch keine vierzig.«

»Sechsunddreißig ist ziemlich nahe dran.«

»Schluss jetzt! Mir geht es als Single hervorragend, ich brauche keinen Mann mehr an meiner Seite, wirklich nicht. Jedenfalls keinen Idioten. Der letzte hat mir gereicht.«

»Ist ja gut. Es ist dein Leben. Wenn du eine alte Jungfer werden möchtest ...«

»Ich bin bestimmt keine Jungfer mehr«, erboste sich Elsa.

»Ist recht, ich werde als deine Mutter schon noch fragen dürfen«, schmollte Martha Dorn, griff zur Fernbedienung und schaltete auf eine Serie im Dritten um. »Was du auch so ein Geheimnis machst aus deiner Liebelei in München«, ließ sie nicht locker.

Elsa beäugte ihre Mutter. »Wie kommst du jetzt da drauf?«

»Ich weiß, dass da was war.«

»Woher?«

»Na hör mal, ich bin deine Mutter, da weiß man das eben. Oder fühlt es. Du warst fast dein ganzes Berufsleben in München, und jetzt ziehst du bei mir ein? Da kann nur ein Mann dahinterstecken. Eine unglückliche Liebe, wie es halt immer ist.«

»Ist es dir nicht recht, dass ich bei dir eingezogen bin? Ich kann gerne wieder ausziehen, gell?«

»Schon gut«, meinte ihre Mutter und widmete sich ihrer Serie.

Martha hatte einen wunden Punkt getroffen und gar nicht mal so ganz unrecht mit ihrer Vermutung. In der Tat war ein Mann schuld an Elsas Versetzung nach Augsburg. Sie hatte ihren Kommissariatsleiter bei der Münchner Sitte ziemlich attraktiv gefunden. Und war dummerweise seinem Charme erlegen. Die Affäre hielt genau zwei Jahre, dann hatte er sie mit einer jüngeren – und knackigeren – Kollegin betrogen. Elsa hatte ihre Prinzipien, an denen sie eisern festhielt. Dazu gehörte, kein Wort mehr mit einem solchen Schwein zu wechseln. Was ihre Arbeit in München quasi unmöglich gemacht hatte, bis ihr schließlich keine andere Wahl geblieben war, als um eine Versetzung in eine andere Stadt zu bitten. Verdammte Männer! Alles Mistkerle!

Ihre Gedanken drifteten ab und landeten bei einem ganz speziellen Mistkerl: Einige Stunden zuvor war sie von Jansenbrink nach Hause geschickt worden. Gerne wäre sie bei der abendlichen Schlussbesprechung der Soko dabei gewesen, doch Jansenbrink hatte gesagt, sie solle den Kopf freibekommen, eine Leiche fände man nicht alle Tage. Natürlich war es eine Ausrede gewesen. Jansenbrinks Fürsorge war gespielt, er wollte sie nicht nur aus der Schusslinie haben, sondern möglichst weit weg von sich. Elsa erinnerte sich nur zu gut daran, wie sie dem Chef der Kripo vorhin Rede und Antwort hatte stehen müssen, nach ihrem spektakulären Leichenfund.

»Nur fürs Protokoll«, hatte Jansenbrink gesagt, während er vor Kovac' Haus im Schnee auf und ab schritt. »Sie sind also gaaanz zufällig hier vorbeigekommen, an der Villa unseres ersten Mordopfers Darko Kovac?«

»Nein«, hatte sie geantwortet. »Kollege Zott und ich haben auftragsgemäß diese Wohnung von Magdalena Resch überprüft. Danach haben wir uns getrennt. Zott wollte ins Präsidium zurück, in die Kantine zum Mittagessen, ich mir dagegen die Beine vertreten. Da kam mir der Gedanke, ich könnte das ja auch hier in der Gegend machen und mir dabei das Zuhause von Darko Kovac anschauen. Nur von außen versteht sich. Mehr wollte ich nicht, ehrlich.«

»Dann sind Sie auf dieses, dieses Subjekt getroffen«, sagte Jansenbrink voller Abscheu und deutete mit dem Kopf auf Schäfer, der an einem der zahlreichen Polizeifahrzeuge lehnte und dem Leiter der Soko finstere Blicke zuwarf.

»Ganz genau. Natürlich habe ich ihn sofort zur Rede gestellt«, erklärte Elsa. »Das geht doch nicht, dass dieses Subjekt«, sie wiederholte Jansenbrinks Ausdruck mit derselben Geringschätzung, nur dass ihr Tonfall gespielt war, »hier herumschleicht.« Empört schüttelte sie den Kopf.

»Was ist überhaupt mit seiner Nase passiert?«

»Keine Ahnung«, log Elsa und dachte an Benno und Lars, die beiden Jugendlichen, die diese Abreibung mehr als verdient hatten. Den Part, den ihrer Meinung nach Sven Schäfer dabei gespielt hatte, musste sie Jansenbrink ja nicht unbedingt erzählen.

Jansenbrink schaute skeptisch. »Ist sowieso wurscht, finden Sie nicht? Was geht uns dieser Kerl an. Was wollte Schäfer eigentlich hier?«

»Keine Ahnung«, antwortete sie mit der gleichen Lüge. »So weit bin ich nicht gekommen.«

»Jaah, weil da dieser Einbrecher war, den Sie flüchten sahen. Mit einem schwarzen Kleinwagen?«

»Na ja, zuerst vermuteten wir, ähm, also ich, ich vermutete keinen Einbrecher. Erst später wurde mir klar ...«

»Aus welchem Grund sind Sie überhaupt zusammen mit diesem Schäfer zu dem Haus des Herrn Steiner gelaufen? Ich meine, das ist doch ein paar Schritte von Kovac' Anwesen entfernt?«

Elsa täuschte einen Hustenanfall vor. Nicht dass sie sich spontan eine Ausrede hätte einfallen lassen müssen. Das hatte sie bereits zuvor getan. In der Zeit, als sie zusammen mit Schäfer auf die Unterstützung wartete, nachdem sie die Einsatzzentrale über das Auffinden der Leiche verständigt hatte. Nein, ihr behagte es nicht, den Chef der Augsburger Kripo anzulügen. Sie wollte lieber gar nicht darüber nachdenken, gegen wie viele Dienstvorschriften sie heute bereits verstoßen hatte und noch verstieß. Noch immer konnte sie es nicht ganz fassen, dass sie Schäfer in Schutz nahm und niemandem erzählte, wie er illegal in Steiners Haus eingedrungen war. Obwohl ... Sie konnte es ja niemand anvertrauen, ohne sich selbst zu belasten. Sie war schließlich dabei gewesen, hatte Schmiere gestanden, sogar mit dem Dietrich höchstpersönlich die Haustür geöffnet. Und später alle Spuren verwischt, um einen Einbruch vorzutäuschen. Ging's noch? Sie würde sofort rausfliegen, wenn jemand dahinterkam. Und dann? Tja. Dann konnte sie zusammen mit Schäfer eine Gemeinschaftsdetektei gründen.

»Ich warte auf eine Antwort«, drängelte Jansenbrink.

»Entschuldigung. Diese Leiche ... Ich war in Gedanken.«

»Verständlich«, zeigte sich der Leitende Kriminaldirektor einfühlsam und offenbarte eine Gefühlsregung, die ihm Elsa nicht zugetraut hätte.

»Mir kam der Gedanke ... Ich meine, von Steiners Balkon aus bietet sich ein direkter Blick auf ...«, sie deutete auf Kovac' Dachterrasse.

»Verstehe. Und da wollten Sie Herrn Steiner einfach befragen. Alleine. Ohne Kollegen. Zusammen mit einem entlassenen Expolizisten mit zweifelhaftem Ruf. Eine tolle Idee, muss ich schon sagen.«

»Nein, so war es nicht. Schäfer ging mir nach, ja verfolgte mich sozusagen. Schauen Sie ihn doch an, er ist ein Koloss. Ein Hüne von Mann. Sollte ich ihn fesseln? Als Frau? Ich bin also hoch zu diesem Haus, konnte Schäfer schlecht abschütteln. Sie wissen um seine Hartnäckigkeit, seine Verbohrtheit und seinem fehlenden Respekt gegenüber Autoritäten.«

»O ja«, knurrte Jansenbrink. »Nur zu gut.«

»Ich vermute mal, der Täter hat uns kommen sehen. Beziehungsweise Schäfer, denn ich verhielt mich sehr unauffällig. Aber«, Elsa machte eine wegwerfende Handbewegung, »dieser Schäfer, der ist so was von auffällig, verstehen Sie? Klar, dass den jemand sehen musste. Bis wir oben angelangt waren, hatte sich der Täter aus dem Staub gemacht. Ich sah nur noch das Heck eines Autos, mehr nicht.«

»Das ist verdammt wenig!«, knurrte Jansenbrink. »Vielleicht war es gar nicht der Täter.«

»Der Weg zu Steiners Anwesen ist eine Sackgasse«, erklärte Elsa das Offensichtliche. »Der Wagen ist direkt da runtergeschossen, und zwar mit einem Affenzahn. Für mich war es eindeutig, dass etwas nicht stimmte.«

»Deshalb sind Sie ins Haus eingedrungen? Wegen eines dumpfen Gefühls?«

»Wo denken Sie hin?«, verteidigte sich Elsa. »Ich, also wir, wir rochen etwas. Dachten, es wäre Rauch. Es bestand die Möglichkeit, dass die flüchtige Person Feuer gelegt hat. Darum sind wir eingebro…, ähm, eingedrungen. Und fanden im Keller die Leiche. Wie ich bereits gesagt habe.«

»Schon klar.« Jansenbrinks rechter Mundwinkel zuckte leicht. »Sie rochen also Rauch?«

Elsa nickte. Schließlich konnte sie schlecht behaupten, Hilferufe gehört zu haben, wenn der zerhackte Steiner in einer Gefriertruhe lag. Die Ausrede mit dem Rauch war die plausibelste.

»Und Sie denken ernsthaft, dass ich das glaube?«, fragte Jansenbrink mit einem Stirnrunzeln.

»Zumindest steht das in meinem Bericht«, gab Elsa zurück.

Zu ihrem Glück trat jetzt Krenzin zu ihnen, der leitende Ermittler. Er zog die Latexhandschuhe von seinen Händen und nickte Elsa zu. »Was für eine Sauerei dadrinnen«, sagte er in Jansenbrinks Richtung. »Ist das die Kollegin«, er nickte Elsa erneut zu, »die den Toten gefunden hat?«

»Ja, das ist sie. Sie sollte eigentlich Aktenstudium betreiben und nicht hier …«

»Wenn sie das getan hätte, hätten wir Steiners Leiche wohl kaum heute entdeckt, Herr Kollege.«

»Ja, das mag schon sein.« Jansenbrink fiel offenbar so spontan nichts Sinnvolles ein, um Elsa zu tadeln. »Jetzt haben wir aber vier Tote!«, rief er plötzlich aus, als wäre das Elsas Schuld. »Vier Tote!«, wiederholte er anklagend. »An vier Tagen. Jeden Tag eine neue Leiche.«

»Stimmt nicht ganz«, erhob sie Einspruch.

»Wie meinen Sie?«

»Heute ist Mittwoch. Samstag tauchte der erste Tote auf, Darko Kovac. Sonntag dann der Stadtrat.«

Elsa wartete, damit Jansenbrink ihr geistig folgen konnte.

Als der Kripochef nickte, fuhr sie fort: »Montag war leichenfrei, erst am Dienstag fand man Magdalena Resch. Und heute Steiner. Macht demnach vier Tote in fünf Tagen.«

Jansenbrink lief rot an. »Sie sind mir aber eine Siebengscheite. Nehmen es auf einmal besonders genau, wie? Gefunden haben Sie den Steiner zwar erst heute, aber ermordet wurde er gestern oder in den Tagen davor. Das steht doch wohl fest, oder glauben Sie etwa, der Steiner ist heute tiefgefroren worden? Weibliche Intelligenz«, schnaubte er und zwinkerte Krenzin zu, der allerdings keine Miene verzog. »Dann rechnen Sie mal schön nach, liebe Frau Dorn. Es sind sehr wohl vier Tote in vier Tagen. Wer weiß, vielleicht sogar vier Tote in drei Tagen. Je nachdem, wann Steiner das Pech hatte, seinem Mörder über den Weg zu laufen.« Der Leiter der Soko hatte sich in Rage geredet und war jetzt nicht mehr zu stoppen. »Vielleicht liegt Ihr Herr Steiner schon seit dem Wochenende in der Truhe, dann haben wir ganz bestimmt vier Tote in drei Tagen! Na, wie gefällt Ihnen das, Frau Dorn? Wollen Sie vielleicht gleich die Ermittlungen übernehmen, dann können Herr Krenzin und meine Wenigkeit eine Tasse Kaffee trinken gehen. Was meinen Sie?«

»Ich sage lieber nichts«, murmelte Elsa.

»Das dachte ich mir. Was Sie zu sagen hätten, ist natürlich auch kaum von Belang für die Ermittlungen. Viel wichtiger ist, was wohl der Polizeipräsident dazu sagt«, jammerte Jansenbrink. »Ach, was rede ich, der Präsident – dieser Fall zieht weitere Kreise, bis in die höchsten Stellen der Politik. Bestimmt meldet sich noch heute der Ministerpräsident. Erst gestern hat der Staatssekretär aus dem Innenministerium bei mir angerufen und mich ausgequetscht. Wollte wissen, ob wir einen Skandal zu befürchten hätten. Ob Leo Trautwein in Augsburger Zuhälterkreisen zugange gewesen wäre. Wo doch bald Wahlen sind. Da käme so etwas ganz ungelegen, hat der Herr Innenminister gemeint.« Jansenbrink hob beide Hände. »Skandal, dass ich nicht lache!«

»Und?«, wollte Krenzin ungerührt wissen. »Was haben Sie geantwortet?«

»Nichts natürlich! Was hätte ich schon sagen sollen? Wir haben doch nichts.« Jansenbrink sah den leitenden Ermittler an. »Wir sind immer noch am Anfang und haben nicht die geringste Idee, welcher Irre in Augsburg irgendwelche Leute abschlachtet.« Vorwurfsvoll blickte er Elsa an. »Drei Tote hätten locker gereicht, jetzt finden Sie eine vierte Leiche.«

»Ausgezeichnet!«, schaltete sich Krenzin ein. »Die Kollegin, Frau Dorn, wenn ich richtig informiert wurde?«

Elsa nickte.

»Gut, die Kollegin Dorn hat Eigeninitiative gezeigt, das gefällt mir. Jetzt haben wir einen weiteren Ansatzpunkt. Vielleicht bringt uns Steiner weiter. Wir überprüfen bereits seinen persönlichen Hintergrund, seinen beruflichen Werdegang, Freunde, Verwandte, Bekannte. Wer weiß, wann die Leiche sonst aufgetaucht wäre.« Er wandte sich an Elsa. »Schade, dass du dich bisher in der Soko kaum gezeigt hast.

Kaum habe ich dich gesehen, flupp, warst du wieder weg. Ich lerne gerne jeden meiner Mitarbeiter persönlich kennen, auch wenn es bei einer großen Soko wie dieser nicht einfach ist. Da arbeiten ja fast sechzig Beamte mit. Aber Herr Jansenbrink sagte mir, du würdest lieber mit Ludwig Zott in der Aktenstelle recherchieren.« Er schüttelte den Kopf. »Verstehe ich zwar nicht, aber jedem das Seine. Jansenbrink meinte, Außendienst wäre nicht so dein Ding. Heute Morgen bei der Frühbesprechung dachte ich, es gäbe eine Gelegenheit, kurz mit dir zu reden. Ist im Augenblick etwas schwer, bei der ganzen Hektik.«

»Das hat er gesagt?«, fragte Elsa verblüfft und warf Jansenbrink einen zornigen Blick zu, den dieser nicht beachtete, er winkte stattdessen Carmen Holler heran, die eben aus Steiners Haus trat.

»Nun gut, er ist der Leiter der Soko und übernimmt die Organisation sowie die Erledigung der repräsentativen Aufgaben. Dann kann ich mich auf die Klärung des Falles konzentrieren. Vielleicht können wir heute Abend ein paar Worte miteinander wechseln.«

An diesem Punkt musste es Jansenbrink gereicht haben, dachte Elsa jetzt. Sie sah kurz zu ihrer Mutter, die sich auf das Geschehen im Fernsehen konzentrierte, wo gerade ein schmalziger Typ vor einer kitschigen Kulisse seiner Angebeteten einen Heiratsantrag machte. Ihre Mutter liebte diese Serien, aber das gab Elsa immerhin die Gelegenheit, sich wieder zurück in ihre Gedankenwelt zu flüchten. Jansenbrink hatte es gestunken, dass Krenzin sie lobte. Das war mehr als deutlich gewesen. Nachdem die Expertin der Spurensicherung ihre Hinweise zum Tatort kundgetan hatte, hatte ihr Chef Elsa daher zur Seite genommen und ihr in freundschaftlichem, aber unmissverständlichem Ton ans Herz gelegt, nach Hause zu gehen.

Aber egal. Carmen Holler hatte einige sehr interessante Dinge zu berichten gehabt. Beispielsweise über ein DNA-Terminate, dessen Rückstände sie erneut nachweisen konnten. Außerdem frisch benutztes Putzmittel. Mit Lavendelduft. Das war es, was Elsa gerochen hatte, als sie gemeinsam mit Schäfer die Villa betrat. Der Mörder hatte kurz zuvor seine Spuren verwischt. Er war bestens vorbereitet gewesen.

Sie sollte darüber dringend mit Schäfer sprechen. Am Tatort war das nicht möglich gewesen. Jansenbrink hatte den Privatdetektiv ins Präsidium verfrachten lassen, um dort dessen Aussage aufzunehmen. Elsa stand auf, ging in den Flur und holte das Telefonbuch aus der Kommode. Sie tippte Schäfers Telefonnummer ein, ließ es läuten. Niemand hob ab.

KAPITEL 14

»Hurenbock!« Der Fahrradkurier hätte Schäfer beinahe über den Haufen gefahren.

»Selber Hurenbock!«, schallte es zurück.

»Blöde Drecksau, du! Komm mir bloß nicht wieder unter die Augen!«, rief der Detektiv dem Fahrradrambo hinterher, der ihm den Mittelfinger zeigte und in eine Kurve driftete wie ein Rennfahrer. Schäfer reckte die Faust und sah die neongelbe Gestalt um die Straßenecke verschwinden. Doch sein Ärger hielt nicht lange an, dafür war heute einfach zu viel anderes passiert. Er schüttelte Schnee von seiner Schulter und knallte die Fahrertür des Mustangs zu, bevor er den Gehweg überquerte, den Altbau im Stadtteil Göggingen betrat und die Holzstufen zu seiner Wohnung im ersten Stock hochstampfte.

Nach dem Leichenfund und der Sitzung im Präsidium hatte Schäfer keine Lust mehr gehabt, seinen Wagen in die Garage zu fahren, und stattdessen auf der Straße vor dem Haus geparkt. Jetzt schloss er die Eingangstür auf, streifte seine Lederjacke ab und ließ sie zu Boden gleiten. Den leeren Kleiderhaken an der Garderobe direkt neben dem Eingang ignorierte er. Er schlüpfte aus den Stiefeln, streifte die Socken ab und schlurfte müde den Flur entlang. Seine Füße hinterließen feuchte Abdrücke auf den Dielen. Nach einem langen Tag benötigte er dringend eine Dusche. Trotzdem führte ihn sein Weg am Badezimmer vorbei.

Knappe einhundertunddreißig Quadratmeter nannte er sein Eigen. Die Wohnung hatten ihm seine Eltern vererbt, sonst hätte er sich dieses Zuhause nicht leisten können. Genauer gesagt hatte er ja schon Mühe, die Nebenkosten zu stemmen. Der alte Bau, der durchaus als Stadtvilla durchging, war bereits vor Jahren saniert worden. Es waren drei eigenständige Wohneinheiten entstanden. Schäfers Eltern hatten die Wohnung im ersten Stock erworben und diese später ihrem einzigen Kind vermacht, während sie ihren Lebensabend am Ammersee verbrachten. Über Schäfer wohnte eine betagte ältere Dame, deren Gehör ungefähr so gut funktionierte wie die Augsburger Stadtverwaltung, nämlich gar nicht. Die Wohnung im Erdgeschoss stand seit geraumer Zeit leer. Der Eigentümer wohnte in Starnberg und hatte sich bislang nicht darum gekümmert, einen Mieter zu finden, nachdem der letzte weggestorben war und das Haus mit den Füßen zuerst verlassen hatte. Glücklicherweise war Winter und im Garten wuchs nichts, sonst wäre es an Schäfer gewesen, sich um das Mähen des Rasens und das Schneiden der Hecke zu kümmern.

Die Bilder des heutigen Tages flatterten wild durch seinen Kopf. Steiners zerstückelte Leiche, Jansenbrinks Fratze, als er ihn mit einer lässigen Handbewegung ins Präsidium verfrachten ließ, als wäre er höchstpersönlich der Schlächter von Augsburg. Anschließend hatte Schäfer geschlagene drei Stunden auf dem Präsidium geschmort, ehe man ihn nach Hause schickte, ohne seine Aussage aufgenommen zu haben. Man hätte bereits alles von Elsa Dorn erfahren und bräuchte ihn nicht weiter, war die lapidare Aussage eines Praktikanten gewesen, den Jansenbrink zu ihm geschickt hatte. Eine weitere Böswilligkeit seitens des allmächtigen Kripo-Chefs, der Spaß daran hatte, sämtliche Menschen in seiner Umgebung zu piesacken. Der Kerl war nicht einmal selbst gekommen, um ihn nach Hause zu schicken.

Was für ein Arschloch!

Sogar ein Taxi hatte Schäfer rufen müssen, um zu seinem Mustang zu gelangen, der immer noch vor Kovac' Haus geparkt war. Auf seine Bitte, ihn doch zu seinem Wagen zu fahren, war der Praktikant kurz verschwunden, nur um eine Minute später mit einem Kopfschütteln wiederzukehren. Jansenbrink hatte die Bitte verneint. Am liebsten hätte Schäfer dem Leiter der Soko seine arrogante Fresse poliert. Dann hätte er allerdings das Präsidium heute bestimmt nicht mehr verlassen dürfen. Daher entfiel diese Möglichkeit des Stressabbaus, was er zutiefst bedauerte.

Er spürte etwas Weiches an seinen Beinen und hörte ein Miauen. Beinahe wäre er über die beiden Katzen gestolpert, die hungrig um ihn herumwuselten. »Moment, gleich gibt's was Feines«, beruhigte er Crockett und Tubbs. Im Wohnzimmer streifte sein Blick den Anrufbeantworter. Die Zahl drei blinkte und forderte ihn auf, die Ansagen abzuhören. Schäfer ignorierte den AB und ging in die Küche. Crockett und Tubbs jammerten und appellierten an sein Mitleid. Also musste er den beiden Nervensägen erst etwas zu fressen geben, bevor er den Blechdepp abhörte. Er konnte sich sowieso denken, wer drauf gesprochen hatte. Natürlich Claudia, seine Exfrau, um ihm Vorwürfe zu machen. Das mit den Vorwürfen hatte selbst nach der Scheidung nicht aufgehört. Wenn Hannah nicht wäre, hätte er den Kontakt zu Claudia schon längst abgebrochen. Schäfer öffnete eine Dose Katzenfutter, gab einen ordentlichen Batzen in den Katzennapf und stellte ihn auf den gefliesten Küchenboden. Crockett und Tubbs fielen sofort darüber her. Sie schmatzten laut und schluckten in Riesenbissen gierig das Fleisch. Danach schleckten sie sich mit der Zunge über Maul und Gesicht und putzten ihre Pfoten. Schäfer schlang im Stehen eine Kleinigkeit hinunter. Viel hatte er auf die Schnelle im Kühlschrank nicht gefunden. Eine Scheibe Leberkäse. Dazu eine

Semmel vom Vortag. Lecker! Aber mit einer gehörigen Portion Ketchup brachte er fast alles runter. Während er aß, sah er den Katzen zu, was für ihn Abbau von Stress bedeutete. Zwar nicht so effektiv, wie Jansenbrink eine reinzuhauen, aber besser als nichts. Musste er sich bezüglich des Sokoleiters eben mit Gewaltfantasien begnügen.

Schäfer nahm ein Glas aus dem Wandschrank und ließ es mit Leitungswasser volllaufen. Dann schnappte er sich eine Zitrone aus dem Obstkorb auf der Anrichte, trennte mit einem Messer eine Zitronenscheibe ab und ließ sie ins Wasser fallen. In einem Zug trank er das Glas aus, füllte es erneut und leerte es zum zweiten Mal. Wasser rann ihm übers Kinn. Mit dem Handrücken wischte er sich über den Mund und stellte das Glas ins Waschbecken. Anschließend schlenderte er zum Sofa und schaltete den Fernseher ein. Den blinkenden Anrufbeantworter übersah er absichtlich und setzte sich stöhnend vor die Glotze. »Mann, was für ein Tag«, seufzte er, zappte durch die Programme und drehte dem Glotzofon dann resigniert den Saft ab. »Scheiß Programm!«, schnauzte er. Crockett und Tubbs tappten am Sofa vorbei zu ihrem Schlafplatz neben der Heizung.

Schäfer stand auf. Der blinkende AB sprang förmlich in seinen Gesichtskreis. »Verdammt noch mal! Vielleicht sollte ich dieses Drecksding einfach in den Mülleimer werfen.« Er schlurfte zu dem verhassten Gerät und schaltete es ein. Eine monotone Frauenstimme ertönte: »Sie haben drei neue Nachrichten. Nachricht eins, Mittwoch, zehnter Dezember, vierzehn Uhr und zwölf.« Ein kurzes Rauschen, dann Claudia, seine Exfrau: »Nie kann man dich erreichen. Im Büro bist du nicht, an dein Handy gehst du in letzter Zeit gar nicht mehr, und zu Hause bist du auch nicht. Ruf mich an, wenn du zurückkommst!«

»Himmel, was glaubt die denn, was ich für einen Job habe? Dass ich um kurz nach zwei daheim bin? Verwöhnte Weiber!« Im Stillen beglückwünschte er sich, ein neues Smartphone gekauft und Claudia davon nichts mitgeteilt zu haben. Sie rief immer noch die alte Nummer an und kam auch nicht auf die Idee, mal seine Homepage zu checken. Er grinste.

»Nachricht zwei, fünfzehn Uhr und siebenunddreißig.«

Schäfer funkelte den AB an. »Wehe, es ist die Person, die ich vermute, dann schmeiße ich dich zum Fenster raus.«

»Herrgott, wo treibst du dich denn wieder rum?«

Schäfer ballte die Hände zu Fäusten.

»Es geht um deine Tochter. Sie muss zum Zahnarzt. Ihr wird irgend so ein Keramikteil eingesetzt. Das ist ganz schön teuer, und die Krankenversicherung übernimmt nicht alles. Du musst fünfhundert Euro zuzahlen. Ich melde mich später wieder.«

Schäfer öffnete die Hände und ballte sie erneut, bis die Fingerknöchel knackten. »Ich muss dazuzahlen? Was ist mit dir? Ja klar, ich vergaß. In der Fußgängerzone hat ein neuer Kosmetikladen aufgemacht. Da ist vermutlich das ganze Geld hin, das ich dir jeden verdammten Monat überweise, du verwöhntes Luder! Pump doch deinen neuen Lover an, elende Zicke, elende! Außerdem verdienst du selbst eine ordentliche Stange Geld mit deiner Boutique.«

»Nachricht drei, siebzehn Uhr und achtundfünfzig.«

Der AB spie die nächsten Worte geradezu aus: »Wo zum Teufel steckst du? Morgen hast du das Schreiben der Krankenversicherung im Briefkasten. Dann kannst du dich selbst überzeugen. Sie ist schließlich auch deine Tochter. Ich erwarte, dass du dich an der Zahnbehandlung beteiligst. Du willst doch nicht, dass sie mit einer Zahnlücke rumläuft, oder?«

»Beteiligen?« Schäfer starrte wütend den AB an. »Beteiligen heißt bei dir jedes Mal das Gleiche: ICH bezahle alles und DU gar nichts! Aber du hinterlistige Schlange weißt ganz genau, dass ich für Hannah alles tun würde.« Schäfer ging zu einer kleinen Kommode, auf der mehrere Bilderrahmen mit Fotos seiner Tochter standen: Hannah, siebzehn Jahre, dunkelbraunes Haar und schwarze Mandelaugen. Sie kam eindeutig nach ihm. Ihre Mutter Claudia war blond, zickig und verwöhnt. Also das genaue Gegenteil von seiner Tochter, sowohl optisch wie auch charakterlich. Schäfers Stirnader pochte. Claudia hatte ihn sofort im Stich gelassen, als er den sicheren Beamtenjob verloren hatte, und sich ausgerechnet in die Arme eines karrieregeilen Staatsanwalts geworfen. Von wegen »bis dass der Tod euch scheidet«.

Hannah war ganz anders. Wenn auch nicht gerade einfach, das musste er zugeben. Hatte ihren eigenen Kopf. Und mit siebzehn ein kompliziertes Alter. Sie konnte es nicht leiden, wenn er hinter ihr her spionierte. Gut, grundsätzlich war das ja verständlich. Aber wieso war sie nicht froh, wenn er morgens um drei vor der Disco auf sie wartete und aufpasste? Wo doch heutzutage so viel passierte. Okay, er musste zugeben, letztes Mal ein wenig zu weit gegangen zu sein, als er ihren Begleiter – oder wie immer man diesen Typen nennen sollte – gefragt hatte, ob er Kondome dabeihatte. Gefolgt von einem kleinen Hinweis, dass er ihm seine jugendlichen Eier in die Bauchhöhle drücken würde, sollte er es wagen, Hannah ohne ihr Einverständnis zu begrapschen. Aus irgendeinem Grund war seine Tochter daraufhin ziemlich wütend geworden, hatte geschrien und geheult, während der Knabe das Weite suchte. Seit diesem Vorfall hielt Schäfer sich etwas zurück, ließ Hannah mehr Spielraum. Und jetzt wollte sie plötzlich bei ihm einziehen? Verrückte Welt.

Schäfer stellte das Bild zurück und schaute auf den Balkon.

Ihm kam der Mann in den Sinn, der sich für Steiner ausgegeben hatte und vermutlich dessen Mörder war. Nein, verbesserte er sich, der Typ war sogar ganz bestimmt Steiners Mörder. Außerdem war er für die Morde an Kovac, Trautwein und Magdalena Resch verantwortlich.

Plötzlich glaubte Schäfer ein Geräusch zu hören. Seine Katzen hoben verträumt ihre Augenlider. Eisiger Wind pfiff und brachte einen Blumenkübel mit vertrocknetem Oleander ins Wanken. Schade. Im Sommer hatte die Pflanze wunderbar geblüht. Leider war er nachlässig mit ihr umgegangen und hatte sie im November nicht in die Wohnung gestellt, als sich die ersten Boten des Winters ankündigten. Erneut fegte ein Windstoß über den Balkon.

Aus dem Augenwinkel sah Schäfer seine Katzen hochschrecken. Im gleichen Moment, als sie aus ihrem Körbchen flüchteten, spiegelte sich im Fensterglas ein Schatten.

Schäfer spürte die drohende Gefahr mehr, als dass er sie kommen sah. Er reagierte instinktiv und schlug die Hände vors Gesicht, gerade noch rechtzeitig, um zu verhindern, dass eine Schlinge sich um seinen Hals legte. Stattdessen bohrte sich der dünne Draht nun in seine Handgelenke. Der unbekannte Angreifer zog mit aller Gewalt. Hätte Schäfer nicht in einem Reflex die Arme emporgerissen, wäre er jetzt schon bewusstlos gewesen, die unterbrochene Blutzufuhr hätte in Sekundenbruchteilen dafür gesorgt. Trotzdem war es nur noch eine Frage der Zeit, bis er nicht mehr genügend Luft bekam und zu Boden sinken würde.

Schäfer drehte eine Pirouette und rammte den Unbekannten gegen die Fensterscheibe, doch der Griff um seinen Hals lockerte sich nicht. Im Gegenteil, Schäfers Hände wurden durch den Draht gegen seine eigene Kehle gepresst. Er war im Begriff, sich selbst zu erwürgen. Verzweifelt schnappte er nach Luft, Blut troff an den Händen nach unten. Mit letzter Kraft wirbelte er herum und knallte mit dem Angreifer gegen den Wohnzimmerschrank. Gläser und Tassen schepperten, gingen zu Bruch. Das Glas der Schranktüre splitterte. Aber sosehr er sich auch bemühte, es gelang Schäfer nicht, aus dem eisernen Griff zu entkommen.

Er stieß mit dem Hinterkopf nach seinem Peiniger, dieser wich aus, trat seinerseits Schäfer in die Kniekehle, zwang ihn dadurch zu Boden. Vor ihm tanzten Sterne, es begann schwarz vor seinen Augen zu werden. Ein weiterer Ruck, wie aus weiter Ferne hörte er sich selbst röcheln. Mittlerweile scheuerte der Draht auf die Knochen seiner Handgelenke.

Auf einmal flitzte etwas Schwarzes unter ihm durch und zwischen die Beine des Angreifers, der kurz unaufmerksam geworden den Griff lockerte. Zwar nur für einen Moment, doch der reichte Schäfer. Er zog eine Hand unter dem Draht hervor, machte eine halbe Drehung und griff nach hinten. Als er die Eier seines Gegners spürte, drückte er mit aller Gewalt zu, bis dieser vor Schmerz aufschrie. Hastig zog Schäfer auch die andere Hand unter dem Draht hervor und rollte sich zur Seite. In dieser Position blieb er einen Moment lang heftig atmend liegen, während das Blut von seinen wundgescheuerten Handgelenken floss.

Dann kroch er weg. Fort von dem unbekannten Angreifer, der irgendwo hinter ihm auf die Knie gesunken war. Im Moment kampfunfähig, aber Schäfer war klar, dass ihm höchstens zehn Sekunden blieben, bis sein Gegner sich erneut auf ihn stürzen würde, vielleicht sogar eine halbe Minute, aber nicht mehr. Ein Blick zurück. Dort keuchte der Mann, ganz in Schwarz gekleidet und mit einer Skimaske über dem Kopf. Durch den schmalen Schlitz der Maske konnte Schäfer lediglich die vor Schmerz zusammengekniffenen Augen erkennen.

Instinktiv griff er an seinen Gürtel, aber der Revolver lag wieder einmal im Handschuhfach des Mustangs. Im Schlafzimmer hatte er unter der Matratze eine Ersatzwaffe versteckt, eine SIG Sauer. Dahin zu gelangen, ohne eine ernsthafte Verletzung zu riskieren, war im Augenblick jedoch ein Ding der Unmöglichkeit.

Im Grunde war völlig klar, wie dieser Kampf hier ausgehen würde. Derjenige von ihnen, der zuerst wieder auf die Beine kam, hatte gewonnen. Und der andere ... Tja.

Plötzlich klingelte das Telefon, Schäfer zuckte zusammen, atmete durch, dann mühte er sich auf die Knie und raffte sich mit eiserner Willenskraft auf. Er wankte schwer, fast wie ein Besoffener. Sein Blick fiel auf die Garrotte in der Hand des Attentäters, während das Telefon weiterbimmelte. Der Mann warf das altmodische, aber sehr effektive Tötungsinstrument zur Seite, quälte sich ebenfalls auf und zog eine Pistole. Seine Blicke flogen hektisch hin und her, bis sie Schäfer fanden. Der erkannte gerade noch den Schalldämpfer, bevor er sich hinter die Couch warf. Er hörte ein mehrmaliges dumpfes Geräusch, dann schlug etwas in das Polster ein.

Schäfer robbte wie ein Soldat bei einem Fliegerangriff durch das Wohnzimmer, während rings um ihn die Geschosse in Wände und Schränke krachten. Staub rieselte herab, als ein Querschläger in die Zimmerdecke eindrang. Weitere Querschläger zertrümmerten ein paar Bilder an der Wand und den Fernseher. Das Klingeln des Telefons erstarb, noch ehe der Anrufbeantworter anspringen konnte. Die nächste Salve hämmerte über Schäfer hinweg. Fieberhaft überlegte er, wie oft der Verrückte auf ihn geschossen hatte. Elf Mal, zwölf Mal? Er glaubte, in der Waffe eine fünfzehnschüssige Glock erkannt zu haben. Ein weiterer Schuss, noch einer. Ein Klicken. Der Angreifer wechselte das Magazin.

Mit einem Satz sprang Schäfer auf die Füße, hüpfte auf die Couch und hechtete darüber hinweg. Der Maskenmann ließ das Magazin einrasten und den Schlitten nach vorne schnellen. Die Waffe auf Schäfer zu richten und abzudrücken gelang ihm allerdings nicht mehr. Schäfer krachte mit seinem massigen Körper frontal in den schwarz gekleideten Mann und riss ihn um. Die Pistole flog in hohem Bogen durchs Wohnzimmer und landete irgendwo außerhalb von seinem Sichtfeld. Er versuchte seinen Gegner am Boden zu halten, indem er dessen Handgelenke packte und sich rittlings auf ihn setzte. Ein Tritt mit dem Knie an Schäfers Steißbein beendete allerdings jäh dieses Vorhaben. Der Maskenmann umklammerte ihn und schlug ihm die Faust auf den Hinterkopf. Schäfer antwortete mit einem Ellbogenschlag in die Magengrube, während er mit der anderen Hand versuchte, die Maske vom Kopf des Mannes zu reißen. Doch der wich geschickt seinem Griff aus und ließ zwei gezielte Faustschläge folgen. Schäfer schüttelte sich wie ein nasser Hund und drückte seinem Gegenüber die Daumen in die Augen, was einen gellenden Schmerzensschrei auslöste. Er bleckte die Zähne und drückte weiter zu. »Du Mistsau! Drecksau!«, fluchte er, um in der nächsten Sekunde in sich zusammenzufallen. Die feige Ratte hatte ihm mit Daumen und Zeigefinger gegen den Solarplexus geschlagen. Aus Schäfer entwich die Luft wie aus einem Ballon. Sein Angreifer wälzte sich zur Seite, während er das Gleichgewicht verlor und umkippte.

Die Mistsau rollte herum und trat ihm mit dem Stiefel ins Gesicht. Genau auf die gebrochene Nase.

Die erneut brach.

Tränen schossen Schäfer in die Augen.

Sein Gehirn konnte sich nicht entscheiden, an welche Stelle es zuerst die Schmerzsignale senden sollte. An die Nase oder den Solarplexus.

Seine Sicht war verschleiert, als läge er in einem Nebel. Als er wieder einigermaßen klar denken konnte, war der Maskenmann verschwunden.

Benommen sah Schäfer sich um. Er witterte eine Falle. Adrenalin rauschte durch seinen Körper. In seinen Ohren pochte es. Vorsichtig kam er auf die Beine, schlich auf Zehenspitzen über den langen Gang ins Schlafzimmer, hob die Matratze an, nahm die SIG Sauer und steckte das Ersatzmagazin in den Hosenbund. Zurück im Flur – Stille! Nur das Pochen in seinen Ohren. Oder war es sein Herz, das wie wild schlug?

Wo versteckte sich das Schwein?

Oder war er geflüchtet?

Schritt für Schritt bewegte Schäfer sich vorwärts, die Pistole im Anschlag. Linker Hand das Bad, weiter vorne rechts das Gästezimmer, gegenüber das Wohnzimmer. Er wollte gerade die Badezimmertür öffnen, da registrierte er aus dem Augenwinkel eine Bewegung. Die Tür des Gästezimmers wurde aufgerissen. Instinktiv hechtete er ins Bad, Sekundenbruchteile später krachte es zweimal. Der Typ musste die verlorene Waffe wiedergefunden haben.

Schäfer rollte auf den Rücken und feuerte dreimal durch die offene Türe auf den Gang, dann raffte er sich auf, kniete sich vor die Badtür, streckte die Hand mit der Waffe blitzschnell heraus und feuerte wieder, diesmal zweimal, dann noch einmal.

Mündungsfeuer blitzte auf, Schäfer zog den Kopf ein. Die Kugeln flogen ihm nur so um die Ohren. Er drehte sich zur Seite. Irgendetwas ritzte ihm die Wange auf. Er setzte alles auf eine Karte, sprang auf den Gang und sah sich dem Maskenmann gegenüber, der die gleiche Idee hatte. Wie zwei Cowboys auf einer staubigen Straße standen sie sich gegenüber, fixierten sich schweigend, die Pistole vor der Brust, den Lauf leicht nach vorne neigend. »Nimm die Hände hoch, du Schwein!«, schrie Schäfer. »Ich will deine verdammten Hände sehen!« Er richtete den Lauf nach oben und zielte auf die Stirn des schwarz gekleideten Mannes, der die Waffe im selben Moment hob. Und dann lief alles wie in Zeitlupe ab.

Schäfer erfasste noch, wie sein Gegenüber die Pistole anhob und auf ihn zielte. Die Finger des Maskenmannes krümmten sich und drückten den Abzug nach hinten.

Während Schäfer in die schwarze Mündung starrte, taten seine Finger genau das Gleiche.

Er spürte, wie sich die Feder seiner Pistole beim Zurückziehen des Abzugs spannte. Der Schlagbolzen wurde freigegeben und nach vorne geschleudert, wo er mit der Spitze das Anzündhütchen der Patrone traf.

Es krachte!

Die Patrone zündete, der Schuss löste sich. Der Rückstoß der Waffe sandte einen dumpfen Schmerz durch Schäfers Arm. Die Hülse der abgefeuerten Patrone wurde ausgeworfen und fiel mit einem Scheppern zu Boden. Nahezu gleichzeitig sah er den Mündungsblitz aus der Waffe des Maskenmannes aufleuchten, reagieren konnte er allerdings nicht mehr.

Dann lief das Geschehen wieder in Echtzeit ab. Keiner hatte getroffen. Weder der Maskenmann noch er, seine Kugel hatte hinter seinem Gegner ein daumengroßes Loch in die Wand gestanzt.

Schäfer spurtete nach vorne, schoss das Magazin leer. Der Maskenmann torkelte zurück, drückte den Abzug durch und feuerte immer wieder. Doch er zielte entweder nicht genau, oder es war der Hektik geschuldet. Jedenfalls blieb Schäfer von den Kugeln verschont. Der Maskenmann, der sich jetzt ins Wohnzimmer zurückzog, aber leider auch.

Schäfer machte einen Satz zur Wohnzimmertüre, ließ dabei

das leere Magazin aus der Waffe gleiten; es fiel klappernd auf die Dielen, dann holte er das Ersatzmagazin aus dem Hosenbund, steckte es in den Griff und ließ den Verschluss nach vorne schnellen. Er feuerte blindlings ins Wohnzimmer, lief mit vorgehaltener Pistole in den durchsiebten Raum und suchte hinter der Couch Deckung. Sein geschultes Auge suchte jeden Winkel im Zimmer ab.

Ergebnislos!

Schäfers Blick fiel auf die Balkontüre. Sie war nur angelehnt. Er stürzte hin und erhaschte einen letzten Blick auf den Maskenmann, der soeben vom Balkon schnellte. Schäfer steckte die Pistole weg, drückte die Glastür auf und eilte zum Geländer. In zwei Metern Entfernung, Luftlinie, befand sich die zum Haus gehörende Doppelgarage, auf die der Maskenmann gesprungen war. Ein kurzer Blick nach unten auf den mit grauen Steinen gepflasterten Fußweg, dann ein Blick zur Garage, wo sich der Flüchtende gerade nach unten in den Garten hangelte. Das Dach war voller Kies. Schäfer setzte einen Fuß auf die Brüstung, dann den zweiten und stieß sich ab.

Als er auf dem Garagendach landete, ließ er sich in die Hocke fallen, um den Sprung abzufedern. Er stützte sich mit beiden Händen auf, stöhnte, als die Wucht des Aufpralls seine Kniegelenke erfasste. »Für so was bin ich eigentlich zu alt«, knurrte er und rannte bis zur anderen Seite der Garage. Der Maskenmann kämpfte sich durch die Thujahecke und war weg. Schäfer zögerte keinen Augenblick und sprang in den Schnee, er wählte den gleichen Weg wie der Flüchtende, direkt durch die Hecke, schlug zum Schutz Arme und Hände vors Gesicht. Als er auf die Straße torkelte, sah Schäfer hektisch nach allen Seiten. Von dem Maskenmann weit und breit keine Spur.

KAPITEL 15

»Wie siehst du denn aus?«, wunderte sich Elsa, aber da quetschte sich Sven Schäfer bereits an ihr vorbei. »Nur zu, fühl dich wie zu Hause«, rief sie ihm nach, schüttelte den Kopf und schloss die Haustüre. »Nicht ins Wohnzimmer.« Sie dirigierte ihn in die Küche. Mit ein bisschen Glück war der Privatermittler längst wieder weg, bevor Martha Dorn bemerkte, dass jemand im Haus war. »Setz dich«, forderte sie Schäfer auf und spähte durch die angelehnte Tür ins Wohnzimmer. Der Kopf ihrer Mutter war noch immer nach vorne auf die Brust gesunken, Martha Dorn schnarchte leise vor sich hin. Gott sei Dank war sie nicht aufgewacht, als es an der Tür geklingelt hatte.

»Habe ich dich beim Liebesspiel gestört?« Schäfer grinste sie an und setzte sich an den Küchentisch.

»Und wenn, geht dich das nicht das Geringste an. Aber sei unbesorgt, bis auf meine Mutter ist niemand da. Und was meinen Liebhaber angeht, kann ich dich beruhigen, ich habe keinen, du hast also alle Chancen.«

»Gott bewahre, bleib mal schön alleine, du bist nicht mein Typ.«

Sie nahm ihm gegenüber Platz, mit Blick auf die Tür. »Da haben wir endlich etwas gemeinsam! Und jetzt sag, was du willst, und dann zisch wieder ab.«

»Schämst du dich für mich?«

»Hast du dich mal angesehen? Wie du ausschaust!«

»Na ja, da kann ich kaum widersprechen. Aber verantwortlich für mein Aussehen ist ein anderer.«

»Ach ja, und wer?«

»Der Steiner.«

»Die Leiche?«

»Nein, derjenige, der sich für ihn ausgegeben hat.«

»Bist du sicher?«

»Wer sonst sollte mich töten wollen?«

»Hast du ihn gesehen?«

»Gesehen nicht direkt, eher so gespürt.« Er zeigte auf seinen Hals.

Elsa sah Strangulationsmarken und brandförmig angeordnete Abschürfungen.

»Er hatte eine Maske auf, aber er war es, hundertprozentig«, fuhr Schäfer fort. »Das war ein Vollprofi. Wie der Serienkiller. Die Drecksau hat versucht, mich abzumurksen.«

Elsa hob eine Augenbraue. »Ist ihm wohl nicht ganz gelungen.« Das Gesicht zerkratzt, die Nase noch weiter angeschwollen, die Hände mit einer blutigen Kruste überzogen, eine Schürfwunde auf der Stirn – Schäfer sah aus, als wäre er in einen Schredder geraten.

»Nein, ist es ihm offenbar nicht.« Schäfer zog die verschlissene Lederjacke aus und warf sie über die Stuhllehne. »Aber beinahe. Zuerst wollte er mich erdrosseln, dann erschießen. Die Einzelheiten erspar ich dir lieber, spielen auch gar keine Rolle. Ich lebe noch. Schlimmer ist, dass er mir leider entkommen konnte, das heißt, er ist immer noch hinter mir her. Fakt ist, ich stehe auf seiner Liste.«

»Aber wieso? Vielleicht ist deine Verbindung zu Trautwein und Kovac enger, als du mir bisher weisgemacht hast.« Sie sah ihn herausfordernd an.

»Schmarrn! Ich habe ihn gesehen. In Steiners Haus. Deswegen wollte er mich killen. Weil ich ihn identifizieren kann. Ich bin die einzige Person, die noch am Leben ist, und weiß, wie der Engelmörder in Wirklichkeit aussieht. Das ist der Grund, weshalb er mir ans Leder wollte.«

»Und wieso hat er es nicht gleich in Steiners Zuhause erledigt? Da warst du ahnungslos und ganz leicht umzubringen. Ich hätte es so gemacht.«

»Du vielleicht, aber du bist auch nicht der Engelmörder. Was weiß ich denn, was der kranke Typ sich dabei gedacht hat? Ich habe nicht einmal eine Ahnung, wieso er mir überhaupt die Tür aufgemacht hat. Immerhin sehe ich nicht aus wie ein Polizist im üblichen Sinne. Wer weiß, für wen er mich gehalten hat? Außerdem«, Schäfer hob einen Finger, »vielleicht glaubte er, ich wäre nicht alleine gekommen. Oder er war nicht sicher, mich überwältigen zu können. Oder, oder, oder! Seine Beweggründe kennt nur er selbst. Jedenfalls spielt es am Ende keine Rolle, wieso er mir nach dem Leben trachtet, sondern dass er es tut. Capito? Also kann ich nicht in meiner Wohnung bleiben.« Er kratzte sich am Kinn. »Zu gefährlich!« Er grinste sie an. »Ich übernachte bei dir.«

»Was?«, schnappte Elsa und sah Schäfer entgeistert an. »Bist du komplett übergeschnappt? Ausgerechnet bei mir. Weil wir ach so gute Freunde sind, wir zwei? Penn doch bei einem deiner Kumpel. Nur, weil ich dich heute bezüglich deines Einbruchs nicht verpetzt habe, sind wir keine Buddys, ist das klar?«

»Hey, Moment mal. Was heißt hier *mein* Einbruch. Du warst dabei, vergiss das nicht. Ich hatte nicht den Eindruck, meine Vorgehensweise hätte dich sonderlich gestört.«

Elsa seufzte. »Ich wasche meine Hände in Unschuld.«

»Schon klar. Muss ich eben wieder alleine alles ausbaden. Wie immer. Ich bin derjenige, der ständig aufs Maul kriegt. Und was ist jetzt, wo kann ich schlafen?«

»Rede ich Ausländisch oder was? Du kannst hier nicht schlafen! Was soll meine Mutter denken, wenn sie einen Mann in unserem Haus findet, der aussieht wie ein abgehalfterter Boxer? Außerdem, wieso solltest du in deiner Wohnung nicht sicher sein? Meinst du, der Kerl kommt heute wieder? Bestimmt nicht. Bei dem Polizeirummel, der bei dir herrscht, wäre er schön blöd.«

Schäfer zögerte. »Nun ja, Polizei. Also, genau genommen ...«, murmelte er verlegen.

Elsa stemmte die Hände in die Hüften und kippelte mit dem Stuhl leicht nach hinten. »Verdammt, du hast mir gerade von einem Anschlag auf dich erzählt. Höchstwahrscheinlich von dem Mann, der für mehrere brutale Morde verantwortlich ist und im Augenblick die meistgesuchte Person in Augsburg, Bayern, ach was, ganz Deutschland sein dürfte. Die halbe Augsburger Polizei muss doch in deiner Straße rumtrampeln und jeden Stein umdrehen, um eine Spur dieser Mistkröte zu finden.«

»Wenn jemand von dem Anschlag wüsste«, sagte Schäfer nickend, »dann ja. So weit gebe ich dir recht.«

Elsa starrte ihn an. »Willst du allen Ernstes sagen, außer mir weiß kein Mensch davon?«

»Korrekt.« Schäfer nickte wieder. »Nur du und der Engelmörder. Und meine Wenigkeit selbstverständlich.«

Elsa verdrehte die Augen und inspizierte die Holzdecke. Sie folgte mit ihrem Blick einer Verästelung, zählte innerlich bis zehn und fragte dann in einigermaßen ruhigem Tonfall: »Du hast gesagt, er hat auf dich geschossen?«

»Jepp, und ich auf ihn. Aber keiner hat getroffen. Dafür schaut meine Wohnung jetzt ziemlich durchlöchert aus.«

»Das muss doch jemand gehört haben. Hat niemand die Polizei gerufen?«

»Keine Ahnung, bin jetzt bei dir und nicht dort. Der Typ hat einen Schalldämpfer benutzt, die Schüsse hat wohl niemand mitbekommen. Meine vielleicht schon. Aber auch nur vielleicht. Die alte Frau, die als Einzige sonst noch in meinem Haus lebt, würde nicht einmal einen Panzer hören, wenn der durch den Garten fährt. Und unsere Nachbarn? Pffft, wer kümmert sich heutzutage schon um ein bisschen Lärm? Außerdem war ich nicht da, um der Polizei zu öffnen, wenn sie denn überhaupt nach dem Rechten gesehen hätte. Ich habe nur schnell nach meinen Muschis geschaut, ob es denen gut geht, und dann bin ich zu dir.«

»Deine Muschis? Ich muss doch sehr bitten!«

»Katzen, Elsa, Katzen. Ein paar liebestolle Weiber wären mir zwar auch nicht unrecht, aber ich bin wohl nicht so der Frauentyp.«

»Was du nicht sagst.«

»Auf dich wirke ich also auch nicht besonders?«

»Nein.«

»Sehr gut! Ich hatte schon fast befürchtet, du bist scharf auf mich.«

»Bitte? Wie kommst du denn auf diese seltsame Idee?«

»Deine Kratzbürstigkeit.«

»Meine Kratzbürstigkeit?«

»Jepp. Hatte schon befürchtet, dahinter versteckst du irgendein Interesse an mir. Sagt man doch euch Frauen nach, oder nicht? Dass ihr knorrig seid, wenn ihr Interesse habt.« Er zuckte die Achseln. »Dann bist du also immer so. Ist mir recht. Hauptsache, du lässt die Finger von mir.«

»Du bist wirklich ein Idiot, Schäfer. Ein totaler Volltrottel. Aber immerhin bist du tierlieb«, ergänzte sie. Das mit den Katzen hätte sie ihm gar nicht zugetraut. Sven Schäfer machte es einem wirklich nicht leicht, mit ihm auszukommen. Ein typischer Einzelgänger. Was ihr im Grunde völlig wurscht sein konnte. Sobald sie diesen Fall gelöst hatten, würden sie sich nur noch in irgendwelchen Träumen begegnen. Wenn überhaupt. In der Realität war sie die Macho-Nervensäge dann jedenfalls los. Und zwar für immer. Gott sei Dank. Denn auf ein dauerhaftes Miteinander legte sie nicht den geringsten Wert.

»Meine Muschis sind mir jedenfalls lieber als die ollen Zicken, die hier so rumlaufen. Sonst ist Augsburg ja eine tolle Stadt, aber die Frauen …« Er schüttelte den Kopf.

»Vielleicht solltest du nach München ziehen. Die Leute dort sind nicht so kleinkariert wie hier.«

»Ach?«

»Ja. Außerdem wärst du dann sehr weit weg von mir. Ein weiterer Pluspunkt.«

»Wieso ziehst *du* nicht in die Landeshauptstadt?«

»Weil ich gerade erst von dort hierher gezogen bin.«

»Irgendwie werde ich das Gefühl nicht los, dir gefällt es hier nicht besonders.«

»Reinste Provinz.«

»Warum bist du dann überhaupt nach Augsburg …?«

»Das geht dich nichts an«, unterbrach sie ihn scharf. »Und jetzt mal zurück zum Thema: Du hast nicht daran gedacht, die Polizei selbst zu verständigen?«

»Nein, wieso?«

»Halloooo? Ich dachte, du hast da mal gearbeitet. Was ist mit der Spurensicherung, zum Beispiel? Immerhin bist du dem mutmaßlichen Serienkiller gegenübergestanden, hast dem Engelmörder ins Auge geblickt. Meinst du nicht, die Soko sollte das wissen?«

»Und wenn schon«, winkte Schäfer ab. »Nein, nein, ich musste da schnell weg. Außerdem weißt *du* es ja jetzt. Das genügt.«

»Das … genügt?« Elsa fasste sich an den Kopf. »Was glaubst du, was ich jetzt machen muss?«

»Mir ein Zimmer herrichten, ich bin scheißmüde.«

»Ich rufe sofort Jansenbrink an, Krenzin sowieso. Die gesamte Soko trommle ich zusammen.«

»Lass mal Luft ab und sei ein bisschen gelassener. Entspann dich. Ich sage dir, das war ein Vollprofi. Der hat keine Spuren hinterlassen, nur jede Menge kaputtes Mobiliar. Außerdem zwei verschreckte Kater, die Wochen brauchen, um sich von dem Schreck zu erholen. Zudem hat die feige Sau Handschuhe und Maske getragen.«

»Aber du kannst ihn identifizieren.«

»Natürlich kann ich das! Aber anders als bei Steiner hatte er in meiner Wohnung eine Maske auf, wie oft soll ich das noch sagen? Dass es der Engelmörder war, ist mir zwar sonnenklar. Aber würde Jansenbrink mir glauben?« Schäfer lachte gequält. »Bestimmt nicht! Der Alte würde mir irgendeine krumme Geschichte an den Hals dichten, um den Anschlag zu erklären. Nein, wir müssen selbst aktiv werden. Und zwar bevor der Killer wieder zuschlägt.«

Schäfer hielt kurz inne und sah Elsa in die Augen. Dann fuhr er fort: »Deshalb bin ich bei dir. Weil er mich umbringen will. Habe ich das nicht vor einer halben Minute bereits erwähnt? Du bist wirklich ziemlich vergesslich.« Er kniff die Augen zusammen. »Du weißt, was das bedeutet? Wir haben die Chance, gemeinsam seine Identität zu ermitteln. Du hast Zugang zum Polizeicomputer, ich stelle dir mein Gedächtnis zur Verfügung.« Er klatschte in die Hände. »Müsste doch mit dem Teufel zugehen, wenn wir den Schlächter von Augsburg nicht identifizieren könnten. Dann ist Schluss mit dem Gefasel vom Engelmörder, und ich habe endlich mein Leben wieder und laufe nicht als wandelnde Zielscheibe durch Augsburg. Wenn wir die Fakten alle beisammenhaben, gehst du zu Krenzin und präsentierst ihm den Namen des Täters. Du kriegst eine Belobigung, eine gute Beurteilung und wirst wahrscheinlich bald befördert. Jansenbrink beißt sich vor lauter Ärger in den Arsch, und ich, ich habe auch meine Ruhe. Alles wird gut.« Er erhob sich. »Und jetzt gehe ich ins Bett, wenn es dir recht ist. Morgen ist auch noch ein Tag. Heute habe ich mächtig auf die Fresse gekriegt. Du verstehst, dass ich ein wenig Pause brauche.«

»Quidproquo«, sagte Elsa.

»Geht diese Scheiße schon wieder los!« Schäfer plumpste zurück auf den Stuhl. »Was willst du?«

»Informationen will ich haben. Du weißt, welche ich meine. Und versuche nicht, dich wieder rauszureden. Sonst setze ich dich sofort vor die Tür. Entweder du rückst mit dem raus, was du über Trautwein und Kovac weißt, oder du kannst unter der Brücke schlafen. Oder im Männerwohnheim oder was weiß ich, wo.«

»Zu meiner Ex kann ich nicht.«

»Das verstehe ich.«

»Nicht wegen ihr, sondern wegen meiner Tochter. Ich könnte sie in Gefahr bringen.«

»Du hast eine Tochter?«

»Ja, stell dir vor.«

»Okay, dann schlaf bei einem deiner Freunde. Oder hast du keine? Würde mich nicht wundern.«

»Ich bringe niemanden in Schwierigkeiten.«

»Aha, mich aber schon?«

»Von einer Verbindung zwischen dir und mir weiß kein Mensch. Hier ist daher der sicherste Platz.«

»Das ändert nichts an meiner Forderung. Ich will Fakten hören!«

Schäfer spitzte die Lippen, sagte allerdings nichts, sondern brummte nur vor sich hin.

So langsam wurde es Elsa zu bunt. »Entweder du vertraust mir oder wir vergessen die ganze Geschichte, ich ...«

»Dir vertrauen?«, entgegnete der Privatdetektiv höhnisch. »Dir vertrauen? Mädel, ich vertrau nicht einmal mir selbst.«

»Erstens bin ich ganz sicher kein Mädel. Zweitens hast du mich nicht aussprechen lassen: Du kommst jetzt entweder zur Sache, oder du verschwindest. Ich werde einfach Krenzin anrufen und ihm erzählen, dass du hier aufgetaucht bist. Und schwupps, sitzt du wieder im Präsidium.«

»Ach, so ist das. Ich komme hier her, biete dir meine Hilfe an, um den Täter dingfest zu machen. Und als Dank dafür bekomme ich von dir einen Tritt in die Eier?«

Elsa beugte sich drohend vor. »Hör mir mal gut zu, du Elite-Ermittler. Ich habe dir jetzt bereits mehrmals den Allerwertesten gerettet. Einmal im Präsidium, dann, um deinen blöden Einbruch zu decken. Großen Dank habe ich dafür von dir nicht geerntet. Im Gegenteil, ich habe mich ziemlich in die Scheiße geritten, indem ich dir geholfen habe. Um aus der Schusslinie zu kommen, hilft mir nur, dich ans Messer zu liefern. Außer ...« Sie wedelte mit der Hand.

»Außer?« Schäfer hob eine Augenbraue.

»Außer, du kommst jetzt endlich mal mit ein paar Fakten um die Ecke.« Elsa lehnte sich zurück. »Es ist deine Entscheidung.« Sie klopfte mit den Fingerknöcheln auf den Küchentisch und wartete.

»Okay«, presste Schäfer nach einer gefühlten Ewigkeit hervor. »Trautwein und Darko Kovac kannten sich.«

»Ach nein«, sagte Elsa mit gespieltem Erstaunen. »Was für eine Waaaahnsinnsneuigkeit! Und ich habe mich die ganze Zeit über gefragt, welcher durchgeknallte Irre rein zufällig ausgerechnet diese beiden abgemurkst hat. Sie kannten sich? Das ist ja wirklich eine bahnbrechende Info.«

»Ist mir schon klar, dass der eine oder andere von eurer tollen Soko sich diesbezüglich etwas zusammengereimt hat. Sogar ein Blinder stellt da eine Verbindung her. Aber bestimmt weiß von euch keiner, dass Trautwein über sämtliche Clubs von Kovac schützend seine linke Hand hielt, für die entsprechenden Genehmigungen sorgte und dafür die rechte Hand aufhielt. Trautwein hat nicht nur geholfen, dass Kovac ohne große Gegenprüfung jede Bau-, Gaststätten- und Schankerlaubnis bekommen hat, die er benötigte. Nein, der edle Leo hat seine sämtlichen Kontakte spielen lassen, damit Kovac in Ruhe seine Geschäfte machen konnte. Damit meine ich illegale Prostitution, Ausbeutung von Nutten und vieles andere. Drogen, Geldwäsche, Falschgeld. Es gab zig Razzien in seinen Clubs, aber jedes Mal war Kovac vorbereitet, empfing Polizei und Zoll mit offenen Armen. Natürlich fand man nichts, nicht einmal einen Joint oder einen falschen Fünfer. So, als wäre er vorher gewarnt worden.«

»Das ist ein starker Vorwurf.«

Schäfer nickte.

»Dann muss Trautwein aber Kontakte zur Polizei gehabt haben. Wie soll er sonst über den Zeitpunkt einer Razzia Bescheid gewusst haben?«

»Das ist auch meine Vermutung. Und ich weiß auch schon, wer das gewesen sein könnte.«

»Du meinst aber nicht …?«

»Doch, genau den meine ich. Jansenbrink!«

»Spinnst du? Der Kripochef soll mit Trautwein …?«

»Ich sage doch nicht, dass er der Killer ist. Aber er ist eine korrupte Sau. Wieso hätte er sonst meine Entlassung vorantreiben sollen, als ich Trautwein auf den Zahn gefühlt habe?«

Elsa holte tief Luft. Wo hatte sie sich da nur reingeritten?

»Ich hoffe, du hast irgendwelche Beweise für deine Behauptungen«, sagte sie steif.

»Hatte ich, die wurden mir aber komischerweise aus meinem damaligen Büro gestohlen.«

»Im Polizeipräsidium?«

»Natürlich dort, oder dachtest du, ich hätte mein Büro im Hauptbahnhof?«

»Was für Beweise waren das denn?«

Ihr Gast rutschte unruhig auf dem Küchenstuhl hin und her. »So Abhördingsbumse.«

»Geht's a bisserl genauer?«

»So Videos und Fotos halt. Von Trautwein und Kovac.«

»Du meinst von einem Richter angeordnete Überwachungsmaßnahmen. Telefonüberwachung und so?«

»Überwachungsmaßnahmen stimmt. Vom Richter angeordnet, eher weniger.«

Elsa warf beinahe den Küchenstuhl um, als sie aufsprang. »Waas? Das wird ja immer schöner mit dir. Eine illegale Überwachung? Mensch, Schäfer, was sollten denn das für Beweise sein?«

»Für mich haben sie gereicht. Dass sie vor Gericht nicht gelten, ist mir schon klar. Aber trotzdem hat mir jemand diese Beweise aus meinem Büro geklaut.«

»Wer?«

»Was weiß ich denn! Ein Bulle, nehme ich an.«

»Geht denn aus den Bändern nicht hervor, wer der Spitzel von Trautwein beziehungsweise Kovac war?«

»Nein, leider nicht. Die haben geredet, als würden sie von der NSA abgehört, und haben mysteriöse Tarnwörter benutzt.«

»Tarnwörter?«

»Ja, sie haben ständig über ihren Piepmatz geredet, dass er immer so viel plappert, und solchen Kram halt.«

»Und dieser sogenannte Piepmatz ist der Informant?«

»Was soll er denn sonst sein?«

»Keine Ahnung, vielleicht waren Trautwein und Kovac Mitglieder im Taubenverein?«

»Dann glaubst du mir halt nicht, kann ich eh nichts dran ändern«, grummelte Schäfer.

»Gibt es irgendetwas anderes? Im Computer habe ich keinerlei Einträge von dir gefunden, keine Aktenvermerke, nichts.«

»Nein, alles was ich hatte, habe ich in meinem Büro verstaut. Videos, Fotos und ein paar handschriftliche Notizen. Auch einen Aktenvermerk, den ich am PC geschrieben, aber vorsorglich nicht gespeichert habe. Darin ging es um eine Sache zwischen Kovac und einem Handwerker. Auch so eine krumme Geschichte, in die sich Trautwein eingemischt hat. Jedenfalls, dieser Aktenvermerk, der war ebenfalls futsch. Nur das erste Blatt haben sie mir gelassen, als Verarschung quasi.« Schäfer hieb mit der Faust auf den Tisch. »Ich wollte nicht, dass irgendjemand im Computer nachlesen kann, was ich alles unternommen habe. Deshalb habe ich den ganzen Dreck in meinem Büro deponiert.«

»Dumm gelaufen«, meinte Elsa. »Auf dem PC abgespeichert und nix wäre passiert.«

»Hör doch auf! Sehr gut durchdacht war das von mir. Nur hätte ich die Unterlagen an einem anderen Ort verwahren sollen. Das muss ich mir vorwerfen. Man kann alles löschen, weißt du das? Sogar in einem Polizeicomputer.« Er beugte sich vor und ergänzte im Flüsterton: »Ich traue niemandem.«

Elsa kniff die Lippen zusammen. Ihr war nicht ganz wohl zumute, aber musste Schäfer ja nicht wissen. »Was du da sagst, klingt für mich nach einer Verschwörungstheorie à la

John F. Kennedy. Der soll bekanntlich von den eigenen Leuten umgebracht worden sein.«

»Ist er auch«, bekräftigte Schäfer.

»Und die Mondlandung der Amis?«

»War selbstverständlich inszeniert.«

»Aha.« Elsa sah Schäfer ungläubig an, blickte in seine unergründlichen braunen Augen. Er verzog keine Miene, starrte zurück. »Gesetzt den Fall, du hast recht. Bringt uns das denn irgendwie weiter in den Mordfällen?«

»Weiß ich nicht. Jansenbrink müsste das wissen.«

»Vorausgesetzt, er steckt da mit drin in der Sache. Aber dann kann ich ihn ja schlecht danach fragen.«

»Trotzdem ist das ein Ansatzpunkt. Irgendjemandem müssen Kovac und Trautwein mächtig auf die Füße getreten sein.«

Elsa schüttelte den Kopf. »Ich glaube nicht, dass Jansenbrink weiß, wer ...«

»Das habe ich auch nicht behauptet«, fiel ihr Schäfer ins Wort. »Vielleicht will er nur seine Haut retten, weil er Trautwein Tipps gegeben hat.« Er beäugte Elsa misstrauisch. »Weil«, sagte er gedehnt, »Jansenbrink nämlich der Piepmatz war.«

Das war doch wirklich absurd, diese Theorie. Aber bevor Elsa dazu kam, Schäfer ihre Meinung zu sagen, fuhr der auch schon fort: »Das ist doch immerhin möglich, meinst du nicht? Gehen wir mal vom harmlosesten Fall aus, dass nämlich Jansenbrink und Trautwein engeren Kontakt hatten. Die Gründe dafür mögen politischer oder privater Natur sein, völlig wurscht. Im Rahmen dieser Freundschaft hat Jansenbrink dem Trautwein Tipps bezüglich verschiedener polizeilicher Maßnahmen gegeben, die sich gegen Kovac richteten. Das verstößt gegen jede Regel und ist ein Dienstvergehen ersten Grades.«

»Und Geheimnisverrat«, warf Elsa ein.

»Genau. Jansenbrink mag das aus Freundschaft getan haben, vielleicht hat er nicht mal was dafür genommen.«

Elsa hob eine Augenbraue.

»Geld meine ich«, erklärte Schäfer. »Ich persönlich halte ihn für korrupt. Aber das muss ja nicht unbedingt so sein. Tatsache ist jedenfalls, dass seine Karriere zu Ende wäre, würde diese Scheiße ans Tageslicht kommen. Da muss es ihm doch ziemlich ungelegen kommen, dass Kovac und Trautwein hingerichtet werden. Ausgerechnet die beiden Personen, mit denen er irgendetwas am Laufen hatte. Natürlich tauchen im Rahmen der Ermittlungen Fragen auf. Fragen, die Jansenbrink in Bedrängnis bringen könnten. Und was tut er in so einem Fall wohl?«

»Du meinst, er behindert die Ermittlungen?«

»Nicht aktiv, das würde ich selbst Jansenbrink nicht zutrauen. Jedenfalls nicht bei derart brutalen Verbrechen. Aber wenn er engen Kontakt zu Trautwein gepflegt hat, weiß er vermutlich mehr, als ihm lieb sein kann. Vielleicht kennt er das Geheimnis, wieso Trautwein, Kovac und dessen Freundin umgebracht wurden. Allerdings kann er mit diesem Wissen kaum zu Krenzin gehen, ohne die Herkunft seiner Information preiszugeben. Denn dann würde er einiges erklären müssen.«

Elsa war nicht überzeugt. Ob der Expolizist wirklich so vorurteilsfrei war, wie er tat, wagte sie stark zu bezweifeln. Andererseits konnte sie seine Äußerungen nicht einfach vom Tisch fegen. Dafür hatten sie dann doch wieder zu viele plausible Momente.

»Eines sollte ich dir noch sagen.« Schäfer massierte seinen Nacken. »Im Rahmen meiner Ermittlungen habe ich Trautwein befragt. Nur informatorisch, versteht sich. Habe ein bisschen was angedeutet, du kapierst schon«, er zwinkerte ihr zu. »Bezüglich Kovac und so.«

»Du meinst, du bist außergewöhnlich feinfühlig vorgegangen, wie es halt so deine Art ist?«

»Genau!« Schäfer strahlte. »Ich habe ihn gefragt, was er als Stadtrat mit einem Arschloch wie Kovac zu schaffen hatte.«

»Und? Wie ist es ausgegangen?«

»Er hat mich aus dem Büro werfen lassen und sich anschließend über mich beschwert. Jansenbrink hat mir einen Anschiss verpasst und ...« Schäfer machte eine Pause und verschränkte seinen Blick mit ihrem.

»Jaah?«, fragte sie leicht genervt.

»Kurz darauf haben mich ein paar Schläger überfallen. Wenn das mal kein Zufall ist.«

»Zufall? Soso. Eins musst du mir erklären.«

»Ja?«

»Du hast gesagt, Jansenbrink hätte deine Entlassung vorangetrieben?«

»Korrekt.«

»Aber der Grund für das Disziplinarverfahren gegen dich war doch ein, sagen wir es mal so, ein Übergriff gegen mehrere Jugendliche. Du meinst nicht zufällig diesen Überfall, den du erwähnt hast?«

»Haargenau diesen! Jugendliche, von wegen! Das waren ausgewachsene Schläger, die auf mich losgegangen sind.«

»Sie waren gerade mal 18, 20 und 23 Jahre alt.«

»Sag ich doch, voll ausgewachsen.«

»Die du übel zusammengetreten hast.«

»Was heißt hier zusammengetreten? Was hätte ich denn machen sollen? Die hatten Baseballschläger und Schlagringe und sind über mich hergefallen. Das war eine Schlägertruppe, die mir Kovac auf den Hals gehetzt hat, kurz nachdem ich Trautwein auf den Zahn gefühlt habe. Weil ich Kovac mit meinen Ermittlungen zu nahe gekommen bin. Das stinkt doch zum Himmel. Ich habe in Notwehr agiert. Außerdem ist da ziemlich übertrieben worden. So schlimm habe ich diese Arschgesichter gar nicht behandelt.«

»Ich habe die Akten gelesen. Deine Opfer sagten etwas anderes aus.«

»Natürlich, die waren ja nicht blöde. Ändert aber nichts an der Wahrheit.«

»Und ich habe die Bilder gesehen. Von den Verletzungen. Einem hast du den Kiefer gebrochen, dem anderen das Nasenbein und den linken Arm. Der dritte hatte drei gebrochene Rippen, ein gebrochenes Schlüsselbein, eine zertrümmerte Nase und einen Mittelhandbruch.«

»Sag ich doch, dass ich diese Typen gar nicht so hart rangenommen habe. Die paar gebrochenen Knochen. Aber mir dann einen Strick draus drehen und von übertriebener Polizeigewalt sprechen. Natürlich hat man später keine Schlagwerkzeuge mehr bei den Wichsern gefunden.«

»Angeblich waren die drei Schläger völlig wehrlos«, warf sie ein.

»Wenn du meinst, dann habe ich mir die Geschichte eben aus den Fingern gesogen. Schon klar.«

»Wie kommst du überhaupt auf die Idee, Kovac hätte diese Typen geschickt?«

»Ich habe meine Kontakte und weiß, wovon ich rede. Dass mir keiner glaubt, steht auf einem anderen Blatt, aber damit muss ich leben.« Kaum hatte er den Satz beendet, klingelte sein Handy, er nahm das Gespräch an und lauschte. »Woher noch mal haben Sie diese Nummer? Aha, aus den Gelben Seiten, logisch. Und was wollen Sie? Ach so, aha. Ja, mhm, okay. Einen Augenblick mal.« Schäfer fingerte an dem Mobiltelefon, bis er es endlich auf Laut stellte. »So, da bin ich wieder. Und jetzt noch mal, nur fürs Protokoll.«

»Mein Name ist Stefan Liebermann«, hörte Elsa eine ängstliche Stimme. »Ich kann Ihnen den entscheidenden Hinweis auf den Engelmörder geben.«

»Und wieso gehen Sie nicht zur Polizei?«

»Weil die Bullen mich nicht beschützen können.«

»Ach, und weshalb können die Bullen das nicht?«

»Weil die Bullen den Engelmörder nicht aufhalten können, niemals. Ich bin der Nächste auf seiner Liste. Deshalb muss ich untertauchen. Aber bevor ich weg bin, sage ich Ihnen alles, was ich weiß.«

»Los, spuck's endlich aus!«, forderte Schäfer den Anrufer auf seine unnachahmliche Art auf.

»Nicht am Telefon.«

»Wie konspirativ! Wer soll uns denn abhören, FBI, CIA, Stasi?« Er lachte heiser.

»Ich meine es ernst, entweder Sie kommen zu mir, oder wir vergessen die Sache.«

»Hey, Arschloch. Ich weiß nicht, wer du bist. Wahrscheinlich hast du meinen Namen aus dem Fernsehen oder sonst wo her. Ist mir sowieso scheißegal. Aber glaub mir, mich rufen immer wieder Idioten an, die mir allen möglichen Dreck erzählen. Wieso sollte ich glauben, ausgerechnet du wärst eine Ausnahme?«

»Ich kenne die Verbindung zwischen Trautwein, Darko und Magda«, flüsterte der Anrufer.

»Okay.« Schäfer stutzte und sah Elsa an.

Sie wusste, was ihn irritierte. Der Anrufer nannte Kovac und die Resch beim Vornamen. Liebermann hatte den Zuhälter und dessen Freundin gekannt, es gab nur diese Erklärung. Elsa nickte Schäfer zu.

»Morgen reicht wohl noch. Sag mir, wo ...«

»Nein!«, schrie Liebermann.

»Was nein?«

»Morgen bin ich nicht mehr in Augsburg, da bin ich ganz raus aus Deutschland.«

»Na gut, aber eins sage ich dir, wenn du mir irgendwelche Ammenmärchen erzählst, dann ...«

»Kommen Sie vorbei«, fiel ihm Liebermann ins Wort, »dann erfahren Sie die Identität des Engelmörders.«

»Und wohin, zum Teufel noch eins, soll ich fahren, der Herr?«

KAPITEL 16

Wolken hatten sich vor den Mond geschoben, es war stockdunkel.

Schäfer drehte die Heizung höher. Während er den Ford Mustang durch die Straßen des Gersthofener Industriegebiets steuerte, trommelte seine Beifahrerin ungeduldig mit den Fingern aufs Handschuhfach.

»Mach mir keine Dellen rein«, knurrte er.

Die Scheinwerfer erhellten nur ein kurzes Stück der vor ihnen liegenden Straße, die wenigen Bäume am Straßenrand sahen aus wie stumme Riesen, die Wache hielten.

Er gähnte, Elsa reichte ihm den Energydrink, den sie in der Hand hielt. Schäfer schüttelte den Kopf. »Geht schon. Ich nehme keine Drogen.«

»Hallo? Ich auch nicht. Das ist bloß ein süßes Gesöff, das wach hält.«

»Und weißt du, was für chemische Scheiße dadrin ist? Nein danke, wenn schon, dann nehme ich lieber eine Koffeintablette.«

»Das ist bestimmt gesünder«, murmelte die Hauptkommissarin.

»Für mich schon«, fegte er ihren spöttischen Einwand beiseite und beobachtete, wie Elsa die Dose leerte und in die Seitenablage steckte. »Ich hoffe, die ist wirklich alle. Nicht, dass die Hälfte rausläuft und mir alles verklebt«, meckerte er.

»Keine Sorge«, gab sie zurück und vergrub die Hand in ihrer Manteltasche, die kurz darauf wieder auftauchte.

Schäfer sah etwas glitzern. »Was ist das jetzt?«

»Eine italienische Schokoladenpraline«, antwortete Elsa und wickelte geräuschvoll die Folie ab, in welche die Praline verpackt war. »Ich brauche jetzt was Süßes, sonst falle ich in Unterzucker. Diese Dinger sind gigantisch gut, haben eine klasse Füllcreme. Die hier schmeckt nach Zimt.« Sie schob die Schokolade in den Mund und biss die Hälfte ab. »Ich habe noch eine in der Tasche. Mit Mandelgeschmack. Gebe ich dir gerne ab.«

»Ich bin nicht so der Schokoladentyp.«

»Du verpasst was, die gibt es nur in einem ganz bestimmten Geschäft in Augsburg, einem italienischen Spezialitätenladen. Wenn ich während meiner Münchner Zeit auf Heimatbesuch war, habe ich mir da immer einen großen Vorrat gekauft. Hat leider nie lange gehalten.«

»Kann man auch ›verfressen‹ dazu sagen?«, spottete er.

»Ich sage dazu ›genießen‹.« Sie holte die andere Schokoladenpraline hervor, wickelte sie aus und steckte sie in den Mund, dann knüllte sie die beiden Verpackungen zusammen und steckte sie zu der Energydose.

»Hey, das ist kein Mülleimer.«

»Nehme ich später alles mit, versprochen.«

»Ich werde dich daran erinnern.«

Ein Schild tauchte aus der Dunkelheit am Straßenrand auf. »Da ist es.« Er verlangsamte das Tempo.

»Stefan Liebermann, Künstler und Fotograf, 200 Meter«, las Elsa Dorn laut vor. »Was hatte ein Künstler mit einem Typen wie Kovac zu schaffen?«

»Er war Fotograf«, sagte Schäfer, dem sofort die wildesten Pornobilder durch den Kopf schossen. »Für ein paar Euro zusätzlich hat der für Kovac bestimmt die herrlichsten Sauereien abgelichtet.«

»Mag sein«, brummte Elsa, was er als Zustimmung deutete.

Der schwache Schein einer Straßenlaterne tauchte das Schild in weißes Licht, als Schäfer den Wagen in die Sackgasse steuerte. Im Rückspiegel sah er die Laterne zucken, danach erlosch sie, und das Hinweisschild versank in der Dunkelheit.

Ein Knall zerriss die Stille der Nacht. Schäfer trat hart auf die Bremse.

Elsa Dorn wurde nach vorne geschleudert. »Verdammt!«, fluchte sie. »Pass doch auf!«

»Was ist das?«, rief er, achtete nicht weiter auf die Hauptkommissarin und deutete mit der Hand nach vorne.

»Das ist Feuer, da brennt was!«, schrie sie.

Schäfer spürte, wie sich die Haare in seinem Nacken aufrichteten. »Verdammt, da ist uns einer zuvorgekommen!« Er trat aufs Gaspedal, der Ford schoss nach vorne, nur um nach zweihundert Metern durch eine Vollbremsung gestoppt zu werden. Er blickte sich um. Ein heruntergekommenes Gebäude am Ende der Sackgasse, ohne Garten, daneben eine Wellblechgarage. Liebermanns Haus, das gleichzeitig als Fotoatelier diente. Dichter Rauch quoll aus den Fenstern. Flammen züngelten an den Außenwänden empor. Schäfer warf die Fahrertür auf und stürmte durch den dichten Qualm zum Eingang. Die Haustür stand offen, auch hier drang Rauch ins Freie. Das Feuer begann schon auf den ersten Stock überzugreifen.

»Bleib hier, das ist zwecklos, warte auf die Feuerwehr«, rief Elsa, doch Schäfer hörte nicht auf sie. Er trat mit dem Fuß die halb geöffnete Haustür ganz auf und stürzte in die Flammenhölle.

Eine schier unerträgliche Hitze schlug ihm entgegen, als er über die Schwelle trampelte. Er hob die Hände schützend vors Gesicht. Beißender Qualm kroch ihm in die Nase, Flammen schlugen ihm entgegen. Seine Augen tränten, er konnte kaum etwas sehen und wischte sich mit dem Ärmel seiner Jacke übers Gesicht. Er musste aufpassen, dass er nicht gleich bewusstlos wurde.

Mit einem Schlag wurde ihm die Sinnlosigkeit seines Vorhabens klar. Er drehte sich um, wollte seinen Fehler rückgängig machen und wieder zurück, da fiel ihm ein brennender Holzbalken vor die Füße und versperrte den Fluchtweg. Funken stoben auf, Schäfer riss schützend die Arme hoch. Er war in der Feuerhölle gefangen. »Dieser Rauch, dieser gottverdammte Rauch!«, schimpfte er, spürte den beißenden Qualm in seiner Kehle und musste heftig husten. Seine Augen tränten immer heftiger, er kniff die Lider zusammen, stolperte halb blind nach vorne.

Verflucht! Er war gerade mal ein paar Sekunden hier drin, und schon hatte er die Orientierung verloren. »Liebermann, wo sind Sie?«, rief er. »Ich bin es, Schäfer.«

Von irgendwo hörte er einen Lärm, als würde etwas Schweres umfallen. Oben im Haus. Vielleicht täuschte er sich und es war wieder ein Balken von der Holzdecke gekracht. Aber egal, hier unten konnte er nicht bleiben. Hier würde er sterben. Sollte Liebermann im Erdgeschoss sein, wäre er sicher tot. Jetzt galt es, das eigene Leben zu retten.

»Ich muss nach oben. Ich muss die Treppe finden«, wiederholte er mantraartig. Keinesfalls durfte er jetzt ohnmächtig werden. Er ließ sich zu Boden gleiten, wo die Hitze erträglicher war und die Sicht nicht so stark von Rauchschwaden getrübt wurde. So kroch er langsam vorwärts, fingerte ein Taschentuch aus der Hosentasche und hielt es vor die Nase, bis er endlich die Treppe ertastete, die nach oben führte. Sich die Seele aus dem Leib hustend schleppte er sich von Stufe zu Stufe. Überall um ihn herum brannte es, der Boden war heiß, und seine Jacke und Hose begannen, sich in der Hitze aufzulösen. Seine Hände schmerzten fürchterlich, Brandblasen bildeten sich, und bei jedem Luftholen atmete er giftige Dämpfe ein.

In seinem benebelten Zustand dauerte es eine ganze Weile, bis Schäfer bemerkte, dass er sich bereits im ersten Stock befand. Endlich! Bis hierher waren die Flammen nicht vorgedrungen. Er hob den Kopf und erblickte eine Tür mit der Aufschrift »Toilette« vor sich. Mühevoll richtete er sich auf, öffnete die Tür und stolperte in Richtung Waschbecken. Dann drehte er den Hahn auf und spritzte sich kaltes Wasser über den Kopf.

Das kühle Nass nahm ihm etwas die Benommenheit, und er konnte klarer denken. Er spürte, wie er die Kontrolle über seinen Körper zurückgewann. Ein nasses Handtuch um Mund und Nase gewickelt, setzte er seinen Weg fort. »Hallo, ist da jemand?«, rief er, seine Stimme klang gedämpft durch den Stoff vor seinem Mund. Keine Antwort. Er schob das Handtuch ein Stück nach unten und schrie so laut er noch konnte: »Hallo? Hallo, ist da wer? Liebermann, wo bist du?« Irgendwo erklang plötzlich eine Art Stöhnen. Schäfer blieb stehen und lauschte angestrengt. Ja, er hatte sich nicht getäuscht, da war dieses Wimmern, und es kam ganz aus der Nähe.

Er folgte dem Geräusch, das ihn in einen Raum direkt neben der Toilette führte. Hastig öffnete Schäfer die Tür und blickte sich in dem Schlafzimmer um. In der Mitte befand sich ein großes Bett, in dem ein rothaariger Mann um die vierzig lag. Der Mann wimmerte, er blutete aus zahlreichen Wunden. Seine Augen waren geschlossen, doch auch unter den Lidern quoll Blut hervor und rann über die kreidebleichen Wangen.

»Liebermann?«

Ein schwaches Nicken, zu mehr war der Mann nicht fähig. Er zitterte am ganzen Leib. Schäfer zog sich das nasse Handtuch vom Hals und schlang es dem Verletzten um den Kopf.

Dann hiefte er Liebermann hoch und begann ihn in Richtung Flur zu schleifen. Nach einer gefühlten Ewigkeit erreichten sie schließlich das gegenüberliegende Zimmer, mit dem Fenster zur Vorderseite. Dort, wo sich irgendwo Elsa Dorn befinden musste. Der Raum diente offenbar als eine Art Arbeitszimmer. An den Wänden hingen diverse Fotografien, auf einem breiten Tisch in der Mitte lagen mehrere Kameras und Hunderte Fotos. Daneben befand sich ein Arbeitstisch mit Computer. Schäfer zerrte Liebermann zum Fenster, schob den Vorhang zur Seite, rüttelte am Griff, doch der bewegte sich keinen Millimeter.

Versperrt!

»Verfickte Scheiße!«, fluchte er. »Was soll das denn?« Dann erkannte er die Sicherheitsverriegelung. Liebermann musste mächtig Angst vor Einbrechern haben, um ein Fenster im ersten Stock auf diese Weise zu sichern. Schäfer lehnte den Fotografen an den Arbeitstisch und blickte sich um. Er packte einen Holzstuhl und schleuderte ihn gegen die Scheibe. Der Stuhl knackte, prallte am Fensterglas ab und zerbrach, als er auf dem Fußboden aufschlug. Allerdings hatte sich ein Riss im Glas gebildet.

Was jetzt?

Unschlüssig drehte sich Schäfer um die eigene Achse.

Er sah zum Fenster, dann wieder in den Raum. Plötzlich kam ihm eine Idee. »Könnte funktionieren«, murmelte er, fegte PC, Drucker und die Tastatur vom Computertisch und hievte das schwere Teil auf seine Schulter. Ächzend drehte er sich um, fixierte das Fenster, nahm Anlauf und warf das Ungetüm mit aller Kraft gegen das Sicherheitsglas. Ein Klirren, Splitter flogen durch die Luft. Und tatsächlich, das Fenster war zerbrochen!

Eine kühle Brise wehte ins Zimmer. Gierig sog Schäfer die kalte Luft ein. Aber er durfte jetzt keine Zeit verlieren. Eilig räumte er den Tisch zur Seite, schleifte Liebermann zum Fenster und blickte nach draußen.

Elsa Dorn winkte wild gestikulierend.

Schäfer beugte sich weit hinaus und suchte den Platz unter ihm ab. Der kleine Hof vor dem Haus war mit Kies bedeckt, ein Sprung aus dem ersten Stock wäre zu überleben. Zumindest für ihn, auch wenn er sich Prellungen zuziehen würde. Schlimmstenfalls einen Fußbruch. Aber wenigstens würde er nicht als Brathähnchen enden. Doch er war hier nicht alleine. Irgendwie musste er es schaffen, Liebermann ebenfalls heil aus diesem verdammten Haus zu befördern. Und der Fotograf befand sich eindeutig nicht in der Verfassung, selbstständig nach unten zu springen.

Prüfend betrachtete Schäfer den blutüberströmten Mann. Irgendetwas war da mit den Augen, zudem schien Liebermann mehrere Stichwunden abbekommen zu haben. Der Fotograf schaffte es kaum, sich auf den Beinen zu halten, und bot einen jämmerlichen Anblick. Nein, für Liebermann würde ein Sprung aus dem Fenster definitiv tödlich enden. »Verdammt!« In der Ferne hörte Schäfer eine Feuerwehrsirene. Bis die ersten Rettungskräfte eintrafen, würde es jedoch zu spät sein. Er brauchte sofort eine Lösung. Sein Blick fiel auf die Gardine, die fast bis auf den Boden reichte. Er packte den Stoff, zerrte daran, um die Festigkeit zu prüfen. Ideal war das nicht, aber mit etwas Glück konnte es trotzdem funktionieren. Der Fotograf war schmächtig. Und sowieso – es gab keine andere Möglichkeit.

»Ach was«, raunte Schäfer. »Wird schon halten.« Er riss das Ding von der Stange, wickelte ein Ende um Liebermanns linken Knöchel und knotete das andere an seinen Gürtel.

»Pass auf!«, schrie er Elsa Dorn zu. »Ich lasse jetzt den Fotoknipser runter. Du musst ihn auffangen.«

»Wie soll ich …?«

»Frag nicht, mach's einfach!«, fauchte Schäfer, dann schlug er mit dem Ellenbogen die restlichen Glassplitter aus dem Fensterrahmen, packte Liebermann an der Hüfte und schob ihn mit dem Kopf voran über das Sims. Er konnte das Zittern in seinen Armmuskeln spüren, als er den Fotografen an den Hosenbeinen langsam nach unten gleiten ließ, bis er schließlich nur noch die Ferse des Mannes umklammerte. Elsa Dorn war in Stellung gegangen und streckte die Arme nach oben. Nun kam es auf den Vorhang an. Hielt er, oder hielt er nicht? Schäfer lockerte den Griff um Liebermanns Ferse, als plötzlich ein zischendes Geräusch ertönte. Er packte wieder fester zu.

»Was ist los?«, rief Elsa. Sie klang ungeduldig.

Schäfer sah über die Schulter und entdeckte in einer Ecke einen grauen Propangasbehälter. Wieso hatte er den vorhin nicht schon bemerkt? Schlagartig wurde ihm klar, was der Auslöser des Knalls war, den er und Elsa Dorn bei ihrem Eintreffen gehört hatten. Der Brand war durch die Explosion einer Gasflasche ausgelöst worden. Der Täter hatte sich noch im Haus befunden, als das Erdgeschoss in die Luft flog. Wahrscheinlich hatte ihr Auftauchen den Dreckskerl bei seinem mörderischen Vorhaben gestört. Nur deshalb war Liebermann noch am Leben. Und nun stand hier eine zweite Propangasflasche, die vor einer Minute bestimmt noch nicht da gewesen war. Was bedeutete ...

Schäfer wandte sich wieder Liebermann zu. Jetzt zählte jede Sekunde. Die Fersen des Fotografen glitten durch seine Hände, er packte blitzschnell nach dem Vorhang. Der Stoff schnitt ihm in die Hände, als er Liebermann nach unten sacken ließ, bis die Gardine spannte und an seinem Gürtel zerrte. Schäfer lehnte sich so weit hinaus, dass er gerade noch das Gleichgewicht behielt. Seine Schläfen pochten vor Anstrengung. Liebermann baumelte mit dem Kopf nach unten am Vorhang, bis Elsa Dorn ihn irgendwie festhalten konnte.

»Ich habe ihn«, rief sie.

Schäfer löste den Vorhang von seinem Gürtel und gewann einen weiteren halben Meter, indem er den weißen Stoff am äußersten Ende festhielt. Dadurch gelang es Elsa Dorn, Liebermann zu umfassen. »Lass los!«, quetschte sie japsend hervor.

Das ließ sich Schäfer nicht zweimal sagen. Er spannte seine schmerzenden Muskeln ein letztes Mal an. Und im selben Moment, als sich das ausströmende Gas entzündete, ein ohrenbetäubender Knall ertönte und ihn die Druckwelle erfasste, sprang er los.

KAPITEL 17

Wie ein Albatros segelte Schäfer durch die Luft. Unter sich sah er Elsa Dorn und Liebermann, dann seinen Ford an sich vorbeiziehen, bevor er mit rudernden Armen in den Sinkflug ging und Mutter Erde entgegentrudelte. Der Aufprall war schmerzhaft, wurde aber durch den frisch gefallenen Schnee gedämpft. Mühsam kam Schäfer auf die Knie und richtete sich stöhnend auf. Er hielt sich den Kopf und tastete seine Gliedmaßen nach Verletzungen ab. »Scheint noch alles dran zu sein«, knurrte er und lief zu Elsa Dorn, die Liebermann aus der Gefahrenzone gezerrt hatte und nun neben dem Fotografen kniete.

Die Kommissarin sah auf, als er an ihre Seite trat. Schäfer bemerkte ihren fassungslosen Gesichtsausdruck. »Ist er tot?«, fragte er deshalb schnell.

»Nein. Zumindest noch nicht. Aber seine Augen. Sieh selbst«, flüsterte Elsa. Sie beugte sich zur Seite, sodass Schäfer dem schwer verletzten Fotografen ins Gesicht sehen konnte.

Bisher hatte Liebermann seine Augen fest geschlossen gehabt. Jetzt sah Schäfer, was der Täter mit dem Mann gemacht hatte. Dort, wo sich einstmals die Augäpfel befunden hatten, gähnten jetzt zwei dunkle Löcher. Dem Fotografen waren die Augen ausgebrannt worden.

»Näher ... kommt ... näher«, flüsterte Liebermann.

Schäfer sank auf die Knie.

»El ... Elena ...«, hauchte Liebermann.

»Elena?«, fragte Schäfer.

Auch Elsa zuckte ratlos die Schultern und hauchte ein lautloses »Wer ist das?«.

»Elena?«, wandte sich Schäfer wieder an Liebermann.

»Elena ... De... Debarelli.« Der Fotograf schluckte, leckte mit der Zunge über seine Lippen. »Debarelli«, wiederholte er, dann floss ein Blutstrom aus seinem Mundwinkel und sein Kopf fiel zur Seite. Liebermann war tot. Sein Arm rutschte auf den Boden, aus der Hand glitt ein Stück Papier.

Schäfer hob es auf und erblickte den gefiederten Gabriel. »Der Engelmörder hat sein Markenzeichen hinterlassen.«

Er wollte Elsa gerade das Papier reichen, als er aus dem Augenwinkel eine Bewegung bemerkte. Am Ende der Sackgasse sah er eine Gestalt verschwinden. Er erhaschte noch einen Blick auf die hellblonden Haare, dann war der Mann im Dunkeln verschwunden.

»Der Engelmörder!«, rief Schäfer, sprang auf die Füße und rannte zu seinem Wagen. »Halte die Stellung«, schrie er über die Schulter der Hauptkommissarin zu, dann fuhr er bereits rückwärts die Sackgasse entlang und kam schleudernd auf die Straße. Hektisch blickte er sich um. Rechter Hand brauste ein Pkw mit quietschenden Reifen davon. Schäfer sah nur die Bremslichter, als der Wagen um die nächste Ecke bog, das Rücklicht war ausgeschaltet. Er gab Vollgas und nahm die Verfolgung auf. Der Motor des Fords heulte, der Wagen machte einen Satz nach vorne, und Schäfer wurde in den Sitz gedrückt. Er bemerkte, dass er vergessen hatte, den Sicherheitsgurt anzulegen, holte dies in aller Eile nach und schaffte es gerade noch rechtzeitig, bevor er die Kontrolle über den Wagen verlor, der jetzt mit den rechten Reifen über den Randstein holperte, ein Schild für das Konzert einer Jazzband zertrümmerte und an einer Laterne entlang schrammte. Schäfer riss das Lenkrad herum und zwang den Ford zurück auf die Straße.

Während er mit Vollgas dahinbrauste, bemerkte er, dass der Fahrer vor ihm inzwischen die Lichter eingeschaltet hatte. Schäfer quittierte das mit einem grimmigen Grinsen, denn jetzt konnte er den Wagen als einen silbernen Jaguar identifizieren. Ein anderes Gefährt als der Kleinwagen, mit dem der Engelmörder letztes Mal entkommen war. Und leider ein wesentlich schnelleres. Den Kleinwagen hätte Schäfer mühelos einholen können, der Jaguar war jedoch deutlich leistungsfähiger als sein Ford. Außerdem entpuppte sich der Engelmörder als ein exzellenter Fahrer. Der Mann preschte die Gersthofener Straßen entlang, über rote Ampeln, Gehwege und Grünstreifen hinweg. Beiläufig nahm Schäfer zur Kenntnis, wie sie die Stadtgrenze zu Augsburg überquerten, durch Oberhausen jagten und danach mitten rein in die Augsburger Innenstadt donnerten, die Donauwörther Straße entlang und den Klinkerberg hoch.

Schäfer kurbelte und bremste wie ein Weltmeister, um nicht den Anschluss zu verlieren. Aber jedes Mal, wenn er zu dem Jaguar aufschloss, vollführte dessen Fahrer ein hochriskantes Manöver, um ihn abzuschütteln. Was zwar nicht gelang, aber Schäfer fiel immer wieder zurück. Er musste schließlich auf andere Fahrzeuge und Fußgänger achten, was den Flüchtenden überhaupt nicht interessierte. Ein kurzer Blick auf das Kennzeichen – Augsburger Nummer, bestimmt gefälscht. Vielleicht sollte er die Polizei anrufen? Aber er konnte unmöglich telefonieren und gleichzeitig den Engelmörder verfolgen. Nein, dachte Schäfer. Die Bullen würden sowieso gleich auftauchen, bei dieser Fahrweise. Wichtiger war jetzt, am Engelmörder daranzubleiben, bevor der in einer Seitenstraße verschwand, den Fluchtwagen abstellte und untertauchte.

Der Jaguar driftete nach rechts, links, wieder rechts. Sie fuhren die Hermanstraße entlang, dort vorne war die Eisenbahnbrücke, rechts leuchtete der Hotelturm. Plötzlich begriff

Schäfer den riskanten Plan des Engelmörders. Der Jaguar schoss über die Brücke und auf die Gögginger Straße. Jetzt rasten sie am Polizeipräsidium vorbei. Einzelne Lichter brannten in den Büros. Zornig schlug Schäfer auf sein Lenkrad ein. »Kruzifix! Da ist der Engelmörder, ihr Idioten!« Doch leider rauschte kein einziger Streifenwagen aus dem Polizeihof.

Der Jaguar schleuderte an der nächsten Kreuzung nach links und geriet für kurze Zeit außer Sicht, bis Schäfer ebenfalls um die Ecke gebogen war. Kurz vor der Abfahrt auf die B 17 erhöhte der Engelmörder noch einmal das Tempo. Es schien, als wollte er geradeaus fahren, da vollführte der Fahrer ein waghalsiges Manöver. Mit quietschenden Reifen schoss der Wagen auf die Bundesstraße. Im letzten Moment gelang es Schäfer, das Lenkrad nach rechts herumzureißen. Er schlug hart mit seiner Schulter gegen die Fahrerscheibe, der Schmerz schoss seinen Arm hoch bis zur Schulter. Der Jaguar donnerte weiter, drängte beim Auffahren auf die Bundesstraße einen Golf fast in die Mittelleitplanke und fuhr Zickzack zwischen den anderen Fahrzeugen. Schäfer zwängte sich zwischen einen BMW und einen Mercedes, die beiden Fahrer hupten und gestikulierten wild.

Schäfer hatte den Jaguar fast erreicht, als dieser an der Ausfahrt Kobelweg die Bundesstraße plötzlich verließ. Natürlich folgte er, doch als er oben an der Ampelanlage der Abfahrt ankam, war von dem Nobelschlitten nichts mehr zu sehen. Instinktiv drückte Schäfer das Gaspedal durch und lenkte den Ford auf der anderen Seite zurück auf die Bundesstraße. Sollte er sich geirrt haben, war jetzt alles verloren. Doch da tauchte vor ihm der Jaguar auf, der sein Tempo deutlich verringert hatte. Offenbar ging der Engelmörder davon aus, dass er ihn abgeschüttelt hatte. Schäfer lachte grimmig auf. Als ob er auf diesen uralten Trick reinfallen würde! Das hatte schon so mancher Fahrer versucht, der von der Polizei verfolgt wurde: schnell die Hauptfahrbahn verlassen, den Fahrer des Streifenwagens in die Irre führen und kurzerhand wieder auf die Autobahn zurückkehren, während die Polizeibesatzung das Fahrzeug außerhalb sucht. Keine schlechte Idee, aber so originell nun auch wieder nicht.

Schäfer beschleunigte erneut und schob sich direkt neben den Jaguar. Er sah in die kalten Augen des Engelmörders, der ihn ungerührt anlächelte. Er nickte, lächelte zurück, dann riss er das Lenkrad herum. Der Ford knallte in die Fahrerseite des Jaguars, der nach rechts in die Leitplanke stieß und daran entlang schrammte. Funken stoben. Mehrere Hundert Meter fuhren sie Seite an Seite, bis Schäfer aufblickte und geradewegs in die Mündung einer Pistole sah.

»Verdammt!«, fluchte er.

Der Killer hatte ihn absichtlich näherkommen lassen, damit er eine gute Schussposition hatte, um ihn endgültig zu erledigen. Noch während bei Schäfer der Groschen fiel, zertrümmerten die ersten Kugeln das Beifahrerfenster des Fords und pfiffen an seinem Kopf vorbei. Automatisch trat er auf die Bremse und zog seine Smith & Wesson. Er befand sich jetzt links hinter dem Jaguar und feuerte durch die zerschossene Beifahrerscheibe seines Wagens auf das Fluchtfahrzeug, bis die Trommel leer war. Die Heckscheibe des Jaguars zerbarst, aber der Engelmörder schien nicht getroffen. Fluchend warf Schäfer seine Kanone auf den Beifahrersitz und rammte den Jaguar erneut – diesmal von hinten. Die Motorhaube des Fords wölbte sich durch den Aufprall nach oben, die Stoßstange des Jaguars fiel auf die Fahrbahn, doch Schäfer fuhr einfach über sie hinweg. Es rumpelte, ruckte, und er schlug mit dem Kopf ans Wagendach. »Zefix!«, schrie er erbost. Einen Augenblick lang war er abgelenkt, doch das genügte. Der Engelmörder vollführte eine Vollbremsung, und Schäfer donnerte frontal auf das Heck des Jaguars. Er wurde nach vorne geschleudert, der Sicherheitsgurt zerrte an ihm, dann explodierte der Airbag. Der Mustang schlitterte zuerst gegen die Mittelleitplanke, dann schleuderte er quer über die Fahrbahn nach rechts in die Außenschutzplanke und schrammte daran entlang, bis er schließlich zum Stillstand kam.

Als Schäfer sich endlich von dem Luftsack befreit und wieder klare Sicht hatte, war der Jaguar verschwunden.

»Hurasakrament verreckter, dreckiger!« Er konnte es nicht fassen. Zum zweiten Mal innerhalb kürzester Zeit war er dem Schlächter von Augsburg auf den Fersen gewesen und hatte es nicht geschafft, ihn dingfest zu machen. Frustriert schlug er auf das Lenkrad ein, dann setzte er seine Fahrt fort. Allerdings recht langsam, denn der Ford war mal wieder reif für die Werkstatt.

KAPITEL 18

Jansenbrink lief mit hochrotem Kopf vor Elsa auf und ab. »Leichen! Und Tote! Tote und Leichen! Überall wo Sie hinkommen, Frau Dorn.« Bei jedem seiner Worte nebelten ihn Kältewölkchen ein. »Sie ziehen eine Spur der Verwüstung hinter sich her. Ich frage mich, ob nicht *Sie* es sind, die die Bezeichnung Engelmörder in Wahrheit verdient hätte.« Der Leitende Kriminaldirektor blieb vor ihr stehen und funkelte sie an. »Sie bringen mich bald um den Verstand. Was, in Gottes Namen, ist in Sie gefahren, hierher zu kutschieren? In dieses vermaledeite Industriegebiet zu irgendeinem telefonischen Tippgeber? Noch dazu in Begleitung eines aus dem Dienst entlassenen Expolizisten, der einen ausgeprägten Hang zu Gewalt und Zerstörung hat.« Jansenbrink schüttelte den Kopf, nahm seine Pudelmütze ab und fuhr sich mit der Hand über die Glatze. Über dem blonden Haarkranz dampfte der Schweiß, passend zu der Brandruine im Hintergrund. »Wussten Sie, dass Schäfer die Augsburger Straßen mit der Formel-1-Strecke von Monaco verwechselt hat? Und dann hat er den Engelmörder nicht einmal geschnappt, dieser Trottel.«

»Sie aber auch nicht«, begehrte Elsa auf.

»Wundert Sie das?«, donnerte Jansenbrink sie an. »Alle Einsatzfahrzeuge waren zu Ihrer Explosion nach Gersthofen unterwegs! Da war niemand mehr übrig für zwei Raser.« Die Stimme des Sokoleiters überschlug sich fast. »Wenn natürlich jemand gewusst hätte, dass einer davon unser gesuchter Serienkiller ist…« Den Rest des Satzes ließ er bedeutungsschwanger in der Luft hängen. »Aber das wusste zu diesem Zeitpunkt natürlich niemand. Außer Ihnen und Schäfer. Aber Sie hielten es nicht für wichtig genug, Ihre Kollegen zu verständigen. Vielleicht hätten wir diesen Mörder fassen können. Aber nein, stattdessen bewunderten Sie lieber die Flammen nach der Explosion. Das ist Pfusch in Reinkultur, Polizeipfusch ist das, und zwar allerhöchsten Grades. Ein amateurhaftes Verhalten, wie ich es in meiner gesamten Laufbahn noch nie erlebt habe. Dazu mussten erst Sie nach Augsburg kommen, um ein Chaos zu veranstalten, das die Welt noch nicht gesehen hat.«

»Aber …«, setzte Elsa zu einer Erwiderung an.

»Nichts aber! Hier gibt es kein Aber«, würgte Jansenbrink sie mit einer unwirschen Handbewegung ab. »Diese Explosion, also diese Katastrophe da, die hätte verhindert werden können. Ach was, die wäre hundertprozentig verhindert worden! Aber Sie mussten mal wieder die Tatort-Kommissarin spielen und Ermittlungen anzustellen, ohne Ihre vorgesetzte Dienststelle zu informieren. Beziehungsweise einen Vorgesetzten Ihrer Dienststelle. Mich zum Beispiel. Oder Krenzin. Nicht einmal die Einsatzzentrale wusste Bescheid. Sie hätten wenigstens diesem Zott was sagen können.« In einer hilflosen Geste hob er die Hände zum Himmel. »Aber nicht einmal dazu waren Sie in der Lage. Wissen Sie was?« Er baute sich vor Elsa auf. »Sie sind nicht im Geringsten zur Teamarbeit fähig. Nicht im Geringsten! Ich weiß gar nicht, was mich geritten hat, Sie in die Soko aufzunehmen.« Er stöhnte. »Gut, das kann ich immer noch zurücknehmen. Aber was, zum Teufel, haben Sie eigentlich in München gemacht? Uniformen gestrickt? Oder hat man Sie nach Augsburg geschickt, weil Sie dort ähnlich dilettantisch gearbeitet haben, wie in der kurzen Zeit hier? Und um das Chaos perfekt zu machen, tun Sie sich dann auch noch mit einem Zivilisten wie Schäfer zusammen. Dabei habe ich Sie doch vor diesem Idioten gewarnt. Habe ich das etwa nicht?«

Elsa setzte zu einer Erwiderung an, klappte ihren Mund aber resigniert wieder zu, denn Jansenbrink ließ sie nicht zu Wort kommen.

»Doch, das habe ich. Aber natürlich wussten Sie es besser. Man könnte fast meinen, dieser Schäfer wäre Ihr Partner und nicht Zott. Und was hat es Ihnen gebracht, den Typen mit einzubeziehen? Jetzt haben wir wieder einen Toten! Das hätte verhindert werden können.« Jansenbrink stülpte die Lippe vor, schüttelte den Kopf und stieß einen Seufzer aus. »Mit den nötigen Informationen hätte ich dieses Fiasko verhindert. Ich weiß, ich wiederhole mich, aber sonst kapieren Sie es wohl nicht.« Er deutete auf die mittlerweile gelöschte Brandstätte, aus der noch Rauch emporstieg. Der Geruch von Ruß, verbranntem Holz und Plastik vermischte sich zu einem unangenehmen Gemisch, das Elsa schmerzhaft in die Nase stieg. Sie kniff den Mund zusammen und wippte auf den Füßen. Wann kam Jansenbrink endlich zum Ende seiner Schimpftirade? Die zuckenden Blaulichter der Einsatzwagen von Feuerwehr und Polizei warfen gespenstische Schatten über die Szenerie.

»Das hätte es mit mir ganz bestimmt nicht gegeben. Um diesen Liebermann hätte sich ein erfahrener Kriminalbeamter wie ich kümmern müssen. Von mir aus Krenzin, der kann das auch. Herrgott, aber doch nicht Sie! Je länger Sie mit diesem Sven Schäfer zu schaffen haben, desto ähnlicher werden Sie ihm. Und das, liebe Frau Dorn, macht mich doch sehr, sehr nachdenklich. Ich warne Sie! Einen weiblichen Schäfer dulde ich unter keinen Umständen in meiner Kripo. Halten Sie sich zurück, oder Ihre Karriere nimmt den gleichen Verlauf.«

»Wollen Sie mir drohen?« Den kleinen Anflug von Rebellion in ihrer Stimme konnte Elsa nicht unterdrücken.

Der Kripo-Chef konterte. »Ich drohe nicht, Frau Dorn. Merken Sie sich das! Ich spreche Tatsachen aus.«

»Immerhin habe ich einen Namen. Elena Debarelli.«

»Einen Namen?« Jansenbrink hob theatralisch die Arme und schaute sich um. »Sie hat einen Namen, hör sich das mal einer an.« Niemand folgte seiner Aufforderung. Die anderen Polizeibeamten waren mit der Spurensicherung beschäftigt, die Feuerwehrmänner damit, restliche Glutnester zu löschen. Die Pressemeute hatte sich außerhalb der Sackgasse auf der Straße versammelt, ohne Blickkontakt zum Brandobjekt, weil zwei Streifenwagen die Zufahrt absperrten.

»Einen Namen!«, wiederholte der Sokoleiter und verdrehte die Augen. »Den ein Halbtoter Ihnen zugeraunt hat? Der vermutlich vorher gefoltert wurde, wenn ich die Sache mit den Augen richtig deute? Machen Sie sich doch nicht lächerlich, Frau Dorn. Er hat im Todeskampf den erstbesten Namen genannt, der ihm einfiel. Irgendeine Verflossene wahrscheinlich, mehr nicht. Ich habe Krenzin bereits meine Meinung mitgeteilt, die da lautet, in Richtung eines religiös motivierten Ritualmordes zu ermitteln. Die Zeichen sind eindeutig. Wer würde sonst seinen Opfern Karotten, Bierflaschen und Vibratoren in alle möglichen Körperteile schieben oder die Augen ausbrennen und eine Leiche zerstückeln? Und dazu noch«, er holte tief Luft, »und das ist natürlich das Bedeutsame an der Geschichte: ein Engelbild an den Tatorten hinterlassen. Wenn das nicht eindeutig ist, ja was denn dann? Das muss so ein religiöser Schmarrn sein, geht gar nicht anders. Vielleicht steckt da irgendeine Sekte dahinter, wer weiß das schon!«

»Vielleicht sieht Krenzin das anders?«, gab Elsa zu bedenken. So einfach würde sie sich von Jansenbrink nicht unterkriegen lassen.

»Lassen Sie Krenzin aus dem Spiel. Er leitet die Ermittlungen, aber ich bin der Chef der Kripo und für die gesamte Soko verantwortlich. *Ich*«, Jansenbrink wies mit dem Daumen auf seine Brust, »bin dem Innenminister Rechenschaft schuldig, sonst niemand. *Ich* muss das große Ganze im Auge behalten. Die Presse, die Stimmung in der Augsburger Bevölkerung, den Polizeipräsidenten, den Innenminister.«

»Und die Wahlen«, murmelte Elsa.

»Wie bitte?«

»Nichts, nichts. Ich meinte nur, die Zahlen von ... von der Statistik. Die Aufklärungsstatistik. Diese Zahlen eben. Die müssen natürlich, ähm, positiv sein«, stammelte sie.

Jansenbrink musterte sie, er sah nachdenklich aus, dann sagte er: »So viel Weitsichtigkeit hätte ich Ihnen gar nicht zugetraut. Sie haben recht, diese Zahlen muss ich auch im Auge behalten. Stellen Sie sich vor, wenn wir diese Morde nicht aufklären, wie stehen wir dann da? Wie steht die Augsburger Polizei da? Wie stehe ich da?«

Letzteres interessierte ihn am allermeisten. Jedenfalls nach Elsas Meinung.

»Ich kann unmöglich in Pension gehen, nach diesem, diesem Desaster.« Er fuhr sich mit der Hand durchs Gesicht. »Da muss ich glatt ein paar Monate dranhängen. Wenn ich dagegen an letztes Jahr denke, das war wunderbar. Da haben wir alle Mordfälle in unserer Stadt aufgeklärt, einhundert Prozent Aufklärungsquote. Das sind Zahlen!«

Elsa wusste, dass es letztes Jahr drei Tötungsdelikte in Augsburg gegeben hatte, zwei davon im Trinkermilieu am Königsplatz – aus einer Affekthandlung heraus. Der dritte Fall war eine betrogene Ehefrau gewesen, die ihren Mann betäubt, ihm anschließend Arme und Beine abgesägt und diese dann ihren Hunden zum Fraß vorgeworfen hatte. Sofort danach hatte die Frau sich gestellt. In allen drei Fällen waren die Täter quasi auf dem Silbertablett serviert worden. Da von einer tollen Aufklärungsquote zu schwärmen, war mal wieder typisch Jansenbrink! Das waren doch einfach nur Glücksfälle. Aber vielleicht sollte sie das jetzt lieber nicht erwähnen, dachte Elsa. Der Kriminaldirektor würde sonst wahrscheinlich vor Wut platzen.

»Und jetzt gehen Sie endlich nach Hause, Sie haben hier schon genug Schaden angerichtet. Und«, er hob warnend den Zeigefinger, »schauen Sie, dass Sie an der Pressemeute vorbeikommen, ohne mit einem von denen zu sprechen.« Er fummelte an seiner Pudelmütze. »Noch etwas, Frau Dorn.«

»Ja?«

»Sorgen Sie dafür, dass dieser Dilettant namens Schäfer morgen ins Präsidium kommt und seine Aussage macht zu der ... der Verfolgungsfahrt durch Augsburg. Sie sind mir für sein Erscheinen persönlich verantwortlich, alles klar?«

»Jawoll, mein Führer!«, lag ihr auf der Zunge. Doch stattdessen sagte Elsa nur: »Werde es versuchen.«

»Nicht versuchen, machen! Machen ist das Schlüsselwort. Die Augsburger Polizei versucht nicht, die macht, klar?« Jansenbrink warf ihr noch einen vernichtenden Blick zu, dann stapfte er wütend davon.

Elsa sah ihm nach und merkte gar nicht, wie Zott neben sie trat. Als er ihr auf die Schulter tippte, fuhr sie erschrocken zusammen. »Mensch, Ludwig!«

»Tschuldigung«, murmelte ihr Kollege. »Dachtest wohl, ich bin der Mörder.«

Elsa sah ihn an und erwiderte nichts. Ließ einfach ihren Blick auf ihn wirken.

»Schon gut«, murmelte Zott. »War bloß ein Witz. Aber mal was anderes. Ich meine, er hat recht, findest du nicht?«, sagte er und deutete auf Jansenbrink, der sich zu Krenzin und einem

Team der Spurensicherung gesellte, die vor dem toten Liebermann standen. Ein weißes Leinentuch verdeckte die Leiche. »Sven Schäfer ist nicht gerade der richtige Umgang für dich.«

»Fängst du auch noch an«, fauchte sie.

»Hat er dich etwa nicht in Schwierigkeiten gebracht?«

»Das war ja wohl der Engelmörder und nicht Schäfer, der Liebermann auf dem Gewissen hat.«

»Mensch, Elsa, du weißt nicht, wie ernst die Lage für dich ist. Jansenbrink hat eine Scheißwut auf dich. Und ich glaube, Krenzin ist ebenfalls nicht gerade erfreut. Ich meine, er schätzt zwar Eigeninitiative. Aber das?« Zott wedelte mit der Hand in Richtung niedergebranntes Fotoatelier. »Das ist eine Katastrophe! Wenn die Presse jetzt noch Wind bekommt, dass ein Excop den Engelmörder quer durch Augsburg verfolgt hat und die richtigen Polizisten davon keine Ahnung hatten! Fünf Leichen, die Presse zerreißt uns!« Er schüttelte sich. »Das wird schmutzig.«

»Ich konnte doch nicht ahnen, dass aus einem Tipp ... das da wird.« Sie zuckte hilflos die Achseln und beobachtete einen Feuerwehrmann, der mit schwerem Atemschutzgerät aus der Brandruine stolperte. »Vielleicht sollte ich zu Krenzin gehen und ihm ...«

»Würde ich unterlassen«, meinte Zott. »Ich glaube, du hattest gute Karten bei ihm wegen der Geschichte bei Steiner. Aber deine Eigenmächtigkeit bei Liebermann«, er verzog das Gesicht, als hätte er seine Finger an einer Herdplatte verbrannt, »ist nicht wirklich gut bei ihm angekommen.«

KAPITEL 19

Elsa stieg aus dem Taxi – einen Bringdienst mit dem Streifenwagen hatte Jansenbrink ausdrücklich untersagt – und blieb verwundert stehen. Vor ihrem Haus parkte eine zitronengelbe Schrottlaube, die sie gerade noch als Schäfers ehemals flotten Flitzer identifizieren konnte.

Der bullige Privatermittler drückte mit Mühe die Fahrertüre auf, als er sie kommen sah. »Sag nichts!«, lautete seine Begrüßung. »Sag einfach nichts zu meinem Wagen! Immerhin habe ich es bis nach Haunstetten geschafft. Ein Wunder, bei dem Zustand, aber es ist halt ein klasse Auto.« Dann versuchte er die Tür zu schließen, aber sie klemmte, also trat er mit dem Fuß dagegen, bis sie sich mit einem knirschenden Geräusch schloss. Dafür fiel der linke vordere Raddeckel ab und kullerte auf die Straße. Verärgert kickte Schäfer dagegen und katapultierte das Teil auf die andere Straßenseite. »Gewesen.«

Elsa musterte ihn. Schäfer hatte schon nicht besonders vital gewirkt, als er sie heute Abend aufgesucht hatte. Aber jetzt sah er genauso verbeult aus wie sein geliebtes Auto. Das zweimalige Zusammentreffen mit dem Engelmörder hatte eindeutige Spuren hinterlassen: Schäfers Gesicht war zerkratzt, als hätte er mit einem bengalischen Tiger gekämpft. Am Hals leuchtete alarmrot die Spur des Drahtes, mit dem der Unbekannte ihn hatte erdrosseln wollen. Dazu gesellte sich ein farbenfrohes Spektrum rund um die Augen. Elsa konnte sich nicht zwischen grün, blau, gelb und rot entscheiden. Vermutlich waren alle Farben vertreten. Von einem harmlosen Veilchen konnte hier beim besten Willen nicht mehr die Rede sein. Zudem hatte das Feuer seine ultrakurzen Haare komplett weggebrannt, als er Stefan Liebermann aus dem Fotoatelier geborgen hatte. Brandblasen nässten auf seiner Kopfhaut, und die gekrümmte Haltung verriet ihr, dass Schäfer noch an anderen Stellen seines Körpers Schmerzen litt. Er fuhr sich unbewusst mit den Händen über Ellenbogen und Brustkorb und zuckte hin und wieder zusammen.

»Bei mir lief es auch nicht so gut«, sagte sie und beendete die Bestandsaufnahme des Privatermittlers. »Hab mir einiges anhören dürfen von Jansenbrink. Krenzin wollte überhaupt nicht mit mir reden. Es hätte besser ausgesehen, wenn du den Engelmörder geschnappt hättest. Jetzt stehen wir beide saublöd da.«

»Entschuldige mein Unvermögen«, knurrte Schäfer. »Mein Auto ist hin, ich habe mir alles Mögliche geprellt, bin halb verkohlt worden, und er hat es schon wieder getan!«

»Was?«

»Auf mich geschossen!«

»Und du hast zurückgeschossen?«

»Natürlich!«

»Und?«

»Nichts und. Er hat die Düse gemacht.« Schäfer hielt inne. »Ich bin diese Nacht um ein Haar abgefackelt worden bei dem Versuch, Liebermann zu retten, und hätte trotzdem beinahe den Killer erwischt. Das ist mehr, als eure gesamte Kacksoko aufzuweisen hat! Und dabei wäre ich fast draufgegangen. Während du einem toten Fotografen Händchen gehalten hast.«

»Das Händchenhalten hat immerhin was gebracht«, sagte sie und hielt einen USB-Stick in die Höhe.

»Was ist das?«

»Computerzeugs. Damit kann man Daten speichern.«

»Das weiß ich selbst, bin doch nicht blöd in der Birne. Ein paar Gehirnzellen hat das Feuer schon noch übrig gelassen, keine Sorge. Woher hast du den Kram?«

»Von Liebermann, um genau zu sein aus seiner Gürtelschnalle. Nachdem du so heldenhaft die Verfolgung des Täters aufgenommen hast, habe ich die Gunst der Stunde genutzt und Liebermann durchsucht.«

»Und dabei hast du etwas gefunden, was unser Profikiller übersehen hat?« Schäfer klang skeptisch.

»Genau. Seine Gürtelschnalle hatte ein kleines verstecktes Fach. Ich bin wohl daran hängen geblieben, als du ihn aus dem Fenster zu mir nach unten gelassen hast, und dabei hat sich der Schließmechanismus gelockert. Das habe ich bemerkt, als ich ihn abgetastet habe. Mir ist dieser USB-Stick richtiggehend in die Hände gefallen.« Sie grinste.

»Sag bloß, Jansenbrink und Krenzin ...?«

»Die beiden wissen nichts davon!«, erklärte sie.

»Wow!« Schäfer blies die Wangen auf. »Jetzt bin ich aber sprachlos.«

»Einer von uns musste doch etwas zur Aufklärung beitragen.« Sie lachte.

»Dann ist bei dir doch nicht Hopfen und Malz verloren, wie ich bisher dachte, und vielleicht wird aus dir irgendwann sogar mal eine anständige Polizistin.« Er kaute auf der Unterlippe, schaute sie an. »Wenn du viel Glück hast, meinte ich, dann vielleicht«, schob er stammelnd nach, um sein Lob offenbar etwas zu revidieren.

Aber Elsa freute sich innerlich über dieses Lob, so winzig es auch sein mochte. Doch das sollte Schäfer besser nicht merken, sonst würde sich sein sowieso übersteigertes Ego noch mehr aufblähen. Also setzte sie schnell zu einer verbalen Spitze an. »Du meinst, ich könnte so ein guter Polizist werden wie du?« Sie winkte ab. »Übertreiben wir es lieber nicht. Ich habe keine Lust, als das weibliche Gegenstück von Thomas Magnum rumzulaufen.«

»Hat der Stick eigentlich keine Verschlusskappe?«

Elsa runzelte die Stirn. »Vielleicht ist die abgegangen, als ich den Stick an mich genommen habe. Ich musste schnell machen, die Kavallerie rückte bereits an. Aber was soll's.«

»Labern wir nicht lange rum, sondern schauen uns an, was da drauf ist«, knurrte Schäfer.

Elsa hob müde die Hand und zeigte auf ihre Armbanduhr. »Aber nicht um fünf Uhr morgens. Egal, was auf diesem Stick ist, das hat Zeit, bis wir eine Runde Schlaf und danach ein ordentliches Frühstück bekommen haben. Und außerdem sollte man sich um deine Verletzungen kümmern.«

»Dann nehme ich gerne die Einladung zur Übernachtung an«, entgegnete Schäfer und streckte sich.

Elsa nickte, zu müde für einen Widerspruch, und führte Schäfer ins Haus.

Sie schreckte hoch und tastete umher, fand den Wecker und stellte den schrillen Alarmton aus, dann blickte sie aus dem Fenster. Draußen schneite es. Elsa fühlte sich total erschlagen. Sie hatte wieder diesen Albtraum gehabt, der sie schon seit Jahren quälte: Hilflos trieb sie im reißenden Lech und drohte unterzugehen. Immer wieder sank ihr Kopf unter die Oberfläche, sie schnappte nach Luft und schluckte Wasser. Der Traum beruhte auf einem schrecklichen Kindheitserlebnis, als Zehnjährige war sie in den Lech gefallen und um ein Haar ertrunken. Ein Polizist hatte sie aus dem Wasser gezogen und ihr das Leben gerettet. Bis heute hatte sie immer ein mulmiges Gefühl, wenn sie auf einem Boot war oder eine Uferböschung entlangging. Manchmal überkam sie sogar Panik. Sie schüttelte den Kopf, um die Erinnerungen zu vertreiben.

Der Wecker zeigte halb neun an. Elsa rieb sich die Augen, ließ den Kopf zurück aufs Kissen sinken. Was machte sie um diese Zeit noch im Bett? War vielleicht Sonntag, oder hatte sie Urlaub und konnte deshalb ausschlafen? Aber wieso schellte dann der Wecker? Ihre Gedanken sprangen Bungee, sie war total verwirrt. Es half nichts, sie gab sich einen Ruck und schwang die Beine aus dem Bett. Als sie aufstand, drehte sich alles um sie, sie musste sich am Bettgestell abstützen. Hastig schloss sie die Augen, um wieder klar zu denken, was ihr schwerfiel. Dann sah sie einige Sekunden aus dem Fenster, beobachtete die Schneeflocken, die gegen die Scheibe fielen. Erst jetzt brachen die Ereignisse der letzten Nacht über sie herein, der Nebel lichtete sich. Der Mord an Liebermann, die Abfuhr Jansenbrinks. Der USB-Stick, den sie im Gürtel des Fotografen gefunden hatte. Ach ja, und dann war da noch Schäfer. Elsa erschrak, als sie an den Privatdetektiv dachte. Schäfer hatte vor ihrem Haus auf sie gewartet, mit ihr gesprochen. Und dann hatte er gesagt, dass er hier … übernachten wollte? Sie stürzte aus ihrem Zimmer, ins Schlafzimmer ihrer Mutter und riss das Fenster auf.

»Verflixt, verflixt, verflixt!«

Schäfers hässlicher Ford Mustang parkte tatsächlich vor dem Haus. Hatte sie den Privatschnüffler im Gästezimmer einquartiert? Wo denn sonst? Also raus aus Mutters Zimmer, zum Gästezimmer, Tür aufreißen und … Das Zimmer war leer.

»Verdammt!«

Wo war der Mann?

Geräusche aus dem Bad.

Sie klopfte an der Tür, eintreten wollte sie nicht. Am Ende war Schäfer nicht angezogen.

»Ja?«, hörte sie die Stimme ihrer Mutter.

»Nichts, Mama, alles gut«, antwortete sie, als sie Geschirr in der Küche klappern hörte.

Elsa hastete zurück in ihr Zimmer, öffnete den antiken Bauernschrank, aus dem ihre Kleider quollen. Normalerweise hasste sie Unordnung, aber schließlich musste sie fast ihren ganzen Münchner Hausstand in ihrem Jugendzimmer unterbringen. Das meiste Zeug aus ihrer alten Wohnung hatte sie im Keller gelagert, aber ihre Klamotten wollte sie doch weitgehend beisammenhaben. Sie kramte in aller Eile Jeans und Pullover heraus, ihren normalen Freizeitlook. Aber halt! Wenn Schäfer sich hier im Haus befand, war ein etwas professionelleres Aussehen wahrscheinlich besser. Also disponierte sie kurzerhand um und wählte eine schwarze Stoffhose und eine graue Bluse, alles schön büromäßig. Vor dem Innenspiegel des Schranks richtete sie notdürftig die Haare. Dann lief sie eilig die Treppe hinunter.

»Guten Morgen«, schallte es ihr fröhlich entgegen.

Schäfer saß am Küchentisch vor einer dampfenden Tasse Tee und einem Glas Orangensaft und schob sich eine Semmel in den Mund. Die kurze Nachtruhe hatte ihm aber offenbar nicht wirklich gutgetan, denn sein Äußeres wirkte noch um zwei Stufen beunruhigender als gestern vor dem Haus. So sah eigentlich nur jemand aus, der einen Flugzeugabsturz über Brasilien überlebt und anschließend monatelang durch den Dschungel geirrt war. Wie sollte sie ihrer Mutter die Anwesenheit dieses Individuums erklären? Sollte sie sagen, sie wäre einer Hilfsorganisation beigetreten und würde einem Kriegsflüchtling Zuflucht gewähren?

»Setz dich«, sagte Schäfer kauend. »Frische Semmeln und Brezen. Echt toll, dass ihr einen Bäcker um die Ecke habt.«

»Sag mal, brauchst du gar keinen Schlaf? Wie lange bist du schon wach?«

»Seit halb acht. Zweieinhalb Stunden aufs Ohr gelegt, das reicht locker.«

Elsa schielte durch die Schiebetür ins Wohnzimmer.

Schäfer lachte, dabei ähnelte er Quasimodo, dem buckligen Glöckner. »Alles aufgeräumt. Decke und Kissen liegen dort, wo du sie rausgeholt hast. Ich weiß eben, wie man sich als Gast benimmt.«

»Soso«, brummte Elsa. »Ist ja wohl das Mindeste, das ich verlangen kann, wenn du hier übernachtest. Und dazu meine Küche als deine betrachtest.«

»Quatsch nicht, sondern setz dich. Eine Tasse Kaffee und ein Brötchen können nicht schaden. Ich persönlich bin ja eher ein Teetrinker. Ist auch viel gesünder. Aber wie auch immer. Gemütlich habt ihr's hier. Schön ordentlich alles, ich habe mich sofort zurechtgefunden. Feine Sache ist das.«

Fröhlichkeit am frühen Morgen! Es gab nichts, was sie mehr hasste, dachte Elsa. Deshalb schaltete sie auch jedes Mal den Radiosender weg, wenn ein übermotivierter Sprecher in aller Herrgottsfrüh dämliche Witze riss und herumalberte wie ein Fünftklässler mit ADHS. Ihre Laune besserte sich in der Regel frühestens gegen zehn Uhr, also nach dem zweiten Frühstück. Aber okay. Heute lief das wohl alles ein wenig anders. Elsa nahm gegenüber Schäfer Platz, schenkte eine Tasse Kaffee ein, schwarz mit einem Stück Zucker, und ließ das Gebräu seine Wirkung entfalten. Über den Kaffeedampf hinweg fixierte sie ihren Übernachtungsgast, der genüsslich eine zweite Semmel mampfte. Sein Appetit war ansteckend, also griff sie nach einer Breze, schmierte eine ordentliche Portion Butter drauf und verschlang sie mit Heißhunger. Zwei Brezen und zwei Marmeladensemmeln später lehnte sich Elsa zurück und legte den USB-Stick auf den Tisch.

Schäfer setzte die Tasse ab, aus der er gerade seinen Tee trinken wollte: »Ob da was über den Hintergrund der Morde drauf ist?«

»Finden wir es raus«, erklärte Elsa und verstummte dann abrupt, als ihre Mutter in die Küche platzte.

»Schatz, du hast Besuch, wie schön!«

»Lass gut sein, Mama«, winkte Elsa ab. »Nur ein ...«, sie überlegte, dann schob sie rasch nach, »ein Kollege.«

»Ist das nicht dieser Mann aus dem Fernsehen? Von dem Tatort, da wo du auch warst.«

»Nein, du musst dich täuschen, Mama.«

»Doch, doch. Gut, er sieht etwas ramponiert aus. Aber er ist es, da bin ich sicher. Sagtest du nicht, das wäre ein Privatdetektiv?« Sie nahm ebenfalls am Tisch Platz. »Das stelle ich mir ungeheuer aufregend vor, als Privatdetektiv. Und bestimmt gefährlich.« Sie musterte Schäfer eingehend, spielte mit den Fingern an ihrer Lesebrille, die sie wie üblich an einer Kette um den Hals trug. »Bestimmt haben Sie mit vielen gefährlichen Kerlen zu tun. So wie Sie aussehen, Sie armer Mensch.«

»Ach, nicht der Rede wert«, murmelte Schäfer bescheiden.

Elsa nahm ihm diese Nummer nicht ab. In Wahrheit fühlte er sich geschmeichelt, zumindest grinste er selbstgefällig.

»Mama, wir haben dienstliche Sachen zu besprechen.«

»Hier? In meiner Küche?« Martha Dorn sah sich fragend um.

»Ja, ist so ein Geheimkram, verstehst du?«

»Na dann lasst euch von mir nicht stören.« Sie machte allerdings keinerlei Anstalten aufzustehen.

»Geheim bedeutet, dass niemand außer mir«, Elsa tippte auf ihre Brust, »und ihm«, sie zeigte auf Schäfer, »davon wissen darf.«

»Ich habe dich schon verstanden. Aber ich bin schließlich

deine Mutter. Vor seiner Mutter hat man keine Geheimnisse. Nicht wahr, Herr ...?« Sie wandte sich Schäfer zu.

»Schäfer, Sven Schäfer.«

»Angenehm.« Sie reichte dem Privatdetektiv über den Tisch hinweg die Hand. »Martha Dorn. Ich bin die Mutter dieser heute etwas unfreundlichen Person. Aber meine kleine Elsa war schon immer ein Morgenmuffel. Stimmt's, Schatz?«

»Mama! Es ist wirklich geheim.«

Martha beugte sich vor, zwinkerte erst Elsa, dann Schäfer zu. »Ich kann schweigen«, flüsterte sie.

»Mamaaa!«

»Das ist mein Haus und meine Küche. Und ich habe Hunger, ich will frühstücken«, sagte sie und kniff den Mund zusammen, dann verschränkte sie die Arme.

»Okay, Mama, du frühstückst und wir gehen in mein Zimmer.« Sie bedeutete Schäfer, ihr zu folgen, und stand auf. Auf einen Streit mit ihrer Mutter hatte sie jetzt nicht die geringste Lust, zumal keinerlei Aussicht bestand, diese Auseinandersetzung zu gewinnen.

Elsa schloss ihre Zimmertür zweimal ab, um sicherzugehen, dass Martha Dorn nicht einfach hereinstürmte. Schließlich kannte sie die Neugierde ihrer Mutter nur zu gut. Dann setzte sie sich an ihren Schreibtisch und fuhr den Computer hoch. Elsa merkte, wie sich Schäfer in ihrem Kinderzimmer umsah. Auf einmal war es ihr peinlich, ihn in ihr Reich mitgenommen zu haben. Nicht einmal ihr Bett hatte sie in der morgendlichen Hektik gemacht. Täuschte sie sich, oder lächelte Schäfer, als sein Blick auf die Poster über dem Bett fielen? Eine Boy-Band und Oliver Bierhoff, wie er sich das Trikot nach der Europameisterschaft 1996 vom Leib riss. Auf einem Holzregal stapelte sich ihre Kindheitslektüre: *Fünf Freunde* sowie *Hanny und Nanny.* Daneben hatte sie ihre italienische Büchersammlung sorgsam aufgereiht, Romane und Bildbände über die Toskana. Ihr Zimmer war eine seltsame Mischung aus Kinder- und Erwachsenenwelt, das war Elsa völlig klar. Um wenigstens etwas Flair in die ganze Sache zu bringen, hatte sie zwei ihrer Lieblingsstücke aus der Münchner Wohnung aufgestellt: eine Designerlampe mit transparentem Schirm und einen schwedischen Hocker in Birkenoptik.

Sie seufzte innerlich, als der Computer endlich startklar war. Schäfer sah ihr gespannt zu, wie sie den USB-Stick in den dafür vorgesehenen Schacht schob, und kurz darauf eine Szenerie über den Monitor flimmerte, die sie beide den Atem anhalten ließ. Auf dem Stick war ein Sexfilm der besonderen Art gespeichert.

»Ein Snuff-Video!«, platzte es aus ihr heraus. Elsa hörte, wie Schäfer mehrmals nach Luft schnappte.

»Das kommt darauf an«, knurrte er.

»Wie meinst du das?«

»Ein Snuff-Video ist erst dann ein richtiges Snuff-Video, wenn das Opfer am Ende tot ist. Das ist der Sinn bei der Sache.«

O Gott! Bitte nicht! Sie rutschte unruhig auf dem Stuhl hin und her, während sie Darko Kovac dabei beobachtete, wie er eine ans Bett gefesselte und mit Klebeband geknebelte junge Frau vergewaltigte. Tatkräftig zur Seite stand ihm dabei seine Freundin Magdalena Resch.

Elsa drehte angewidert den Ton leiser, ihr fiel es schwer, überhaupt auf den Monitor zu blicken.

Kovac drehte sich lachend zur Kamera und wischte sich den Schweiß von der Stirn. Das Kamerabild wackelte hin und wieder, dadurch wirkten die Ereignisse umso realistischer auf den

Betrachter. Kovac schwenkte eine Flasche, bei näherem Hinsehen erkannte Elsa eine Biermarke, und zeigte sie der gefesselten Frau. Deren Augen weiteten sich panisch. Er winkte Magdalena an seine Seite, die einen Vibrator in den Händen hielt. Nun trat eine weitere Person ins Bild, Stadtrat Leo Trautwein, der sich über die gedemütigte Frau beugte, ihr etwas ins Ohr flüsterte und hämisch grinste. Trautwein wandte sich zur Kamera und sagte ein paar Worte, die Elsa aber nicht verstand.

»Noch mal zurück«, befahl Schäfer. »Ich will wissen, was das verdammte Schwein gesagt hat.«

Elsa folgte der Aufforderung widerwillig, bei der Aussicht, diese Szenen ein zweites Mal anzusehen, musste sie sich fast übergeben. Aber Schäfer hatte ja recht. Sie sahen erneut Trautwein vor die Kamera treten, sich über die Gefesselte beugen, zur Kamera drehen und hörten jetzt, was er sagte: »Hey Stefan, schön nahe ran, damit alles drauf ist.« Danach ein ekliges Lachen.

Elsa sah noch einige Minuten zu, bis der Bildschirm plötzlich schwarz wurde. Sie wartete eine Weile, aber da kam nichts mehr. Sie drehte sich zu Schäfer um, dessen Gesichtszüge undurchdringlich waren. Einzig seine mahlenden Unterkiefer zeigten Elsa, dass ihn das Video nicht kalt gelassen hatte.

»Da haben wir dann wohl unser Motiv«, sagte er knapp. »Leider wissen wir nicht, ob die Frau das überlebt hat.«

Elsa nickte. »Dieses Video! Du glaubst auch, dass das echt ist? Die Frau auf dem Bett war keine Schauspielerin oder Prostituierte, die gegen Geld mitgemacht hat, um die Konsumenten perverser Gewaltfantasien zu befriedigen?«

Schäfer schüttelte den Kopf. »Das war echt, das kann man nicht schauspielern.«

»Ich vermute, die Frau ist diese Elena Debarelli, von der Liebermann gesprochen hat«, flüsterte Elsa.

»Ganz genau! Der gleiche Liebermann, der dieses Drecksvideo gedreht hat. Möge er in der Hölle schmoren«, knurrte Schäfer.

»Ist dir die Bierflasche aufgefallen, die dieser elende Kovac ...« Elsa verstummte, ihr fiel es schwer, den Satz zu Ende zu sprechen.

»Auge um Auge, Zahn um Zahn. Kovac ist das Gleiche widerfahren, was er Elena angetan hat.«

»Magdalena Resch musste das ebenfalls am eigenen Leibe spüren, genau wie ihr Freund Kovac. Und Liebermann wurden die Augen ausgebrannt«, fuhr Elsa fort.

»Weil er diese Sauerei gefilmt hat. Trautwein wurden die Karotten in die Augen gestoßen, weil er dabei zugesehen hat. Der Mörder hat dem Voyeur Trautwein und dem Kameramann Liebermann das Augenlicht genommen, bevor er sie umgebracht hat. Perfide, aber aus Sicht des Täters nachzuvollziehen, findest du nicht?«

Elsa antwortete nicht auf diese Frage. Was sie eben hatte ansehen müssen, war zu brutal und widerwärtig gewesen. Die Frau in ihr regte sich, das Mitleid mit den Mordopfern, das sie bis vor einigen Minuten noch verspürt hatte, geriet in den Hintergrund. Stattdessen verspürte sie starkes Mitgefühl für die gepeinigte und gefesselte Frau aus dem Video. Die vier anderen Personen, die in dem Film zu sehen waren, hatten dagegen ihr Schicksal verdient. Ein Gedanke formte sich in ihrem Gehirn, den sie nicht wagte laut auszusprechen. Schäfer schien das ähnlich zu sehen, wenn sie seinen Gesichtsausdruck richtig deutete. Er hielt mit seinen Gefühlen allerdings nicht hinterm Berg.

»Saubande, verreckte! *Eine* Bierflasche war für Kovac noch viel zu wenig. Diesem Schwein hätte man ein halbes Dutzend einführen müssen. Mit einem Vorschlaghammer. Diesem

Schwein von Zuhälter! Von den anderen Arschlöchern auf diesem Video ganz zu schweigen. Die gehören ...«

Schäfer setzte seine Schimpftirade fort, doch Elsa hörte nicht mehr hin. Trotz allem, was sie gerade gesehen hatte, lief in Augsburg ein Mörder herum, der aus Rache tötete. Sie war Polizistin, ihre Aufgabe bestand darin, den Täter zur Strecke zu bringen, egal, welche Motive ihn leiten mochten. Und wer wusste schon, ob er nicht noch weitere Personen auf seiner Todesliste hatte? Eine Frage zwickte an ihr wie ein Rosendorn. »Wo steckt Elena Debarelli? Ist sie noch am Leben?«

Schäfer stockte in seiner Wutrede, sah sie an und fügte hinzu: »Und wer muss noch sterben, damit der Engelmörder die Antwort auf diese Frage erhält?«

»Oder ist Elena schon tot?«

»Aber ihre Leiche ist nicht gefunden worden.«

»Das sagt nichts aus«, erwiderte Elsa. »Wenn sie tot ist, würde das die Brutalität erklären, mit der der Engelmörder vorgegangen ist.«

»Vielleicht, vielleicht auch nicht. Wenn jemand meiner Tochter so etwas zufügen würde, dann würde ich mehr tun, als ihm als nur eine Bierflasche in den Arsch zu stecken und ihn mit dem Messer zu zerstückeln. Nein, das wäre noch zu harmlos für solch ein Tier. Ich würde diesen Typen kastrieren, mit eigenen Händen täte ich das, und dann würde ich jedes einzelne seiner Eier schön genüsslich ...«

»Schluss!«, schnitt sie ihm das Wort ab. Sie hatte genug, wollte nichts davon hören. Zumal ein Blick in Schäfers Augen ihr verriet, dass er da keine leeren Worthülsen ausstieß. Er meinte es genau so, wie er es sagte. Plötzlich bekam Elsa Gänsehaut und wusste nicht, kam das von dem Sexvideo oder von Schäfers hartem Gesichtsausdruck, in dem kein Mitleid zu lesen war.

»Beinahe verspüre ich Sympathie für den Engelmörder, aber nur beinahe«, flüsterte der Privatermittler.

»Beinahe?«

»Ja, wenn dieser selbst ernannte Rächer es nicht auch auf mich abgesehen hätte. Immerhin hat er sein Bestes gegeben, mich über den Jordan zu schicken. Auch wenn er ansonsten richtig gehandelt haben mag.«

Elsa hob die Augenbrauen.

»Ich meine, aus seiner Sicht halt richtig«, sagte Schäfer schnell. »Aber dann auch noch Zeugen wie mich aus dem Weg zu räumen«, er holte Luft, »das geht doch zu weit.«

Elsa grübelte über den letzten Halbsatz Schäfers.

Nach einer halben Ewigkeit, in der beide schwiegen, ließ sich Schäfer vernehmen: »Es gibt da noch was, das mir nicht aus dem Kopf geht.«

»Nämlich?«

»Wie passt Steiner in das Mosaik? Er ist nicht auf dem Video drauf.«

KAPITEL 20

»Wie ist es gelaufen?«, wollte Elsa wissen und schluckte den Rest Schokolade herunter. Gerade hatte sie ihre letzte italienische Praline genossen. Sie musste schnellstmöglich Nachschub besorgen, am besten einen ganzen Karton.

Schäfer wartete ihre Einladung nicht ab, sondern setzte sich einfach auf den Bürostuhl, der normalerweise für ihre Kollegen reserviert war. Den Besucherstuhl übersah er geflissentlich. Erst als er bequem saß, beantwortete er ihre Frage. »Hätte schlimmer sein können. Jansenbrink ist nicht aufgetaucht. Man könnte meinen, er ignoriert mich.« Er zuckte mit den Schultern. »Soll mir recht sein. Sein Quadratschädel ist wirklich kein schöner Anblick. Immerhin hat er mir nicht wieder diesen Praktikanten auf den Hals gehetzt. Ich habe meine Aussage bei einem KOK Brunner gemacht und ihm den ganzen Mist erzählt, von Liebermanns Anruf bis zu dem explodierenden Airbag mitten auf der Bundesstraße. Und das war's, dann durfte ich gehen.« Er ließ den Blick schweifen. »Nett hast du's hier. Richtig heimelig.«

»Ich hatte wenig Zeit, mein Büro einzurichten«, erklärte Elsa, um sich im gleichen Moment zu ärgern. Es gab keinen Grund, sich vor Schäfer zu rechtfertigen. Selbst wenn ihr Büro wirklich etwas kahl und unfreundlich wirkte. An den Wänden hingen keine Bilder und auf dem Schreibtisch standen keine Fotos. Im Gegensatz zu ihren Kollegen hatte sie weder eine private Kaffeetasse noch einen persönlich gestalteten Briefbeschwerer. Nur ihre Kakteensammlung auf dem Fensterbrett sorgte für einen etwas persönlicheren Anstrich. Selbstverständlich sollte ihr Büro nicht für alle Zeiten so eintönig und langweilig bleiben. Aber sie würde jetzt garantiert nicht mit diesem Rhinozeros Schäfer über irgendwelche Deko-Maßnahmen diskutieren.

»Also ich habe immer die sichergestellten Beweismittel auf meinem Schreibtisch oder dem Fensterbrett aufbewahrt. Machte das Büro irgendwie gemütlicher«, verkündete das Rhinozeros ungefragt.

»Beweismittel gehören in die Asservatenkammer.«

»Wenn es nach den Dienstvorschriften geht, sicher. Aber die habe ich immer etwas positiver ausgelegt. Das Beamtentum ist sowieso spießig genug, man sollte es nicht übertreiben.«

»Hast du dich eigentlich jemals an *irgendeine* Vorschrift gehalten? Oder hast du aus Prinzip alle ignoriert?«, fragte sie. Schäfers Rückfall in sein altes Verhaltensmuster ließ sie sofort die Gegenposition einnehmen. Dieses Pseudo-Revoluzzertum war doch einfach nur lächerlich. Aber gut, was wollte man von einem Mann wie ihm auch schon erwarten. Seine nächste Äußerung passte irgendwie dazu.

»Jepp, ich war stets pünktlich in der Kantine.«

»Beim Spachteln immer der Erste, das sieht dir ähnlich.«

»Keineswegs. Die meisten anderen gingen bereits eine Viertelstunde vor mir und haben den Staat um fünfzehn Minuten Mittagspause beschissen, ich dagegen nicht.« Er verschränkte die Arme und lächelte sie an.

»Okay, gut. Machen wir weiter. Dein Gesülze nervt mich nämlich und wird auch nicht erträglicher, je länger wir uns kennen. Immerhin musste ich heute nicht schon wieder gegen irgendwelche Vorschriften verstoßen, um dich ins Präsidium einzuschleusen. Nur gut, dass Jansenbrink auf dein Erscheinen bestanden hat.«

»Genau. Und dadurch bin ich zudem noch in den Genuss gekommen, als Beifahrer deine Fahrkünste zu genießen. Diese kleine Kiste ist zwar nicht wirklich bequem, aber ...«

»Aber immer noch fahrtüchtiger als ein gewisser gelber Ford Mustang«, beendete Elsa den Satz, was ihr einen zornigen Blick von Schäfer einbrachte. Ungerührt fuhr sie fort: »Kann ich was für deinen unförmigen Körperbau? Ich habe in meinem Wagen ausreichend Platz.« Auf ihren schwarzen Flitzer ließ sie nichts kommen. Sie liebte ihren gerade mal zwei Jahre alten BMW-Mini heiß und innig.

Schäfer winkte ab und nahm dann den nächsten Feind ins Visier. »Der gute alte Jansenbrink«, spottete er. »Wenn der wüsste, dass sein verhasster Exmitarbeiter unbehelligt hier auf den heiligen Fluren wandelt und noch dazu bei den Mordermittlungen assistiert.«

»Das sollten wir ihm möglichst nicht auf die Nase binden. Ich hoffe nur, Kollege Brunner teilt ihm nicht mit, dass ich dich nach der Vernehmung in mein Büro zitiert habe.«

»Ooch, ich denke nicht. Zumindest nicht so bald. Ich habe mitbekommen, wie Brunner telefoniert hat. Er muss wohl den ganzen Tag in den Außendienst. Ich hatte irgendwie das Gefühl, er hätte eine verdammt heiße Neuigkeit erhalten.« Er sah sie neugierig an.

»Was kuckst du so blöd? Mir sagt in diesem Haus momentan keiner was. Aber immerhin ist Brunner weg. Denn wenn Jansenbrink herausfinden sollte, dass du nicht sofort nach deiner Aussage das Präsidium verlassen hast ...«

»Dann reißt er dir den Arsch auf!«, vollendete Schäfer charmant ihren letzten Satz.

»Stimmt. Obwohl du ja eigentlich schuld an der ganzen Sache bist.«

»Tja«, entgegnete der Privatdetektiv mit einem breiten

Grinsen. »Aber mein Hintern ist diesmal in Sicherheit. An dem ist Jansenbrink nicht mehr interessiert. Jetzt bist du fällig.« Er lehnte sich vor, der Stuhl quietschte unter seinem Gewicht. »Kein schönes Gefühl, oder?«

»Kann es sein, dass du Gefallen daran findest?«

»An deinem Hinterteil gewiss nicht, aber dass Jansenbrink sich ein neues Opfer gesucht hat, daran schon. Dadurch bin ich aus der Schusslinie.«

Elsa holte tief Luft. »Weißt du was? Du bist heute ein richtiger ... Ach, egal, lassen wir es einfach.«

»Danke, aber das musste sein.«

»Wieso?«

»Ich hatte das Gefühl, du entwickelst so eine komische Art von Zuneigung zu mir. Dem wollte ich entgegenwirken.«

»Was? Du tickst doch echt nicht ganz richtig«, brauste Elsa auf. »Ich und Zuneigung zu dir? Dass ich nicht lache.« Sie spürte, wie ihre Stirnader heftig pochte vor lauter Empörung. Was erlaubte sich dieser hochnäsige Kerl? Okay, er hatte was drauf als Privatermittler, vielleicht war er sogar als Polizist mal ganz gut gewesen. Ehre, wem Ehre gebührt. Aber als Mensch? Und als Mann gleich dreimal nicht! Sie mochten zwar das gleiche Körpergewicht haben, aber das war schon die einzige Gemeinsamkeit. Bereits in der Verteilung der Masse gab es himmelweite Unterschiede. Bei Schäfer dominierten die Muskeln. Sie dagegen bestand vor allem aus ... aus etwas Fett und einiger Gehirnmasse. Letztere fehlte bei Schäfer völlig. Aber vielleicht war ihm ja beim Fitnesstraining einfach nur eine der Hantelscheiben auf den Kopf gefallen.

»Ist dein Puls wieder normal?«, erkundigte er sich mit einem liebenswürdigen Lächeln, das ihren Puls sofort wieder nach oben jagte.

»Also: Willst du den Engelmörder fangen oder nicht?«,

fauchte sie. »Wenn ja, dann halt die Klappe und verschone mich bitte mit weiteren bescheuerten Kommentaren.«

»Wunderbar!« Schäfer klatschte in die Hände.

Elsa runzelte die Stirn.

»Jetzt hast du wieder die nötige Distanz und kannst deine kleinen grauen Zellen auf Verbrecherjagd schicken.«

»Blödmann!«, murmelte sie. »Zuneigung? Nach all dem, was ich dir zu verdanken habe?«

»Ist ja gut, komm wieder runter. Was hat deine tolle Soko inzwischen denn über die Engelbilder rausgefunden?«

Seufzend griff Elsa nach einer Mappe, schlug diese auf und warf sie Schäfer zu. »Lies selbst.«

Er fing die Mappe und überflog den Inhalt. »Laut BKA gibt es keinen vergleichbaren Fall in Deutschland«, murmelte er.

»Genau. An keinem Tatort in ganz Deutschland wurde ein Bild des Erzengels gefunden, abgesehen von den vier Fällen in Augsburg natürlich. Das Bundeskriminalamt hat daraufhin das Suchraster erweitert. Teufelsbilder, Dämonen, alle möglichen Engel, römische und griechische Götter, sogar die Gottheiten der Wikinger. Nichts! Wenn unser Engelmörder schon einmal in der Bundesrepublik gemordet hat, dann hat er jedenfalls nichts hinterlassen, was auf ihn hindeutet.«

»Vielleicht hat er seine Vorgehensweise geändert. Oder er hat seinen früheren Mordopfern einen Daumen abgeschnitten, die Zunge oder sonstige Körperteile und diese als Andenken oder Trophäe mitgenommen. Oder er hat«, Schäfer schob die Unterlippe vor, »einfach gar nichts zurücklassen.«

»Ich tendiere zu ›gar nichts‹. Das mit der Zunge kannst du vergessen. Es ist ja nicht so, dass es in unserem Land vor unaufgeklärten Serienmorden nur so wimmelt. Laut deiner Theorie müsste das aber der Fall sein. Nein, das hier in Augsburg waren wahrscheinlich seine ersten Morde.«

»Glaube ich nicht. Dafür war er viel zu professionell. Irgendwo muss der Typ vorher schon aktiv gewesen sein.«

»Vielleicht ist er Soldat und hat sich in Afghanistan oder im Irak ausgetobt. Da hilft es dann wenig, wenn wir die Datenbanken für Deutschland durchsuchen.«

»Möglich. Oder er ist gar kein Deutscher.«

Elsa musterte ihre angeknabberten Fingernägel. »Sagtest du nicht, der Mann, der sich für Steiner ausgegeben hat, hätte ziemlich gut Deutsch gesprochen?«

»Ja schon, aber irgendwie auch nicht.«

»Wie jetzt? Du musst doch wissen, ob er ein Deutscher war oder nicht.«

»Nicht unbedingt. Er hat schon Deutsch gesprochen, aber irgendwie so, als hätte er einen Stock im Arsch. Ziemlich steif, wenn du verstehst, was ich meine. Kann auch ein komischer Akzent gewesen sein. Wenn ich genauer darüber nachdenke, könnte er ein Ausländer sein, der einfach relativ gut Deutsch spricht.«

»Und woher kommt er dann?«

»Keine Ahnung, den Akzent konnte ich nicht einordnen. Außerdem gibt es da noch eine andere Frage.«

»Und die wäre?«

»Das Motiv.«

»Ich dachte, wir wären uns einig. Das Motiv ist Rache für die Vergewaltigung der Frau aus dem Video.«

Schäfer rieb sich das Kinn. »Aber der Engelmörder ist kein durchgeknallter Rächer. Wir reden hier von einem Fünffachmord, ausgeführt von einem Profi. Da muss doch jemand dahinterstecken, ein Auftraggeber. Ich glaube einfach nicht, dass der Ehemann oder Freund dieser Frau durchgedreht und Amok gelaufen ist. Außerdem passt Steiner nicht da rein. Er ist auf dem Video nicht zu sehen.«

»Vielleicht hat Steiner im Hintergrund agiert und wurde deshalb nicht gefilmt. Oder er hat den Film in Auftrag gegeben. Weil er ein geiler alter Sack war. Das hört man doch immer wieder. Dass es Typen gibt, die solche Schweine-Filme angucken und sich dabei einen runterholen. Wer weiß, eventuell gehörten die Ermordeten alle einem von diesen perversen Porno-Clubs an? Nur dass sich Kovac die falsche Hauptdarstellerin ausgesucht und dadurch einen sehr gefährlichen Gegner auf den Plan gerufen hat, der jetzt nacheinander alle umbringt, die mit dem Video zu schaffen hatten.«

Schäfer rieb sich die Augen und stöhnte auf, als er sein Veilchen berührte. »Und Liebermann hat geahnt, dass er als Nächster an der Reihe ist. Als nach und nach die komplette Porno-Truppe umgebracht wurde, hat er Schiss gekriegt. Er beschloss unterzutauchen. Aber bevor er sich endgültig vom Acker machte, hat er mich noch angerufen, um mir bei unserem Treffen den Namen des Killers zu verraten. Als Lebensversicherung quasi.«

»Nur sind wir leider zu spät gekommen.«

»Ja, das ist echt beschissen gelaufen. Jetzt wissen wir immer noch nicht, wer hinter dem Engelmörder steckt. Ich glaube, wir drehen uns hier im Kreis und kommen so einfach nicht weiter.« Der Privatdetektiv schüttelte den Kopf. »Zu viele Alternativen«, brummte er. »Was sagt denn Interpol dazu, ihr habt doch international recherchieren lassen?«

»Moment, ich check das mal am Computer. In letzter Zeit habe ich an den Sitzungen der Soko aus bekannten Gründen«, sie warf ihm einen schiefen Blick zu, »kaum teilgenommen. Deshalb habe ich da ein gewisses Informationsdefizit.« Elsa klickte sich durch mehrere Formblätter, bis sie fündig wurde. »Da ist es. Eine Anfrage an Interpol, ob in ihrem Datenbestand Informationen über ähnlich gelagerte Mordfälle vorhanden sind.«

»Und?«

»Nichts und. Das ist nur die Anfrage, eine Antwort ist hier nicht drin.«

»Wäre aber echt hilfreich, wenn wir das wüssten«, maulte Schäfer.

»Ja, das ist mir klar, aber das Datum der Anfrage ist von Dienstag, heute ist Donnerstag. So schnell arbeiten die bei Interpol auch nicht. Das hier ist kein Fernsehkrimi oder CSI oder wie der Müll heißt. Upps!«

»Was ist?«

»Mein Fehler. Interpol hat bereits geantwortet, vor einer Stunde ist das Schreiben eingetrudelt. Habe ich übersehen bei dem ganzen Theater hier. Moment, was schreiben die da? Das ist, also das ist, wow.« Sie fuhr sich durchs Haar. »Deshalb war Brunner vorhin so aus dem Häuschen. Jemand hat ihn angerufen, um ihm die Antwort von Interpol mitzuteilen. Das ist ja ein Ding. In Italien gab es in den letzten zehn Jahren eine Reihe von Morden, die dem Dunstkreis der Mafia zugeordnet werden. Laut Interpol vermutet die italienische Polizei hinter den Taten einen Killer, den sie, pass auf, den sie den Todesengel nennt.«

»Nett, das passt zu unserem Engelmörder.«

»Nicht nur der Name passt«, gab Elsa zurück, die stumm weiterlas und nach jedem Abschnitt das Gelesene für Schäfer kurz zusammenfasste. »Insgesamt verzeichnen die Italiener zwölf Morde, die sie alle dem Todesengel zurechnen, weil er jedes Mal seine Visitenkarte hinterlassen hat.« Sie sah den Privatdetektiv an und hob eine Augenbraue. »Das Bild des Erzengels Gabriel.«

»Verdammt!«, platzte es aus Schäfer heraus. »Das ist er! Der Todesengel und der Engelmörder sind ein und dieselbe Person!« Er schlug sich mit der flachen Hand gegen die Stirn.

»Ich Volldepp! Natürlich, diese Aussprache. Der leichte Akzent. Jetzt weiß ich, an wen mich das erinnert hat: Michelle ... wie heißt sie noch mal. Hunziker. Ja, genau. Michelle Hunziker. Diese unglaubliche Blondine aus dem Fernsehen, die so tolle ...«

»Die Frau ist Schweizerin«, unterbrach ihn Elsa entnervt.

»Wie auch immer. Auf jeden Fall jagen die Italiener den gleichen Killer wie wir. Wie ist sein Name, hat Interpol ein Foto mitgeschickt?«

»Nein, aber den Namen seines vermutlichen Auftraggebers. Franco Campane, genannt ›der Schweigsame‹, ein Mafiapate aus Sizilien. Der Todesengel ist sein Mitarbeiter, so könnte man es ausdrücken.«

»Mitarbeiter, aha. Ein ganz besonderer Mitarbeiter ist das. Aber bringt uns das weiter?«

»Dass die italienische Mafia einen Killer nach Augsburg schickt, um dort einen Zuhälter, seine Freundin, einen Stadtrat und einen Fotografen umzubringen? Nein, für mich ergeben sich dadurch nur noch mehr Fragezeichen. »

»Du hast Steiner vergessen.«

»Nein, den habe ich nicht vergessen, denn er ist das nächste Fragezeichen, und zwar das größte von allen.«

»Was steht denn da noch über diesen Franz Campano?«, wollte Schäfer wissen.

»Campane heißt der Mann. Franco Campane.«

»Franco oder Franz, ist doch einerlei. Also, was wissen die Spagallos noch über Franz und den Todesengel?«

»Das ist ja interessant«, murmelte Elsa, während sie las. »Verdammt, das wüsste ich alles, wenn ich kein Outsider in der Soko wäre. Krenzin hat in der letzten Stunde bestimmt weitere Informationen bei den italienischen Kollegen eingeholt. Er weiß längst mehr über Campane. Das hier ist nur eine kurze

Vita des Mannes.« Hastig überflog sie den Text auf dem Monitor. »Folgendes: Franco Campane ist Pate einer sizilianischen Mafiafamilie. Angeblich lebt er in Palermo, der Hauptstadt von Sizilien. Allerdings weiß das niemand so genau, denn er tritt nicht in der Öffentlichkeit auf. Das einzige Foto, das von ihm existiert, ist aus den frühen 90ern. Heute dürfte er Mitte 50 oder Anfang 60 sein. Zumindest glaubt man das. Sein Geburtsdatum ist unbekannt. Er führt seine Familie«, Elsa sprach das Wort Familie mit einem angewiderten Gesichtsausdruck aus, »mit strenger Hand. Verfehlungen werden nicht toleriert und hart bestraft. In seiner Organisation beziehungsweise Familie gibt es noch einen Unterboss, Paolo Livatino, auch von einem Berater ist die Rede, den aber niemand kennt. Der Rest der Truppe besteht aus Männern, die Campane absolut hörig sind, sie werden auch als seine Soldaten bezeichnet.«

»Das heißt, die halten alle dicht, und man kann diesem Mistkerl von Campane nichts beweisen? Er wird da drüben nicht per Haftbefehl gesucht?«

»So isses.«

»Aber wieso vermuten die Spagallos dann ...«

Elsa warf ihm einen vorwurfsvollen Blick zu.

»Okay, also, warum halten unsere italienischen Freunde diesen Campane für den Auftraggeber des Todesengels? Korrekt formuliert, gnädige Frau?«

Elsa nickte. Dann blickte sie erneut auf den Monitor und scrollte mit der Maus das Dokument entlang. »Hier steht, dass diese Morde sich meistens sehr positiv auf Campanes Geschäfte auswirkten: Konkurrenten verschwanden, unliebsame Politiker und lästige Mitwisser. Nur beweisen kann man das nicht. Zumal über den eigentlichen Killer nichts bekannt ist außer seinem Spitznamen, den er sich durch diese Manie mit den Bildchen erworben hat. Campane jedenfalls ist in Palermo ein unbescholtener und angesehener Geschäftsmann, der zahlreiche wohltätige Veranstaltungen finanzkräftig unterstützt, wenn auch aus dem Hintergrund.«

»Als Ablenkung«, warf Schäfer ein.

»Natürlich, das ist doch immer so. Die größten Wohltäter haben den meisten Dreck am Stecken.«

»Das hilft uns aber auch nicht weiter, liebe Kollegin.« Schäfer grinste. »Wenn wir davon ausgehen, dass der Todesengel seine Schwingen über Augsburg ausgebreitet hat, dann muss es dafür einen triftigen Grund geben. Der Killer dürfte wohl kaum aus Eigeninitiative gehandelt haben, gibst du mir da recht?«

Elsa nickte.

Schäfer fuhr fort: »Nach dem Wissensstand der Italiener steht hinter dem Todesengel der Mafiapate Franco Campane aus Palermo. Mafia steht für organisiertes Verbrechen, also für Drogen, Prostitution, Falschgeld, Schutzgelderpressung und was weiß ich noch.«

»Hier könnte Darko Kovac ins Spiel kommen.«

»Genau«, stimmte Schäfer zu. »Kovac war ein Zuhälter.«

»Und dass die Mafia Kontakte nach Deutschland hat, vor allem nach Bayern, ist kein Geheimnis. Das Allgäu soll sogar Rückzugsgebiet für einige Profikiller sein, die dort in irgendwelchen Pizzerias als Kellner arbeiten und auf den nächsten Auftrag warten.«

»Wie wahr«, bestätigte Schäfer. »Ob in meiner Augsburger Pizzabude auch ein …?«, er winkte ab. »Ich will gar nicht daran denken, ob ein Killer mir meine Spaghetti an den Tisch bringt.«

»Vielleicht hatte Campane geschäftliche Beziehungen zu Kovac. Auf irgendeine Weise mussten die beiden ja in Kontakt bleiben, also hat Campane wahrscheinlich einen Mittelsmann nach Deutschland geschickt.« Sie sah Schäfer an. »Oder eine Mittelsfrau.«

»Diese Elena Debarelli!«

»Das ist eine Möglichkeit. Gehen wir mal davon aus, dass es so ist«, fuhr Elsa fort. »Aus irgendeinem Grund geraten Campane und Kovac in Streit. Vielleicht wollte Kovac mehr Geld rausschlagen. Oder Campanes Mittelsfrau überbrachte eine Nachricht, die Kovac nicht so gut gefiel, und da hat er sie aus Wut vergewaltigt, ein Video gedreht und das nach Palermo geschickt. Daraufhin ist der Pate ausgetickt und hat seinen Todesengel losflattern lassen. Um für klare Verhältnisse in der Augsburger Geschäftswelt zu sorgen. Einen sizilianischem Mafia-Paten brüskiert man schließlich nicht ungestraft, oder?«

»Klingt logisch, ist aber reine Spekulation, außerdem passt Steiner in deine Sicht der Dinge nicht rein.«

Das stimmte, aber welchen Grund gab es sonst für einen sizilianischen Mafiaboss, in Augsburg ein Blutbad anrichten zu lassen? Das brutale Sexvideo jedenfalls passte sehr gut zu ihrer Rachetheorie, dachte Elsa. Sie schwieg kurz und fragte dann: »Ist dir damals denn nichts aufgefallen?«

»Mir aufgefallen? Wann und was?«

»Du hast damals gegen Kovac ermittelt. Hast sogar eine wagemutige These aufgestellt, dass Trautwein in seine Geschäfte eingeweiht war.«

»War er auch.«

»Aber du hattest keine Beweise.«

»Weil die mir gestohlen wurden.«

»Und du wurdest aus dem Dienst entlassen.«

»Nach einer fragwürdigen Geschichte, bei der ich zu Unrecht als prügelnder Bulle dargestellt wurde. Das habe ich doch alles bereits gesagt.«

»Aber den Namen Campane hast du bei deinen Recherchen zu Kovac und Trautwein nicht gefunden.«

»Nein, sonst hätte ich es dir bereits gesagt.«

Elsa runzelte die Stirn. »Bisher warst du nicht sehr ehrlich zu mir.«

»Quatsch, am Anfang vielleicht. Aber jetzt sind wir wie Bruder und Schwester, Winnetou und Old Shatterhand, Hänsel und Gretel. Ich habe keine Geheimnisse mehr vor dir. Keine großen zumindest«, schränkte er ein. »Auf die Mafia bin ich bei meinen Ermittlungen nicht gestoßen, darauf kannst du Gift nehmen. Da hätte ich doch sofort das Kommissariat OK verständigt. Größenwahnsinnig bin ich ja wohl nicht.«

Na ja, dachte Elsa, gewisse größenwahnsinnige Ansätze waren da durchaus vorhanden, allzu genau wollte sie diesen Gedanken aber nicht verfolgen. »Apropos OK, die Leute vom Kommissariat Organisierte Kriminalität müssten sich doch jetzt eigentlich mal einschalten.«

»Tun sie bestimmt auch. Aber nur in beratender Funktion, denke ich mal. In den Mordfällen ermittelt wohl weiterhin Krenzin. Das ist und bleibt Sache des K1.«

»Zurück zum Thema«, nahm Elsa den Faden wieder auf. Auf Diskussionen über die Hackordnung innerhalb der Augsburger Polizei hatte sie jetzt nicht die geringste Lust. »Welchen Grund könnte Campane haben, einen Killer auf Kovac und Trautwein anzusetzen? Klammern wir mal das Video aus, nicht dass wir uns in etwas verrennen.«

»Eine Möglichkeit wäre, dass Kovac versucht hat, den Mafioso über den Tisch zu ziehen. Das hätte Campane nicht dulden können. Wie du bereits gesagt hast, werden in diesem Milieu Verfehlungen strengstens bestraft. Ich nehme mal an, das gilt nicht nur für Campanes eigene Leute. Aber wieso lässt er die Freundin von Kovac umbringen? Und Stefan Liebermann dazu? Nein, ich bin überzeugt, das hat etwas mit dem Video zu tun. Alles andere wäre ein komischer Zufall.«

»Solche Zufälle gibt es nun mal!«

»Glaube ich in diesem Fall aber nicht«, beharrte Schäfer. »Der Schlüssel muss Elena Debarelli sein. Was wissen wir über sie?«

»Ein italienischer Name«, vermutete Elsa.

»Bingo«, bestätigte Schäfer. »Der Todesengel und Campane sind ...?«

»Italiener, zumindest Campane. Vom Todesengel wissen wir nichts, könnte auch ein russischer Söldner sein.«

»Russisch klang der Akzent von Silberhaar aber nicht.«

»Silberhaar?«

»So nenne ich ihn, wegen seiner hellen Haare.«

»Silberhaar«, murmelte Elsa. Irgendwie löste dieses Wort in ihr etwas aus, aber sie bekam den Gedanken nicht ganz zu fassen. Als wenn sie im Nebel stocherte. Doch alles Grübeln half nichts. Je länger sie darüber nachdachte, desto weiter entfernte sich die Erinnerung. »Wir sollten uns auf diese Elena konzentrieren.«

»Ganz meine Meinung«, stimmte ihr Schäfer zu. »Wir kennen ihren Namen. Da sind wir der Soko einen Schritt voraus.«

»Nicht unbedingt.«

»Wie meinst du das?«

»Ich habe Jansenbrink gestern erzählt, dass Liebermann diesen Namen geflüstert hat. Jetzt schau mich doch nicht so an, irgendwas musste ich ja zu meiner Verteidigung sagen. Immerhin habe ich den USB-Stick verschwiegen.«

»Was hat Jansenbrink gesagt?«

»Dass Liebermann im Sterben lag und vermutlich einfach irgendwelchen Quatsch von sich gegeben hat. Namen seiner Verflossenen und so. Aber sollte Jansenbrink nach dem Schreiben von Interpol doch noch die Italien-Connection auffallen, sind wir ihm keineswegs einen Schritt voraus.« Was hatte sie da gerade gesagt? Sie war doch Polizistin, ihr musste zuallererst daran gelegen sein, die Arbeit der Soko voranzubringen, statt aus irgendwelchen Gründen ihr eigenes Süppchen zu kochen. Sie redete, als befänden Schäfer und sie sich in einem Wettstreit mit den Kollegen.

»Jansenbrink ist dumm wie Bohnenstroh, auch wenn er sich für Albert Einstein hält. Der hat längst vergessen, was du ihm über Liebermann erzählt hast.«

»Du könntest recht haben. Aber in Anbetracht der Neuigkeiten von Interpol sollte ich zu Krenzin gehen und ihm über Elena Debarelli Bescheid geben«, machte Elsa ihren Bedenken Luft.

»Das kannst du immer noch, aber zuerst sollten wir an Informationen über diese Frau gelangen. Danach ist Zeit genug, um zu Krenzin zu gehen und Ross und Reiter zu nennen.« Schäfer kratzte sich an der Nase. »Stimmt schon«, erklärte er großmütig. »Bei einem Mafiakiller hört der Spaß aber auf, da dürfen wir Krenzin nichts verschweigen.« Er räusperte sich. »Aber vergiss nicht, Krenzin ist kein Idiot, der zieht schon selbst die richtigen Schlüsse. Wir verheimlichen nichts. Zumindest nicht auf Dauer. Krenzin und seine Soko verfolgen das gleiche Ziel wie wir, denn wir wollen alle den Serienkiller schnappen. Und mit der Antwort von Interpol weiß Krenzin, in welche Richtung er ermitteln muss. Er weiß nur noch nicht, weshalb. Aber da kommt es auf ein paar Stunden mehr nicht drauf an. Außerdem«, Schäfer hob den Zeigefinger, »hat Jansenbrink dir doch mehr als eindeutig zu verstehen gegeben, dass deine Mitarbeit nicht sonderlich erwünscht ist. Oder sehe ich das falsch?«

Elsa fuhr sich mit der Zunge über ihre Unterlippe. »Ich will nur keinen Fehler machen.«

»Machen wir nicht«, versicherte Schäfer, was Elsa aus irgendeinem Grund nicht sonderlich beruhigte. So langsam hatte sie fast das Gefühl, in einer Art Parallelwelt zu ermitteln.

»Elena Debarelli«, erinnerte sie der Privatermittler. »Wir sollten das italienische Verbindungsbüro anrufen.«

»Das brauchen wir nicht, ich kenne jemanden, den ich kontaktieren kann. Von Roberto erfahre ich alles. Auf jeden Fall mehr als vom Verbindungsbüro, dessen Beamte sich drei- und viermal absichern, bevor sie Informationen herausgeben. Die verschweigen lieber was, als dass sie weiterhelfen. Ich verlasse mich da lieber auf Roberto.«

»Oho, Roberto«, hauchte Schäfer und spitzte die Lippen zu einem völlig übertriebenen Kuss.

»Depp!«, fauchte sie. »Du Riesendepp!« Sie deutete mit der Hand einen Scheibenwischer vor ihrem Gesicht an. »Den Roberto habe ich auf der Wies'n kennengelernt. Da war er als Verbindungspolizist beim italienischen Wochenende zum Dienst eingeteilt. Wir haben uns ganz nett unterhalten und später ein gemeinsames Wochenende in seinem Haus in Mailand verbracht.« Elsa seufzte. Schäfer war wirklich ein Idiot ersten Grades. Da diskutierten sie über einen Serienkiller plus die Mafia und ihm fiel nichts Besseres ein, als zotige Witze zu reißen.

»Eieiei, ein besonders heißes Wochenende, nehme ich an. Du kleiner Hase«, setzte er noch einen drauf.

»Seine Frau war dabei«, zischte Elsa und hoffte, dem lüsternen Grinsen damit ein Ende zu bereiten. Sie griff nach dem Telefon, wählte die Vermittlung und bat um ein Gespräch nach Italien. Kurze Zeit später tippte sie die Nummer von Roberto.

Das Gespräch gestaltete sich schwierig, da Schäfer im Hintergrund jedes Mal wie ein Zwölfjähriger kicherte, wenn sie den Namen Roberto nur erwähnte. Zum Glück sprach sie ganz gut Italienisch, sodass sie ohne einen Dolmetscher auskam und der Privatschnüffler nicht genau verstehen konnte, worüber sie und Roberto sprachen. Als ihr Schäfers affiges Verhalten irgendwann zu bunt wurde, drehte Elsa ihm den Rücken zu. Doch leider spiegelte sich sein Kopf im Fenster, weshalb sie starr auf den Linoleumboden blickte.

Als Elsa auflegte, spürte sie ihre Aufregung. Adrenalin rauschte durch ihre Adern, in ihren Ohren pochte es. Das, was sie soeben von Roberto erfahren hatte, war unglaublich. Sie musste Schäfer recht geben. Das Video war tatsächlich das Motiv für die schreckliche Mordserie in Augsburg.

Sie holte tief Luft und sah zu dem Privatdetektiv hinüber, der plötzlich wieder völlig ernst wirkte.

»Du siehst aus, als hättest du soeben dein eigenes Gespenst gesehen«, bemerkte er.

»Kann man wohl sagen. Elena Debarelli.«

»Was ist mit ihr?«

»Debarelli ist der Mädchenname ihrer Mutter. Den hat sie vor einigen Jahren wieder angenommen. Aber der Name ihres Vaters, der, also der lautet ...«

»Ja wie denn, nun spuck's schon aus!«, rief Schäfer genervt.

»Campane!«, flüsterte Elsa.

»Was?« Entgeistert blickte sie der Detektiv an.

»Elena Debarelli ist die Tochter von Franco Campane, dem Mafiapaten.«

»Heilige Scheiße!« Schäfer hieb mit beiden Fäusten auf Elsas Schreibtisch, sodass ihre Stiftebox umfiel und Kugelschreiber sowie Bleistifte über den Tisch kullerten.

KAPITEL 21

Schäfer löffelte Zucker in seinen Tee und rührte nachdenklich um, bevor er an der Tasse nippte. Danach versenkte er seine Gabel in das Stück Erdbeerkuchen und schaufelte eine großzügige Portion in seinen Mund.

Elsa Dorn tat es ihm gleich, sie hatte allerdings zwei Stück Schwarzwälder-Kirsch-Torte bestellt, von denen sie das erste zu seinem Erstaunen bereits vernichtet hatte. Jetzt fiel sie über das zweite her.

Nachdenklich starrte er ins Leere, während er Gabel für Gabel den Erdbeerkuchen vertilgte. Irgendwann glitt sein Blick zum Fenster: Draußen vor dem Café schneite es, als wären sie in Alaska oder Sibirien. Er beobachtete, wie Schneeböen über die Straße und den Gehweg fegten. Die Fahrzeuge des Winterdienstes kämpften sich durch die weiße Pracht und warfen mit ihren gewaltigen Räumschilden den Schnee zur Seite, teilweise auf den Gehweg. Manch ein Fußgänger schickte den Räumfahrzeugen Flüche hinterher. Zumindest glaubte Schäfer, dass es sich um Flüche handelte, denn hier drinnen in dem warmen Café verstand er natürlich kein Wort.

Die düstere Stimmung draußen fand ihren Weg in seinen Kopf. Plötzlich musste Schäfer an Hannah denken, seine Tochter. Das, was mit Elena passiert war, hatte ihn schockiert. Wie würde er als Vater in solch einem Fall reagieren? Er wollte nicht weiter darüber nachdenken, denn die Antwort darauf war nicht weniger brutal als die Taten des Engelmörders. Er durchbohrte mit der Gabel eine Erdbeere und beförderte sie in den Mund, dann sah er zu Elsa Dorn. Er beobachtete, wie sie die letzten Krümel von ihrem Teller kratzte, und musste unwillkürlich schmunzeln. »Respekt!«, sagte er mit vollem Mund und deutete auf seinen Erdbeerkuchen. »Ich bin immer noch bei der ersten Portion.«

»Gegen Hunger bin ich machtlos«, verteidigte sich Elsa. »Außerdem war die Torte köstlich.«

Schäfer grinste, als er ihren gierigen Blick in Richtung Kuchentheke bemerkte. »Nimm dir halt noch eins. Wenn jemand drei Stück vertragen kann, dann du. Nicht dass du mir noch vom Fleisch fällst und in einen Diätwahn abdriftest. Ich könnte es kaum ertragen, dich als Hungerhaken zu sehen, der sich beim Haareföhnen festketten muss, um nicht wie Alice im Wunderland davonzuwirbeln.«

Elsa Dorn verzog die Mundwinkel zu einem schiefen Grinsen. »Veräppeln kann ich mich selbst.«

»Dann mach, ich höre zu.« Er schob sich ein weiteres Stück Erdbeerkuchen zwischen die Zähne. »Mhm, ist das lecker«, nuschelte er.

Nachdem die Hauptkommissarin das Gespräch mit ihrem Roberto beendet hatte, waren sie in das Café neben dem Polizeipräsidium spaziert. Elsa hatte behauptet, nach der überraschenden Mitteilung von Roberto dringend eine Stärkung zu benötigen.

Nachdem er der letzten Erdbeere den Garaus gemacht hatte, lenkte Schäfer das Gespräch zurück auf ihr eigentliches Thema. »Elena Debarelli ist also die Tochter des Paten Franco Campane. Das ist ein starkes Stück.«

Elsa nickte. »Das Motiv liegt damit klar auf der Hand.«

»Rache!«, folgerte Schäfer. »Franco Campane ist sicher kein Mann, der die Schändung seiner Tochter ungesühnt lässt. Was macht er in solch einem Fall? Er schickt seinen besten Killer nach Deutschland. Die Frage ist nun: Warum war Elena überhaupt hier? Ich setze einfach mal voraus, dass das Video in Augsburg gedreht wurde. Sicherheitshalber sollten wir uns den Film aber noch einmal genau ansehen. Vielleicht deutet ein Detail auf den Drehort hin. Beim ersten Anschauen habe ich kaum auf den Hintergrund geachtet.«

Die Hauptkommissarin stöhnte und verzog angewidert das Gesicht. Dann fuhr sie mit den Händen über die Ärmel ihrer Bluse, als fröstelte sie.

»Ich weiß, das ist wirklich ein Dreck, den keiner sehen will. Aber wenn wir herausfinden, wo gedreht wurde, könnte das nützlich sein.«

»Meinst du?« Elsa Dorn wirkte skeptisch. »Was soll denn das bringen? Wir wissen doch inzwischen, wer der Täter beziehungsweise der Auftraggeber ist.«

»Wir wissen aber nicht, ob Elena noch am Leben ist. Indem wir den Ort ihres Martyriums aufspüren, können wir das vielleicht herausfinden und sie retten.«

»Du meinst, wenn wir erstens den Drehort kennen und zweitens dort Spuren finden, können wir Rückschlüsse daraus ziehen, was mit ihr nach der Vergewaltigung passiert ist?«

»Warum nicht?«

»Dazu brauchen wir aber die Kriminaltechnik. Meine bescheidenen Computerkünste reichen bei Weitem nicht aus, um eine exakte Auswertung vorzunehmen. Und das ist wahrscheinlich nötig, denn ich bezweifle, dass wir mit bloßem Auge allzu viel erkennen werden. Außer einem Bett in Nahaufnahme und den Beteiligten in einer verwackelten Szenerie kann ich mich an nichts Wesentliches erinnern. Die Kriminaltechniker sollen die Aufnahme vergrößern und genau unter die Lupe nehmen.« Sie schaute nachdenklich auf ihren Kuchenteller. »Verflixt. Das wird heikel. Denn jetzt muss ich wohl zu Krenzin und ihm beichten, woher ich den USB-Stick mit der Aufzeichnung habe.«

»Es war von Anfang an klar, dass wir unseren Alleingang nicht ewig durchziehen können.«

»Hoppla, und das aus deinem Mund? Was ist denn aus dem Revoluzzer geworden, der die Geschichte ganz alleine aufklären wollte?«

»Hey!«, beschwerte Schäfer sich. »Der Fall ist geklärt! Das ist doch wohl was. Allerdings weiß ich, wo die Grenze liegt. Wir haben immerhin für den dringenden Tatverdacht gegen Campane und sein Todesengel gesorgt.« Er hüstelte und zuckte die Schultern. »Nun gut, das haben Jansenbrink und seine Soko zwar auch ohne uns erfahren, das hat Interpol erledigt. Aber das Motiv kennen sie nicht. Das lieferst du ihnen jetzt.«

»Und der Chef wird mir dafür ewig dankbar sein?«

»Das eher nicht. Der olle Direktor wird dich für immer verteufeln. Auch Krenzin wird sauer sein, weil du mit dem Stick ein enorm wichtiges Beweismittel unterschlagen hast. Aber was am Ende zählt, ist doch die Festnahme des Täters.«

»Der längst über alle Berge ist. Sein Auftrag ist erledigt, er hat alle umgebracht, die auf dem Video und damit direkt an der Tat beteiligt waren. Und nicht nur die, wenn ich an Steiner denke.« Die Kommissarin hob die Hand vor den Mund. Ihre Augen weiteten sich.

»Was ist?«

»Vielleicht ist er noch in Augsburg. Ich meine«, sie schnappte nach Luft, »er hat versucht, dich umzubringen.«

»Und versagt!«

»Versagt, völlig korrekt. Was, wenn er noch nicht fertig ist in Augsburg? Was, wenn er dich immer noch umbringen möchte? Du kannst ihn identifizieren, gibst ihm ein Gesicht. Nur du weißt, wie er in natura aussieht. Du bist die einzige Person, die den Todesengel bei einer Gegenüberstellung wiedererkennen kann. Ohne dich kann er untertauchen und niemand wird jemals erfahren, wer der Schlächter von Augsburg ist. Vor allem, da er kein DNA-fähiges Material an den Tatorten hinterlassen hat.«

»Schon möglich«, brummte Schäfer, dem diese Sicht der Dinge ganz und gar nicht gefiel. Und auf der Abschussliste eines Mafiakillers zu stehen erst recht nicht. Verstohlen blickte er sich im Café um. Ein Profikiller war sicher in der Lage, getarnt in der Öffentlichkeit aufzutreten. Musste er jetzt bis an sein Lebensende in Angst leben, hinterrücks ermordet zu werden? Er ließ den Gedanken kurz wirken, dann verwarf er ihn wieder. »Ich denke, er hat andere Sorgen als mich. Zumindest fürs Erste, damit muss ich mich begnügen. Mein Name steht zwar auf seiner Liste, da stimme ich dir zu, aber nicht ganz oben. Bestimmt weiß er mittlerweile, dass Interpol in Italien geschnüffelt und der Kripo Augsburg hochbrisante Infos weitergereicht hat.« Schäfer hob beide Hände. »Ich meine, hallo? Wir sprechen hier von der Mafia. Die haben bestimmt schon von der Interpolanfrage gewusst, lange bevor Krenzin das Ergebnis mitgeteilt wurde. Der Todesengel wird daraufhin sicher von der Bildfläche verschwinden, meinst du nicht?«

»Weiß nicht, kann sein.«

Elsas zögerliche Antwort behagte ihm nicht, er hätte mehr Zustimmung erwartet. Schließlich redete er sich gerade ein, nicht die Zielscheibe eines Mafiakillers zu sein. Da fiel ihm etwas ein, er lachte laut auf und reckte siegessicher die Hand in die Luft. »Bestimmt denkt er, ich habe zwischenzeitlich bei der Erstellung eines Phantombildes assistiert. Ganz genau. Damit muss er rechnen. Deshalb ist meine Liquidierung zweitrangig.« Schäfer lehnte sich zurück, trank genüsslich seinen Tee und verputzte den Rest des Erdbeerkuchens. Das Argument war schlüssig und logisch, die ganze Sache halb so wild, je länger er darüber nachdachte.

»Dein Wort in Gottes Ohr.«

»Jepp! Das mit dem Phantombild ist keine hohle Phrase. Sobald Krenzin erfährt, dass der Mörder mir in Steiners Villa direkt gegenübergestanden hat, wird er mich vorladen, das ist doch klar. Nein, ich bin überzeugt, der Todesengel ist längst in Italien, schlürft einen Espresso, vögelt seine Alte und lästert über die deutsche Polizei. Bleibt nur die Frage, ob die italienischen Behörden bei der Strafverfolgung behilflich sein werden.«

»Ich hoffe doch. Auf dem Video ist immerhin die Tochter eines Mafiapaten zu sehen. Die Vergewaltigung gibt Campane ein astreines Motiv für die Morde in Augsburg. Natürlich muss die Frau auf dem Video erst noch offiziell und zweifelsfrei als Elena Debarelli identifiziert werden. Aber sobald das durch die Kriminaltechniker geschehen ist, kann Krenzin über die Staatsanwaltschaft Augsburg Ermittlungen in Italien beantragen. Dann könnte es selbst für Franco Campane eng werden. Ob ihn seine mächtigen Freunde dann noch schützen können?«

»Tja, mal sehen«, sagte Schäfer. »Da dürfen wir gespannt sein. Aber auf die Unterstützung der italienischen Polizei zu hoffen, ist so eine Sache. Ich könnte mir gut vorstellen, dass der Todesengel das ziemlich gelassen sieht, was die Kollegen dort betrifft. Es ist keine Seltenheit in Italien, dass Mafiosi von ganz oben gedeckt werden. Das ist ein weiterer Grund für den Engel abzutauchen. Jede Stunde, die er länger in Augsburg bleibt, erhöht sein Risiko, geschnappt zu werden. In Italien lebt er wahrscheinlich sicherer. Jedenfalls sind wir raus aus dem Fall, die Festnahme des Todesengels hat oberste Priorität und fällt weiß Gott nicht mehr in unsere Zuständigkeit.«

Schäfer hielt irritiert inne. Hatte er gerade von sich und der kurvigen Kommissarin als Team gesprochen? So ein Unsinn! »Also, ich meine, was ich sagen will, ist ...«

»Ja?«, fragte Elsa Dorn und blickte ihn neugierig an.

Verdammt!, dachte er. »Du weißt, wie ich es meine. Krenzin ist dran. Und Jansenbrink natürlich. Jetzt, wo erste Ergebnisse zu vermelden sind, drängt er bestimmt an die Front, um sich im Scheinwerferlicht zu präsentieren. Vielleicht kommst du dann gar nicht so schlecht weg. Aber wie ich Jansenbrink kenne ...«, er verzog das Gesicht. Kaum zu glauben, aber er hoffte beinahe, dass Elsa den unvermeidlichen Zusammenstoß mit Jansenbrink glimpflich überstehen würde.

»Toll, da freue ich mich aber, wenn ich wieder Ärger mit meinen Vorgesetzten bekomme. War ja ziemlich selten in letzter Zeit. Meine Zusammenarbeit mit dir hat sich echt gelohnt, meine Güte!«, sagte sie bitter. »Dann werde ich mal nach Hause fahren und den Stick holen.«

»Hast du den gar nicht mitgenommen?«

»Nein, schließlich wusste ich nicht, was der Tag bringt. Ich wollte den Stick lieber nicht mit ins Büro nehmen. Aber jetzt, du hast recht. Ich bringe das Ding auf schnellstem Wege zu Krenzin.«

Schäfer betrat die Stadtvilla in Göggingen. Obwohl erst vier Uhr nachmittags, war es düster in der Wohnung. Von draußen drang nicht genügend Licht durch die Fenster, das graue Dezemberwetter sorgte für eine trübe Stimmung. Ob er heute im eigenen Schlafzimmer übernachten würde, wusste er nicht.

Er bezweifelte aber, dass ihm die Hauptkommissarin die zweite Nacht in Folge Unterschlupf gewähren würde.

Obwohl es unwahrscheinlich erschien, dass ihm der Killer auf den Fersen war, da sich der Engelmörder bestimmt schon wieder in Italien befand, war Schäfer in seiner dunklen Wohnung plötzlich unwohl zumute. Ein Anflug von Panik ergriff ihn. Er spürte, wie sich die Härchen an seinem gesamten Körper aufrichteten, sogar in Regionen, in denen er es nicht für möglich gehalten hätte. Was natürlich Quatsch war. Der Typ würde ihm bestimmt nicht noch einmal in seiner Wohnung auflauern. Wenn er zuschlug, dann an einem Ort, an dem keiner damit rechnete. So schlau war der Engelmörder allemal. Trotzdem, dachte Schäfer. Er musste von jetzt ab vorsichtig sein. Sehr vorsichtig.

Er blickte sich in seiner Wohnung um. Schatten tanzten über die Wände, hervorgerufen durch Fahrzeuglichter, die von der Straße durch die Fenster ins Innere der Wohnung fielen. Irgendwie gespenstisch. Unwillkürlich verspürte Schäfer den Drang, umzudrehen und wieder zu Elsa Dorn zu flüchten. Aber was würde das denn für ein Bild abgeben? Nein, das ging gar nicht.

Schon komisch, dachte er. Warum war ihm die Meinung der kleinen Kommissarin plötzlich so wichtig? Außerdem konnte er jetzt gar nicht verschwinden. Er musste schließlich seine Katzen versorgen, die waren bestimmt total verängstigt. Danach konnte er immer noch in einem Hotel einchecken. Er zog seinen Revolver, den er nach dem gestrigen Schusswechsel wieder nachgeladen hatte, und schwenkte die Waffe. Von Zimmer zu Zimmer arbeitete er sich vor, immer bereit, sofort den Abzug zu drücken und dem Engelmörder alias Todesengel alle sechs Patronen der Smith & Wesson in den Körper zu jagen.

Während er vorrückte, flogen seine Blicke über das Chaos, das bei dem Kampf mit dem Killer entstanden war. Schäfer warf einen Blick ins Bad, der Spiegel hing schief, das Glas war zerschlagen, über die Fliesen zog sich ein Spinnennetz an Splittern. Das Wohnzimmer sah aus wie nach einem Erdbeben. Tische und Stühle umgeworfen, Vorhänge zerrissen, am Boden das kaputte Telefon samt Anrufbeantworter, dazu diverse Gläser und Vasen. Auch in diesem Raum zierten Einschusslöcher die Wände. Selbst die Decke war von den Geschossen nicht verschont geblieben, die Lampe war kaum noch als solche zu erkennen, lediglich eine Glühbirne hatte überlebt.

Plötzlich fiel ihm seine Tochter ein. Was wäre gewesen, wenn Hannah bereits vor dem Attentat eingezogen wäre? Darüber wollte er lieber gar nicht genauer nachdenken. Er musste unbedingt noch einmal mit ihr über diese Idee mit dem Zusammenwohnen sprechen. Vielleicht ... Was war das? Er hatte irgendetwas gehört. Ein merkwürdiges Geräusch. Schäfer ging in die Knie und wirbelte gleichzeitig herum, die Waffe im ausgestreckten Arm, während sich sein Finger schon am Abzug krümmte.

Das Geräusch ertönte ein zweites Mal, wurde lauter und entpuppte sich als ein herzerweichendes Miauen. Beschämt und zugleich erleichtert beobachtete Schäfer, wie sein schwarzer Kater Tubbs aus den Trümmern der Küche auftauchte und mit hoch erhobenem Schwanz auf ihn zugetrottet kam. Crockett ließ nicht lange auf sich warten und kam ebenfalls um die Ecke.

Die beiden Katzen schlichen um ihn herum und schmiegten ihre Köpfe an seine Beine. Stöhnend erhob sich Schäfer, die Prellungen und Schürfwunden, die er sich in den letzten Tagen zugezogen hatten, schmerzten. Noch einmal überzeugte er sich, dass nirgends eine Gefahr drohte, dann steckte er den Revolver in das Gürtelholster und atmete tief durch. Das Miauen wurde immer lauter und drängender. Kein Wunder, die beiden Katzen waren garantiert schrecklich hungrig. Hastig schnappte sich Schäfer das Katzenfutter aus dem Vorratsschrank und löffelte eine ordentliche Portion in den Katzennapf. Während er zusah, wie Crockett und Tubbs die Fleischbrocken herunterschlangen, schaltete er den Wasserkocher ein und legte einen Teebeutel in seine Tasse. Mit dem heißen Getränk in der Hand ging er schließlich zum Balkonfenster und blickte hinaus in den Garten. Die Äste der Tanne im hinteren Teil des Anwesens hingen nach unten, der Schnee lastete schwer auf ihnen. Die kahle Birke und der Ahorn wirkten wie traurige Wächter. So viel wie in den letzten Tagen hatte es schon seit Jahren nicht mehr geschneit. Die Sonne schaffte es nicht, ihre Strahlen durch die dicke Wolkendecke zu schicken, der Nachmittag lag in einem trüben Dämmerlicht. Das Außenthermometer zeigte ein Grad unter null.

Schäfers Blick blieb an den Fußstapfen im Schnee haften, die ihn daran erinnerten, wie er dem Engelmörder gestern durch den Garten nachgejagt und der Mistkerl dann durch die Thuja-Hecke entkommen war. Gerade wollte er einen Schluck Tee trinken, als er innehielt. Komisch, es hatte doch letzte Nacht kräftig geschneit. Aber die Fußabdrücke im Garten sahen irgendwie … frisch aus. Dann konnten sie doch unmöglich von gestern stammen. Seine Spuren und die des Engelmörders befanden sich etwas weiter rechts, wie er jetzt erst feststellte. Und diese Abdrücke waren teilweise durch den neuen Schneefall verdeckt, was logisch war. Deshalb hatte er sie nicht gleich erkannt, seine Aufmerksamkeit war durch die frischen Spuren im Schnee abgelenkt gewesen.

Der Schlafmangel und die harte Nacht forderten ihren Tribut, Schäfers Gedankengänge verliefen langsam. Viel zu langsam. Während er noch über die neuen Spuren nachgrübelte – denn sie waren tatsächlich frisch –, nahm er plötzlich ein rotes Licht wahr, das ihn kurz blendete. Wie in Zeitlupe bemerkte er einen roten Punkt auf seiner Brust, der nach unten wanderte, über seinem Bauch verharrte, um wieder nach oben zurückzukehren. Bis seine Synapsen einen Zusammenhang zwischen der frischen Spur im Schnee und dem roten Laserpunkt hergestellt hatten, war es bereits zu spät. Ein gequetschtes »Scheiße!« war das Letzte, was über seine Lippen kam, dann presste er eine Hand gegen den Hals und starrte verblüfft auf das Loch im Glas der Balkontüre. Die Teetasse fiel ihm aus der Hand und zerbrach auf dem Boden. In der nächsten Viertelsekunde verschwamm alles um ihn herum, die Welt wurde schwarz.

KAPITEL 22

Nach dem Gespräch mit Schäfer war Elsa ins Polizeipräsidium zurückgekehrt, hatte sich den Schlüssel für den klappigen Passat geschnappt und war nach Hause gefahren. Ihren Mini hatte sie in der Tiefgarage des Präsidiums stehen lassen. Schließlich fuhr sie aus dienstlichen Gründen nach Hause, da war ein Dienst-Pkw angemessen, auch wenn es sich in diesem Fall um eine echte Schrottlaube handelte.

Ludwig Zott hatte die Nase gerümpft und gefragt, wo Elsa denn jetzt wieder hinfahre. Dann hatte er hinzugefügt, dass ihr Aufgabengebiet bei der Soko nach dem letzten Zwischenfall doch ziemlich überschaubar geworden sei, da bräuchte es doch keine dienstlichen Spritztouren mehr. Elsa war eine spitze Bemerkung auf der Zunge gelegen, die sie sich aber verkniff. Enttäuscht war sie allerdings dennoch, dass Zott sie weder gefragt hatte, wie es ihr ging, noch sie auf den gestrigen Brand angesprochen hatte. Offenbar ging ihr Kollege auf Distanz zu ihr. Wahrscheinlich, weil er Jansenbrinks Zorn fürchtete. Oder lag es vielleicht an der Zusammenarbeit mit Schäfer?

War Zott etwa eifersüchtig?

Wie auch immer. Es war besser für Ludwig Zott, dass sie ihn nicht eingeweiht hatte. Er war immerhin Polizeibeamter und hatte einiges zu verlieren – im Gegensatz zu Schäfer, der hatte ja bereits alles verloren. Ja, dachte Elsa. Eigentlich sollte Zott ihr dankbar sein für die Fürsorge, die sie ihm entgegenbrachte. Doch davon war nichts zu spüren. Irgendwie schade. Zu Beginn ihrer Zusammenarbeit hatte das ganz anders ausgesehen, als Zott sie fast schon freundschaftlich im Bataillon der Verlorenen begrüßt hatte.

Egal, dachte Elsa. Im Moment waren erst mal andere Dinge wichtig. Sie musste jetzt schnellstmöglich den Stick holen und ihn Krenzin vorlegen. Vielleicht gelang es ihr sogar, Jansenbrink vorläufig aus dem Weg zu gehen. Viel Hoffnung hatte sie diesbezüglich nicht. Denn irgendwie würde er von dem Video erfahren und sich auf sie stürzen wie ein ausgehungerter Piranha. Aber es half ja nichts, da musste sie durch.

Auf der Fahrt gingen ihr alle möglichen Hirngespinste durch den Kopf. Etwas nagte an ihrem Unterbewusstsein. Etwas, das sie einfach nicht zu fassen bekam. Vielleicht war es einfach nur das schlechte Gewissen bezüglich der Zusammenarbeit mit Schäfer? Obwohl das letztendlich ja doch zu einigen wichtigen Ergebnissen geführt hatte, versuchte sie sich selbst zu beruhigen. Aber das ungute Gefühl blieb.

Wäre es besser gewesen, den Dingen ihren Lauf zu lassen? Sie trommelte mit den Fingern auf dem Lenkrad, als sie vor dem Haus ihrer Mutter den Wagen stoppte. Gut, dann würde sie zusammen mit Zott immer noch in der Aktenstelle sitzen und staubige Ordner durchwühlen. Sie schüttelte heftig den Kopf. Nein, sie konnte nicht einfach die Füße stillhalten und die Quotenfrau spielen, wenn es darum ging, einen gefährlichen Mörder zu fassen.

Okay, objektiv betrachtet, hatte sie ein paar Fehler gemacht, das eine oder andere Detail verschwiegen, war hin und wieder etwas eigensinnig vorgegangen. Aber waren das nicht gute Eigenschaften für eine Mordermittlerin?

Nein!, würde ihr Jansenbrink entgegenbrüllen und sie fragen, für wen oder was sie sich eigentlich hielt. Die Antwort würde er gleich selbst liefern: Sie war keine Mordermittlerin, nur jemand für die Laufarbeit.

Seufzend stieg Elsa aus dem Wagen. Das Haus ihrer Mutter lag in einer ruhigen Wohngegend im Stadtteil Haunstetten. Keine Menschenseele war auf der Straße. Es war eiskalt, da blieb jeder, der es sich leisten konnte, zu Hause und wärmte seine Füße am Kamin. Sie schloss die Autotür, als hinter ihr plötzlich Bremsen quietschten. Erstaunt wandte sie sich um. Ein dunkler VW-Transporter hielt mitten auf der Straße, der Motor lief. Sie sah in den Innenraum und runzelte die Stirn, als sie niemanden im Fahrzeug sitzen sah. Die Fahrertür stand offen. Was war denn das? Irgendwo hinter ihr knirschten Stiefel im Schnee, und im nächsten Moment glitt Elsa der Autoschlüssel aus der Hand, als der Mann mit den blondierten Haaren am Heck des Transporters auftauchte.

Der Blonde stürzte auf sie zu, presste ihr ein Tuch auf den Mund und drückte sie grob gegen die Beifahrerseite des Transporters. Ein beißender Geruch drang in ihre Nase, betäubte ihre Sinne. Elsa spürte, wie ihre Beine nachgaben, sie war zu keiner Gegenwehr fähig, ihre Lider flatterten. Der Mann riss die Seitentür des Transporters auf und stieß sie ins Innere. Sie schlug mit dem Kopf gegen etwas Hartes, nur verschwommen nahm sie wahr, wie der Mann sich über sie beugte und sie fesselte. Ihre Augen tränten, sie brabbelte unverständliches Zeug.

»Halt dein Maul!«, zischte ihr der Mann ins Ohr, dann schlug er ihr hart ins Gesicht. Einmal, dann ein zweites Mal.

Elsa schloss die Augen, öffnete sie wieder, sah zur Decke des Transporters, drehte ihren Kopf. Die Seitentür stand immer noch offen, dahinter sah sie das Haus ihrer Eltern. Sie wollte etwas sagen, wollte den Killer bitten, ihre Mutter zu verschonen, aber da steckte er ihr etwas in den Mund. Sie würgte und versuchte den Knebel auszuspucken, was ihr aber nicht gelang.

Jetzt sprang der Mann mit den blonden Haaren aus dem Wagen und warf die Seitentür zu.

Elsa blieb in völliger Dunkelheit zurück. Sie hörte, wie die Fahrertür zugeknallt und der Gang eingelegt wurde. Dann wurde sie zur Seite geschleudert und stieß schmerzhaft gegen die Seitenwand, als der Wagen stark beschleunigte. Die Betäubung verhinderte jeden klaren Gedanken. Die Panik jedoch, die in ihr aufstieg und ihr die Luft abschnürte, konnte Elsa mehr als deutlich spüren.

Schäfer hörte seltsame Stimmen. Er träumte offenbar. Oder stand er doch schon vor der Himmelspforte und wartete darauf, dass Petrus ihm Einlass gewährte?

Er versuchte, die Augen zu öffnen, doch das gelang ihm nicht, die Lider waren schwer wie Blei. Sein Kopf dröhnte, als stünde er unter einer riesigen Glocke, auf die jemand mit einem Metallhammer einschlug. Als er kurz davor war, wieder in das schwarze Nichts zu versinken, aus dem er gerade aufgetaucht war, ertönte plötzlich eine Stimme. Er lauschte, aber verstand kein einziges Wort. Auf einmal musste er lächeln. Irgendwie fühlte er sich so sonderbar, fast als könne er fliegen.

Leider riss ihn etwas oder jemand unsanft aus dieser glückseligen Stimmung. Sein Kopf flog nach links und dann nach rechts, als ihn die zweite Ohrfeige traf. Doch selbst der dritte Schlag konnte sein Lächeln nicht vertreiben. Das klatschende Geräusch, als die Hand auf seine Wange traf, nahm er nur verschwommen wahr. Den Schmerz registrierte er erst bei der vierten Ohrfeige. Gleichzeitig schmeckte er Blut. Seine Augenlider wollten ihm immer noch nicht gehorchen.

»Was grinse du?«, hörte er, konnte aber nicht einordnen, woher die Stimme kam. Und wer sprach da überhaupt? War das ein Mann oder eine Frau? »Was?«, brummte er. Sein Grinsen musste sich verstärkt haben, denn jetzt bekam er eine fünfte Ohrfeige ab.

»Grinse reiche jezze, capito?«

»Vielleicht war die Dosis eine kleine bisschen zu hoch?« Eine zweite Stimme aus dem Off. Tiefer, mit einer sonoren Klangfarbe, wie Ben Cartwright, damals, in *Bonanza*.

»Bei seine Statur isse mehr besser alse su wenig«, verteidigte sich die erste Stimme.

Schäfers Kopf rollte hin und her, als säße er nicht ganz fest auf seinen Schultern. Aber immerhin schienen ein paar seiner grauen Zellen wieder zu funktionieren. Langsam zwar, doch wenigstens war ihm jetzt klar, dass es sich auch bei der zweiten Stimme um einen Mann handeln musste.

»Dio mio, wenn du ihn besinnungslos prügelst, hilft uns das nicht weiter. Wir brauchen ihn bei klarem Verstand, capisci?«

»Aber vielleicht isse längste klare inne Kopfe und spiele uns nur vor?«

Schäfer runzelte die Stirn. Wieso redeten die nicht in ihrer Muttersprache, sondern so, dass er sie einigermaßen verstehen konnte? Es dauerte, bis er schnallte, dass dies gewollt sein musste. Allerdings kapierte er nicht, wieso. Andererseits kapierte er so einiges nicht. Wahrscheinlich hatten seine schlechte körperliche Verfassung und der Schlafmangel dazu beigetragen, dass ihn die Betäubung heftiger weggebeamt hatte als beabsichtigt.

Okay, was jetzt? Wahrscheinlich war es am besten, so zu tun, als sei er gerade erst erwacht. Vermutlich würden seine beiden Peiniger diese Nummer durchschauen. Aber versuchen konnte er es ja mal. Er flatterte mit den Lidern, dann schlug er die Augen auf. Es dauerte einen Moment, bis er sich an die Helligkeit gewöhnt hatte und erkannte, dass er in seinem eigenen

Wohnzimmer saß. Das Licht brannte, irgendjemand hatte die Reste der Lampe entfernt, jetzt baumelte die nackte Glühbirne von der Decke. Die Jalousie war heruntergelassen.

Plötzlich traf ihn der Strahl einer Taschenlampe mitten ins Gesicht. Hastig senkte er die Lider.

»Auge auf!«, befahl die Stimme. »Avanti, dai!«

Schäfer drehte den Kopf zur Seite, öffnete die Augen und sah Sterne tanzen. Er blinzelte, langsam wandte er den Kopf in Richtung des Sprechers, der vor ihm stand und weiter die grelle Lampe auf ihn richtete. Nur zu gerne hätte Schäfer die Hände vors Gesicht gehalten, aber die waren hinter seinem Rücken an die Holzlehne des Stuhls gefesselt, auf dem er saß. Ein rascher Blick nach unten, und er wusste, dass dies sein Küchenstuhl war. Sehr robuste Ausführung, selbst mit seinen muskulösen Armen hätte er die Lehne niemals sprengen können. Außerdem spürte er, dass er fachmännisch gefesselt war, er hatte also Profis vor sich.

Der Schläger trat einen Schritt zur Seite und schaltete das Deckenlicht aus, dann senkte er die Taschenlampe.

Endlich, dachte Schäfer. Welch eine Wohltat. Er richtete seinen Blick wieder nach vorne auf die Gestalt, die im Halbschatten lauerte. Nur die Umrisse eines drahtigen Körpers waren zu erkennen, weder Gesicht noch Haarfarbe. Doch dann blitzte im Schein der Taschenlampe etwas am Hals des Mannes auf. Eine Kette mit einem Kreuz. Die Person atmete hörbar aus, wartete.

Hinter Schäfer ertönte jetzt die tiefe Stimme. »Ah, er ist endlich aufgewacht, sehr schön. Buona sera, Signore Schäfer, come sta? Tutto bene?«

»Wer sind Sie, was wollen Sie?«, brauste er auf.

»Attenzione!«, warnte ihn der Schläger und hob die Taschenlampe.

»No, no, keine Gewalt mehr, bitte! Ich denke, wir sollten Signore Schäfer mit Respekt begegnen. Schließlich war er ein angesehener Polizist in früheren Jahren.« Ein Hüsteln, dann ein heiseres Lachen. »Stimmt das etwa nicht?«, fragte Ben Cartwright ganz nah an seinem Ohr. Parfümduft kroch in Schäfers Nase. »Geht dich einen Scheißdreck an!«, zischte er.

Der Schläger trat vor und gab ihm eine weitere Ohrfeige, dann sagte er entschuldigend: »Ische weiße, Boss, niente Gewalt, aber kennte keine Manieren, questo Schäffa.«

»Vielleicht liegt es daran, dass er uns nicht kennt«, antwortete der Bonanza-Typ.

»Er kennt euch nicht, das stimmt. Das liegt aber nicht an ihm. Wenn ihr Arschlöcher so freundlich wärt zu sagen, wer ihr seid, dann wüsste er es nämlich. Viele Danke!« Schäfers Zorn wuchs.

»Aber, aber, Signore Schäfer«, verkündete Ben Cartwright.

Schäfer spürte den Atem an seinem Ohr, der Geruch des Parfüms vermischte sich mit Nikotingestank.

»Sie werde doch nicht nachtragend sein?«

»Nein, überhaupt nicht. Ich sitze gerne gefesselt in meiner Wohnung und starre in eine Taschenlampe.«

»Natürlich, ich verstehe das. Wirklich, das tue ich. Nicht sehr freundlich von uns. Sie sind ungehalten, aus Ihrer Sicht einleuchtend. Insomma, aber die Umstände erfordern diese Vorgehensweise. Bedenken Sie unsere Situation. Ich denke nicht, dass Sie besonders auskunftsfreudig gewesen wären, hätten wir geklingelt und uns vorgestellt. Außerdem ist es hilfreich, wenn Sie unsere Gesichter nicht sehen können, vero?« Mister Bonanza lachte. »Für uns hilfreich, für Sie eventuell lebensverlängernd.«

»Na klar, weil Ihr mich ja auch am Leben lasst.«

»Aber sicher. Sobald ich weiß, was für mich von Nutzen ist.

Wenn ich Sie töten wollte, hätte es mein, come dire, mein Assistent schon längst erledigt.«

Schäfer kreiste mit dem Kopf und blinzelte. Ihm war immer noch schwummrig. »Was habt ihr eigentlich mit mir angestellt?«

»Hochleistungsgewehr mit Betäubung«, erklärte die tiefe Stimme mit einem Anflug von Stolz. »Wie ein Ranger in der Wildnis es macht.«

»Und da habt ihr mich mit einem Bären verwechselt und die Dosis für einen Grizzly genommen?«

»Sie sind lustig. Übrigens, Sie wisse nicht, wer der Signore ist, der das Gewehr benutzt hat? Der Signore, der dort hinten im Schatten steht?«

»Ein Arschloch!«

»Nein, nein, Signore Schäfer. Das ist mein Leibwächter Mario. Manche nennen ihn auch den Todesengel.« Die tiefe Stimme schwieg und ließ den Satz wirken.

Schäfer schluckte, er hörte zwar die Worte, verstand sie aber nicht. Irgendetwas stimmte hier nicht. Der Todesengel? Wieso lebte er dann noch?

»Ich habe gehört, dass die Polizia in Augsburg Fragen über eine bestimmte Person gestellt hat. Außerdem gab es da noch weitere beunruhigende Nachrichten. So beunruhigend, dass ich mich gezwungen sah, nach Augsburg zu reisen, um nach dem Rechten zu sehen.«

»Und Menschen abzuschlachten?«, fragte Schäfer.

»Oh, keineswegs. Ich bin gekommen, um herauszufinden, wer für die Morde verantwortlich ist.«

»Häh?« Schäfer zerrte an den Fesseln, obwohl er wusste, dass es sinnlos war. »Willst du mich verscheißern?«

»Signore Schäfer, nichts liegt mir ferner. Ich bin ein Geschäftsmann, ich benötige lediglich Informationen.«

»Du ...«, Schäfer besann sich auf die Höflichkeitsformeln. »Sie ... Sie sind Franco Campane, der Mafioso.«

»Oje, immer dieser hässliche Ausdruck. Mafioso! Che brutto! Das hört sich irgendwie kriminell an, finden Sie nicht? Aber richtig, ich bin Franco Campane. Sie werden niemals mein Auftreten in Ihrer Wohnung, geschweige denn in Augsburg, beweisen können. Deshalb gibt es keinen Grund, meine Name zu verschweigen.«

»Verdammte Scheiße! Was läuft hier eigentlich?«, schnauzte Schäfer. »Der da«, er deutete mit dem Kopf nach vorne, »ist doch für die ganzen Morde verantwortlich. Er ist der Schlächter von Augsburg!«

»Ja, das ist mir auch zu Ohren gekommen. Und das tut mir weh, denn es entspricht nicht die Wahrheit«, sagte Campane. »Es ist gar nicht gut für meine Geschäfte, wenn ich mit Morden in Verbindung gebracht werde, mit denen ich nichts zu tun habe.«

»Was soll das heißen?«

»Das heißt«, erklärte der Italiener, »dass der Todesengel in Italien war, als diese hässlichen Dinge hier passierten. Mario ist in der Tat ... ein Todesengel, der seine Arbeit ausgezeichnet versteht, capito? Aber wieso hätte ich ihn denn hierher schicken sollen? Um meine Geschäftspartner umzubringen? Natürlich nicht. Jetzt muss ich mich um neue Vertriebspartner bemühen, das isse jede Menge Arbeit und Organisation für mich.«

»Ach, mir fällt da ein ziemlich guter Grund ein. Nämlich Ihre Tochter«, giftete Schäfer. »Erzählen Sie hier keine Märchen! Ich weiß von dem Video.«

»Welche Video?«, fragte Campane.

Schäfer stutzte, er glaubte, echte Neugierde in der Stimme des Mafioso zu hören. »Von Elena, Ihrer Tochter«, fuhr er fort und hoffte, Campane würde die Unsicherheit in seiner Stimme nicht wahrnehmen. »Das brutale Sexvideo! Sie wurde von Kovac vergewaltigt und ...«

»Natürlich wurde sie das«, unterbrach ihn Campane. »Ach, er hat ein Video gedreht? Interessant, aber Kovac konnte mit Elena machen, was er wollte. Er hatte die Recht dazu. Sie gehörte ihm, war sein Eigentum. Und nicht wichtig für mich und die Familie.«

»Wie?«

»Elena war nicht meine richtige Tochter, Signore Schäfer. Meine geliebte Frau, sie ruhe in Frieden, hat mich leider etwas, come dire, an der Nase herumgeführt. Elenas echter Vater war ein Verräter, ein Abtrünniger. Er ruht nun an der Seite meiner Gattin in einem Brückfundament, irgendwo in Europa. Elena war ein Bastard, aber sehr hübsch und eine ideale Geschenk für Kovac. Ich kannte seine Neigungen, deshalb ich schenkte ihm Elena.«

»Sie ... Sie haben Elena einfach, ähm, verschenkt?« Schäfer war fassungslos.

»Selbstverständlich. Ich hätte sie eigentlich töten müssen. Aber Elena war für einen letzten Dienst gut zu gebrauchen. Also, warum«, er wedelte mit der Hand, »hätte ich Kovac töten sollen? Wegen lächerliche Video? Dai! Dazu bestand überhaupt kein Anlass.«

»Aber wieso ...?«

»Deshalb bin ich hier, Signore! Ich möchte gerne wissen, wer meinen ehrenvollen Name beschmutzt und die bayerische Polizia glauben lässt, der Todesengel sei verantwortlich. Sie verstehen bestimmt, dass ich ein Interesse habe, diese Irrtum aufsuklären. Allerdings kann ich ... Ich kann mich unmöglich an die hiesigen Behörden wenden. Deshalb mache ich Ihnen meine Aufwartung. Meine Spione haben mir berichtet, dass

Sie in die Materie eingearbeitet sind. Kann man so sagen, eingearbeitet? Isse das so?« Campane strich Schäfer über die Kratzer in seinem Gesicht und betastete sein Veilchen.

Schäfer erhaschte einen Blick auf die goldene Armbanduhr am Handgelenk Campanes, die sauteuer aussah.

»Außerdem hat dieser falsche Engel versagt. Sie sind ihm entkommen, Signore Schäfer. Das würde Mario nie passieren.«

»Da bin ich mir nicht so sicher«, raunzte Schäfer und fing sich prompt die nächste Ohrfeige ein.

»No, no, bitte glauben Sie mir. Mario isse unschuldig.« Er lachte. »Unschuldig wie Engel, verstehen Sie?«

»Bestimmt! Und das soll ich glauben, oder was? Weil ihr von der Mafia ja so eine ehrenwerte Bruderschaft seid ...«

»Keine Bruderschaft. Wir bei Mafia sind eine famiglia.«

»Familie. Schon klar. Ehrenwerte Familie. So nennt ihr eure Killerbrigade? Soll mir recht sein.« Schäfer stockte. Diese scheiß Betäubung lähmte seine Auffassungsgabe. Was hatte Campane da vor einer halben Minute erwähnt? Einen Spion? Etwa bei der Polizei? »Was war das vorhin?«, fragte er deshalb, dann erinnerte er sich. »Das mit dem Spion.«

»Spiele keine Rolle«, sagte Campane.

»Bestimmt ein Bulle, ich wusste es!«

»Nein, nein. Das isse hier anders als in Italia. Aber Kovac, er hatte einen Freund in Stadtrat. Dieser Trautwein hat Tipp an Kovac gegeben, hat gewarnt vor einer Razzia. Woher Signore Trautwein davon wusste, kann ich nicht sagen. Aber isse egal für diese Sache mit dem Todesengel. Isse nicht von Bedeutung, so ein kleiner Informant. Nicht der Grunde für Morde, eh? Es muss geben einen anderen Grund, wichtigen Grund für die viele Tote.«

»Also doch! Es gibt einen Verräter bei der Polizei. Nennen Sie mir den Namen! Wer ist das Schwein?«

»Das war Sache von Kovac, ich weiß nicht viel darüber. Er hat diese Geschichte mit Trautwein nur irgendwann kurz mal erwähnt.« Campane lachte. »Kovac hat auch geredet über Sie, Signore Schäfer. Viel geschimpft hat er, weil Sie immer in seinen Angelegenheiten geschnüffelt haben. Zu viel, wie er fand. Er hat eine kleine Intrige veranstaltet, die geholfen hat, Sie aus dem Polizeidienst zu entfernen. Obwohl, ich glaube, Sie waren ein bisschen selbst schuld an diese Sache. Kovac hat gesagt, Sie haben Leute kaputtgeschlagen, die Sie einschüchtern sollten. Dann wurden Sie entlassen wegen zu viele Gewalt. Genau, jetzt erinnere ich mich wieder. Jedenfalls, Sie haben gezeigt, wie sagt man, gute Nase. Und wegen diese gute Nase bin ich heute hier. Ich glaube, Sie können mir helfen. Sie sind eine richtige Schnüffelhund.« Campane kicherte leise.

»Toll, danke für das Kompliment. Aber das ändert nichts daran, dass ich einem Mafioso kein Wort glaube.«

»Signore Schäfer, Sie sind nicht wichtig in diese Spiel für mich. Sie sind kleines Rad an große Wagen. Wieso sollte Ihr Tod mir etwas bedeuten?«

»Weil ich Ihren Dreckskiller identifizieren kann. Und genau das habe ich auch schon längst getan. Es gibt ein Phantombild von dem Typen. Da schaut's ihr schön deppert drein, gell, ihr verfickten Mafiaärsche. Es bringt euch rein gar nichts, mich umzunieten.«

»Genau deshalb bin ich hier«, raunzte Campane dicht an seinem Ohr. »Ich will wisse, wer der wahre Mörder ist. Sagen Sie mir, wie hat der Mann ausgesehen?«

»Zuerst soll dieser Mario mal aus der Ecke dahinten kommen. Bevor ich ihn nicht gesehen habe, weiß ich ja nicht, ob er es war.«

»Tststs. Aber das kann ich unmöglich zulassen. Außer Sie wollen nicht länger leben, Signore Schäfer. Niemand kennt das wahre Gesicht von Mario, außer mir. Sagen Sie mir, was ich wissen will, und ich verspreche Ihnen, Sie werden lebe. Das ist doch ein gutes Angebot. Außerdem verspreche ich, den wahren Mörder zu finden … und zu töten. Dann Sie haben Ruhe.« Campane hüstelte in Schäfers Ohr. »Oder glauben Sie etwa, der Mörder lässt Sie am Leben? Natürlich nicht.«

»Aber das Phantombild«, protestierte Schäfer.

»Eh, Signore Schäfer. Bild isse nicht gut, isse nicht Beweis. Falscher Engel kann Aussehen ändern. Falscher Engel kann Bart ankleben, Haare färbe, ja? Andere Polizist als Signore Schäfer können falschen Engel möglicherweise nicht wiedererkennen. Aber Sie, Signore Schäfer, Sie haben Engel von Auge zu Auge gesehen. Sie können ihn identificare.«

Schäfer musste Campane zustimmen. So, wie die Sache stand, war der Killer wahrscheinlich immer noch hinter ihm her. Das hätte ihn eigentlich beunruhigen sollen, tat es auch irgendwie. Aber noch alarmierender fand er, dass Elsa und er sich getäuscht hatten. Wenn Campane die Wahrheit sagte, war Mario nicht für die Morde verantwortlich. Und wieso sollte Campane lügen? Es gab dafür keinen Grund. Im Gegenteil. Die beiden Spaghettis hatten ihn bisher nicht umgebracht. Wäre Mario der Schlächter von Augsburg, wäre er längst tot. Wo sich doch der Killer das letzte Mal so viel Mühe gegeben hatte, ihn zu beseitigen.

Aber trotzdem. So ganz überzeugt war er nicht. Was war zum Beispiel mit … »Das Engelsbild«, platzte er heraus.

»Das ärgert Mario sehr«, sagte Campane nach einem kurzen Moment der Stille. »Wissen Sie, Mario hängt sehr an, wie sagt man, ähm, diese Marotte? Ja, ich glaube, so kann man es nennen. Er wurde sehr religiös erzogen, seine Mutter hat ihm immer Geschichten über Engel erzählt. Und jetzt ist er selbst ein Engel, ein Racheengel, vero?« Er kicherte. »Wussten Sie, dass Gabriel ist auch der Schutzpatron der Müllmänner? Genau wie Mario, denn er bringt jede Menge Dreck weg. Meinen Dreck, verstehen Sie? Er entsorgt Menschen. Ganz perfekt. Deshalb ärgert es ihn natürlich, wenn jemand sein Markenzeichen missbraucht. Isse klar. Jemand hinterlässt seine Karte an Tatort.«

»Visitenkarte«, verbesserte Schäfer.

»Ah ja. Der falsche Engel lässt seine Visitenkarte an Schauplatz von Mord zurück. Wieso? Um Verdacht auf Mario zu lenken und damit auf mich, Franco Campane, ehrbarer Bürger von Palermo.«

»Ehrbar hin oder her«, murmelte Schäfer. »Aber komisch ist das allemal.« Verdammte Betäubung! Er konnte sich kaum konzentrieren, immer wieder drifteten seine Gedanken weg. »Aber wenn der Todesengel nicht der Todesengel ist, wer ist es denn dann?«, fragte er und wurde sich im selben Moment bewusst, wie bescheuert das klang.

Campane schien ihn trotzdem zu verstehen. »Das isse eine Frage, die ich mir auch stelle. Ich hoffe, Sie können mir helfen, die Antwort zu finden.«

»Von wegen helfen. Bis eben war ich hundertprozentig davon überzeugt, Sie hätten diese Scheiße in Augsburg zu verantworten. Woher soll ich denn ahnen, wer Kovac und Konsorten erledigt hat? Wenn Sie das schon nicht wissen? Dabei ist die Mafia angeblich doch immer so gut informiert. Aber diese Truppe ist wohl auch nicht mehr, was sie mal war. Himmelherrgottsakrament! Wer steckt denn jetzt hinter den Morden?«

»Signore Schäfer, sagen Sie einfach, wie hat ausgesehen dieser Mann, den Sie bei Steiner getroffen haben?«

»Moment mal, woher wissen Sie eigentlich von Steiner? Außer mir und, ähm, einer anderen Person weiß davon niemand. Außerdem habe ich niemandem von dem Attentat in meiner Wohnung erzählt. Niemandem, außer ...«

»Signora Dorn«, ergänzte Campane. »Entschuldigen Sie, aber Mario hat gewisse Talente, was das Lauschen angeht. Sie und die Signora reden viel über diese Sache. Leider zu wenig für mich, deshalb diese Treffen jetzt bei Ihnen.«

»Sie haben mich abgehört?« Schäfer konnte es nicht fassen. »Sie elender Drecksack, was fällt Ihnen ein?«

»Alle hören ab. CIA, NSA, BND. Wieso nicht die Mafia?«

Schäfer bäumte sich in seinen Fesseln auf. »Was wollen Sie dann noch von mir, wenn Sie alles wissen? Mehr als auf Ihren Abhörbändern drauf ist, habe ich nicht vorzuweisen.«

»Wie hat ausgesehen dieser Killer?«, insistierte Campane.

»Wie ein Killer halt aussieht. Er hatte eiskalte Augen, wahrscheinlich so ähnlich wie Ihr Mario. Seine Augen waren grau, die von Mario sind ...?«

Campane antwortete nicht. Schade, ein Versuch war es wert gewesen. »Er sprach viel besser als ihr zwei Witzfiguren«, versuchte Schäfer es mit einer neuen Strategie. »Obwohl das ja nicht schwer ist, bei dem Schwachsinn, den der liebe Mario da von sich gibt.« Mit angehaltenem Atem wartete er auf die nächste Ohrfeige, doch Mario blieb in seiner Ecke. Schäfer seufzte. »Okay, seine Ausdrucksweise war irgendwie komisch, so gestelzt. Und er hatte blonde Haare in einem normalen Gesicht«, fuhr er fort. »Das war das einzig Ungewöhnliche, seine auffallend blonden Haare. Für einen Italiener sonderbar, würde ich sagen. Blonde Haare und graue Augen. Er sah eher aus wie ein Däne oder Schwede. Im Nachhinein kommt mir das relativ seltsam vor.«

»Wasserstoffperoxid«, erklärte Campane nachdenklich.

»Was?«

»Er hatte seine Haare gefärbt. Mit Wasserstoffperoxid.«

»Aha. Sie meinen, er hatte blondierte Haare?«

»Isse Ihnen noch etwas aufgefallen? Sprach der falsche Engel einen besonderen Dialekt? Vielleicht neapolitano?«

»Zum Teufel, woher soll ich das wissen? Sehe ich aus wie ein Sprachwissenschaftler? Ich kann unterscheiden zwischen Bayerisch und Deutsch, mehr nicht.«

Schäfer wartete, aber Campane blieb stumm. »Sie habe mir geholfen, Signore Schäfer«, ließ sich der Italiener nach einer ganzen Weile vernehmen. »Grazie. Ich habe zwar keine Ahnung, was die Sache bedeuten soll, aber trotzdem. Jetzt habe ich etwas in Italien zu klären, aber das isse eine Geschichte, die isse unwichtig für Sie.«

»Was soll das? Ich habe Ihnen geholfen? Okay, ich weiß zwar nicht, wie. Aber ich will, dass Sie mich einweihen. Das sind Sie mir schuldig!«

Campane lachte. »Schuldig? Ich Ihnen etwas schuldig?« Sein Lachen wurde leiser, offenbar entfernte er sich.

Schäfer drehte den Kopf, soweit es ihm möglich war, und rief ihm nach: »Kommen Sie zurück, ich muss mehr wissen, ich …« Er bemerkte einen Schatten und sah nach vorne. Eine Faust sauste auf ihn zu und traf ihn mitten ins Gesicht, ihm wurde wieder schwarz vor Augen. Dass seine Nase zum dritten Mal innerhalb kürzester Zeit zerschmettert wurde, registrierte er da schon nicht mehr.

KAPITEL 23

Dunkelheit!

Nichts als Dunkelheit!

Elsa hatte die Augen weit aufgerissen und versuchte die Schwärze um sie herum zu durchdringen, doch es gelang ihr nicht. Der Raum, in den der Entführer sie gesperrt hatte, war absolut lichtdicht. Hoffentlich nicht auch luftdicht, schoss ihr durch den Kopf. Was das Licht anbetraf, war es wahrscheinlich draußen sowieso schon finster. Aber nicht einmal der Schimmer einer Lampe drang durch eine Ritze in ihr Gefängnis.

Sie saß auf einem weichen Untergrund, vermutlich eine Matte oder Matratze, und lehnte mit den Schultern an einer kalten Wand. Trotz ihrer dicken Jacke kroch ihr die Kälte durch den Stoff in die Glieder, sie fröstelte. Ihre Hände waren mit Handschellen auf dem Rücken fixiert, zusätzlich hatte der Entführer ihr Fußfesseln angelegt. Sie fühlte sich wie die weibliche Version des Grafen von Monte Christo. Wie lange sie in ihrem Gefängnis schon eingesperrt war, vermochte sie beim besten Willen nicht zu sagen. Sie konnte sich nur noch an ein paar unebene Straßen erinnern und dass die Fahrt relativ lange gedauert hatte. Ansonsten war ihr nichts aufgefallen, obwohl sie versucht hatte, auf den Verkehr und die Geräusche außerhalb des Transporters zu achten, um zumindest eine Ahnung davon zu bekommen, wohin die Reise ging. Vielleicht lag es aber auch am Chloroform, dass sie sich keine Einzelheiten hatte merken können. Bis auf die holprigen Straßen, das war kurz, bevor sie der Engelmörder brutal aus dem Innenraum des Waggens gezerrt hatte. Vorher hatte er ihr noch einen Baumwollsack über den Kopf gestülpt. Daher hatte sie auf dem kurzen Weg von dem Transporter bis zu ihrem Kerker kaum etwas gehört.

Sie zog die Schultern hoch, ließ sie wieder fallen, so gut es eben im gefesselten Zustand ging, und vollführte ein paar Kreisbewegungen, um die Kälte zu vertreiben. Trotz der Decke, die der Entführer über sie ausgebreitet hatte, klapperte sie mit den Zähnen. Außer diesem Klappern hörte sie nichts, keine vorbeifahrenden Autos oder Lkws, keine Menschen, keinen bellenden Hund. Und leider auch kein Wasserrauschen in den Leitungen an den Wänden. Das war kein gutes Zeichen. Offenbar waren die Leitungen eingefroren. Und wenn sie weiter hier auf dieser Matte sitzen blieb, würde ihr wahrscheinlich dasselbe Schicksal blühen, deshalb beschloss sie, aufzustehen und sich zu bewegen. Allerdings war das nicht wirklich einfach. Plötzlich bereute sie, nie ins Sportstudio gegangen zu sein, denn mit auf den Rücken gefesselten Händen und Fußfesseln musste man schon ein Athlet sein, um auf die Beine zu kommen. Ächzend stützte sie sich mit den Händen an der Betonwand ab und schob mit den Füßen den Körper nach. Ein halbes Dutzend Mal sank sie wieder zurück und blieb nach dem letzten Versuch entkräftet liegen. Nach einer ausgiebigen Erholungsphase startete sie den nächsten Versuch und schaffte es schlussendlich, oben zu bleiben. Mit tippelnden Schritten bewegte sie sich vorwärts, doch an der Kante der Matte blieb sie hängen und verlor das Gleichgewicht. Sie kippte nach vorne, konnte ihre auf dem Rücken gefesselten Hände nicht bewegen und fiel der Länge nach hin. Mit einem dumpfen Knall kam ihr Kinn auf dem Boden auf. Schmerz durchzuckte ihren Körper, ein Zahn war ausgeschlagen.

Benommen lag Elsa da, während das Blut langsam, aber stetig aus ihrer Nase und dem Mund tropfte.

»Verdammt!«, krächzte sie und schaukelte schwerfällig von einer Seite auf die andere, wie eine Schildkröte, die auf dem Rücken gelandet war. Nach einer gefühlten Ewigkeit gelang es ihr schließlich, in eine kniende Position zu kommen. Sie lehnte sich mit der linken Schulter gegen die Wand und mühte sich wieder auf die Beine. Schritt für Schritt tastete sie sich mit den auf dem Rücken gefesselten Händen die Mauer entlang, in der verzweifelten Hoffnung, einen Lichtschalter zu finden. Doch leider blieb ihre mühsame Suche erfolglos.

Nichts, hier war gar nichts, außer einer massiven Tür ohne Klinke. Na toll, dachte Elsa. Sie war eine Gefangene ohne jede Fluchtchance. Da hatte der Graf von Monte Christo ihr einiges voraus. Enttäuscht hüpfte sie zur Matte zurück und sank zu Boden. Während sie dalag und ihre Gedanken sich überschlugen, hörte sie plötzlich Schritte näherkommen. Dann ging die Tür auf.

Eine Taschenlampe blendete sie schmerzhaft, hastig schloss Elsa die Augen. Jemand riss sie grob in die Höhe und zerrte sie aus dem Raum.

»Hey!«, beschwerte sie sich. »Geht das vielleicht sanfter, ich bin doch kein Hund, den man an der Leine mit sich zerrt.«

»Klappe!«, war die Antwort.

Dann wurde ihr ein Handy ans Ohr gedrückt. Sie blinzelte, vor ihren Augen tanzten Blitze. Kein Wunder, da lag sie stundenlang in völliger Finsternis, und dann leuchtete der Entführer ihr direkt in die Pupillen.

»Sprich!«, forderte er sie auf. »Schäfer ist am Apparat. Gib ein Lebenszeichen von dir!«

»Schäfer, bist du das wirklich?«, fragte Elsa.

»Ja, ich bin's. Wie geht es dir?«

Sie war noch nie so froh gewesen, die Stimme des Privatermittlers zu hören.

»So einigermaßen, aber du ...«

Der Entführer riss ihr das Handy vom Ohr.

»Was soll das?«, protestierte sie.

»Genug jetzt!«, bellte der Mann, drehte sie um und gab ihr einen Stoß. Elsa taumelte durch die offene Tür ihres Kerkers und verlor den Halt. In letzter Sekunde gelang es ihr, in die Knie zu gehen und sich auf die Seite fallen zu lassen. Sie kam auf ihrer Schulter auf, ihr blieb die Luft weg, Tränen flossen ihr über die Wange.

Der Entführer knallte die Türe zu, und sie versank erneut in völliger Dunkelheit.

»Scheiße!«, fluchte sie. Sie hasste es zu weinen, aber diesmal konnte sie die Tränen nicht zurückhalten. »Schäfer«, flüsterte sie. »Bitte hilf mir!«

KAPITEL 24

Schäfer dröhnte der Schädel, seine Nase tat ihm höllisch weh. Er fasste sich an den Kopf. »Au weia!«, murmelte er und blickte sich dann vorsichtig um. Franco Campane und sein Leibwächter waren verschwunden. Und ihr Spielzeug hatten sie offenbar gleich mitgenommen. Denn auch von den Fesseln fehlte jede Spur.

Frei, er war frei. Hastig tastete Schäfer nach seinem Revolver, der steckte wieder im Gürtelholster. Kaum zu glauben. Campane hatte wirklich Wort gehalten und ihn am Leben gelassen. Mühsam kam er auf die Beine. Seine Beine waren wie aus Gummi. Er wankte und musste sich am Stuhl festhalten.

Hoppla!

Da war doch noch was.

Richtig, die Betäubung.

Die mussten ihm Unmengen von dem Zeug reingepumpt haben, wenn er immer noch so schlecht beieinander war. Torkelnd arbeitete er sich in Richtung Küche vor, irgendwo hatte er da doch eine Flasche Schnaps aufbewahrt. Normalerweise trank er keinen Alkohol, aber jetzt brauchte er dringend einen tüchtigen Schluck. Schäfer schaute im Kühlschrank nach, fand dort allerdings nur eine angefangene Packung Milch, ein Glas Essiggurken und einen geöffneten Erdbeerjoghurt, aus dem die Schimmelsporen bereits über den Deckelrand in die Freiheit wanderten. Er schloss den Kühlschrank und wandte sich dem Wandschrank zu, riss alle Türen auf und stöberte in den Regalen, bis er endlich den Himbeerschnaps entdeckte, füllte ein Schnapsglas bis zum Rand und kippte den Rachenputzer in einem Zug hinunter.

Dann schüttelte er sich wie ein nasser Hund. Das Zeug brannte in seiner Kehle und wärmte ihn von innen. Kurz überlegte er, ob der Alkohol zusammen mit dem Betäubungsmittel wohl negative Auswirkungen haben könnte, dann verwarf er den Gedanken. »Ist sowieso alles wurscht!«, raunzte er und schenkte sich nach. Manchmal musste man eben Feuer mit Feuer bekämpfen! Er trank weiter.

Nach dem dritten Schnaps hatte Schäfer das Gefühl, mehr Alkohol als Betäubungsmittel im Blut zu haben. Zufrieden mit diesem Erfolg stellte er die Flasche zurück und lehnte sich mit dem Rücken an den Kühlschrank.

Er grübelte über den Besuch der beiden Mafiosi nach und konnte es immer noch nicht fassen, dass er und Elsa Dorn so falsch gelegen hatten. Aber er lebte noch. Und das war der beste Beweis für die Unschuld dieses verdammten Marios. Doch wenn der Todesengel nicht schuld an den Morden war, wer dann? Schäfer seufzte. Er musste dringend Elsa über die plötzliche Wende in diesem Fall informieren.

Als er gerade sein Smartphone aus der Tasche kramte, klingelte es. Schäfer sah aufs Display. »Na so was, wenn man vom Teufel spricht«, murmelte er, als er die Nummer der Hauptkommissarin erkannte, die er seit Kurzem eingespeichert hatte. »Wenn das keine Telepathie ist«, sprach er ins Mikrofon, als er das Gespräch angenommen hatte. »Ich wollte dich gerade anrufen.«

»Ach wirklich?«, sagte eine Stimme, die irgendwie bekannt klang, aber eindeutig nicht Elsa Dorn gehörte.

Schäfer nahm das Smartphone vom Ohr und starrte auf das Display. Er hatte sich nicht getäuscht, das war die Nummer der Hauptkommissarin. »Wer spricht da?«, fragte er.

»Ein guter Bekannter«, sagte die Stimme und lachte.

»Hey du Arsch, geh aus der Leitung, oder was immer du da machst. Oder hast du das Handy geklaut? Dann rate ich dir ...«

»Nein, nein«, unterbrach ihn der Anrufer. »Ich habe mir das Handy der reizenden Signora Dorn nur ausgeliehen. Sie bekommt es bald wieder zurück. Allerdings müssen Sie dafür einen kleinen Auftrag für mich erledigen.«

»Was soll das, wer spricht da?«

Ein erneutes Lachen folgte.

»Ich kann auch auflegen«, antwortete Schäfer barsch.

»Oh, das würde ich an Ihrer Stelle nicht tun, das bekäme Signora Dorn gar nicht gut.«

»Wieso, was ist mit ihr?«

»*Noch* geht es ihr gut. Aber das kann sich bald ändern. Glücklicherweise hat sie sich nicht gewehrt, als sie meine Bekanntschaft gemacht hat. Deshalb hat sie keine sichtbaren Wunden. Was nicht ist, kann aber noch werden.«

»Du Dreckskerl hast sie entführt? Eine Frau?«

»Eine Kriminalbeamtin, keine harmlose Frau.«

Schäfer schnaubte. »Du elendes Stück Scheiße! Was bist du nur für ein Schwanzlutscher?«

»Aber Herr Schäfer. Ich bitte Sie. Lassen Sie doch diese vulgäre Ausdrucksweise.«

»Vulgär? Du wirst mich noch kennenlernen, du Arsch! Ich kann mir schon denken, wer du bist. Die verfickte Mistsau, die versucht hat, mich umzubringen. Ich reiß dir deinen Kopf ab, du dreckige Ausgeburt einer ...«

»Drohungen helfen Ihnen nicht weiter«, unterbrach ihn der Anrufer. »Aber es stimmt, ich bin der Mann, den die Augsburger Presse als Engelmörder bezeichnet.«

Schäfer biss sich auf die Lippen, er hatte wahrhaftig den

Schlächter von Augsburg am Telefon. Den Mann, der sich für Steiner ausgegeben und seelenruhig alle Fragen beantwortet hatte, während der echte Steiner zerhackt in der Kühltruhe im Keller lag.

»Ich habe Signora Dorn in meiner Gewalt, und Sie werden tun, was ich verlange. Im Gegenzug lasse ich die reizende Kommissarin am Leben.«

»Gilt das auch für mich?«, hakte Schäfer nach.

Der Mann lachte.

»Verstehe, du willst beenden, was du angefangen hast. Weil du zweimal versagt hast, du Pfuscher! Ich bin immer noch am Leben. Jetzt willst du mich endgültig beseitigen.«

»Viel wichtiger als Ihr Leben ist mir etwas anderes, Signore Schäfer. Sie sind im Besitz eines Videos, das ich gerne haben möchte.«

»Was für ein Video?«, stellte sich Schäfer dumm.

»Beleidigen Sie nicht meine Intelligenz!«

Schäfer überlegte fieberhaft. Sein Gegenüber war eindeutig nicht der Mann, der als Mario für Franco Campane die Drecksarbeit machte. Aber wieso wusste der Kerl dann von dem Video? Aus welchem Grund wollte er es in seinen Besitz bringen? Dazu kam die Gretchenfrage: Welches Motiv bestand für die Morde, wenn der Killer nicht zu Campane gehörte? Alles Fragen, für die es im Moment keine Antwort gab. Aber der Anrufer wusste anscheinend nicht, dass Schäfer das Video gar nicht besaß, sondern Elsa Dorn. Die der Engelmörder angeblich in seiner Gewalt hatte.

Stimmte das überhaupt?

Hätte der Engelmörder dann nicht Elsa nach dem Verbleib des Videos befragen müssen? Schäfer brauchte einen Beweis. »Woher soll ich wissen, dass Frau Dorn überhaupt noch am Leben ist?«, fragte er deshalb.

»Auf diese Frage habe ich gewartet. Einen Moment.«

Es folgte ein Rascheln, dann Stimmen, die sich näherten. Nach etwa dreißig Sekunden drang Elsas Stimme aus dem Hörer.

»Schäfer, bist du das wirklich?«

»Ja, ich bin's. Wie geht es dir?«

»So einigermaßen, aber du ... Hey, was soll das?«

Er hörte einen kurzen Streit, dann einen Aufschrei, danach war der Engelmörder wieder am Telefon. »Das muss reichen, Sie haben gehört, dass es ihr gut geht.«

»He, du kleines Arschloch, ich rate dir, sie ordentlich zu behandeln, denn sonst ...«

»Sonst was, Signore Schäfer? Sie sind nicht in der Position, mir zu drohen.«

»Ach ja, bin ich das nicht? Du willst dieses Video haben, also kann ich sehr wohl drohen.« Wieso hatte der Engelmörder den USB-Stick nicht längst an sich genommen? War es dem Killer nicht gelungen herauszubekommen, wo Elsa den Stick versteckt hatte? Nämlich in ihrem Zimmer im Hause von Mutter Dorn. Kaum zu glauben, dachte Schäfer. Oder wollte der Kerl ihn lediglich in eine Falle locken, um ihn dann zu töten? Der Fall nahm immer bizarrere Züge an, angefangen bei der Identität des Mörders.

Schäfer schüttelte den Kopf. Er musste Zeit gewinnen. »Ich weiß nicht, wo das Video ist«, sagte er ausweichend.

»Signore Schäfer, Sie werden mir das Video innerhalb der nächsten drei Stunden bringen«, erklärte die Stimme. Dann folgte die Beschreibung des Übergabeorts: ein abgelegener, nicht mehr genutzter Gutshof im Landkreis Augsburg.

»Kommen Sie alleine und bringen Sie mit, was ich verlangt habe. Ansonsten stirbt Elsa Dorn! Glauben Sie mir, ich weiß es, wenn Sie die Polizei verständigen.«

Klick. Der Engelmörder hatte aufgelegt.

»Scheiße!«, fluchte Schäfer. Was jetzt? Was zum Teufel sollte er tun? Zu Krenzin gehen? Es würde verdammt schwer werden, dem leitenden Ermittler in der Kürze der Zeit den ganzen Hintergrund schlüssig zu erläutern. Und dann war da ja auch noch Jansenbrink. Der würde ihn garantiert sofort in Stücke reißen. Außerdem war die Drohung des Anrufers vielleicht nicht zu unterschätzen. »Ich weiß es, wenn Sie die Polizei verständigen«, hatte der Mann gesagt. Nein, dachte Schäfer. Ihm blieb nichts anderes übrig, als zu Martha Dorn zu fahren und diesen vermaledeiten USB-Stick zu holen. Er würde wieder mal auf eigene Faust losziehen müssen. Und genau das hatte der Engelmörder wahrscheinlich beabsichtigt: ihn allein zu erwischen, damit er ihn umbringen konnte. Und am Ende auch Elsa Dorn.

Einen Moment lang zögerte Schäfer. Dann gab er sich einen Ruck. Solange eine Chance blieb, das Leben der Kommissarin zu retten, musste er diese ergreifen. Ihm blieb nicht viel Zeit zur Vorbereitung, eilig überprüfte er seinen Revolver, steckte mehrere Ersatztrommeln mit Munition in die Taschen seiner Hose, dazu ein Messer und einen Teleskopschlagstock. Außerdem befestigte er seine SIG Sauer mit Klebeband am linken Schienbein. Derart bewaffnet schnappte er sich die Lederjacke von der Garderobe, wählte als Schuhwerk seine Winterstiefel und rüstete sich zusätzlich mit zwei kleinen Taschenlampen aus, die er in der Jacke verstaute.

An der Wohnungstür blieb er stehen. Er hatte keinen fahrbaren Untersatz! Wie sollte er zu dem Gutshof kommen? Sein Ford Mustang würde es nicht mal bis zur nächsten Straßenecke schaffen. Da kam ihm ein Gedanke.

KAPITEL 25

Schäfer trat das Gaspedal durch, doch die altersschwache Karosse gab nicht mehr her. Er wollte nicht hadern, denn immerhin war er froh, überhaupt so schnell einen Ersatz für seinen Wagen gefunden zu haben.

Glücklicherweise hatte er sich an das Auto der betagten Mieterin über ihm erinnert. Der knallrote VW-Käfer gammelte seit Jahren in der Garage vor sich hin. Die alte Dame wollte den Wagen ihrem Enkel vererben und hatte ihn deswegen kürzlich durch einen Hobbymechaniker namens Gustav reparieren lassen. Allerdings besaß der VW keine Zulassung, was Schäfer aber am Arsch vorbeiging. Hauptsache, die lahme Kröte fuhr ihn zu dem Gutshof! Und zwar möglichst rasch, damit er noch vor dem verabredeten Zeitpunkt ankam.

Vorsichtshalber hatte er einfach die entstempelten Kennzeichen seines letzten Autos an den Käfer geschraubt. Für seinen Ford hatte er eine neue Kennzeichenkombination mit seinem Namenskürzel beantragt, deshalb hatte er für die alten Schilder keine Verwendung mehr. Wegwerfen wollte er sie aber auch nicht, irgendwie hing er an ihnen. In der trüben Winternacht würden falsche Nummernschilder niemand auffallen, nicht einmal einem Streifenpolizisten, außer ein übereifriger Bulle jagte das Kennzeichen durch den Polizeicomputer. Schäfer lächelte zufrieden, als starker Schneefall einsetzte, da konnte er sicher sein, unbehelligt bis zu seinem Ziel zu kommen. Er schaltete den Scheibenwischer an.

Er hatte die alte Dame nur kurz überreden müssen, ihm den Autoschlüssel zu überlassen. Sie hatte sowieso nur die Hälfte verstanden, schwerhörig, wie sie war. Aber durch Gesten und Zeichen hatte er ihr verständlich gemacht, dass der Gustav mal wieder da wäre und an dem Wagen rumschrauben wollte. Lächelnd hatte die alte Dame ihm daraufhin den Schlüssel überreicht.

Jetzt tuckerte er auf der B 2 Richtung Norden, während ihm kalte Luft aus den Luftdüsen entgegenströmte. Bei dem Käfer handelte es sich um ein mexikanisches Modell, er besaß also fast keine Heizung, und die Düsen bliesen die kalte Luft raus wie eine Windmaschine, obwohl Schäfer alle möglichen Schalter geschlossen hatte. Ihm blieb nichts anderes übrig, als Handschuhe anzuziehen und den Kragen seiner Lederjacke hochzustellen.

Immerhin hatte er den USB-Stick problemlos in Elsa Dorns Zimmer gefunden. Nicht ganz so problemlos war der Umgang mit ihrer Mutter gewesen. Martha Dorn hatte ihn unbedingt auf eine Tasse Tee einladen wollen. »Wo es doch so kalt ist«, hatte sie erklärt und Schäfer nur widerwillig ziehen lassen, als er versicherte, er müsse den Stick ganz schnell ins Präsidium bringen, da ihn Elsa dringend benötigte. Vor dem Haus der Dorns hatte der Dienstwagen der Kommissarin geparkt, glücklicherweise war das ihrer Mutter aber nicht aufgefallen und sie hatte Schäfer nicht mit irgendwelchen Fragen gelöchert.

Nach einer halbstündigen Fahrt parkte er den Wagen schließlich in einem Waldweg nahe dem Gutshof. Er sah auf die Armbanduhr. In knapp neunzig Minuten war das Treffen mit dem Engelmörder angesetzt. Der Killer hatte ihm eine ausführliche Wegbeschreibung gegeben, aber Schäfer dachte gar nicht daran, sich daran zu halten. Er wollte die Zeit nutzen, um einen Alleingang zu starten und den Killer zu überraschen.

Zur Vorbereitung hatte sich Schäfer die Satellitenbilder im Internet angesehen und sich die ungefähre Lage des Gutshofes und seiner Nebengebäude eingeprägt. Er hoffte, sein Gedächtnis und die polizeiliche Erfahrung aus früheren Einsätzen würden ihn nicht im Stich lassen. Entschlossen trabte er los, bis er in der Dunkelheit die beeindruckende Mauer bemerkte, die den gesamten Komplex umschloss. Seit einigen Jahren verrottete das Anwesen unbewohnt vor sich hin. Ein Teil der Mauer war eingestürzt und bildete so einen Durchlass. Schäfer kletterte über die Steine und wäre mehrfach fast gestürzt. Durch den Schneefall der letzten Tage sah er nicht, wo es Stolperfallen gab, zudem war es dunkel und schneite schon wieder. Er traute sich nicht, die Taschenlampe ständig eingeschaltet zu lassen, aus Sorge, entdeckt zu werden. Deshalb blendete er immer nur in unregelmäßigen Abständen kurz auf. »Leck mich doch am Arsch!«, fluchte er, als er dennoch mit dem Fuß abrutschte und in einer Spalte stecken blieb, die durch Geröll entstanden war. Mühevoll zerrte er den Schuh heraus und kämpfte sich auf die andere Seite der Mauer, dann schlich er weiter und musste sich durch vertrocknete Sträucher und Gestrüpp und Bäume schlagen. Alles war zugewachsen. Immer wieder zerkratzten ihm Zweige und Dornen das Gesicht.

Wie in einem schlechten Traum tauchte plötzlich ein Gebäude aus der Finsternis auf und schien ihn aus dunklen Augen feindlich anzustarren. Beim Näherkommen entpuppte sich das Bauwerk als heruntergekommener Schuppen, die Augen als zerfallene Fenster, von denen nur noch Löcher in den Holzwänden übrig geblieben waren. Schäfer suchte den Boden um den Schuppen ab, im Schnee fand er keine Schuhspuren, daher watete er weiter. Nach vielleicht fünfzig Metern wurden Bäume und Gestrüpp weniger, bis er auf einen schmalen, halb überwucherten Fußweg stieß. Er folgte dem Weg, bis dieser auf eine Straße mündete. Links führte die Straße um eine Biegung, rechts zu einem schmiedeeisernen Tor in der Mauer des Anwesens. Eine Flügelhälfte hing schief in der Angel. Neben dem Tor parkte ein Wagen, Schäfer blinzelte ein paar Schneeflocken von seinen Wimpern und kniff die Augen zusammen. Er machte zwei Schritte vorwärts und glaubte, die Silhouette eines reichlich verbeulten Jaguars zu erkennen. Außerdem schien es, als sitze auf dem Fahrersitz eine Person.

Hier also sollte er sich in einer Stunde mit dem Mörder treffen, um günstigstenfalls den USB-Stick auszutauschen und im Gegenzug eine unversehrte Elsa Dorn in Empfang zu nehmen. Doch daran glaubte Schäfer nicht, vielmehr würde ihn der Engelmörder eiskalt töten, um an den Stick zu kommen. Dass er dazu in der Lage war, hatte der Mann mehrmals bewiesen. Nein, dachte Schäfer. Er musste Elsa befreien, erst dann durfte er sich mit dem Engelmörder beschäftigen.

Entschlossen wandte er sich nach links, weg vom Tor und dem Jaguar. Im Unterholz stolperte er neben der Straße her, darauf bedacht, keine Spuren im Schnee zu hinterlassen, die jemand bemerken könnte. Als er die Biegung erreichte, erhob sich vor ihm das Herrenhaus wie eine schlechte Kopie aus einem Edgar-Wallace-Film, mit seinen unzähligen Türmchen und Erkern. Fehlten nur noch der wabernde Nebel und ein irrer Abt, der mit einer Peitsche vor ihm auf den Weg sprang. Das Gebäude war der Mittelpunkt des Gutshofes, daneben reihten sich einige Nebengebäude, vermutlich Ställe und Schuppen, deren Silhouetten mit der Nacht verschmolzen. Reifenspuren führten bis zum Eingang des Herrenhauses und endeten hinter einem schwarzen Transporter, der dort parkte und halb eingeschneit war. Schäfer löste sich aus dem Schatten der Bäume und überquerte geduckt die Strecke bis zu dem Transporter, dort ging er in die Knie und schaute sich um.

Niemand zu sehen.

Sein Blick glitt zur imposanten Tür des Gebäudes, dann nach oben. An der Regenrinne hingen mächtige Eiszapfen. Auf dem Dach selbst türmte sich der Schnee und war an einigen Stellen bereits ins Rutschen geraten und in die Tiefe gestürzt. Schäfer griff nach seinem Revolver, lief zum Eingang, betrat das Haus und zog die Tür vorsichtig hinter sich ins Schloss. Er wich sofort zur Seite, ging in die Knie und richtete die Waffe nach vorne, nach links und rechts, lauschte. Hier ein Knarzen im Gebälk, dort ein Knarren. Er richtete sich auf, sein rechtes Knie knackste so laut, als wäre er auf einen Zweig getreten. Erschrocken verharrte er in seiner Position.

Dieses verdammte Knie!

Seit er es sich vor über einem Jahrzehnt bei der bayerischen Polizeimeisterschaft im Judo verdreht hatte, gab es immer mal wieder diese Knackgeräusche von sich. Meistens in den unpassendsten Momenten. Schäfer schlich weiter, er vermutete den Engelmörder draußen im Jaguar, hier drohte also keine Gefahr. Zumindest redete er sich das ein. Und wenn doch, war er vorbereitet und bis an die Zähne bewaffnet. Er als alter Judokämpfer würde sich ganz gewiss nicht überrumpeln lassen. Und sollte er bis zum verabredeten Zeitpunkt keine Spur von der Hauptkommissarin ausfindig machen, dann würde er eben zu Plan B zurückkehren und die direkte Konfrontation mit dem Mörder suchen, während er ihm den Stick aushändigte.

Wie es sich für ein Herrenhaus gehörte, war das Gebäude ziemlich weitläufig und verfügte über zahlreiche Räume. Aber selbst, wenn das Gelände und die Gebäude ungenutzt waren, konnte der Killer doch nicht sicher sein, dass nicht irgendein

Unbefugter hereinstolperte und zufällig auf Elsa Dorn stieß. Am sichersten wäre also ein Versteck im Keller, das war es immer. Schäfer schaltete kurz die Taschenlampe ein, schirmte das Licht ab, dann leuchtete er in alle Richtungen und ging langsam weiter. Er schaute hinter jede Tür und in jedes Zimmer, bis er endlich fand, was er suchte. Den Abgang zum Keller. Er folgte den Stufen in die Tiefe, mit der Taschenlampe immer mal wieder den Weg beleuchtend, um sie dann gleich wieder auszuschalten. So kam er zwar langsamer vorwärts, andererseits bot er dadurch kein Ziel, falls doch jemand im Haus wartete. Außer Elsa, natürlich. Und die musste er jetzt dringend aufspüren. Das hier war seine einzige Chance. Sollte die Kommissarin sich nicht im Keller befinden, sondern in einem der Nebengebäude oder gar in einem Schuppen, dann musste er aufgeben und wieder zurück zu der Lücke in der Mauer schleichen, um dann ganz normal mit dem Wagen zum Haupttor zu fahren. Nach einer schier endlosen Zeitspanne erreichte Schäfer schließlich das Ende der Treppe. Es roch muffig und nach Schimmel.

Er horchte in die Dunkelheit.

Irgendwo tropfte es. Wie in einer Grotte. Vorsichtig strich er mit der Hand über die Wand. Sie fühlte sich kalt und feucht an. Er setzte den Weg fort, kam an mehreren offenen Räumen vorbei. Er leuchtete mit der Taschenlampe in Abstellkammern, Vorratsräume, Weinkeller. Keine Elsa Dorn!

Unruhig blickte er auf die Armbanduhr. Die Zeit verstrich unbarmherzig. Verdammt, dachte Schäfer. Er musste auch noch den Rückweg durch den Schnee einkalkulieren. Keinesfalls durfte er zu spät kommen und riskieren, dass der Engelmörder verschwand – womöglich zusammen mit seiner Geisel. Aber wo war Elsa? Plötzlich hielt Schäfer inne. Hatte er da eben etwas gehört? Er lauschte angespannt, aber das Geräusch wiederholte sich nicht. Mit zum Zerreißen gespannten Nerven schlich er weiter, denn er fühlte, dass er nicht alleine war hier unten. Am Ende eines Ganges traf er auf eine massive Stahltür, ein Schlüssel steckte im Schloss. Schäfer drückte die Klinke, die Tür war versperrt. Er drehte den Schlüssel, öffnete und trat ein.

KAPITEL 26

Elsa richtete sich abrupt auf. Hatte sie da ein Geräusch gehört? Sie lauschte. Nichts. Vielleicht waren das nur ihre angespannten Nerven, die ihr einen Streich spielten. Sie wollte hier weg. Sie *musste* hier raus. Und jetzt gaukelte ihr Gehirn ihr irgendwelche Rettungsmaßnahmen vor, die es in Wahrheit gar nicht gab. Doch halt. Da war es erneut.

Jemand näherte eindeutig sich dem Kellerraum.

Jetzt drehte sich der Schlüssel. Die Stahltür schwang auf, eine Taschenlampe erhellte kurz das Innere und ...

Schäfer stolperte herein, Handschellen klirrten auf seinem Rücken.

»Gesellschaft!« Dann knallte die Tür zu.

Finsternis legte sich erneut um sie wie ein Leichentuch.

Was war denn das jetzt?

»Kruzitürken! Scheiße, ist das dunkel hier.«

Tatsächlich, Schäfer!

»Sakra!«, dann plumpste der Privatermittler neben sie. »Servus Elsa! Oder bist du jemand anderes, hab ja grad kaum was von dir gesehen.«

»Servus, mein Held«, erwiderte sie spöttisch. »Wer soll denn sonst hier rumliegen?«

»War eine rhetorische Frage. Scheiße, ist das dunkel hier«, wiederholte er.

»Stimmt, Sonne war gestern.«

»Hier ist es finster wie in einem Elefantenarsch!«, raunzte er. »Echt übel!«

»Wieso bist du hier?«

»Tja, ich wollte dich befreien, das war Plan A.«

»Ist wohl in die Hose gegangen.«

»Leider ja.«

»Was war mit Plan B?«

»Zum Treffpunkt gehen, dem Engelmörder den USB-Stick aushändigen und dann sehen, was kommt.«

»Sehr einfallsreich.«

»Deshalb auch nur Plan B.«

»Aber Plan A war ebenso Mist! Oder ...« Sie unterbrach sich. »Jetzt verstehe ich: Du bist nicht alleine!« Ihr ging ein Lichtlein auf. »Draußen hat die Polizei alles umstellt und in Kürze geht der Zugriff los. Du hast dich schnappen lassen, um seine Aufmerksamkeit abzulenken. Clever!« Elsa schaute zur Seite, dorthin, wo sie Schäfer wähnte. Sein Plan war nicht schlecht, dieser Plan A.

Schäfer räusperte sich. »Nun ja.«

»Was?«

»Ich wollte mich eigentlich gar nicht schnappen lassen. Und Verstärkung ist leider auch nicht unterwegs. Der Typ hat am Telefon zu mir gesagt, ich soll alleine kommen, er würde es merken, wenn ich die Bullen mitbrächte.«

»Schäfer, du Idiot, das sagt doch jeder Entführer. Und«, sie schnaubte, »hat uns das jemals davon abgehalten?«

»Euch vielleicht nicht, mich aber schon. Es funzt nicht immer alles so, wie es in der Theorie gelehrt wird. Manchmal muss man eben improvisieren.«

»So, wie du es gerne tust?«

»Wie ich. Genau!«

»Klasse, das hat dich ungeheuer weit gebracht. In das gleiche Loch wie mich. Wo wir jetzt darauf warten dürfen, dass uns der Killer das Licht ausbläst!«

»Er hat den Stick.«

Elsa warf den Kopf zurück. »Du hast ihm das Teil gegeben?«

»Nicht freiwillig.«

»Kannst du mir vielleicht erklären, was du überhaupt hier machst? Ohne dich war ich besser dran.«

»Sieht mir aber nicht danach aus. Wie hattest du noch mal vor, aus diesem Drecksloch zu entkommen? Ich frag nur so.«

»Mit deiner Hilfe bestimmt nicht. Irgendetwas wäre mir schon eingefallen.«

»Aha.«

»Was ›aha‹?«, fragte Elsa.

»Aha eben. Im Sinne von: Aha, toller Plan.«

»Als hättest du den Masterplan.«

»Hallo? Ich habe versucht, dich zu befreien, habe mich in Gefahr begeben und … Ist halt blöd gelaufen. Mein Gott, reg dich doch nicht so auf. Ich konnte ja wirklich nicht ahnen, dass dieser Drecksack überall Nachtsichtkameras mit Bewegungsmeldern installiert hat und meine Ankunft bequem von seinem Auto aus mitverfolgen konnte. Er hat tatsächlich vor dem Haupttor auf mich gewartet. Mit etwas Glück wäre es mir gelungen, dich hier rauszuholen, bevor er überhaupt geschnallt hätte, was abgeht. Aber so …«

Elsa konnte sein Achselzucken förmlich spüren. »Aber so hocken wir beide zusammen in der Kacke«, sagte sie schließlich.

»So kann man es ausdrücken.«

»Dann sind wir ja ganz einer Meinung.«

Schäfer sagte nichts weiter dazu.

Elsa schluckte ihren Ärger runter. Was brachte das schon? Wichtig war jetzt nur, dass sie hier rauskamen. Und die Chancen dafür lagen inzwischen … bei null. Am liebsten hätte sie die nächsten Minuten schweigend verbracht, doch Schäfer war anscheinend nicht danach. Bereits nach kurzer Zeit begann er wieder loszuplappern.

»Raffinierter Kerl.«

»Im Gegensatz zu dir.« Diese Bemerkung konnte sie sich nicht verkneifen.

Schäfer überging diese verbale Spitze und fuhr fort: »Ich meine, mit diesem ganzen Technikdings, also wer hätte damit gerechnet?«

»Du augenscheinlich nicht.«

»Er hat aber wirklich jede Eventualität einkalkuliert und sich abgesichert.«

»Schäfer, das war eine Falle! Und du bist reingetappt! Kapier das doch. Was will er denn mit dem blöden Video? Hast du darüber gar nicht nachgedacht? Er muss doch damit rechnen, dass es von uns vervielfältigt wurde. Franco Campane will dich töten und nicht …«

»Ach Scheiße, du weißt es ja noch gar nicht!«

»Was weiß ich nicht?«

»Franco Campane ist für die Morde nicht verantwortlich, und sein Killer ist nicht der Killer. Also, ich meine, der Killer ist schon ein Killer, in Italien halt, aber nicht hier in Augsburg. Hier ist er nur ein Tourist. Sozusagen. Der Todesengel ist nicht der Todesengel. Mist, ist das kompliziert. Also, kurz und bündig zusammengefasst: Der Campane-Todesengel ist nicht der Engelmörder von Augsburg. Alles klar?«

»Nein, überhaupt nicht. Was redest du da für einen Müll? Hat dir der Engelmörder eine übergebraten oder bist du vielleicht auf den Kopf gefallen? Vor ein paar Stunden warst du noch relativ normal. Mit Betonung auf relativ.«

»Da wusste ich aber nicht, was ich jetzt weiß. Franco Campane hat mir einen Besuch abgestattet. Zu Hause, bei mir in Göggingen.«

»Und du hast diesen Besuch überlebt?«

»Das ist ja das Komische. Wäre Campane tatsächlich der Auftraggeber der Morde, wäre ich jetzt tot. Verbuddelt in irgendeinem Loch oder einbetoniert in einem Fundament, vielleicht sogar in Salzsäure aufgelöst. Irgendetwas in der Art. Bin ich aber nicht, sondern quicklebendig. Sein Killer war ebenfalls bei dem Besuch dabei. Campane hat eingeräumt, dass der Mann in seinem Auftrag Leute beseitigt, aber nur in Italien. Er heißt übrigens Mario.«

»Wer?«

»Campanes Todesengel. Er ist sein Leibwächter und bringt für ihn Leute um die Ecke. Aber Campane hat abgestritten, für die Mordserie hier bei uns verantwortlich zu sein.«

»Das kann ja jeder behaupten.«

»Er ist aber nicht jeder, sondern ein Mafiapate, der höchstselbst zu mir gekommen ist. Na, rattert es bei dir im Oberstübchen?«

Elsa schloss die Augen, obwohl das sinnlos war, da sie selbst bei geöffneten Lidern nichts sehen konnte. Aber es half ihr nachzudenken. Heute Vormittag war ihr die ganze Sache noch so klar erschienen. Campane, ein Mafiaboss aus Italien, schickt seinen Killer nach Augsburg, um die Schändung seiner Tochter zu rächen. Und jetzt sollte das alles nicht mehr stimmen? »Was ist mit seiner Tochter?«, wollte sie wissen. »Das Video?«

»Elena Debarelli ist gar nicht seine Tochter, sondern ein Kuckuckskind. Campanes Frau hat ihm jahrelang vorgemacht, er wäre der Papa.«

»Oh.«

»Jepp. Und jetzt liegen sie, also die Mutter und Elenas biologischer Vater, in einem Betonfundament.«

»Wie üblich bei der Mafia.«

»Genau.«

»Aber wenn Elena nicht seine Tochter ist ...?«, dachte Elsa laut nach. »Warum sollte er dann diese Morde veranlassen?«

»Das ist die Eine-Million-Euro-Frage.«

»Du siehst nicht aus wie Günther Jauch.«

»Stimmt, ist wahrscheinlich eh alles egal, jetzt, wo wir in diesem Kerker sitzen.«

»Und vergammeln.« Elsa machte eine Pause. »Was wir übrigens dir und deiner grandiosen Befreiungsidee zu verdanken haben.« Sie schüttelte den Kopf, auch wenn Schäfer diese Geste nicht sehen konnte. »Nicht zu fassen, alleine in diesem gottverlassenen Gutshof aufzutauchen. Ohne jede Verstärkung. Ohne überhaupt jemanden wissen zu lassen, wo du hinwillst.«

Schäfer schwieg. Dann fragte er plötzlich: »Wie gut bist du mit deinem Mund?«

Elsa war völlig perplex. »Bist du bescheuert oder was? Ist das alles, was dir in den letzten Minuten deines Lebens einfällt?«

Stille. Dann ein Kichern. »Das hättest du wohl gerne«, ließ sich Schäfer schließlich vernehmen. »Aber nix da. Wenn du was G'scheites im Mund haben willst, such dir jemand anderen. Mit mir und dir, das wird nix mehr. In diesem Leben nicht und auch nicht im nächsten.« Er kicherte wieder. »Nein, ich meinte natürlich was ganz anderes. Der Kerl hat mir alles abgenommen, was ich bei mir hatte. Aber meine Halskette, die wollte er nicht haben.«

»Was willst du denn mit deiner blöden Kette?«

»Du sollst sie mir mit den Zähnen vom Hals reißen, das will ich.«

»Sonst noch irgendwelche speziellen Wünsche, der Herr?«

»Hör mal zu, ich weiß zwar nicht, was in deinem Kopf los ist und welche sexuellen Fantasien da rumgeistern. Aber ich weiß, was du jetzt tun wirst: den Handschellenschlüssel von meiner Kette beißen und ihn mir anschließend in meine Hände legen. Geht das in dein Hirn irgendwie rein?«

»Handschellenschlüssel? Welcher Handschellenschlüssel?«

»Der, der an meinem Hals hängt. Ich habe nämlich ein paar nützliche Dinge aus meiner Zeit als Polizist, nun, sagen wir mal, als verloren gemeldet. Man weiß ja nie, wozu man gewisse Sachen noch brauchen kann. Unter anderem meinen alten Handschellenschlüssel.«

»Und der soll passen?«

»Wenn unsere Fesseln bayerische Modelle sind, dann ja. Und selbst wenn nicht, kriege ich die Dinger damit auf. Der Handschelle an sich liegt immer der gleiche Schließmechanismus zugrunde«, dozierte er. »Mit etwas Übung und dem entsprechenden Werkzeug ist das gar kein Problem. Normalerweise reicht mir dazu eine Stecknadel, aber ein Handschellenschlüssel ist natürlich perfekt.«

»Eine Stecknadel? Du spinnst, das funktioniert doch nur im Fernsehen.«

»Das ist eines der wenigen Dinge aus den Fernsehkrimis, die wirklich klappen. Hast wohl im Einsatztraining nicht aufgepasst?«

»Da war ich krank«, entschuldigte sich Elsa, wohlwissend, dass sie tatsächlich im letzten halben Jahr das Training hatte sausen lassen. Diesen Quatsch mit Festnahmetechniken, Judo und dem ganzen Brimborium umging sie, so oft es ging.

»Soso, krank, ich verstehe. Langer Rede, kurzer Sinn, fletsch deine Beißerchen und dann ab an meinen Hals.«

Sie hörte Schäfer zur Seite plumpsen, sein Kopf lag jetzt auf ihrem Oberschenkel. Elsa vollführte eine Drehung wie eine Turnerin, versagte aber bei der Landung und klatschte mit ihrem Oberkörper auf Schäfers Brust, dem hörbar die Luft aus der Lunge gedrückt wurde.

»Boah«, quetschte er hervor. »Du bist aber auch kein Leichtgewicht.«

»Entschuldige, das war schließlich deine Idee. Außerdem ist es nicht ganz so leicht, in dieser Dunkelheit deinen Hals zu finden.«

»Mach einfach, aber lass mich dabei am Leben.«

»Werde mich bemühen.« Elsa rutschte hin und her und fühlte mit Stirn und Nase, wo die richtige Stelle war. »Deine Jacke ist zu.«

»Hatte leider keine Zeit, sie vorher auszuziehen«, kommentierte Schäfer. »Jetzt beeil dich halt, bevor der Killer kommt. Was meinst du, wie das aussieht, wenn er hereinplatzt und dich auf mir liegen sieht?«

»Wenn das deine einzige Sorge ist«, grummelte Elsa, schnappte mit den Zähnen zu und zog den Reißverschluss von Schäfers Lederjacke ein Stück nach unten. Dann bohrte sie sich in die Kuhle oberhalb des Pulliausschnitts und glitt unter den Wollstoff. Haare verfingen sich in ihrem Mund. Verflixt noch mal! Sie roch eine Mischung aus Schweiß und Rasierwasser mit einer leichten Note von Sandelholz. Glücklicherweise ertastete sie mit Mund und Nase bald darauf die Kette und den kleinen Schlüssel an deren Ende. Sie umschloss das Metallteil mit den Zähnen und riss es von der Kette. Hoffentlich fiel ihr der Schlüssel nicht aus dem Mund und rutschte weiter abwärts, am Ende noch in Schäfers Hose.

Wie sie da den Schlüssel rauskriegen sollte, daran wollte sie lieber gar nicht erst denken. Mit äußerster Vorsicht zog sie den Kopf heraus, stieß den Privatermittler mit dem Kinn an und stammelte mit vollem Mund: »Mhm, ... eh ... ich ... ur ... eite!«

Schäfer schien zu verstehen und drehte sich auf die linke Seite.

Sie ließ den Schlüssel in seine geöffnete Handfläche fallen und spuckte ein paar Härchen aus.

Plötzlich spürte sie, wie Schäfer zusammenzuckte und dann hastig von ihr wegrutschte und sich an die Wand lehnte. »Es kommt jemand!«, zischte er.

Sie zuckte ebenfalls zusammen, drehte sich so schnell es ging in eine möglichst unverfängliche Position und wartete. Die Stahltür öffnete sich langsam und der blondierte Engelmörder trat ein, eine Halogenleuchte in der Hand. Diese stellte er auf den Boden, in sicherer Entfernung von seinen beiden Gefangenen, dann verschränkte er die Arme vor der Brust und musterte sie. Er trug eine nachtblaue Trainingshose mit dazugehöriger Jacke, deren Reißverschluss er bis zur Hälfte heruntergezogen hatte, darunter hatte er einen schwarzen Rollkragenpullover an. Passend dazu blaue Markenturnschuhe. Der Trainingsanzug knisterte jedes Mal, wenn der Mann sein Gewicht verlagerte.

Elsa musste sich erst an die Helligkeit gewöhnen und blinzelte ein paarmal heftig.

Der Kerl richtete seine grauen Augen auf sie. Ganz kurz meinte Elsa, einen Anflug von Mitleid in seiner Miene wahrzunehmen, aber sie musste sich wohl getäuscht haben. Denn die Worte des Mannes enthielten nicht die geringste Spur von Mitgefühl. Im Gegenteil.

»Zeit zu sterben!«

»Feiges Arschloch!«, spie Schäfer aus. Diplomatisches Vorgehen war seine Sache nicht.

Eilig versuchte Elsa, den verbalen Ausbruch des Privatermittlers abzufedern. »Ich bin sicher, wir können über alles reden.«

Der Engelmörder nickte. »Sicher können wir das. Aber ändern wird das gar nichts, Signora Dorn. Was ich in Ihrem Fall sehr bedaure. In seinem Fall«, er nickte in Richtung Schäfer, »eher weniger.«

»Blöder Wichser!«, ertönte prompt die Antwort.

Verflixt! Konnte Schäfer nicht endlich mal seine große Klappe halten? »Tut mir leid«, versuchte Elsa es erneut. »Aber Sie müssen das verstehen. Sie behandeln uns nicht gerade gut.«

»Ja, Signora, das verstehe ich. Es widerstrebt mir sogar, Sie beide zu töten. Ehrlich!« Er fasste sich in einer übertriebenen Geste an die Brust. »Andererseits muss ich es tun. Mir bleibt keine andere Wahl. Außerdem dient Ihr Tod einer guten Sache.«

»Ach ja?«, schnauzte Schäfer. »Sterben für den guten Zweck? Halleluja! Das ist hier ja die reinste Charity-Veranstaltung, wie wunderbar. Danke für die Einladung. Wann kann ich gehen?«

Elsa versetzte dem Privatdetektiv einen Stoß in die Seite, um ihn zum Schweigen zu bringen. Mit seiner impulsiven Art machte Schäfer alles nur noch schlimmer.

»Das verstehe ich nicht«, wandte sie sich wieder an den Engelmörder. »Wieso müssen Sie uns töten?« Sie lächelte unbeholfen, dann schob sie ein »Sie sprechen aber gut Deutsch« nach, um dem Mann zu schmeicheln.

Der Engelmörder überlegte lange, sah ihr dabei unentwegt in die Augen, während er Schäfer völlig ignorierte. »Ich bin in

Deutschland aufgewachsen, habe später in Italien gelebt.« Er runzelte die Stirn. »Sie wollen die Wahrheit wissen?«

»Natürlich! Das ist unser gutes Recht im Angesicht des Todes, finden Sie etwa nicht, Herr ...?«

»Tozzi. Antonio Tozzi. Aus Neapel.« Er verbeugte sich. Elsa vermutete eher aus Häme denn aus Höflichkeit. Und ob der Name stimmte, war ebenfalls mehr als ungewiss.

»Schon wieder ein Spaghetti. Das wird immer besser«, höhnte Schäfer.

Tozzi nickte Elsa zu. »Ja, ich stimme Ihnen zu. Sie haben die Wahrheit verdient. Es spielt auch gar keine Rolle, ob Sie fünf Minuten länger leben oder nicht, denn sterben werden Sie beide auf jeden Fall.« Tozzi stellte sich breitbeinig hin, achtete aber auf eine sichere Distanz, seine Hand ruhte auf der Pistole, die in seinem Hosenbund steckte. »Sie wollen also, dass ich das Klischee des Mörders erfülle, der kurz vor der Tat dem Opfer seine Intention verrät? Nun gut, diesem Wunsch komme ich nach. Aber nur, weil Sie, Signora Dorn, und auch Signore Schäfer, laut meinem ursprünglichen Plan gar nicht sterben sollten. Sie kamen darin überhaupt nicht vor. Doch Sie sind beide sehr hartnäckig. Und genau diese Hartnäckigkeit spielt mir jetzt in die Hände. Mein Plan funktioniert dadurch viel besser, als ich anfangs dachte.«

»Was für ein Plan?«, wollte Elsa wissen. »Die Mordserie?«

»Kein Mord! Das war Vergeltung. Vergeltung für eine widerliche Tat. Eine Tat, begangen am wertvollsten Menschen in meinem Leben.«

»Elena Debarelli«, vermutete Elsa.

»Richtig.« Der blonde Mann umfasste mit Daumen und Zeigefinger den Ring, den er an der linken Hand trug, schien gedankenverloren daran zu reiben. »Sie haben das Video inzwischen gesehen, nehme ich an?«

Elsa nickte stumm.

»Ich dachte mir schon, dass Sie die Sache mit dem Video rausgefunden haben. Denn als ich der Pathologie einen kleinen, sagen wir mal, unangemeldeten Besuch abgestattet habe, fand ich bei Liebermanns persönlichen Gegenständen den Gürtel und entdeckte das Geheimversteck. Es war leer, muss ich hinzufügen. Leer, bis auf die Verschlusskappe eines Sticks. Stellen Sie sich nur meine Enttäuschung vor.«

»Der Stick ist mir zufällig in die Hände gepurzelt«, versuchte es Elsa mit einer Erklärung und fragte sich, wieso der Typ überhaupt wusste, was sich auf dem Stick befand.

»Nun ist ja alles gut. Er ist in meinem Besitz.«

»Was zum Geier willst du überhaupt mit diesem Video?«, maulte Schäfer, jetzt wieder ganz der alte Charmeur. »Sind doch alle Schweine tot, die da drauf waren.«

Tozzi wandte sich ihm zu. »Dafür sorgen, dass der Film nicht weiterverbreitet wird. Kein perverser Schuft soll sich daran aufgeilen. Ich dachte, das wäre klar.«

»Ich habe eine Kopie«, schaltete sich Elsa wieder ein.

Tozzi sah sie lange an. »Nein, das haben Sie nicht«, sagte er schließlich.

»Woher wollen Sie das so genau wissen?«

»Weil er eben neunmalklug ist«, warf Schäfer ein.

»Ich zähle einfach eins und eins zusammen«, erklärte Tozzi kühl. »Signore Schäfer, Sie haben nicht einmal meinen, leider misslungenen Mordanschlag der Polizei gemeldet. Sonst hätte ich doch davon erfahren, meinen Sie nicht? Selbst die liebe Signora Dorn hier, Ihres Zeichens Kriminalbeamtin, hat das Attentat Ihren Vorgesetzten verschwiegen. Wieso sollte dann das Video in offizielle Hände gelangen? Ich weiß, dass Sie beide sehr ehrgeizig sind. Sie wollen mich schnappen und es allen zeigen!« Er sah Elsa lange an, Schäfer ebenso. Dann lachte er. »Oh, Sie sind so leicht zu durchschauen, in Ihren Gesichtern lese ich wie in einem offenen Buch. Natürlich haben Sie es auf Ihre Art versucht. Tja, leider ist das nicht so gelungen, wie Sie es sich vorgestellt haben. Aber nachdem Sie das Video kennen, verstehen Sie, warum ich so gehandelt habe.«

»Das erklärt vielleicht Ihr Motiv, aber Ihre Taten kann ich keineswegs verstehen«, zischte Elsa. »Sie haben wie ein Berserker gewütet, diese Menschen abgeschlachtet wie Tiere, sie nach dem Tod verhöhnt, indem Sie ihnen ... ihnen Dinge angetan haben. Schlimme Dinge.«

»Diese Menschen, wie Sie sie nennen, waren in Wahrheit gar keine. Sie waren nicht einmal Tiere, nein, es waren Monster, die einen grausamen Tod verdient haben. Und dafür habe ich gesorgt. Nicht ich bin das Monster, diese fünf waren es.«

»Diese Bluttaten bringen Ihnen Ihre Geliebte auch nicht zurück! Elena ist tot. Und Sie haben dafür gesorgt, dass fünf weitere Menschen dasselbe Schicksal erlitten.«

Tozzi lachte auf. »Geliebte? Da haben Sie recht, aber Elena ist zum Glück nicht tot. Sie erholt sich von ihren traumatischen Erlebnissen in einer Privatklinik in Italien, wo sie unter einem falschen Namen untergebracht ist. Ich habe diese fünf nicht getötet, weil sie Mörder sind. Nein, sie mussten sterben, weil sie Elena geschändet und ihre Ehre beschmutzt haben.«

»Wieder so ein Mafiaspross«, schaltete sich Schäfer ein. »Da ist einer wie der andere.«

Tozzi schaute irritiert zu dem Privatermittler, dann wieder zu Elsa.

»Aber was ist mit Franco Campane?«, fragte sie schnell. »Wir haben herausgefunden, dass er in einer gewissen Beziehung zu Elena steht. Deshalb sind wir ja auch davon ausgegangen, dass er der Auftraggeber der Morde ist.«

»In einer gewissen Beziehung«, echote Tozzi. »Dieser gemeine Hund hat seine Tochter einfach nach Augsburg an einen seiner Geschäftspartner verkauft.«

»Nach allem, was wir wissen, war sie nicht seine leibliche Tochter.«

»Ach, und das rechtfertigt den Verkauf, als ob Elena eine Sklavin wäre!«, fuhr Tozzi sie an.

»Nein, natürlich nicht, das habe ich so nicht gemeint und auch nicht gesagt.«

»Es klang aber so.«

»Dann putz dir deine Mafia-Ohren aus«, schnauzte Schäfer von der Seite.

»Ihre Motive in allen Ehren«, fuhr Elsa fort und warf dem Privatdetektiv einen bösen Seitenblick zu. »Aber gleich fünf Menschen umzubringen, ist ...«

»Ist eine Frage der Ehre! Elena sollte meine Frau werden.«

»Aber was ist mit Campane? Hätten Sie nicht ...«

»Ich habe mit Franco Campane, diesem elenden Blutsauger, nichts zu schaffen. Ist das so schwer zu verstehen?«

»Wenn Sie so freundlich wären, uns aufzuklären?«

»Ich bin aus Neapel, Campane aus Palermo?«

»Na und?« Elsa war ratlos.

»Die Camorra«, erklärte Schäfer.

»Schauen Sie, Ihr Partner hat es verstanden.«

»Aber sicher, ich bin ja nicht doof«, bestätigte Schäfer und setzte umgehend zu einem weiteren Vortrag an. »Die Camorra, das sind kriminelle Familienclans in Neapel und Kampanien. Diese Clans gehören nicht gerade zu den besten Freunden der sizilianischen Mafia. Sie sind die Konkurrenz, wenn du so willst. Man könnte auch sagen, da stehen sich die reinsten Todfeinde gegenüber.«

Jetzt dämmerte es Elsa langsam. »Und Sie und Elena hatten eine Romanze in der Art von Romeo und Julia?«

Tozzi nickte. »Ich habe sie in Deutschland kennen, und lieben gelernt. Natürlich durften das weder ihr Vater noch meine Eltern erfahren. Nächsten Monat wollten wir heimlich heiraten und uns nach Amerika absetzen.«

»Da ist Ihnen Campane in die Quere gekommen.«

»Richtig, er hat herausgefunden, dass Elena gar nicht seine Tochter war, und furchtbare Rache geübt. Elenas Mutter und ihr leiblicher Vater mussten sterben, und sie wurde an einen perversen Zuhälter verschachert.«

»Und dann?«, hakte Elsa nach. »Was ist dann passiert?«

»Signora, ich bin Mitglied einer einflussreichen Familie aus Neapel, wir haben unsere Kontakte. Ich habe erfahren, was Franco Campane mit Elena gemacht hat. Also bin ich nach Augsburg gefahren und habe diesen Zuhälter ...«

»Kovac«, sagte Elsa.

»Richtig. Kovac. Ich habe Kovac aufgelauert, ihn mit einem Baseballschläger niedergeschlagen und in mein Auto geschleift, bin anschließend an eine ruhige Stelle gefahren und habe mich dort ein wenig mit ihm beschäftigt.«

»Er hat noch gelebt?«

»Natürlich, tot hätte er mir nichts genützt. Ich musste schließlich Elenas Aufenthaltsort erfahren.«

»Das haben Sie, nehme ich an.«

»Hat nicht lange gedauert. Kovac hat ziemlich schnell geheult und gewinselt wie ein Hund. Er hat mich angefleht, ihn am Leben zu lassen, hat richtig gebettelt.«

»Sie kannten aber keine Gnade.«

Tozzi sah sie verständnislos an. »Nein, wie auch?«

»Und dann?«

»Kovac hat mir alles verraten, hat mir gebeichtet, was er und seine Freunde mit Elena angestellt haben. Bis zu diesem Zeitpunkt dachte ich überhaupt nicht daran, irgendjemanden zu töten. Aber nachdem Kovac mir alle Einzelheiten erzählt hatte, konnte es nur eine Strafe geben, und die hieß: Tod!« Tozzi machte eine bedeutungsschwangere Pause. »Kovac hat mir zuvorkommenderweise die Namen aller Personen genannt, die bei dem Spielchen mit Elena mitgewirkt haben.«

»Er hat alles erzählt?«, hakte Elsa nach.

»Natürlich, ich kenne Methoden, um aus jedem Menschen die Wahrheit zu kitzeln. Das ist mein Spezialgebiet. Glauben Sie mir.«

»Ich glaube Ihnen aufs Wort. Und dann?«

»Kovac hat mir eine Kopie des Sticks ausgehändigt, das Original hätte Liebermann, behauptete er. Dann habe ich Elena befreit. Sie hatten sie in einer eiskalten Dachgeschosswohnung eingesperrt, gefesselt und geknebelt. Meine Wut wurde immer größer.«

»Die Dachgeschosswohnung«, platzte es aus Elsa heraus. »In der Dinglerstraße.«

»Den Namen der Straße weiß ich nicht mehr.«

»Eine Mieterin hat jemand beobachtet. Einen Mann, den sie als Engel bezeichnete, weil er solch ... solch helles Haar hatte.« Elsa schüttelte den Kopf. Sie erinnerte sich an die alte Frau, von der sie angenommen hatte, ihr würden ein paar Rädchen im Kopf fehlen. Dabei war sie damals der Wahrheit ganz nahe gekommen.

»Nach Elenas Befreiung habe ich dafür gesorgt, dass sie sicher untergebracht wurde. Und dann jeden einzelnen dieser Verbrecher aufgesucht.«

»Was ist mit Steiner?«, fragte Schäfer, plötzlich ohne jeden provokativen Unterton. Offenbar bewegte auch ihn Elenas Schicksal.

»Der kam als Nächstes dran. Dieser Perversling hat viel Geld bezahlt, um an Elenas Video zu kommen. Und an andere, sagen wir mal, normalere Filmchen. Bei denen die Frauen freiwillig mitgemacht haben. Er hatte ein Abkommen mit dem Zuhälter, der ihm immer wieder Nachschub lieferte. Das hat mir Kovac erzählt. Am liebsten war es Steiner aber, live dabei zu sein. Mit seinem Fernrohr. Er hatte eine Menge Spaß, wenn er von seinem Balkon aus das ekelhafte Treiben auf Kovac' Dachterrasse beobachten konnte.«

»Kovac hat das auf seiner ...?«, fragte Elsa ungläubig und brachte es nicht fertig, den Satz zu vollenden.

»Die normalen Videos ja. Die schlimmere Sorte wurde in einem seiner Schlafzimmer gedreht.«

»Eins kapier ich aber nicht«, sagte Elsa. »Was soll das mit den Engelsbildern, wenn Sie mit Campane nichts am Hut haben?«

»Ist doch sonnenklar«, schaltete sich Schäfer ein. »Er will die Morde dem Todesengel in die Schuhe schieben. Und damit Campane.«

»Ihr Partner«, sagte Tozzi lächelnd, »ist gar nicht so dumm, wie er auf den ersten Blick wirkt.«

»Das funktioniert niemals, Campane duldet das nicht.«

»Ob er es duldet oder nicht, spielt keine Rolle. Sie und Signore Schäfer sind die Einzigen, die von meiner Existenz wissen. Nach Ihrem Tod, was wird da wohl passieren?« Er breitete die Arme aus wie ein Pfarrer bei der Predigt und erklärte: »Die Augsburger Kriminalpolizei wird froh sein, einen Mörder präsentieren zu können. Ich habe keine Spuren hinterlassen. Dafür aber diese Bilder, die genau dem Modus operandi des Todesengels entsprechen. Also wird er wegen siebenfachen Mordes angeklagt werden. Und was den guten Signore Campane betrifft«, Tozzi zuckte mit den Schultern, »er wird schauen müssen, wie er aus dieser Sache rauskommt. Mal sehen, was ihm seine Kontakte bringen. Ihre Kollegen werden blind sein vor Wut, denn sie werden annehmen, der Todesengel hätte Sie auf dem Gewissen, liebe Signora Dorn.« Er seufzte. »Nun gut, bei Ihnen, Signore Schäfer, bin ich nicht ganz überzeugt, wie die Gefühle der Polizeibeamten sein werden.«

»Arschloch!«, zischte Schäfer.

»Aber ich denke«, fuhr Tozzi fort, »Ihr Tod wird dazu beitragen, den Hass auf den Todesengel weiter zu schüren. Wer sollte da noch an eine andere Option denken, an einen anderen Täter? Alles wird sich auf den Todesengel und Franco Campane konzentrieren.«

»Aber wieso wollen Sie überhaupt das Video?«, insistierte Elsa. »Das ist doch ein astreines Motiv für Campane als Auftraggeber. Besser könnten Sie es doch nicht haben.«

»Sicher. Aber dieser Film gibt auch mir ein Motiv. Falls herauskommt, dass Elena und ich ein Paar sind, wird über kurz oder lang der Verdacht auf mich fallen. Ohne dieses Video jedoch«, er machte eine lässige Handbewegung, »wird niemand an mich denken. Zwischen Kovac und Campane bestand eine kriminelle Geschäftsbeziehung. Mehr brauchen Ihre Ermittlerkollegen nicht, den Rest habe ich doch bereits erledigt. Die Augsburger Kriminalpolizei hat den Mörder, den sie dringend sucht, und ich habe meinen Frieden.«

Tozzi klatschte in die Hände. »So, genug geredet, Signora Dorn. Ich habe Ihre Neugier hoffentlich befriedigt. Jetzt schreiten wir zum letzten Akt.« Er zog seine Pistole aus dem Hosenbund.

»Sie wollen uns hier töten?«

»Warum nicht? Der Ort hier ist doch gar nicht schlecht. Es wird einige Zeit vergehen, bis man Sie findet. Bis dahin bin ich weit weg. Und die Jagd auf den Todesengel beginnt.« Er lachte.

»Runter!«, schrie Schäfer, schleuderte seine Handschellen auf Tozzi und warf sich über Elsa.

KAPITEL 27

Schüsse krachten, Kugeln schlugen in die Wände ein. Staub und Putz rieselte auf Elsa herunter, kroch ihr in Nase und Ohren, bedeckte Wangen und Augen. Sie hustete und versuchte, den Dreck wegzublinzeln, ohne Erfolg.

Was ging hier ab?

Schreie.

Flüche auf Italienisch.

Und zwar von *zwei* unterschiedlichen Männerstimmen!

Erneut Schüsse. Ein Kampf auf Leben und Tod.

Elsa rang nach Luft und versuchte dem eisenharten Griff zu entkommen, mit dem sie jemand zu Boden gedrückt hielt.

Schäfer! Sie erkannte ihn am Sandelholzgeruch.

Der eiskalte Hund hatte es tatsächlich geschafft, seine Handschellen zu lösen.

»Bleib, wo du bist!«, raunte er ihr zu und lief zur Tür.

Der Kampflärm hatte sich auf den Gang verlagert. Elsa hörte Schritte, die sich eilig entfernten. Einen Befehl in der Sprache Dantes, dann zwei Schüsse, einen Fluch und einen weiteren Schuss.

»Was war das?«, fragte Elsa verwirrt.

»Keine Ahnung, aber für uns Rettung in letzter Sekunde«, erwiderte Schäfer vom Spähposten an der Tür aus. Jetzt fielen wieder Schüsse, aber deutlich leiser.

»Wir müssen abhauen. Schließ meine Handschellen auf! Und bitte schnell!«

Schäfer war mit wenigen Schritten bei ihr und ging in die

Hocke. Er arbeitete konzentriert, die Adern an seinen breiten Handgelenken traten hervor. Trotz der Kälte sah Elsa zwei Schweißperlen auf seiner Stirn glitzern. Nach ungefähr einer halben Minute hatte er ihre Füße von den eisernen Fesseln befreit. Es kam ihr wie vor wie eine halbe Stunde.

»Die Hände machen wir später, komm jetzt, schnell.«

»Na toll«, murmelte Elsa und fügte dann trotzdem ein schnelles »Danke schön« hinzu, als Schäfer ihr auf die Beine half. »Nehmen wir den mit?« Sie deutete mit dem Kinn auf den Handstrahler.

»Nein, viel zu gefährlich, dann sieht man uns sofort. Los jetzt!«

Sie hasteten den Gang entlang. Der Lichtschein aus ihrem Verlies erhellte ein kleines Stück des Weges, dann wurde es zunehmend dunkler, und sie konnten sich nur noch langsam vorantasten. »Was ist da eigentlich vorhin passiert?«, fragte Elsa im Flüsterton.

»Kurios, sag ich dir. Ich dachte schon, ich werde diese verdammten Drecksfesseln nie los. Zum Glück hat es gerade noch rechtzeitig geklappt. Aber als ich die Dinger dann nach diesem Stronzo warf, habe ich ihm ungewollt das Leben gerettet, denn gleichzeitig ist ein Typ mit einer Knarre auf der Bildfläche erscheinen, der unserem Engelmörder ans Leder wollte. Der hat sich zur Seite gedreht, woraufhin die Handschellen sauber an ihm vorbeigesegelt sind und dem Kerl hinter ihm auf die Zwölf knallten. Danach ging dann das ganze Geschrei, Gekämpfe und Geschieße los. Haste ja selbst gehört, den Lärm.«

»Aber wer war der andere?«

»Ich kann's nicht mit Bestimmtheit sagen, da ich ihn in meiner Wohnung nur schemenhaft gesehen habe. Aber ich bin mir ziemlich sicher, dass das dieser Mario war. Von der Statur her könnte es jedenfalls passen.«

»Mafia und Camorra, alle auf einen Schlag hier versammelt?«

»Sieht fast so aus«, flüsterte Schäfer so dicht an ihrem Ohr, dass Elsa seinen Atem spüren konnte.

»Wie eine Verbrüderung von Palermo und Neapel sah das aber nicht aus.«

»Zum Glück für uns.«

»Aber wie ... wie kommt der Todesengel Mario hierher? Wie konnte er uns finden?«

»Mein Fehler, denke ich. Obwohl, eigentlich war es gar kein Fehler, denn immerhin sind wir noch am Leben. Aber wahrscheinlich ist er mir zum Gutshof gefolgt.«

»Wäre eine Erklärung.«

»Ja«, knurrte Schäfer. »Campane hat mir erzählt, er hätte mich schon längere Zeit überwacht. Deshalb wusste er einige Dinge über mich. Daran habe ich in der Hektik nicht mehr gedacht. Wahrscheinlich hat er seinem Todesengel befohlen, sich an meine Fersen zu heften.«

»Ich war selten so froh wie heute, die Bekanntschaft eines Todesengels gemacht zu haben.«

»Ich bin mir da nicht so sicher«, brummte Schäfer. »Die Frage ist, ob wir nicht vom Regen in die Traufe geraten sind, Pest gegen Cholera eingetauscht haben oder ...«

»Danke, ich hab's verstanden«, unterbrach ihn Elsa. »Aber wie auch immer: Wir haben auf diese Weise zumindest einen kurzen Aufschub bekommen.«

Mittlerweile waren sie die Treppe nach oben gestiegen. »Wo sind wir hier eigentlich?«, wollte Elsa wissen.

»Ein verlassener Gutshof im nördlichen Landkreis von Augsburg. Ziemlich weitläufiges Gelände mit zahlreichen Gebäuden, Schuppen und Lagerstätten. Wir befinden uns gerade im Herrenhaus.«

»Wie lange steht das schon leer?«

»Keine Ahnung, ein paar Jahre, genau weiß ich das nicht.«

Vorsichtig betraten sie das Erdgeschoss. Elsa lauschte.

Außer dem Pfeifen des Windes vor dem Haus und dem Knacken des Gebälks herrschte Stille. Verdammt, war das düster hier. Und dunkel. Sie nahm nur Schemen wahr, die Konturen eines Schranks, daneben offenbar ein Tisch. Trotz des unbewohnten Zustands war das Gebäude nicht verfallen, wirkte aber durch die vielen mit Tüchern abgedeckten Möbel umso gespenstischer. Es stank nach Feuchtigkeit und Tierpisse.

Sie lauschte erneut. Nichts. Völlige Stille. Der Kampf schien zu Ende.

Oder lauerten die Gegner irgendwo in der Dunkelheit auf den günstigsten Moment, um zuzuschlagen? Vielleicht hatten sie ihre Auseinandersetzung nach draußen verlagert? Oder einer von ihnen war bereits tot, und der andere wartete auf seine beiden Opfer?

»Los, weiter. Wir können nicht ewig bleiben«, flüsterte Schäfer neben ihr.

Elsa wollte etwas erwidern, als plötzlich ein Luftzug ihre Wange streifte und ein Knall die Stille durchbrach. Das Geschoss musste sie um Haaresbreite verfehlt haben und in die Wand neben ihr eingedrungen sein.

Schäfer packte sie am Arm und zog sie hoch. Gemeinsam rannten sie gebückt aus ihrer Deckung. Weitere Schüsse peitschten an ihnen vorbei. Sie schlitterten durch eine Türe in den nächsten Raum, durchquerten diesen und fanden sich in der großen Vorhalle wieder.

Elsa rang nach Luft und tastete mit den Füßen den Boden ab, um mögliche Stolperfallen zu finden. Wenn sie stürzte, würde sie sich schwer verletzen, da sie sich mit ihren auf den Rücken gefesselten Händen kaum abstützen konnte.

Nur noch wenige Meter bis zur Tür.

Plötzlich flammten zwei Halogenscheinwerfer auf.

Sie erstarrte.

Schäfer reagierte jedoch blitzschnell und riss sie zu Boden, gleichzeitig krachten zwei Schüsse.

Schmerz durchzuckte ihre Glieder, sie war böse gefallen. Schäfer hatte ihre hilflose Lage zwar bedacht und ihren Fall zu mildern versucht, doch mit wenig Erfolg. Sie biss die Zähne zusammen, jetzt war keine Zeit für Schmerzen.

Vorsichtig hob sie den Kopf und sah nach oben, dorthin, wo sie den Schützen vermutete.

Genau wie sie vermutet hatte! Tozzi, der verfluchte Engelmörder, hatte auf sie geschossen, um ihre Flucht zu verhindern. Er stand auf der Treppe, die ins Obergeschoss führte, und starrte herunter, die Waffe im Anschlag. Wie er so dastand, hochaufgerichtet, mit einem hochmütigen Lächeln und den grellblond schimmernden Haaren, glich er wahrhaft einem Racheengel. Jetzt duckte er sich hinter die Brüstung des Geländers.

Verdammt! Der Typ ging nicht in Deckung, weil er Schäfer und sie fürchtete. Schließlich waren sie unbewaffnet und für ihn nicht die geringste Bedrohung. Das hatte einen anderen Grund. Er fixierte etwas hinter ihnen.

Zwei weitere Schüsse krachten.

Tozzis Schusshand war kurz zu sehen, er erwiderte blindlings das Feuer und schoss das Magazin seiner Pistole leer. Dann hörte Elsa ein Geräusch, das sie erkannte. Aha. Im Schutze seiner Deckung führte der Racheengel ein neues Magazin in die Waffe ein. Diese Pause nutzte der zweite Schütze, um eine weitere Salve nach oben zu schicken. Die Kugeln bohrten sich in die Brüstung, die plötzlich ein bizarres Mosaik an Löchern aufwies, während Unmengen von Holzsplittern herabregneten.

»Wo kommt das Licht her?«, flüsterte Elsa und kroch Schäfer nach, der gerade hinter zwei offenbar vergessenen Umzugskisten verschwand. Allerdings war der Privatdetektiv deutlich schneller. Kein Wunder. Durch ihre Fesseln konnte sie sich nur vorwärtswinden wie ein verdammter Regenwurm. Immer wieder küsste sie mit Wange und Stirn die Bodendielen und zog sich Splitter in der Haut zu. Wenn sie doch nur ihre Hände benutzen könnte.

»Tozzi muss das Licht installiert haben, als er sich hier seinen Rückzugsort geschaffen hat«, platzte Schäfer in ihre Gedanken und beantwortete zeitverzögert ihre Frage.

»Schön blöd, wir können weder vor noch zurück«, erwiderte sie schnaufend. »Wir stecken zwischen beiden Fronten fest. Und zur Haustür können wir schon zweimal nicht bei dieser Festbeleuchtung.«

Hektisch blickte Schäfer sich um. »Quatsch, es muss einen Weg geben. Wir sind doch nicht aus diesem Dreckskellerloch entkommen, nur damit es jetzt zu Ende geht!«

Elsa spürte Schäfers Kampfgeist, der auch ihr wieder neuen Elan gab. »Was schlägst du vor, wir haben keine Waffen.«

»Einen nach dem anderen ausschalten, wie Bruce Willis. Gegen zwei Gegner gleichzeitig kämpfen ist keine gute Option.«

»Wir sind aber nicht im Kino!«

»Und ich bin auch nicht Bruce Willis. Bleib, wo du bist«, raunzte er und robbte los.

»Wo willst du hin?« Elsa starrte ihm entgeistert nach. »Verdammt, bleib hier! Was soll der Müll? Du kannst mich doch nicht einfach so alleine lassen. Schäfer!«

Doch der Privatermittler beachtete ihren Protest nicht und glitt in den Schatten hinter den beiden Kisten.

Elsas Blicke rasten hin und her. Zu der Stelle, wo der durchgeknallte Pseudo-Bruce gerade verschwunden war, dann nach oben, wo sie Tozzi wähnte, dann über ihre Schulter, wo der andere Schütze lauerte.

Sie steckte in der Falle!

Hätte Schäfer ihr doch wenigstens die Handfesseln abgenommen mit seinem kleinen Geheimschlüssel.

Plötzlich kam ihr eine Idee. Sie drehte sich zur Seite, bog den Rücken durch und schloss die Augen. Dann spannte sie jeden einzelnen Muskel an, Schweißperlen traten ihr auf die Stirn. Sie zog und zerrte, befürchtete schon fast, sich die Schulter ausgekugelt zu haben. Doch schließlich hatte sie es geschafft. Schwer atmend lag sie im Staub, aber diesmal mit den Händen auf dem Bauch, nachdem es ihr in einem wilden Verrenkungsmanöver gelungen war, sie über die Füße vom Rücken nach vorne zu zerren. Tja, dachte Elsa befriedigt. Wer braucht schon ein Sportstudio? Manche Menschen sind eben Naturtalente. Jetzt war sie in der Lage, sich zumindest ein bisschen zu wehren. Sie konnte sogar die Kette der Handfessel als Drosselwerkzeug benutzen. Als ihr Herzschlag sich wieder einigermaßen beruhigt hatte, spähte sie über die Kisten nach oben. Und riss die Augen auf.

Sie sah eine Gestalt auf der Galerie auftauchen, die sich Tozzi näherte. Mit grauer Wetterjacke, Vollbart, einer Pistole in der Hand. Die Gestalt schoss. Einmal, zweimal.

Ein Schrei.

Tozzi sprang aus seiner Deckung hinter der Brüstung auf, wirbelte herum, schien getroffen.

»Waffe fallen lassen!«, schrie die bärtige Gestalt auf Italienisch. Vermutlich der Todesengel Mario. Der es offenbar irgendwie geschafft hatte, ungesehen ins Obergeschoss zu gelangen.

Tozzi torkelte gegen das Geländer, umklammerte es mit

der Hand, in der anderen schimmerte das Metall seiner Waffe.

Mario schoss erneut.

Tozzis Waffe glitt ihm aus der Hand, er griff an seine linke Schulter, das Gesicht schmerzverzerrt.

Elsa mühte sich auf die Knie, starrte gebannt nach oben.

Tozzi schien jetzt zu lächeln, drehte sich wieder zu Mario um, dem Mann, der ihn überlistet hatte und im Begriff war, ihn endgültig zu erledigen.

»Ei rivediamo all' inferno!«, rief Mario mit kalter Stimme, *wir sehen uns in der Hölle*. Dann hob er die Pistole und drückte ab.

Ein Schuss löste sich, der allerdings nicht Tozzi traf, sondern eine Fensterscheibe hinter diesem durchschlug. Und dann wurde eine zweite Gestalt sichtbar. Schäfer!

Elsa schnappte nach Luft. Der Privatermittler musste dem Schützen in den Arm gefallen sein und so den Schuss in letzter Sekunde abgelenkt haben.

Aber wie waren Schäfer und Mario überhaupt unbemerkt nach da oben gekommen?

Jetzt schlug Schäfer auf Mario ein, versuchte, ihm die Pistole zu entwinden. Die beiden umklammerten sich wie Ringer und drehten sich umeinander. Mario entpuppte sich leider als der gerissenere Kämpfer, duckte sich weg und löste sich aus Schäfers Pranken. Dann knallte er mit voller Wucht den Griff der Pistole gegen die Stirn des Detektivs. Schäfer torkelte einige Meter rückwärts und hielt sich benommen den Kopf.

Elsa entfuhr ein Schrei, als Mario die Waffe auf den Unterleib des Privatermittlers richtete und abdrückte.

Blut spritzte aus Schäfers Bauchwunde, er hielt die Hände davor, sah bestürzt auf den tödlichen Einschuss, richtete den Blick auf Mario und schwankte nach rechts. Dann sackte er zusammen und stürzte über die Brüstung auf die darunterliegende Treppe. Dort blieb er bewegungslos liegen.

Der Schütze verfolgte Schäfers Fall mit den Augen, verzog den Mund zu einem höhnischen Grinsen und trat auf Tozzi zu, der sich trotz seiner Verletzung blitzschnell umdrehte und davonrannte.

Der Killer schoss ein weiteres Mal und diesmal verfehlte er nicht. Tozzi, der mit ausgebreiteten Armen auf das bereits zerschossene Fenster zustürzte, wurde direkt in den Rücken getroffen. Ein zweiter Schuss in den Rücken, und Tozzi krachte mit seinem Körper durch die Scheibe.

Mario ging zum Fenster, sah hinaus und lachte zufrieden auf, bevor er sich umdrehte, Tozzis Waffe aufhob und wegsteckte. Dann stieg er die Treppe nach unten.

Als er näherkam, sah Elsa einen mittelgroßen Mann mit schwarzem zurückgekämmtem Haar und sorgfältig gestutztem Vollbart. An seinem Hals glänzte eine goldene Kette, ein Kreuz hing daran. Der Mann lächelte, seine braunen Augen funkelten, und fast war Elsa versucht zurückzulächeln. Bis ihr mit einem Schlag klar wurde, dass das hier ihr Killer war. Der Mann, der sie eiskalt ermorden würde.

Als Mario auf der Treppe Schäfers reglosen Körper erreichte, musterte er diesen kurz, stieß mit dem Schuh in die Seite und schritt achtlos über ihn hinweg. Dann bewegte sich der Killer langsam auf Elsa zu.

Sie duckte sich hinter die Kisten und wusste zugleich, dass dieses Versteckspiel nutzlos war. Denn natürlich hatte Mario sie längst entdeckt. Und gleich würde er vor ihr stehen. Panisch begann sie, nach einer Waffe zu suchen. Es musste doch irgendetwas geben, das sie gegen ihn verwenden konnte. Sie tastete umher.

Erfolglos.

Außer ihren Handschellen hatte sie nichts, was sie gegen den Kerl zum Einsatz bringen konnte. Aber egal. Dann musste es eben anders gehen. Auf keinen Fall würde sie jetzt wie ein Schaf brav zur eigenen Schlachtbank marschieren. Sie spannte die Muskeln an und schnellte nach oben, während sie gleichzeitig nach Mario schlug. Doch der wehrte den Angriff locker ab, lenkte ihre Hände zur Seite und hämmerte seine Faust in ihre Niere. Der Schmerz explodierte in ihr, sie sank zu Boden und krümmte sich. Völlig wehrlos lag sie vor dem Mann.

Der lachte heiser.

Elsa kroch von ihm weg und lehnte sich mit dem Rücken gegen eine der Kisten. Gegen diesen Profikiller hatte sie nicht den Hauch einer Chance. Der Mann wusste, wo und wie er zuschlagen musste. Fluchtmöglichkeiten gab es keine, nein, sie würde sterben. Trotzdem beschloss sie, einen letzten Versuch zu unternehmen und an seinen guten Willen zu appellieren. Sie kratzte sämtliche italienische Vokabeln zusammen. »Bitte, Mario. Das ist doch Ihr Name, oder? Der Engelmörder ist tot. Schäfer ist tot. Haben Sie nicht, was Sie wollen? Sie müssen mich nicht töten.«

Mario legte den Kopf schief und musterte sie. »Ah, Sie sprechen Italienisch? Sehr gut. Um auf Ihre Frage zurückzukommen: Doch, das muss ich.« Er zuckte die Achseln. »Die Sache ist dann erst erledigt. Ihre Behörde weiß nun, wer der echte Mörder ist.« Er deutete mit der Pistole zur Eingangstür. »Dort draußen liegt der Engelmörder. Jetzt weiß die bayerische Polizei, dass ich nicht dieser Schlächter von Augsburg bin. Sie können die Akte schließen, und mein Boss hat Ruhe. Hier in Deutschland gibt es keinen Grund mehr, gegen den Todesengel zu ermitteln. Aber dafür müssen Sie sterben!«

»Damit kommen Sie nicht durch.«

»Oh, ich glaube ja. Sie und dieser Schäfer sind gestorben wie wahre Helden, nicht wahr?« Er lachte, tauschte die Pistole gegen Tozzis Waffe, die er aus seinem Hosenbund zog, um sie dann auf Elsa zu richten.

Sie wusste, was das bedeutete. Mit Tozzis Waffe würde Mario sie erschießen.

Moment mal!

Die Waffe in Marios Hose, diejenige, die er eben noch in der Hand gehalten hatte – das war ihre Heckler und Koch P 7. Die Waffe hatte ihr Tozzi abgenommen, als er sie entführt hatte. Ihre Augen weiteten sich. Mit dieser HK P7 hatte Mario eben Tozzi in den Rücken geschossen.

Er fasste ihren Blick richtig auf. »Das ist Ihre Pistole, nicht wahr? Habe ich im Keller gefunden. In dem Raum neben Ihrem Gefängnis. Sie haben diesen gefährlichen Killer gefasst und ihn erschossen, capito?« Er zwinkerte ihr zu. »Leider sind Sie dabei gestorben.«

Nun zwinkerte Mario nicht mehr, schaute sie nur mit kalten Augen an. Er deutete mit der Pistole auf ihren Bauch. »Bauchschüsse sind wirklich übel. Sie sterben nicht sofort, sondern haben noch schön Zeit, um den Engelmörder in den Rücken zu schießen.« Er lachte. »So wird die Sache aussehen für die Polizei, verstehen Sie? Ich habe Tozzi erschossen, aber alle Welt wird annehmen, *Sie* waren der Schütze. Glauben Sie mir, Signora, alles ist klar. Niemand wird Verdacht schöpfen. Und ich und mein Boss können endlich Rache üben an diesem Mann, diesem dreckigen Antonio Tozzi.«

»Sie kennen ihn?«

»Natürlich! Er ist von der Camorra aus Neapel. Sein Merkmal sind diese merkwürdig blondierten Haare. Als Schäfer erzählte, der Engelmörder bei Steiner hätte ganz blonde Haare, war für mich und meinen Boss die Lage plötzlich sonnenklar. Und ich weiß jetzt auch, warum Tozzi die ganzen Leute hier in Augsburg umgebracht hat. Ich habe vorhin in der Zelle gelauscht, dafür reicht mein Deutsch zum Glück. Tozzi ist ein Verräter am eigenen Clan. Er lässt sich tatsächlich mit einer Frau von der sizilianischen Mafia ein.« Er verzog das Gesicht. »Und deshalb die ganzen Leichen. Soll er ruhig machen, ist mir egal, aber es ist nicht in Ordnung, wenn er die Schuld auf mich und meinen Boss schieben will. Das war ein dummer Fehler. Aber jetzt ist er tot. Und ich bringe die ganze Geschichte zum Abschluss. Ich bin der Putzmann, verstehen Sie? Ich räume den Dreck weg.« Er hob eine Augenbraue und grinste. »Ich bin Gabriel, der Todesengel.« Sein Grinsen erstarb, eine Blutfontäne spritzte auf Elsa.

Mario ließ Tozzis Pistole fallen, griff sich an den Kehlkopf und röchelte. Krampfhaft umklammerte er mit der Hand die Spitze eines mächtigen Eiszapfens, der unnachgiebig immer weiter durch seinen Hals getrieben wurde. Dann ging er in die Knie.

Hinter ihm ragte Antonio Tozzi auf, der mit wutverzerrtem Gesicht auf seinen Gegner starrte. Tozzis Gesicht war blutverschmiert, er konnte sich kaum auf den Beinen halten, an seinen Mundwinkeln tropfte der Speichel nach unten. Dennoch drückte er mit aller Macht den Eiszapfen weiter in den Hals des Todesengels.

Mario betastete ungläubig den Eiszapfen, aber schon im nächsten Moment wurde sein Blick glasig, er kippte nach vorne. Dabei brach die Spitze des Zapfens ab und kullerte zur Seite. Hinten stak das dicke Ende des eisigen Mordwerkzeugs aus seinem Hals. Eine Blutlache breitete sich unter Marios Körper aus und floss auf Elsa zu, die eilig wegrobbte und Antonio Tozzi aus weit geöffneten Augen anstarrte.

»Sie ... Sie sind noch am Leben?«, stammelte sie.

Sein Blick streifte sie kurz, dann richtete er ihn wieder auf den toten Mario. »Ja«, keuchte er, und Elsa sah an seiner Haltung, dass er sehr schwer verletzt war. Er ging mühselig in die Knie, hob seine Waffe auf, die Mario aus der Hand gefallen war, und schaute von seiner Pistole zu Elsa. »Ich habe meine … Absicht geändert.« Jedes Wort schien ihm große Schwierigkeiten zu bereiten, er atmete stoßweise. »Ich lasse Sie am Leben.« Er nickte zu dem leblosen Privatdetektiv. »Seinetwegen. Er hat mir das Leben gerettet. Dafür bin ich ihm was schuldig. Schäfer ist tot, also treten Sie an seine Stelle. Machen Sie was draus.« Er wandte sich zum Gehen.

»Wo wollen Sie hin, Sie brauchen dringend einen Arzt. Sie bluten, Sie sind verwundet!«

Tozzi schaute ins Leere. »Einer lebt noch«, flüsterte er. »Meine Mission ist noch nicht zu Ende.« Dann torkelte er zu der großen Eingangstür, drückte sie auf und verschwand in der Dunkelheit des Schneetreibens.

Elsa sah ihm immer noch nach, als die Tür schon längst ins Schloss gefallen war. Erst ein Stöhnen von der Treppe ließ sie aufhorchen. Ihr Blick schnellte zu Schäfer.

Konnte das sein? Er lebte!

»Mein Schädel«, keuchte der Privatermittler und richtete sich halb auf. »Was zum Geier ist bloß mit mir passiert? Habe ich die ganze Nacht durchgesoffen, oder was ist los?« Sein trüber Blick glitt zu Elsa. Er rieb sich den Kopf, den eine gewaltige Beule zierte, die perfekt zu den zahlreichen Schrammen und Kratzern passte, die der Detektiv in jüngster Zeit kassiert hatte.

Elsa rappelte sich mühsam auf und lief zu Schäfer. »Verdammt, du lebst?« Wie konnte es sein, dass er noch sprechen konnte?

Bei dieser Verletzung?

Einem Bauchschuss!

Und dann dieses ganze Blut, das er verloren hatte. Es klebte überall an ihm.

Sie ging neben ihm in die Hocke. »Ganz ruhig, Schäfer! Du darfst dich jetzt nicht bewegen und nicht sprechen.« Sie wusste, Opfer von Bauchschüssen durften nichts trinken, aber sie hatte keine Ahnung, wie sie solch eine Blutung stillen konnte. Eine stabile Seitenlage half da kaum. Füße hochlagern? »Leg dich wieder hin! Du hast einen Schock. Ich hole ganz schnell Hilfe und bin gleich wieder da. Es wird alles wieder gut.«

»Hey, was bemutterst du mich so? Man könnte meinen, ich bin sterbenskrank.«

Nur keine Panik schüren jetzt. Das wäre der falsche Weg. »Aber nein, wo ... wo denkst du hin«, stotterte sie, zog ihre Jacke aus und wollte sie dem Schwerstverletzten unter den Kopf schieben, damit er bequem lag.

»Jetzt ist aber gut«, knurrte Schäfer, stieß sie zur Seite und hievte sich zu ihrer Bestürzung am Treppengeländer hoch.

»Nein!«, schrie Elsa, die Angst vor einem erneuten Blutschwall hatte, der unweigerlich aus Schäfers Bauchwunde austreten musste.

»Sag mal, geht's noch? Spinnst du oder was?«

»Deine Bauchwunde ...«, begann sie.

Schäfer sah sie an, dann wanderte sein Blick von Elsa zu seiner Brust und langsam nach unten, er betrachtete seine blutigen Hände, hob sie an die Nase und schnüffelte, dann lachte er. »Bauchwunde? Das ist Ketchup!«

»Ketchup?«, fragte Elsa entgeistert.

Schäfer griff in seine Jackentasche und präsentierte ein halbes Dutzend zerrissener Tütchen, an denen eine klebrige rote Soße heruntertropfte.

»Du … du bist gar nicht angeschossen?« Sie atmete tief ein, jetzt roch sie es auch. Ganz klar, Ketchup. Das Adrenalin musste ihre Geruchsnerven ziemlich vernebelt haben. Sie schüttelte den Kopf. Ketchup! Sie konnte es nicht fassen.

Schäfer tastete seinen Körper ab. »Sieht nicht so aus, als hätte ich eine Kugel abbekommen. Aber jetzt, wo du es erwähnst, fällt's mir auch wieder ein. Dieser Dreckskerl von Mario hat auf mich geschossen. Aber außer meiner eisernen Ketchupreserve ist nichts kaputtgegangen an mir.« Er zog den Reißverschluss seiner Jacke nach unten und klopfte auf die darunter befindliche Kevlar-Schutzweste. »Die habe ich bei meiner Ausmusterung ebenfalls nicht abgegeben. Man kann ja nie wissen …«

»Wozu man solche Sachen noch brauchen kann«, beendete Elsa den Satz, halb lachend, halb weinend. »Verdammt! Schäfer, ich dachte echt, du wärst hinüber.«

»So wie der da.« Schäfer deutete auf Mario. »Ich glaube, ich habe den besten Teil der Show verpasst.«

KAPITEL 28

Schäfer lehnte an dem schwarzen Transporter und beobachtete die Männer, die Marios sterbliche Überreste aus dem Herrenhaus trugen. Sein Blick streifte das Fenster neben dem Eingang. Dort hing der kümmerliche Rest des Eiszapfens, den Antonio Tozzi als letzte Waffe eingesetzt hatte. Schäfer rieb sich den Nacken, ihm war übel und schwindlig, er hatte furchtbare Kopfschmerzen. Elsa Dorn hatte ihm erzählt, was während seiner Bewusstlosigkeit vorgefallen war. Der Sturz Tozzis aus dem Fenster, nachdem Mario ihm in den Rücken geschossen hatte. Elsas Rettung ausgerechnet durch Tozzi. Das Verschwinden des Killers, der sie am Leben gelassen hatte, obwohl er sie kurz zuvor noch umbringen wollte.

Schäfer schaute in den Himmel, der Wintersturm wütete zwar nicht mehr so stark, aber es schneite ohne Unterlass. Er streckte das Gesicht den herabfallenden Schneeflocken entgegen, genoss es, die Flocken auf seiner Haut zu spüren. So fühlte sich das Leben an. Ein angenehmes Gefühl, nachdem er beinahe den Löffel abgegeben hätte.

Während die Schneeflocken sich auf seinem Gesicht sammelten, grübelte er über Tozzis Sinneswandel nach. Steckte in diesem eiskalten Killer also doch so etwas wie ein Ehrenmann! Schon verrückt, dachte Schäfer. Er war Mario in den Arm gefallen und hatte ihn davon abgehalten, den Engelmörder Tozzi über den Haufen zu schießen. Diese Tat hatte Elsa Dorn schließlich das Leben gerettet. Und den Killer entkommen lassen.

Jetzt trat die Hauptkommissarin aus dem Gebäude und gesellte sich zu ihm.

»Und?«, fragte er. »Was haben die hohen Herren gesagt?«

»Jansenbrink hing unentwegt am Telefon. Musste die Nachricht vom Tod des Serienkillers unbedingt persönlich dem Innenminister mitteilen. Krenzin hat mich nur stumm angesehen und meinen Bericht mit keinem Wort kommentiert. Keine Ahnung, was er davon hält. Er hat nur genickt und ein Protokoll von mir verlangt. Heute noch!«

»Aber der Schlächter von Augsburg ist doch gar nicht tot«, sagte Schäfer und blickte Elsa neugierig an.

»Offiziell schon. Mario, der Mann ohne Nachnamen, liegt da drüben in einem Sarg. Ich wurde von ihm entführt, das werde ich bezeugen. Und sonst habe ich niemand hier gesehen. Du etwa?«

Schäfer kaute nachdenklich auf seiner Unterlippe. »Nein«, sagte er lapidar. »Außerdem war ich ziemlich lange ohne Bewusstsein. Aber«, er musterte Elsa, »glaubst du, das kaufen die dir ab?«

»Das haben sie bereits. Jansenbrink hat seinen Mörder und damit eine super Aufklärungsquote. Was will er mehr?«

Schäfer zuckte mit den Achseln. »Was ist mit der Spurensicherung? Tozzis DNA an der Fensterscheibe, draußen im Schnee, im Keller? Sein Blut oben auf der Galerie?«

Elsa lächelte und öffnete ihre Jacke. Darunter kam eine Sprühflasche zum Vorschein. »Die habe ich im Keller gefunden. Da, wo Tozzi auch deine und meine persönlichen Dinge verstaut hatte. Das ist …«

»DNA-Terminate!«, vervollständigte Schäfer den Satz und schaute Elsa verblüfft an. »Hast du wirklich …? Du hast doch nicht, oder etwa doch?«

»Ich habe«, bestätigte sie. »Vorhin, als du deinen Schwindelanfall hattest, da habe ich mich, sagen wir mal, quasi als Putzfrau betätigt, du verstehst?«

»Ich verstehe. Und der schwarze Lieferwagen?«

»Den hat Mario hergefahren, wer sonst? Ist sowieso gestohlen, Spuren sind keine vorhanden.« Sie tätschelte die Sprühflasche. »Und Tozzis Schuhabdrücke vor dem Haus hat der Schneesturm verweht. Genau wie die seines Jaguars, mit dem er abgezischt ist. Das kaputte Fenster ist das Ergebnis deines kurzen Kampfs mit dem Todesengel.«

»Klingt fast so, als wäre es die Wahrheit.«

»Zumindest ist es ziemlich nahe dran.«

»Du willst Tozzi also davonkommen lassen?«

Elsa Dorn blickte über ihre Schulter zum Herrenhaus, dann sah sie Schäfer sehr lange an.

Schließlich antwortete sie. »Ich weiß, er hat versucht, dich umzubringen.«

»Mehrmals.«

»Stimmt.«

»Dich hat er betäubt, entführt und wollte dir ebenfalls das Licht auspusten«, fuhr er fort.

»Stimmt auch.«

»Aber dennoch hast du Krenzin nicht die volle Wahrheit gesagt?«

»Hättest du es anders gemacht?«

Schäfer sah wieder in den Himmel hinauf, dann zum Herrenhaus hinüber.

Schließlich lächelte er und blickte die Hauptkommissarin an. »Nein. Irgendwie hat die Sache zwar einen fahlen Beigeschmack, immerhin läuft ein Mörder frei herum. Aber ...«, er stockte eine Weile, sprach dann weiter: »Wenn ich an das ekelhafte Video denke, an Elena und ihre Qualen, dann ist die Geschichte für mich erledigt.«

Ein uniformierter Beamter ging an ihnen vorbei, nickte Elsa zu und steckte sich eine Zigarette an. Das Funkgerät an seinem Gürtel knackte. Eine blecherne Stimme ertönte: »Statusmeldung von der Unfallstelle an die Einsatzzentrale.«

Kurze Pause, dann: »Hier die Einsatzzentrale Lech.«

Die blecherne Stimme antwortete: »Der Fahrer saß alleine im Wagen, er ist ex. Der Notarzt hat soeben den Tod festgestellt.«

Schäfer schaute zu dem Beamten, der seine Zigarette in den Schnee warf. »Ist vor einer halben Stunde passiert«, erklärte dieser. »Ein schwerer Verkehrsunfall, der Wagen ist an der Anschlussstelle Augsburg-Ost direkt von der Autobahn runter, auf die Mühlhauser Straße gefahren. Und dort gegen einen Baum geprallt.« Der Beamte zuckte mit den Schultern und wollte zurück ins Haus gehen.

»... Fahrer ist ein italienischer Geschäftsmann«, plärrte es aus dem Handfunkgerät.

»Halt!«, rief Schäfer dem Polizeibeamten zu. Der blieb stehen und sah ihn mit gerunzelter Stirn an.

»Einen Moment noch«, bat Elsa, die Schäfers Anspannung offenbar bemerkte.

»... vielleicht Sekundenschlaf«, kam es knisternd aus dem Funk. »Das hier ist eine kerzengerade Strecke, und der Typ fährt frontal gegen einen Baum. Laut seiner italienischen Carta d'identità heißt er Franco Campane.«

Ein Beamter der Spurensicherung rief ein paar Worte, und der Uniformierte wandte sich mit einem Schulterzucken ab und lief weiter. Diesmal ließen ihn Schäfer und die Hauptkommissarin widerspruchslos gehen.

»Einer ist noch übrig«, murmelte Elsa.

»Wie bitte?«

»Das hat Tozzi gesagt, bevor er verschwunden ist.«

»Also hat er es geschafft. Er hat überlebt.«

»Sieht ganz so aus. Und sein Rachedurst ist damit hoffentlich gestillt.«

Eine Schneeflocke fiel Schäfer ins Auge, er wischte sie weg. »Schon komisch. Da suchen wir nach einem Serienmörder. Und als wir endlich seine Identität herausgefunden haben, da lassen wir ihn laufen.«

»Hast du Gewissensbisse?«

»Ich und Gewissen?« Er hob in gespielter Empörung die Hände. »Nein, eigentlich hat die Gerechtigkeit gesiegt. Und ich darf das sagen, ich bin schließlich kein Polizist.«

»Und ich kann denken, was ich will.«

Zwei Tage später im Polizeipräsidium

Eine dunkel gekleidete Gestalt betrat den Raum mit dem Aktenvernichter. Es war bereits weit nach Dienstschluss. Die normalen Ermittlungsbeamten der Kripo waren längst zu Hause und genossen ihren Feierabend.

Die Gestalt sah sich um, dann schaltete sie den Reißwolf ein. Sie warf einen letzten Blick auf den Stapel Papier, der vor ihr lag. »Aktenvermerk zu Unstimmigkeiten im Saunaclub Kovac – Sachverhalt. Sachbearbeiter: KHK S. Schäfer« war dort zu lesen.

Seite für Seite wurde in den Reißwolf geschoben. Nun gab es nichts mehr, was die schwarz gekleidete Person als Spitzel enttarnen konnte. Lange Zeit hatte sie Trautwein und Kovac vor unangenehmen Ermittlungen durch Sven Schäfer geschützt. Als dieser entlassen wurde, hätte alles in Ordnung sein sollen. Doch dann tauchte auf einmal dieser Serienkiller auf und brachte der Reihe nach Menschen um.

Es war zu befürchten gewesen, im Rahmen der Ermittlungen als Geheimnisverräter enttarnt zu werden. Doch mit dem Tod des Mörders war nun endlich wieder an einen ruhigen Schlaf zu denken. Die Angst hatte ein Ende. Niemand würde die Rechtschaffenheit der schwarz gekleideten Gestalt infrage stellen.

Ende

NACHWORT

Die Figuren und die Handlung dieses Romans sind fiktiv, Ähnlichkeiten mit lebenden oder verstorbenen Personen wären rein zufällig und nicht beabsichtigt.

Zuerst muss ich mich bei meiner Frau Katrin bedanken. Sie hat mir immer wieder Mut zugesprochen und mich aufs Neue ermuntert, mit dem Schreiben weiterzumachen, obwohl es manch dunkle Stunde gab, in der ich am liebsten meine Festplatte gelöscht hätte. Immerhin hat es 15 Jahre gedauert von meinen ersten Schreibversuchen bis hin zum Verlagsvertrag.

Ein großer Dank geht an den weltbesten Agenten Dr. Michael Wenzel. Zusammen sind wir die Erstfassung durchgegangen, seine Tipps, Hinweise und Italienkenntnisse waren Gold wert.

Ich danke meiner Lektorin Bettina Steinhage von Bastei Lübbe, die mir immer mit Rat und Tat zur Seite stand und ein wachsames Auge auf die Überarbeitung hatte.

Und natürlich muss ich ein extragroßes Lob an meine Außenlektorin Stefanie Kruschandl aussprechen, die aus meinem Manuskript ein lesbares Buch gemacht hat. Ganz herzlichen Dank dafür! Sollten dennoch Fehler im Buch zu finden sein, dann gehen diese ausschließlich auf meine Kappe.

Nicht vergessen will ich die vielen Helfer im Hintergrund, die sich bei Bastei Lübbe für das Entstehen meines Debüt-Romans eingesetzt haben, insbesondere Stefan Bauer und Marco Schneiders. Mein herzlicher Dank gilt außerdem Giuseppe Terrano für die Grüße aus der Hölle und natürlich Birgit

Schwarz, Roja Hashemian und Patrizia Di Stefano für das gelungene Cover mit dem Augsburger Zeughaus. Überhaupt konnte ich mich bei diesem großartigen Verlag von der ersten Sekunde an zu Hause fühlen.

Es wäre sehr schön, wenn Sie, lieber Leser, Gefallen an meinem Ermittlerduo gefunden haben und sich auf Band 2 ebenso freuen wie ich.